LES MÉANDRES DU TEMPS

(LA SUITE DU TEMPS -1)

DU MÊME AUTEUR

(Seuls sont énumérés les livres pour adultes)

Les Contes de l'ombre. Recueil.
   Montréal : Sélect, 1979.

Légendes du vieux manoir. Recueil.
   Montréal : Sélect, 1979.

Le Vieil Homme et l'espace. Recueil.
   Longueuil : Le Préambule, Chroniques du futur 4, 1981.

Quand vient la nuit. Recueil.
   Longueuil : Le Préambule, Chroniques de l'au-delà 1, 1983.

Les Méandres du temps. Roman.
   Longueuil : Le Préambule, Chroniques du futur 6, 1983.

Aurores boréales 2. Collectif présenté par l'auteur.
   Longueuil : Le Préambule, Chroniques du futur 9, 1985.

Nuits blêmes. Recueil.
   Montréal : XYZ Éditeur, L'Ère nouvelle, 1990.

Boulevard des Étoiles. Recueil.
   Montréal : Publications Ianus, 1991.

*Boulevard des Étoiles 2 – À la recherche de monsieur
   Goodtheim*. Recueil.
   Montréal : Publications Ianus, 1991.
   Reprise des deux précédents titres en un seul volume :
   Boulevard des Étoiles. Recueil.
      Amiens : Encrage, Lettres SF 9, 1998.

Chronoreg. Roman.
   Montréal : Québec/Amérique, Littérature d'Amérique, 1992.
   Beauport : Alire, Romans 026, 1999.

Manuscrit trouvé dans un secrétaire. Roman.
   Saint-Laurent : Pierre Tisseyre, 1994.

Sur la scène des siècles. Recueil.
   Montréal : Publications Ianus, 1995.

« LA SUITE DU TEMPS »
   1. Les Méandres du temps. Roman.
      Lévis : Alire, Romans 077, 2004.
   2. Les Archipels du temps. Roman. Alire (à paraître).
   3. Les Écueils du temps. Roman. Alire (à paraître).

LES MÉANDRES
DU TEMPS

(LA SUITE DU TEMPS -1)

DANIEL SERNINE

ALIRE

Illustration de couverture
LAURINE SPEHNER

Photographie
DAVID SIMARD

Diffusion et distribution pour le Canada
Québec Livres
2185, autoroute des Laurentides, Laval (Québec) H7S 1Z6
Tél. : 450-687-1210   Fax : 450-687-1331

Diffusion et distribution pour la France
DNM (Distribution du Nouveau Monde)
30, rue Gay Lussac, 75005 Paris
Tél. : 01.43.54.49.02   Fax : 01.43.54.39.15
Courriel : liquebec@noos.fr

Pour toute information supplémentaire
LES ÉDITIONS ALIRE INC.
C. P. 67, Succ. B, Québec (Qc) Canada G1K 7A1
Tél. : 418-835-4441   Fax : 418-838-4443
Courriel : info@alire.com
Internet : www.alire.com

Les Éditions Alire inc. bénéficient des programmes d'aide à l'édition de la
Société de développement des entreprises culturelles du Québec (SODEC),
du Conseil des Arts du Canada (CAC) et reconnaissent l'aide financière du
gouvernement du Canada par l'entremise du Programme d'aide au développement de l'industrie de l'édition (PADIÉ) pour leurs activités d'édition.

Gouvernement du Québec – Programme de crédit d'impôt pour l'édition
de livres – Gestion Sodec.

Dépôt légal : 3e trimestre 2004
Bibliothèque nationale du Québec
Bibliothèque nationale du Canada

Norbert Spehner fut mon directeur littéraire
pour la première édition des Méandres *;*
Laurine Spehner a illustré la couverture de cette réédition.
Le temps, parfois, décrit des boucles inattendues.
À Norbert et à Laurine, donc,
ces deux amis sur le fleuve du Temps.

Repères bibliographiques

La première version de ce roman est parue en 1983 aux éditions du Préambule, dans la collection « Chroniques du futur ». La présente édition propose une version révisée qui en constitue le texte définitif.

TABLE DES MATIÈRES

PROLOGUE

Changer le futur

Du revers des doigts, Karilian frôle la vitre, comme pour s'assurer qu'il y a bien une barrière entre lui et cette vue immense, crêtes arrondies se succédant, de plus en plus pâles, jusqu'à un horizon nébuleux. L'air frais des Appalaches ne lui parvient pas, cela crée un isolement, du moins partiel.

Derrière lui, Cotnam a remarqué son geste :

— Préférez-vous vous installer sur le balcon ? Ce sera presque aussi tranquille : vous n'entendrez que les oiseaux.

— Non, non. Dans le salon, ce sera parfait.

Le salon est un bon refuge contre l'agoraphobie, le panorama restant inoffensif derrière la grande fenêtre.

Cotnam quitte la pièce.

Karilian ne bouge pas, maîtrisant son malaise, promenant délibérément son regard sur la forêt du Maine qui moutonne jusqu'au fond d'un vallon puis remonte à l'assaut d'une montagne – de bien vieilles et bien modestes montagnes.

Envol.

Tel un faucon rasant la cime des arbres, à une vitesse surnaturelle, moutonnement vert se déroulant à toute allure sous lui tandis que le flanc des montagnes se précipite à sa rencontre, glissade vers le haut, franchissement, plongée dans une nouvelle vallée qui s'ouvre, vertigineuse.

« Envol », c'est ainsi que Safié a intitulé une composition récente qu'elle a exposée à la galerie d'Olympe, un kinéhologramme très efficace par lequel elle croit représenter la transe psi.

A-t-elle vraiment vécu cela, vécu ce survol d'un paysage terrien ?

L'envol dont Karilian fait l'expérience, transe après transe, est un envol intérieur, vers les profondeurs d'un esprit qui se déploie en lui-même, tel un gant qu'on retourne, ou plutôt une manche, sans fin. Vers un espace toujours plus vaste qui défie toute analogie physique. Cela ne mène nulle part en particulier, la transition se fait graduellement vers un autre état de conscience, vers la conscience d'un autre continuum où les dimensions sont élastiques et réversibles.

Karilian est prêt. Derrière lui il a entendu Ghyota poser les deux mallettes sur une table à café, les ouvrir et allumer les appareils. Une partie de son cerveau, cette partie qui constamment fait des comparaisons, imagine le contraste entre les tableaux de contrôle et ce salon aux boiseries chaudes. Il voit les lointains brumeux de cette fin de jour, sent la chaleur du soleil jaune, perçoit le verre limpide de la baie traversé de photons, devine l'éclat mat et froid des appareils, et toutes ces textures visuelles sont pour sa conscience une ancre dans la réalité.

Ghyota lui pose sur la tête un instrument d'apparence fragile, comme un casque d'écouteurs – ou plutôt un réseau dont les écouteurs sont multiples, petits, et dont aucun ne va sur les oreilles : des senseurs, remplaçant les électrodes d'un encéphalographe.

Il achève de les ajuster aux endroits familiers de son crâne et sur les côtés de son cou, gestes automatiques, comme celui de s'asseoir sans quitter des yeux le panorama si vaste.

L'osmoseringue est prête entre les doigts de Ghyota.

◆

Une lueur dans le ciel. Agnès lève les yeux tout en refermant d'un geste brusque le coffre arrière de la voiture. Une lueur rosée, floue, qui s'affirme graduellement en devenant blanche et plus vive.

Agnès ne la voit que trois secondes et la lueur disparaît derrière la crête d'une montagne basse, vers l'ouest. Agnès frissonne dans le clair-obscur du crépuscule. Elle n'a aucune raison de douter de ses sens : la lumière était nettement visible sur le bleu profond du firmament.

S'essuyant machinalement les mains avec un mouchoir de papier, elle reste un moment à regarder dans cette direction, à gauche de la route. Elle décide que c'était tout simplement un avion ; elle n'aurait pas dû écouter les racontars de cette madame Lester au sujet des soucoupes volantes qu'on aperçoit de temps à autre dans la région. Sans motif précis, elle fait une association entre soucoupes volantes et rapt, rapt d'enfants en particulier.

Ramenant son regard devant elle, vers les banquettes de la décapotable, Agnès est saisie par un malaise subit, telle une montée de chaleur : Nicolas a disparu.

Il ne joue pas à proximité de la voiture. La route, dans les deux directions, est déserte. L'obscurité se fait profonde dans le bois ; la lueur des clignotants d'urgence n'en éclaire que l'orée.

—Nicolas! crie-t-elle. Nicolas!

—Je suis là.

Le bambin grimpe hors du fossé sur le côté de la route : il était allé uriner.

Agnès se retient de le gronder : elle ne veut pas lui laisser deviner sa nervosité.

—Monte vite, c'est réparé.

◆

Une vaste salle, dans l'ombre, des écrans.

—Ça va, elle repart.

Les phares se sont allumés, la voiture se remet en marche.

Un doigt sur une touche fait reculer l'image aux teintes dénaturées, jusqu'à ce que la voiture ne soit plus qu'un double point lumineux blanc.

—Je crois qu'elle a aperçu Zaft pendant son approche.

—Observation sans importance : encore une. Mais elles s'accumulent, et le Pentagone va finir par enquêter.

◆

Il faudrait relever la capote de la voiture, mais Agnès est déjà assez en retard à cause de cette crevaison. Et Jeanne qui n'était pas chez elle ! C'était bien la peine de réclamer si souvent une visite, pour être absente le jour où Agnès avait annoncé qu'elle viendrait ! « C'est facile : la première maison du village, juste après le poteau indicateur. » Agnès a facilement repéré la maison, mais elle n'a trouvé qu'une note épinglée à la moustiquaire de la porte, la priant d'attendre un peu. Médecin, Jeanne avait été appelée d'urgence dans un village voisin, mais elle devait rentrer aussitôt que possible.

Apparemment, elle n'a pu se libérer, car Agnès et Nicolas l'ont attendue presque trois heures. D'ailleurs elle n'aurait pas tant patienté si la voisine, cette charmante mais bavarde madame Lester, ne l'avait invitée à s'asseoir dans le jardin en attendant sa cousine. Et Nicolas semblait si bien s'amuser avec la fillette.

Maintenant le soleil est couché et il reste encore la moitié de la route à faire ; il n'y aura personne au poste-frontière. Dieu sait à quelle heure elle pourra mettre Nicolas au lit, dans le chalet du lac Mégantic où elle et lui passent l'été, tandis que son mari Charles les rejoint les fins de semaine.

—L'air commence à fraîchir, mon trésor, remonte ta vitre. Sinon tu auras un mal d'oreille.

Agnès ne peut s'empêcher de repenser à cette lumière dans le ciel. C'était trop brillant pour être le feu de position d'un avion. Cela avait plutôt l'intensité d'un phare d'atterrissage, mais ce ne pouvait en être un : le plus proche aéroport digne de ce nom se trouve à Sherbrooke et la lumière ne descendait pas dans cette direction.

Ce n'était pas non plus une étoile filante ni une météorite : on ne les voit qu'une seconde et elles ne *décélèrent* pas à l'approche de la Terre, ni ne suivent une diagonale voisine de l'horizontale. Et puis ce n'en avait pas du tout l'apparence.

Alors quoi ?

Selon madame Lester, des lumières nocturnes ont été signalées plusieurs fois, ainsi que des « reflets » durant le jour. Sottises !

Et pourtant Agnès est anxieuse.

Une lueur rose orangé dans le rétroviseur latéral accroche son regard. Une voiture loin derrière? Elle regarde attentivement, ne voit plus rien. Alors Agnès réalise que le rétroviseur ne se trouve pas dans l'angle normal: elle a dû le heurter pendant qu'elle changeait la roue. Le rétroviseur ne montre plus la route derrière, il montre le *ciel* derrière.

Quelqu'un du village, selon madame Lester, prétend avoir été suivi durant trois milles, justement sur la route 27. Oh, pourquoi avoir écouté cette vieille pie!

Ses yeux mobiles comme ceux d'une bête traquée, Agnès regarde en l'air, d'abord vers l'avant puis, brièvement pour ne pas quitter la route, de chaque côté, ensuite vers l'arrière.

—Qu'est-ce que tu regardes, maman?

L'enfant a remarqué les légères déviations de la voiture sur la route.

—Rien!

Mais le ton de sa voix n'a pas échappé à Nicolas. Agnès espère seulement qu'il ne verra pas ce qu'elle vient d'apercevoir entre les arbres: la lueur rose orangé. Une courbe de la route l'a déplacée de l'arrière vers la droite.

—Il y a un pique-pique sur ta chaussette, fait-elle en cherchant une intonation naturelle.

—Où ça?

—Regarde bien! réplique-t-elle avec vivacité.

Et, pendant qu'il se penche vers ses pieds presque invisibles dans l'obscurité, Agnès se dépêche d'orienter le rétroviseur du pare-brise, essayant de repérer la lueur.

Elle n'y est plus. Était-ce un mirage?

Non, elle y est, Agnès peut l'entrevoir en avançant un peu la tête. Une lueur d'un orangé clair, sa forme impossible à préciser à cause des branches feuillues et des cimes de conifères défilant devant : elle suit la voiture.

—Je ne le trouve pas.

—Laisse tomber.

Oui, la lumière suit, derrière ce rideau d'arbres, réglant son allure sur celle de la Mustang !

—Pourquoi tu roules si vite, maman ?

Nicolas perçoit la frayeur de sa mère et cela le rend nerveux. Mais, dans le noir, il ne voit pas les yeux d'Agnès se tourner à tout instant, frénétiquement, vers le rétroviseur.

—Qu'est-ce qu'ils nous veulent ? Qu'est-ce qu'ils nous veulent ? fait Agnès entre ses dents, les mains crispées sur le volant.

Pas d'autre auto sur la route, et le poste-frontière est encore loin.

La lueur suit sans relâche, papillotant derrière les arbres.

Agnès voit soudain le salut : l'amorce d'une route à gauche. Tout en freinant, elle bifurque dans un crissement de pneus. Heureusement l'embranchement n'est pas perpendiculaire mais oblique, et l'angle est ouvert.

Sur ce chemin de terre, Agnès doit ralentir. Le feuillage fait une voûte ajourée au-dessus tant il est étroit.

À la bifurcation, la lumière a disparu du rétroviseur central. D'une main, Agnès modifie l'angle de celui-ci, par petits coups secs. Et soudain, plus claire qu'elle ne l'avait paru jusqu'ici, la lueur bondit dans le miroir à la faveur d'une éclaircie dans le feuillage, au-dessus du chemin qui à cet endroit monte une côte.

Cela ne dure qu'une demi-seconde et, de nouveau, seules des bribes en sont visibles.

— Maman, qu'est-ce qu'il y a ?

Apeuré lui aussi, mais par la seule terreur de sa mère, puisqu'il n'a encore rien vu. À cela elle réagit en se maîtrisant : il ne faut pas affoler Nicolas.

— Nous arriverons plus vite à la maison par ici, je crois.

Où mène ce chemin ? Agnès ne le connaît pas du tout. Et si c'était un cul-de-sac ?

Il faudrait peut-être arrêter, couper le moteur, éteindre les phares et attendre, pour que *cela* passe et s'éloigne ; le feuillage offrirait un abri. Mais Agnès n'ose pas freiner, de peur de voir la lumière approcher, s'arrêter au-dessus d'eux. À cette seule pensée elle sent les cheveux fins de sa nuque se hérisser ; elle accélère de nouveau.

Le faisceau des phares balaie les troncs de bas en haut et de haut en bas, à chaque cahot. Soudain, une courbe dans le chemin. Agnès vire brusquement à gauche en freinant. Mais aussitôt elle redresse : les phares ont révélé une barrière qui bloque le chemin après la courbe, à l'entrée d'une étroite clairière. Son extrémité repose sur un simple support fourchu, mais près de l'autre bout, du côté du contrepoids, il s'emboîte dans un solide pylône.

Raclement de tôle, jaillissement de verre émietté, le bruit mat d'un crâne fracassé.

◆

Dans sa transe, Karilian a un soubresaut. La surprise est telle que son contrôle se rompt et qu'il ouvre les yeux. Des yeux incrédules, égarés, comme s'il ne comprenait pas ce qui vient d'arriver. Il les ferme à nouveau, mais c'est trop tard ; il réprime un mouvement d'humeur.

— Qu'est-ce qu'il y a ? s'enquiert Ghyota.

— Un remous, fait-il à mi-voix, un grand remous. Injectez-moi une autre dose.

— Une autre ?! On ne p…

— Une demi-dose, alors. Vite ! J'en assume le risque.

Mais à cet instant Karilian porte les mains à ses oreilles en réprimant une grimace. Geste purement instinctif : le hurlement a éclaté *dans* sa tête.

◆

— *Mamaaaaan !*

Le silence, un silence profond, a succédé à l'impact. Puis ce cri de détresse.

Les phares, intacts, éclairent le solide bouleau qui a arrêté la voiture et l'a fait rebondir un peu vers l'arrière. Son écorce blanche ressort sur l'obscurité de la forêt, impressionnant la rétine de Nicolas.

La lune, lune rousse tout à l'heure, maintenant presque blanche, émerge au-dessus des arbres, glacée, indifférente au drame qu'elle vient de causer.

◆

Ghyota observe d'un œil inquiet les courbes lumineuses qui s'agitent sur les écrans témoins.

— Ce n'est pas moi, souffle Karilian. Ça vient de dehors.

— Qu'est-ce que c'était ? Ça a bouleversé vos tracés.

— Un cri, un grand cri mental.

Souffrance. Détresse. Surtout la détresse : Karilian n'a jamais rien reçu de si intense. Le cri d'un enfant qu'on arrache à sa mère. Et quelque chose d'autre, quelque chose de plus, une énergie brusquement libérée.

— C'est arrivé tout près d'ici.

— Faudrait le dire à Cotnam.

— Oui. Dans un moment. Mais faites-moi d'abord cette injection, vite.

Et pendant qu'elle mesure une demi-dose de propsychine, il parle, à mi-voix, autant pour lui que pour elle :

— Tellement soudain ! Et moi qui ai brisé ma transe…

— Vous avez parlé d'un remous.

— Une perturbation, oui. Considérable. Comme si le cours du temps se réajustait brusquement. Juste avant le hurlement.

La drogue se diffuse dans les carotides de Karilian, gagne certains centres de son cerveau.

— Les remous… Les remous étaient tels que…

Mais ses mots se tarissent, de nouveau il n'est plus tout entier dans le grand salon du chalet.

◆

Pour ne pas voir la chevelure ensanglantée de sa mère, Nicolas regarde fixement le tronc lumineux du bouleau. Ce tronc est un peu oblique, vers la gauche, tandis qu'à droite monte un fût secondaire, plus mince, prenant racine derrière l'autre.

D'une coupure faite à son front par un éclat de vitre, le sang coule sur la joue de Nicolas. Mais il ne s'en aperçoit pas, il sent seulement le poids de cette tête qui n'a plus de forme, la tête de sa mère.

Cependant un bruit de moteur approche. Des pneus raclent les cailloux du chemin. Des portières claquent. Des voix… Quelqu'un s'approche, soulève doucement le torse de sa mère. Le bambin continue de fixer le bouleau tandis que le poids de la tête quitte son bras.

Maintenant on ouvre la portière de son côté, des doigts le touchent délicatement, le palpent ; on détache sa ceinture de sécurité. On lui parle gentiment, on lui tient la main. Il cesse de geindre.

Des mains partout : aux aisselles, aux genoux, au derrière. Il ne pèse rien pour quatre bras vigoureux : on le soulève… On l'enlève ! Frénétiquement il tente de s'agripper à sa mère, saisit un bras mouillé.

—*Mamaaaaan !*

◆

Encore ce hurlement. Mais moins fort, cette fois. Karilian porte une main à sa tempe.

—C'est encore trop agité ; impossible d'y voir clair. Vous avez appelé Carla Cotnam ?

—Elle est occupée : une alerte mineure dans le périmètre de la base.

—Tout ça doit être lié : le… le cri mental, la perturbation du flux temporel, cela vient de tout près d'ici. Descendons la rejoindre.

Il se lève et traverse le salon, le pas mesuré. Il *voit* encore son environnement, une part de son cerveau lui sert à se diriger, mais c'est comme un exercice de funambulisme pendant une discussion mathématique. Il est toujours coiffé de la grille de senseurs, et Ghyota suit avec les mallettes hâtivement refermées.

Au sous-sol ils prennent l'ascenseur camouflé et, dans la cabine, Ghyota ouvre une des mallettes ultra-plates pour vérifier les tracés de l'e.e.g. et le pouls. Ce qu'elle voit ne la rassure pas et, par l'interphone de l'ascenseur, elle appelle un médic au central de la base, juste au cas.

En entrant, ils trouvent Carla et Greg Cotnam à la sécurité du périmètre – « Sécurimaître », comme on appelle l'ordinateur qui en assure la coordination. Un damier d'écrans vidéo luit dans la pénombre, baignant les gens présents d'une lueur de jade.

Karilian repère les écrans qu'observent Carla et Greg. Sur l'un, une vaste vue en plongée de la clairière où une barrière coupe en deux le chemin : une décapotable accidentée, avec un corps au volant, une voiture de police d'où un agent, parlant dans un microphone, appelle probablement une ambulance, un tout-terrain d'où deux hommes sont descendus pour converser avec l'autre agent.

—La police est arrivée avant Curtis et Finlay ? demande la coordonnatrice de la base.

—La voiture de patrouille roulait sur la 27. Ils ont aperçu cette décapotable qui faisait du cent trente : ils l'ont suivie.

—Et pourquoi cette femme aurait-elle pris le chemin de la base ?

—Regardez ceci.

Le préposé a commandé le recul d'un enregistrement et le fait repasser sur un grand écran. On voit presque en gros plan, toujours à l'infrarouge, les deux personnes dans la voiture ; la femme, manifestement nerveuse, regarde fréquemment son rétroviseur.

—Poursuivie ?

—Notez l'angle du rétroviseur.

Le préposé fige l'image au moment où la conductrice vient de réorienter le rétroviseur, après son virage sur le chemin de terre.

— Elle voit quelque chose dans le ciel.

— Mais nous n'avions personne en approche ou en décollage ! Zaft s'était posé dix minutes plus tôt.

— Pas d'avion non plus sur le visepteur.

— Alors ?

— La lune, j'en ai bien peur.

Un silence consterné suit ces mots.

On entend en sourdine les voix de Curtis et Finlay qui conversent avec le policier, expliquant qu'ils résident plus haut sur le chemin et qu'ils partaient justement de chez eux, lorsqu'ils ont entendu l'accident.

Un médic arrive, examine avec Ghyota, sur ses tableaux à nouveau déployés, les tracés qui se stabilisent à un niveau anormalement élevé. Néanmoins Karilian lui-même ne s'en soucie guère. Depuis le début il fixe un autre écran, montrant la voiture de police et le bambin assis, rigide, les yeux grands ouverts, sur le siège avant. Le premier policier tamponne doucement sa coupure au front.

— C'est lui, dit Karilian à mi-voix. Lui, le télépathe.

Greg et Carla Cotnam se tournent. Il leur parle du hurlement qui a traversé le continuum psi, du déferlement d'énergie mentale qui l'a précédé, bouleversant en une seconde les courants du temps.

— J'étais en transe. Imaginez un homme dans une barque, ramant sur le fleuve du temps ; il n'y a qu'un sens mais une multitude de courants, les lignes de force du temps, plus ou moins parallèles ou sinueuses, se mêlant, se séparant. Sous ma coque je sentais un de ces courants, fort, régulier. Et soudain une perturbation, un remous, et ma barque est violemment secouée : le courant s'était modifié brusquement, le temps se réalignait.

Son regard est immobile, fixé sur le garçon, comme si, à travers l'écran et la caméra cachée, il se trouvait en contact avec son esprit.

— Il faudrait examiner ce garçon, peut-être l'emmener sur Érymède : il a un potentiel formidable.

— Impossible. Nous identifierons sa mère par le numéro d'immatriculation, j'ai entendu l'un des policiers mentionner qu'ils habitaient à Sherbrooke, au Canada. Nous pourrons peut-être garder la trace de l'enfant, mais c'est le mieux que nous…

— Oui, ne pas le perdre de vue ces prochaines années. Ce garçon a jeté dans l'eau un caillou qui a fait de bien grosses vagues. Mais ce caillou…

— Je crois qu'on peut vous le montrer, intervient Carla Cotnam.

Sur un signe d'elle, le préposé à la sécurité du périmètre fait reculer un autre enregistrement et le passe sur le grand écran.

On voit l'accident en vitesse réelle, les morceaux de la barrière retombant pendant que la Mustang percute le bouleau et rebondit un peu.

— La femme a été tuée sur le coup, dit le préposé. Le gamin ne bougeait plus, j'ai voulu voir s'il avait été touché lui aussi par la barre horizontale. Regardez bien.

Il recule et fait repasser la séquence cadre par cadre. Malgré l'éclairage pauvre, le nombre d'images par seconde est élevé et l'effet de traînée est limité à un léger flou derrière les objets en mouvement.

— Il y a environ quatre-vingts centimètres entre la tête de la femme et celle du gamin.

Des images en vert émeraude et jade, le blanc des phares automatiquement tamisé par l'ordinateur. La barrière, tronc ébranché d'un jeune arbre bien droit qui va en s'amincissant vers le bout, attend la voiture pour faucher tout ce qui se trouvera à sa hauteur. Inexorablement, par à-coups, elle se rapproche.

Le montant du pare-brise plie sous l'impact, la vitre s'émiette, explosion originelle dont les étoiles sont des éclats de verre.

—Impact au niveau de la mâchoire.

Les poitrines se serrent.

Les cheveux d'Agnès fouettent l'air, image par image, on voit nettement sa mâchoire se décrocher, se rompre sous la peau du menton. Si la barrière avait été taillée en biseau, la femme aurait été décapitée. Telle quelle, elle ne fait que rabattre la tête violemment, brisant les vertèbres du cou.

—Quarante centimètres entre les deux têtes lorsque la barrière dépasse celle de la femme.

Telle une étrave, la poutre fait jaillir devant elle le verre fragmenté du pare-brise.

—Et, regardez, vingt centimètres avant la tête du gamin, la barrière se brise comme sous un double impact. Une des fractures se fait à l'endroit entamé par le montant du pare-brise, mais c'était insuffisant pour justifier à retardement le bris de la barrière.

—Une fraction de seconde, observe Carla Cotnam, et la barrière fracassait la calotte crânienne du gamin.

Au lieu de cela, le gros bout de la barrière lui passe devant le front, le tronçon qui va s'amincissant lui passe derrière l'occiput, et un autre tronçon, la partie qui l'aurait heurté, *s'immobilise* pratiquement puis passe au-dessus de sa tête comme un ballon de baudruche, très lentement.

—Ramenez en arrière !

Quelques éclats de bois reviennent à la barrière.

—Là ! Agrandissez.

C'est là que ça s'est passé. Quinze centimètres de section, une poutre qui venait de plier un montant d'acier : pourtant rompue comme si elle avait heurté une masse de verre blindé, de diamant plutôt, qui a bloqué le tronçon meurtrier et l'a dévié au-dessus de sa cible.

Tous les visages sont tournés vers cet écran, qui trahit la pâleur de certains. Et, dans leurs yeux, de l'incrédulité.

En sourdine, toujours, les voix de Curtis et Finlay qui, faute d'être arrivés les premiers pour enquêter, s'efforcent de rendre cet accident banal aux yeux des policiers.

— Télékinésie, fait Karilian à mi-voix. Un potentiel latent qui a littéralement explosé au moment critique, par instinct de conservation. Sollicité et déployé en une fraction de seconde !

Une petite tête blonde, les yeux fermés par réflexe, le visage crispé, un enfant sûrement pas conscient de toute la puissance qu'il vient de déployer.

Malgré la dose supplémentaire de propsychine, Karilian n'a pu se remettre en transe profonde, retrouver le site de la perturbation et explorer la nouvelle ligne temporelle créée à cet instant : trop d'événements brisaient sa concentration. Mais il est sûr d'une chose : le remous, c'est ce gamin qui l'a causé. Selon toute logique, l'enfant devait mourir à cet instant, sur ce chemin. Mais il a joué un tour au temps, il s'est défendu.

Et maintenant il va changer le futur.

PREMIÈRE PARTIE

SOIRÉES FROIDES

CHAPITRE 1

Prodige

Nicolas se trouve sur la stratostation de Jupiter, maintenue par antigravité dans les hautes couches de l'atmosphère pour étudier des phénomènes qui, par leur ampleur, couperaient le souffle aux météorologues terriens. Tout ici est à une échelle qui défie la compréhension. Des nuages larges comme des continents, bourgeonnant de volutes grosses comme l'Himalaya. Des strates colorées poussées par des courants titanesques, des tourbillons, des ouragans qui emporteraient une lune, des orages embrasant le ciel entier de lents éclairs rosés.

Ayant fait le tour de la chambre, le joint revient à Nicolas. Les projecteurs dessinent sur le mur une aurore boréale, tel un rideau mouvant dont les plis sont représentés par des bandes de couleur. Un jaune orangé, un rouge pourpre, seulement des teintes profondes, riches.

L'air est épais, dans ce sous-sol, une musique cosmique allemande flotte sur les volutes de fumée. Denise est là, Philippe, Nicolas, Hélène, Josée, Éric.

Éric, surtout, est l'ami de Nicolas ; ils sont presque du même âge, quoique à l'école Nicolas soit plus avancé d'une année. Pour l'heure, Éric fait l'important derrière la chaîne stéréo de son grand frère Marc, chez qui ils se trouvent. Leurs parents, fortunés, ont abandonné à l'aîné le sous-sol de leur demeure.

C'est Nicolas qui a bricolé le système synchronisant les projecteurs aux oscillations de la musique. Le bleu et le vert, se répondant en stéréo sur des pulsations électroniques, le comblent d'une tranquille euphorie.

Jusqu'à ce que Philippe lance :

— Eh, Dérec, c'est vrai que tu lis dans les pensées des gens ?

Les nuages de Jupiter se dispersent. Nicolas tressaille sous une douche froide intérieure. Traqué, il cherche Éric du regard, voulant croire qu'il n'a pas entendu ce qu'il vient d'entendre. Mais Éric est embarrassé, il fuit Nicolas en tournant vers Philippe un regard réprobateur. Il est conscient de la gravité de sa faute : il a parlé, lui, le seul camarade à qui Nicolas s'était confié.

Nicolas sent sur lui la pression de tous les regards. Un silence s'est fait, on n'entend plus le *poc* étouffé de l'aiguille du tourne-disque au bout d'un sillon.

Pour se donner contenance, Éric se retourne vers le mixeur et fait passer la musique de la deuxième platine. Cela ne distrait pas Philippe ; il a trop bu, d'après le ton agressif de sa voix. Il insiste lourdement :

— Allons, faut pas en faire un secret. On sait déjà que tu es un prodige.

Il ricane.

Nicolas sent venir la colère, en vagues pulsatives qui lui montent à la tête.

— Allez, donne-nous un bon show. Tiens, essaie de deviner ce que Denise pense en ce moment.

Nicolas voudrait lui enfoncer son sourire jusqu'au fond de la gorge, et qu'il s'étouffe avec les débris de ses dents.

—Est-ce que tu prévois aussi l'avenir?

Un grésillement naît dans les haut-parleurs, s'enfle en un crépitement tandis que les projecteurs gagnent en intensité.

Nicolas se lève; il n'est pas loin de l'escalier. Avec l'impression que l'instant s'étire sur une heure, il parvient à quitter la pièce avant qu'on ait remarqué le bruit de sa fureur.

—Eh, le freak, tu t'en vas déjà?

Il se retrouve au rez-de-chaussée. La colère tombe, seul reste le sentiment premier, l'accablement de voir que son ami l'a trahi avec tant d'insouciance. Il est vrai qu'ils s'étaient éloignés, peu à peu, Éric plus vieux de quelques mois et donnant à voir qu'il y a là un grand écart, adoptant la condescendance d'un adolescent plus avancé: il se rase la moustache, il prétend avoir déjà fait l'amour, il parle de la moto qu'il aura dès ses seize ans. Il cherche à se faire envier, peut-être parce qu'il se sent dépassé sur d'autres plans.

La maison est déserte: les parents de Marc et d'Éric sont en voyage en Europe. Le vaste salon double est dans l'ombre, mais on voit encore un peu de jour gris par les fenêtres. Nicolas s'étonne, il croyait le soir depuis longtemps tombé: un effet du cannabis.

Il erre un moment dans la partie salle à manger, passant sa main sur la table cirée, se laissant fasciner par le contenu à peine visible du buffet: reflets de verrerie et d'argenterie. Ses propres parents avaient un meuble semblable, à la maison de Sherbrooke; pour une raison qui lui échappe présentement, l'antiquité n'était pas du déménagement lorsque monsieur Dérec a pris un emploi à Ottawa, l'automne après l'accident.

Nicolas passe dans le salon proprement dit, pièce froide où les meubles sont des ombres massives, où des objets qu'il ne peut identifier se signalent par des reflets ternes : bibelots ? bouteilles ? lampes ? Tout est mystérieux, il a clairement conscience d'être un étranger dans la maison d'inconnus : il n'a jamais vu les parents d'Éric et de Marc, il connaît à peine le plus vieux des deux frères.

Soudain, une voix, qui l'aurait fait sursauter s'il n'était gelé : ce doit être Marc, qui tout à l'heure s'est absenté du sous-sol. Il est au téléphone, le silence venait de ce qu'il écoutait sa correspondante, son amie probablement. Nicolas finit par le repérer, affalé dans un fauteuil, et Marc lui fait un vague salut de la tête. Comme son visage à peine visible, sa voix est irréelle, un bourdonnement lointain et monotone plutôt qu'un enchaînement de paroles.

Dans le hall où une grande horloge bat sa cadence feutrée, Nicolas trouve refuge sur les marches de l'escalier montant à l'étage, et appuie sa joue sur un balustre de la rampe, polie et bombée. Là-haut, derrière lui, une branche tapote la vitre d'une fenêtre, comme avec des ongles mous, impatientée par le vent.

Dans l'ombre, Nicolas est maintenant attentif aux effluves de la maison, il cherche à lui trouver une personnalité, comme seuls peuvent en conférer les odeurs, les objets qui traînent, les piles de revues en désordre.

À un moment, Josée se trouve devant lui, au pied des marches, il la reconnaît à la frange de cheveux qui, dans l'ombre, ne lui laisse qu'un demi-visage, sans front, presque sans yeux. Elle lui dit à mi-voix que c'était stupide de la part de Philippe, elle se fait la porte-parole du groupe pour s'excuser en son nom.

Nicolas n'en croit rien : c'est une initiative de Josée seule. Il ne répond pas.

— Tu veux en parler ?

De quoi, de son « pouvoir » ? Il secoue la tête, lentement : il n'y a rien là dont il veuille parler, même à celle qui est plus ou moins sa blonde. Ayant toujours été premier de classe en mathématiques, Nicolas a commencé cette année à offrir de l'aide aux devoirs, à l'école, pour les élèves des trois premières années du secondaire. Avec Josée, qui étudie en troisième secondaire, il espérait pour ce soir une transition de phase entre la géométrie euclidienne et celle des courbes plus douces de son corps. Sauf qu'il n'a plus envie de profiter du moment.

Brièvement il se voit tel que Josée le voit, prostré dans l'escalier, tête blonde seule visible dans l'ombre, l'air d'un gamin triste, et aussitôt il se lève, va prendre son manteau dans le vestibule, d'une démarche posée, calculée pour ne paraître ni un geste d'humeur ni la fuite d'un garçon malheureux, mais quelque chose de délibéré par quoi il rompt avec des amis indignes de lui.

Un froid inusité, même pour la saison, le gifle à la sortie ; il monte la fermeture éclair de son manteau. Du perron il aperçoit une bande de ciel vermeil à l'horizon, sous le gris anthracite des nuages mouvants. Il referme la porte derrière lui et, l'œil sec, il descend dans le soir d'automne.

◆

Trop tard pour l'autobus de dix-sept heures, beaucoup trop tôt pour celui de vingt heures. Presque trois heures à écouler, seul en ville par un froid de canard. Nicolas a faim : d'abord trouver un McDonald's ou un Harvey's. Puis, quoi ? Un cinéma ? Nicolas voudrait être chez lui, bien au chaud, à jouer de la guitare dans sa chambre.

Il trouve un A & W, s'attable devant deux hamburgers au fromage, des frites et un lait battu. Il engouffre avec conviction, songeant que son père réprouverait ce menu mauvais pour son teint (entre autres méfaits) ; mais Nicolas n'a pas d'acné, c'est bien le seul problème d'adolescent qui l'épargne.

Non, il a la peau immaculée d'un bambin. Et c'est peut-être ce qui attire le regard du client assis face à lui, deux tables plus loin, un homme jeune, peut-être vingt ans, blond, petite moustache châtain. Nicolas sent d'abord un frôlement mental, à peine un souffle, mais le souffle d'un sentiment plutôt qu'un courant d'air. Puis cela s'affirme. Désir, tendresse, en même temps que sa propre image, mais si différente de ce qu'il voit chaque jour dans le miroir ; embellie, à travers le regard de cet homme. Embellie ? C'est son visage, tel quel, mais Nicolas ne l'a jamais contemplé avec tendresse, ne s'est jamais ému de sa propre beauté.

Désir. Mais un désir doux, de caresser, de chérir, de donner chaleur et affection. Images confuses de son corps tel que l'homme l'imagine, blanc, lisse, presque frêle, images de baisers, de fellations, de caresses, images confites de volupté.

Nicolas baisse les yeux. Il ressent la gêne d'avoir commis involontairement une indiscrétion en surprenant une confidence. Mais, par-dessus tout, il a le sentiment d'une intrusion de la part d'un étranger. Et, comme chaque fois, il a une légère sensation de nausée, vague, presque mentale, un peu comme celle que donne l'usage prolongé de certains instruments optiques.

Un geste de défense lui vient, plus instinctif que délibéré : il lève les yeux, fixe le personnage. Généralement, cela réussit. Mais celui-là est différent : son sentiment était différent, sa réaction l'est aussi. La pensée se rétracte, comme les palpes diaphanes de quelque animal sous-marin. Mais partiellement seulement : il ne soupçonne pas que Nicolas a ainsi perçu ses pensées.

C'est déjà arrivé à Nicolas, et il lui suffisait de lancer un regard hostile pour sentir le repli déconfit. Cette fois non : la pensée recule par pudeur plus que par gêne. C'est que le regard de Nicolas n'était pas hostile : il n'a jamais senti pareille tendresse dirigée vers lui. Il a déjà perçu quelque chose de vague, une affection quasi distraite de la part de son père, des sympathies superficielles ici et là, mais ce soir c'est différent.

Il se ressaisit, les préceptes reçus prennent l'avantage. Cela doit transparaître sur son expression, car la pensée se rétracte entièrement. Non sans que Nicolas ne perçoive la triste résignation de l'homme. Avec quelque chose de plus fort, désespéré, derrière la digue de la sérénité.

L'homme se lève et s'éloigne : il avait fini son repas depuis un moment et n'était resté que pour contempler Nicolas.

Un élan : à quoi sert d'être empathe si l'on refuse de répondre à la tendresse perçue, si rare ? Mais Nicolas le réprime, sans même esquisser un

mouvement physique : on lui a bien appris à rester
fermé. Le « freak » que Philippe lui a jeté à la figure
résonne encore dans sa tête. « Freak » : bizarre,
phénomène, *anormal*.

◆

Le restaurant se trouve sur une artère majeure.
En sortant, Nicolas hésite, regarde vers le haut et
vers le bas de la rue ; où sont les cinémas, déjà ? Et
puis, est-ce qu'il en a envie ? La brise d'automne
est véritablement glaciale.

Un coup de klaxon, discret : un appel. Mais il
ne reconnaît pas la voiture. Si : cette compacte
n'appartient-elle pas à la Fondation ? Nouveau coup
de klaxon : la voiture s'est arrêtée, une jeune femme
se penche pour ouvrir la portière du passager. Une
fille, plutôt, une adolescente : Nicolas finit par
l'identifier. Elle est arrivée à la Fondation Peers au
début de l'automne, amenée dans une immense
limousine. Quel est son nom, déjà ? Nicolas ignore
même s'il l'a déjà su.

— Tu rentres à la Fondation ?

L'adolescent n'hésite guère : l'autre partie de
l'alternative est un autobus vieillot qui ne le recon-
duira pas à la porte. Ce sont les joies de vivre en
banlieue – banlieue que Nicolas appelle volontiers
« la campagne ».

La fille lui explique qu'elle a obtenu d'emprunter
l'une des voitures de la Fondation. De haute lutte, à
l'en croire, en jouant du statut de son père qui est
l'un des généraux les plus influents du pays – et
même de l'OTAN, laisse-t-elle entendre. Nicolas a
l'intuition qu'elle n'en use pas seulement pour
influencer, mais aussi pour impressionner. Il ne

l'est pas, impressionné, c'est pourquoi il n'en prend pas ombrage : elle en parle avec un tel naturel, une telle simplicité. Feinte, peut-être, Nicolas en est conscient, mais il la trouve sympathique et il lui laisse le bénéfice du doute.

Il lui demande son âge, étonné qu'elle ait le droit de conduire seule. Tout juste dix-huit ans, lui répond-elle. Puis, devinant qu'il peut tout aussi bien ignorer son nom, elle se présente : Diane.

— Et toi, tu es le fils de monsieur Dérec, non ?

— Nicolas, répond-il comme s'il niait cette filiation, ou du moins niait qu'elle eût quelque importance : un débat qui n'est pas encore clos dans son esprit.

Diane est brune, avec les cheveux d'une longueur moyenne. Jolie, un visage délicat qui évoque celui d'une renarde, des yeux sombres très mobiles, le nez peut-être un brin trop pointu.

— Tu n'es pas cobaye, toi ?

— Non, je vais à l'école en ville.

— Pourtant il me semble que je t'ai déjà vu dans les labos.

— J'y suis allé une fois pour des tests, répond-il laconiquement.

— Et ils ne t'ont pas gardé comme sujet ?

— Je ne voulais pas.

Il espère que le ton de sa réponse marque suffisamment le point final qu'il veut mettre à ce sujet. Il la trouve assez indiscrète, la samaritaine, et commence à soupçonner que la route sera longue.

Mais le ton n'a pas échappé à Diane, et elle n'insiste plus. Elle fait rouler la conversation sur d'autres sujets et le garçon s'émerveille de cette faculté qu'elle a de discourir sans jamais devenir rasante, et sans non plus le contraindre à parler beaucoup : c'est reposant et ça tient à distance le silence un peu gêné qui aurait pu s'installer en une demi-heure de route. Il ne pense plus du tout à sa rupture avec les copains de Hull.

Lorsqu'ils arrivent aux grilles de la propriété, Nicolas et Diane sont déjà bons amis.

◆

Charles Dérec se trouve au salon, lisant une revue de psychologie : même les loisirs qu'il s'accorde ne sont jamais éloignés de ses préoccupations professionnelles. C'est un homme dans la soixantaine, la calvitie avancée mais le cheveu encore sombre, un corps long et maigre, un peu voûté, toujours énergique.

On chercherait en vain sa ressemblance chez Nicolas, qui est blond et plus court que la moyenne. Ils n'ont pas un gène en commun. Charles Dérec et sa femme Agnès ont adopté Nicolas quelques jours après sa naissance : Agnès était la tante du bambin.

Dérec s'étonne distraitement de voir son fils rentrer si tôt :

— Je croyais que tu passais la soirée chez tes amis ?

Cela n'arrivera plus souvent, mais Nicolas ne voit aucune raison de le lui annoncer.

— Quel autobus as-tu pu prendre ? demande l'homme, qui, dans quelque recoin de sa mémoire, a encore l'horaire des autocars partant de Hull.

Il n'oublie jamais rien, les anniversaires non plus. Mais il a depuis longtemps compris que son fils n'avait rien à lui dire, aussi ne s'étonne-t-il guère de ne recevoir aucune réponse : Nicolas est déjà à l'étage, peut-être n'a-t-il pas entendu la question.

Ses yeux ont déjà retrouvé le paragraphe suivant.

◆

Au passage, Nicolas lance son manteau dans sa chambre. Puis il se rend à la porte suivante ; aucune lumière sous le battant. Il entre, avec d'infinies précautions. La lumière du couloir se rend jusqu'au lit.

Un lit trop grand pour elle : une petite forme sous les couvertures, près des oreillers. Un lapin rose, de sous lequel vient une respiration ténue, courtes inspirations avec de longs intervalles.

Le garçon enlève délicatement l'animal en peluche. Petite sœur est là, ce visage minuscule, peau délicate des joues, paupières closes avec légèreté, dirait-on, cheveux de satin sagement rentrés sous les couvertures.

Un bras sur l'oreiller devant son visage, main à demi fermée. Nicolas y pose son index, la main se referme doucement sur son doigt, comme celle d'un bébé. Il se rappelle Agnès lui présentant le bébé qui gazouillait, lui disant de donner un doigt pour voir combien fort elle le serrerait.

V blanc, phosphorescent.

Vitellin. Avortement. Mort.

Nicolas retire son doigt, met un moment à chasser l'image du V lumineux. Puis, s'appuyant d'une main à la tête du lit, il se penche pour poser un baiser sur la joue de sa petite sœur, si tendre, si douce, et tout son visage sent le savon.

Il se retire vers la porte, sort et la referme sans bruit.

◆

Dans la chambre de Nicolas, l'odeur de colle et de peinture ne disparaît jamais complètement. La poussière s'accumule sur des tablettes entières de modèles réduits, sur lesquels l'adolescent passe parfois le plumeau, en un semblant d'époussetage qui apaise pour quelques semaines madame Morris, la bonne. Non content de monter les maquettes qui se vendent sur le marché, Nicolas invente lui-même des vaisseaux spatiaux, empruntant une tourelle à tel destroyer, une tuyère à tel avion de chasse, des éléments de moteur à telle automobile. Sur le chantier de l'Astronavale, une vaste table de travail, s'étale la plus invraisemblable jonchée de pièces de plastique, de petits outils, de bouts de fil, d'ampoules miniatures et de piles électriques. Pour le moment il en émerge une structure encore informe.

Sans s'asseoir, Nicolas vérifie au passage la solidité d'une armature annulaire.

Mais il ne travaillera pas à cela ce soir, il lui reste à rédiger une page d'un devoir d'histoire. Il s'y attelle sans trop de conviction : Babylone lui semble bien étrangère à ses soucis. À l'école, il n'y a pas grand-chose qui le motive, rien non plus qui l'ennuie à mourir. Il serait un cancre, si son intelligence et sa mémoire ne lui rendaient tout facile. Seules les mathématiques, l'algèbre et la géométrie le stimulent ; dans une librairie d'occasion qui vend des manuels scolaires, il a même acheté un livre de calcul différentiel et intégral, matière que normalement il n'aborderait pas avant le cégep.

Si sa mère était vivante – enfin, Agnès –, elle l'aurait déjà poussé à l'université et il serait à quinze ans l'un de ces jeunes prodiges qui émeuvent les médias de temps à autre.

Ou peut-être non, peut-être se seraient-ils affrontés là-dessus, elle se passionnant jusqu'à la hargne, lui se butant en réaction, bien qu'il l'aimât sans mesure.

Il cherche à chasser la pensée en lisant tout haut une phrase qu'il écrivait, mais trop tard.

Le V blanc revient, lumineux.

Vide. Néant. Mort.

Encore ces images, qui le hantent chaque fois qu'il pense à sa mère. Il ne revoit pas le visage maternel, ne revoit pas de scènes tendres ; juste ce symbole, cette énigme.

V blanc, phosphorescent.

Voix. Appel. Mort.

Le suivra-t-il toute sa vie, ce V fantomatique ? Que faudra-t-il pour l'exorciser ?

Vision. Spectre. Mort.

Il en a déjà parlé à Charles Dérec, une fois que celui-ci avait remarqué son air égaré et l'avait interrogé. C'est même la seule fois que Nicolas s'est un peu confié à lui, en un effort délibéré pour établir des rapports plus personnels. Mais il s'agissait d'une velléité née de la raison plutôt que du sentiment, et elle n'avait pas duré un soir. Nicolas avait été si embarrassé, comme d'une promiscuité incongrue, qu'il n'a jamais essayé à nouveau.

Veuf. Orphelin. Mort.

Nicolas n'est pas allé consulter un psychanalyste (il y en a un à la Fondation, un collègue de son père), mais il a lu bien des livres, où il n'a trouvé aucune explication, aucun cas semblable au sien. Sceptique, il estime que toute hypothèse que formulerait un spécialiste sur l'origine de ce V spectral ne serait qu'arbitraire.

Voile. Suaire. Mort.

Par un effort de concentration soutenu, il parvient à retrouver Babylone, enchaînant phrase après phrase comme un forcené, jusqu'à ce qu'une vision d'antiques terrasses, verdoyantes au crépuscule, repousse le V blanc dans un coin de son cerveau, où il disparaît pour de bon.

Puis il se couche. Inévitablement il repense à Éric, car ils étaient tout de même très copains. Et à Josée, qu'il avait embrassée au *party* d'Halloween ; il espérait ce soir faire un pas de plus, ou deux. Maintenant, il va devoir se trouver un autre style, très indépendant. Il continuera de les saluer, certes, Éric, Josée, même Philippe pour ne pas lui donner prétexte à une persécution rancunière. Mais il ne cherchera plus leur compagnie, n'ira plus chez l'un ou chez l'autre après l'école, ne leur téléphonera plus pour aller au cinéma. Il peut se suffire à lui-même, après tout, il n'a pas besoin d'amis.

CHAPITRE 2

Seul au monde ?

En ces froides soirées de novembre, Nicolas et Diane se sont découvert des goûts communs en musique. Les amis du garçon n'étaient pas très portés sur le classique ; lui l'est modérément, et Diane l'est beaucoup.

Elle l'a invité à sa chambre. Autre bienfait de son père influent : elle dispose d'une chambre pour elle seule alors que, dans l'immeuble de la Fondation, les autres « pensionnaires » se les partagent deux par deux. Ce qui pose des problèmes récurrents car ils ont généralement des caractères difficiles, susceptibles ou hypersensibles, renfermés ou quasi hystériques, schizoïdes. Ou même, quelquefois, équilibrés, comme l'est Diane selon toute apparence.

Nicolas ne voudrait pour rien au monde loger ici. Ce qui a sûrement influé sur son refus, même si son père lui a garanti que, devenu sujet, il continuerait de vivre au Pavillon.

La jeune femme a chez elle quelques bouteilles et lui offre une liqueur ; il accepte un cognac parce que c'est la seule dont il connaît le nom. Diane l'invite à mettre un disque sur la table tournante ; il choisit Tchaïkovski. Puis il s'assoit à même la moquette et s'adosse au sofa ; elle en fait autant.

Il a choisi la sixième symphonie, la *Pathétique*, et cela lance Diane sur le propos des sentiments qu'éveille la musique. La *Pathétique*, par exemple, n'est pas pathétique pour elle ; mélancolique, parfois franchement triste, mais non pathétique.

Ce ne sont que des adjectifs, lui fait remarquer Nicolas, ils n'ont pas la même connotation pour tout le monde.

L'état d'âme de Tchaïkovski, celui qui l'a inspiré, est-ce que la musique le transmet tel quel ? Elle en suscite d'autres, qui ne sont pas exactement ceux du compositeur, et ça suffit.

— C'est une forme d'empathie, avance Diane, mais pas parfaite parce qu'elle passe par un médium. Si elle pouvait se faire directement…

Empathie. Nicolas hoche la tête sans conviction. Plus souvent, lorsque cela lui est arrivé, il a perçu des sentiments dont il aurait préféré ne pas avoir connaissance.

— Quand as-tu découvert que tu étais télépathe ?

Elle demande cela avec le plus grand naturel. Il est vrai qu'on est à la Fondation Peers. Cela contraste avec l'attitude de Philippe.

Nicolas hésite. Ils se connaissent depuis quelques semaines, maintenant, néanmoins la question lui paraît indiscrète. Une intrusion. Pourtant il ne peut espérer toujours éviter le sujet, pas *ici*.

Il fait un geste vague.

— Oh, tu préfères ne pas en parler, comprend-elle. Parce que ça a suivi un traumatisme ?

Habile, la Diane. Implacable. Insister en faisant semblant de compatir à ses réticences.

— Oui, se voit-il forcé de répondre. C'est apparu presque soudainement.

— Mais tu préfères ne pas en parler.

Il hausse les épaules :

— Le trauma ? C'est quand ma mère est morte, je suppose.

V blanc, spectral.

Viduité. Seul au monde. Mort.

Elle reste un moment silencieuse.

— Désolée d'avoir ravivé ce souvenir, fait-elle enfin.

— Oh, tu ne ravives pas grand-chose : j'avais neuf ans, j'ai souffert d'amnésie après l'accident.

Involontairement, elle regarde le front de Nicolas : la petite cicatrice ne lui avait pas échappé.

— Ça, c'était rien qu'un éclat de verre.

Vacuité. Absence. Mort.

Revenir à autre chose.

— Ça a commencé par des incidents isolés, je ne me rendais même pas compte que c'était de la télépathie.

Elle le fixe, attendant la suite.

— Je… je captais la pensée des gens.

— Par exemple ?

Cette fois, Nicolas lui oppose un silence obstiné. Il prend un peu de son cognac, espérant que Diane ne le voit pas grimacer. Le disque achève ; il va le retourner.

Il vient se rasseoir, mais sur le sofa, comme pour signifier qu'il s'éloigne, qu'il se retire de cette partie où l'on joue trop serré à son gré.

V blanc, phosphorescent.

Vacant. Abandonné. Seul au monde.

Elle n'insiste plus, même du regard. Cependant, elle ne va pas jusqu'à proposer elle-même un nouveau sujet de conversation. « Si tu veux éluder, semble-t-elle dire, à toi de trouver une diversion. »

De quoi se mêle-t-elle, d'abord ? Il n'est même pas de son âge.

Mais il a souvent déploré que ceux de son âge étaient trop superficiels, incapables d'échanges sensibles. Et puis, c'est trop bête, il ne fallait pas commencer à répondre si c'était pour ensuite rentrer dans sa coquille comme d'habitude. Il faudra bien un jour qu'il parle à quelqu'un, il ne va pas faire l'adolescent renfermé toute sa vie. Il n'a pas le prétexte de se trouver devant un interlocuteur incompréhensif, ou trop jeune pour être sur sa longueur d'onde.

Et puis ce serait peut-être quelque chose à essayer : parler.

À mi-voix, il explique :

— J'ai fini par comprendre que ce n'étaient pas des idées que je me faisais. Ça devenait plus clair : je réalisais que j'avais vraiment *vu* la pensée de quelqu'un. Et c'était pas joli.

Amertume. Même de la haine, à une époque, pour cette faculté qu'il avait. Amertume encore aujourd'hui dans le ton de sa voix. Cela ne s'exorcise pas aisément, par une simple confidence, il s'en rend compte maintenant.

V blanc.

Volcan. Destruction. Mort.

— Les gens s'imaginent que c'est un don, de pouvoir communiquer par la pensée. Pourtant, combien j'ai détesté ça, la première fois que j'ai reçu un contact télépathique.

Dehors, derrière la vitre glacée, il commence à neiger, quelques flocons qui ne semblent pas savoir s'ils doivent monter ou descendre. Nicolas les regarde, hésitant à poursuivre.

— Mais la pire, la pire fois… C'est quand mon père m'a emmené au labo du docteur Dillon, pour passer des tests. Dans le couloir j'ai croisé une femme… Elle n'est plus ici, je crois. C'était la plus détraquée du lot.

Il s'interrompt, embarrassé. Il a heurté Diane, il s'en rend compte. Elle met une seconde à produire un sourire, à répliquer sur un ton léger :

— Oui, il y en a.

Nicolas poursuit comme si, en abrégeant l'instant, il pouvait l'effacer.

— Tu ne peux pas savoir ce que j'ai ressenti à cet instant. Ces pensées malades qui s'imposaient à moi… une agression. Oui, une agression.

— Mais tu pouvais te défendre, te fermer. Cette fois-là tu as été pris hors de tes gardes, parce que tu ne t'attendais pas à ça ; mais on peut s'isoler.

Nicolas ne la trouve pas convaincante. Un peu comme si elle récitait le boniment qu'on lui a débité à elle. La vérité est moins simple que Diane ne la présente, elle est même tout autre ; Nicolas en a déjà fait l'expérience.

— Après les tests, ton père t'a demandé de devenir un des cobayes ?

— Je ne voulais pas en entendre parler.

— Pourtant tu aurais l'occasion de voir d'autres jeunes qui sont comme toi.

— Mais je *n'aime pas* être comme ça !

Diane laisse passer un moment sans répondre. Elle a sans doute connu ce sentiment, ce refus.

— On ne peut pas s'en débarrasser, dit-elle enfin. Refouler, ce n'est jamais sain. Le mieux est d'apprendre à connaître cette faculté, à l'apprivoiser.

— Pour faire quoi ? Avant de venir ici, tu avais des amies ? Tu te rappelles comment elles te regardaient ?

Une réaction, plus subtile que tout à l'heure : elle a eu ce problème, elle aussi, et ça l'a marquée plus qu'elle ne l'avouera.

Elle en revient à son propos, elle insiste, comme si elle appartenait à l'équipe de chercheurs de la Fondation :

— Tu devrais. Juste pour mieux connaître le phénomène, la portée de tes pouvoirs. Tu t'en sentirais mieux. Ce ne serait plus pour toi quelque chose de bizarre.

Nicolas fait non. *C'est* pour lui quelque chose de bizarre. Et l'attitude de son père n'est pas pour améliorer la situation. Nicolas espérait qu'il l'aide à comprendre ce qui lui arrivait, qu'il l'aide à vivre avec. Oh, il le lui a bien fait comprendre, trop bien même : cliniquement. Comme un médecin expliquant son infirmité à un malade. De la façon dont il l'explique, Nicolas est presque un mutant. Charles Dérec ne le dit pas comme ça, au contraire, il prend toutes les précautions verbales pour que son fils ne se sente pas un monstre. Mais il obtient le même résultat.

Il parle aussi de l'avancement de la science. Il parle de la Fondation Peers, le principal institut de parapsychologie au pays, l'un des trois plus importants sur le continent. L'immeuble ultra-moderne au milieu de ses pelouses, où Nicolas pourrait entrer tous les jours grâce à une carte magnétique, comme tous ces savants qui ont l'air si affairés.

— Tu ne m'as pas dit que tu voulais justement devenir un chercheur ?

—Oui, mais pas un sujet d'expériences. Deviner les cartes tirées et capter par hasard les pensées des gens, quelle différence si on le fait dans un laboratoire plutôt que dans un cirque ?

—Voyons, il y a plus que cela. Tu comprends, ça ne sert à rien de fuir, il faut que tu t'acceptes tel que tu es. Tu es une personne complète, pas seulement un cerveau. Et ton père ne te voit pas juste comme un cobaye, j'en suis sûre. Mais il n'est peut-être pas du genre à étaler son affection.

Elle fait attention au ton juste. Rien de maternel, même si Nicolas a un peu l'air d'un enfant perdu.

—Cesse de t'imaginer que les gens te regardent comme un phénomène de foire : tu sais très bien que ça ne se devine pas. Et pour ceux qui *savent*, ceux de la Fondation, tu te trompes : on ne te considérera ni comme un animal curieux, ni comme un cobaye. Ces gens sont au-dessus de préjugés si grossiers.

Nicolas balance le buste dans un mouvement latéral, en fixant la moquette.

—Tu dois t'assumer, Nicolas. Cette faculté, laisse-la s'épanouir. Elle est neutre, comme le sens de l'ouïe : tu as perçu des bruits désagréables, mais ça ne veut pas dire que tu n'entendras jamais de belle musique.

—Tu crois ? s'entend-il demander.

◆

Il sera quelques mois sans se l'avouer, mais Nicolas ne demandait qu'à se laisser convaincre. Par quelqu'un d'autre que son père, peut-être ? Ou par un argument comme celui de la musique, une belle image à laquelle croire lorsqu'il lui faudra se justifier à ses propres yeux.

L'hiver, particulièrement rigoureux, finira par relâcher sa blanche emprise. Au printemps, Nicolas ne se réinscrira pas à l'école publique pour l'année suivante : tout comme Diane, il aura à la Fondation des professeurs privés. Il continuera d'habiter le Pavillon, mais il deviendra l'un des « sujets », n'entendra plus personne ricaner, ne verra plus ses anciens copains aux préoccupations si juvéniles. Ses facultés inusitées lui vaudront d'être estimé, entouré d'attention et d'intérêt.

Il oubliera vite Josée et ses longs cheveux lisses, s'intéressera de plus en plus à Diane dont la compagnie quotidienne estompera graduellement la différence d'âge.

Plus tard, viendront les rêves…

DEUXIÈME PARTIE

LONGS MOIS TIÈDES

CHAPITRE 3

L'importance de ceci

Une route déserte, obscure. Une Barracuda 1974 impeccable, arrêtée sur l'accotement, son moteur encore tiède.

Une lueur s'approche. Même pas : une vague nitescence, floue, ses contours mouvants, un spectre. Large comme un camion, ténu comme un gaz. Cela file, une dizaine de mètres au-dessus du sol, plus vite qu'un hélicoptère.

À l'approche de la voiture, cela luit un peu plus, à l'avant, et cela ralentit, dans un bruissement d'air déplacé. Cela s'arrête au-dessus de la voiture orangée, pour flotter là, immobile, fluctuant, la cime des arbres et les étoiles parfaitement visibles à travers sa transparence.

Il n'y a personne sur la route, pas de voiture qui approche, nulle âme aux alentours.

Alors, un bref instant, cela devient visible : un engin qui a le volume d'une roulotte motorisée et un peu son format rectangulaire, mais plus profilé, proue en coin, parois légèrement convexes, angles arrondis. Il n'a pas de teinte dans la nuit, pas de lumière hormis une large bande rouge terne, « à l'avant » et au début des côtés, peut-être la vitre d'un cockpit.

Et des appendices, des instruments qui évoquent caméras, micros, antennes, émergeant d'un côté et orientés vers le bas. Un œil rouge, quelques flashs dirigés vers la voiture, autour de laquelle l'engin décrit un arc de cercle.

Puis il disparaît, devient à nouveau ce volume à peine visible de quasi-lueur, guère plus décelable au radar qu'à l'œil nu.

Dans la voiture, au volant, le cadavre d'un homme, que les flashs ont rendu visible quelques fractions de seconde, la tempe percée de deux balles.

L'objet volant décolle, secouant le feuillage des arbres : une lueur maintenant visible, mais toujours floue, vacillante comme la flamme d'une bougie dans le vent, partant en diagonale vers les étoiles.

◆

Dans l'éclairage rouge de la cabine, des silhouettes humaines devant des écrans, des tableaux de voyants multicolores.

— Ils l'ont rattrapé avant nous : ça nous évite de faire le boulot.

— Qui, ils ? Les hommes de Souslov ? Ça leur a été bien facile je trouve. Je croyais Lee mieux protégé.

Une des femmes, Drax, examine depuis tout à l'heure les portraits du cadavre sur un écran.

— Tu as raison, intervient-elle. Lee était mieux protégé : celui qui vient d'être tué était un sosie, et pas si ressemblant que ça.

L'écran se divise, une autre photo apparaît. Puis, sur un second écran, les mêmes portraits restitués en simples lignes. Une animation d'ordinateur fait pivoter les têtes à l'unisson ; ensuite, après un tour complet, elle les superpose en couleurs distinctes, leur fait faire un autre tour en soulignant les différences physionomiques par des zones roses.

—La substitution a dû se faire dans le garage souterrain de l'hôtel, à Houston.

—Par Sherman et compagnie.

—Et je leur fais confiance pour lui extraire tout son jus.

Drax prononce à mi-voix, pour elle seule car chacun le sait bien :

—C'est très grave.

Une litote.

Puis, prenant une brusque décision, Drax interpelle le pilote :

—Inutile que je rentre à la base régionale. Vous pouvez me reconduire sur Argus ?

—Désolé, pas assez d'autonomie de vol.

—Vers un croiseur, alors ? s'impatiente la femme.

Doigts sur un clavier. Un point clignote sur un écran, s'accompagne d'un nom, au-dessus d'une portion schématisée de la Terre.

—Croiseur *Arvaker*, répond le copilote.

À une altitude maintenant trop grande pour qu'elle soit vue, la lueur augmente encore, accélère en décrivant une immense courbe très ouverte.

Plus haut, beaucoup plus haut, là où n'errent que les ballons-sondes, l'engin interrompt son déflecteur optique : il n'y a plus personne pour le voir.

◆

Les îles arctiques, blanches sous la lune ; l'océan est noir, semé d'étoiles de glace.

À bord de la navop, l'éclairage est passé du rouge à l'ambre brillant. Drax demande la communication avec le croiseur *Arvaker*.

— Capitaine, demande-t-elle dès qu'elle l'obtient, pouvez-vous m'organiser une téléconférence avec Argus ?

— Sûr.

— Je voudrais parler à Morant, des Renseignements, et aux conseillers qui sont de garde au Contrôle.

— Ce sera prêt.

Sur l'océan Arctique naissent quelques reflets éblouissants, la pâleur de la neige prend du relief : la navop franchit la zone crépusculaire et approche du long jour polaire.

À l'une des consoles, un préposé interpelle Drax :

— Argus nous retransmet une communication entre Houston et Washington.

— Sherman ?

— Avec Brown, le secrétaire d'État à la Défense.

— Déjà ! C'est vrai qu'ils détiennent Lee depuis quelques heures, maintenant.

Le silence se fait. Dans la cabine exiguë, chacun écoute attentivement le difficile accent américain.

— Nous avons fait parler Richard Lee.

— Il avait renseigné les Russes, c'est confirmé ?

— Oui. Mais, en prime…

Au son de sa voix, Sherman semble partagé entre la joie féroce d'avoir fait un bon coup et la gravité de ce qu'il annonce :

— … les Russes ont le même problème que nous.

Un bref silence.

— Confirmez ça. Les mêmes black-out ?

— Oui, les fameuses « pannes ». Ils ont les mêmes, à tous les lancements inhabités.

— D'autres détails ?

—Non. Lee est gommé, pour le moment. Nous continuerons demain.

—Merci. Vous réalisez l'importance de ceci. Inutile de vous…

—Inutile. J'ai mené l'interrogatoire seul.

—Merci.

Le préposé arrête l'enregistrement. Les gens présents, penchés dans un effort d'attention, se reculent et retrouvent l'appui de leur dossier.

—Oui c'est grave, monsieur le secrétaire d'État, murmure enfin Drax.

◆

Le pilote et le copilote reportent toute leur attention à la manœuvre. L'*Arvaker* se trouve droit devant, mais invisible à l'œil nu. Il est un point sur l'écran du festler, il grossit, se sépare en deux points qui croissent pour devenir chacun une petite silhouette blanche aux formes distinctes.

Sur un autre écran, l'ordinateur de bord les représente sous forme de schémas, l'un massif, défiant toute description concise, l'autre plus petit, un fouillis d'antennes et de paraboliques.

—C'est vrai, se souvient le copilote, ils font la révision générale du *Hugin*.

—Ça pose un problème ? demande Drax qui a jeté un regard sur l'écran.

—Aucun. Il y aura beaucoup de circulation autour du croiseur, mais nous arriverons « par en dessous ».

L'*Arvaker* et le *Hugin* se trouvent maintenant assez proches pour être vus. Mais du croiseur on ne distingue qu'une tache noire, une absence d'étoiles, quelques angles ou arêtes à peine discernables. « Au-dessus » de l'*Arvaker*, et masqué à la Terre par lui, le *Hugin* est plus visible, offrant davantage de prise aux rayons du soleil par ses antennes et ses capteurs neufs. Ils seront noircis à la fin des travaux, de façon à ce que, dans le ciel des Terriens, aucun satellite inconnu ne brille la nuit. Autour de lui, abeilles lentes, ou plutôt mouches noires, des scaphes, tous bras dehors et scialytiques allumés, paraissent butiner une absurde fleur de métal.

Sur l'écran où il est schématisé, le couple *Arvaker-Hugin* pivote par à-coups à peine perceptibles tandis que la navop décrit un demi-cercle autour. À l'arrière du croiseur, une ligne brillante apparaît, d'un blanc rosé, s'élargit en un mince et long rectangle, s'ouvre sur la profondeur anguleuse d'un hangar à navettes.

Quelques jets de verniers, brefs, discrets, le véhicule s'aligne sur l'aire d'appontement, s'y pose sur ses trois amortisseurs sortis entre-temps. Les grandes portes se referment, la pressurisation se fait rapidement, l'éclairage passe au blanc bleuté.

Une porte s'ouvre à l'arrière de la navop, un marchepied se déploie. Drax est la première descendue, se hâtant vers la sortie du hangar. C'est une femme plutôt menue mais athlétique. Chevelure aile de corbeau, un teint plus clair que la moyenne, des yeux gris d'acier et qui en ont la dureté.

Elle traverse le vaisseau. Juste avant d'atteindre la passerelle, elle bifurque et monte un escalier. La salle de conférences surplombe la passerelle bourdonnante d'activité – un bourdonnement très discret, fait de murmures et d'ordres donnés à mi-voix dans des micros.

Le capitaine Ousso se retourne et lève la tête vers elle, la salue d'un mot de bienvenue.

— Tout est prêt, dit-il.

— Vous pouvez monter un moment ?

Il confie le commandement à un lieutenant et monte rejoindre Drax.

La femme s'assoit à un bout de la table, devant un petit tableau de commande, enfonce quelques touches. La rumeur de la passerelle est coupée.

Après un instant, trois personnes apparaissent à la table de conférence, assises malgré l'absence de chaises. Elles ont apporté leurs propres chaises, aussi immatérielles que leurs corps : des images holographiques parfois traversées d'un scintillement irisé, réagissant et répondant avec quelques secondes de retard. Sur Argus, Drax et le capitaine Ousso se retrouvent en face d'elles de la même façon.

Il y a Jane Morant, coordonnatrice des Renseignements, Sing Ha et Ulm Edel, conseillère et conseiller.

Drax, qui a convoqué cette réunion d'urgence un peu informelle, prend la parole :

— Vous avez peut-être pris connaissance de la conversation récente entre Sherman, de la Sécurité de la NASA, et le secrétaire d'État Brown ?

— Elle vient d'être portée à mon attention, répond Morant après la pause inévitable.

— Je vous résume l'affaire : Lee, employé à la Sécurité, celui qui a informé les Soviétiques, a été démasqué par son supérieur Sherman. Nous avons voulu le supprimer, mais les Soviétiques l'ont fait avant nous, ou du moins ont cru le faire : ils ont abattu un faux Lee. Le vrai a été repris par Sherman qui l'a interrogé – seul, dit-il. Lee était au courant pour les Soviétiques, et il a été pénétré.

Drax laisse ses interlocuteurs conclure :

—Donc, dit enfin Sing Ha, depuis un mois les Soviétiques savent que les États-Uniens subissent des black-out. Depuis aujourd'hui, les États-Uniens savent que leurs vis-à-vis vivent aussi des black-out.

Nouveau silence, qui cette fois se prolonge au-delà du retard des photons.

—Il faut une réunion d'urgence du Conseil, affirme Drax.

—Sans contredit, admet Edel.

—Et mettre les Renseignements en alerte générale.

—Cela va sans dire, répond Morant, laissant paraître un peu d'agacement dans sa voix (car Drax n'a pas à lui dire quoi faire). Ce qui m'embête, c'est que le *Hugin* soit en révision juste à ce moment.

—Le travail sera achevé dans quelques heures, l'assure Ousso. Le cabinet états-unien va sûrement se réunir avant de tenter quelque approche vers ses alliés ou même vers les Soviétiques. *Hugin* sera prêt pour intercepter ces contacts.

Drax hoche la tête. Elle discute encore un moment de la séance spéciale du Conseil d'Argus, puis met fin à la téléconférence. Elle demande au capitaine une navette et, quelques minutes plus tard, elle est en route vers la Lune.

À l'aube, sur une petite route de Louisiane, le corps d'un inconnu abattu de deux balles sera retrouvé dans sa rutilante Barracuda.

Deux campeurs délibéreront sur l'ovni qu'ils ont aperçu durant la nuit, une vague lueur qui n'avait rien à voir avec les feux d'un avion, mais conviendront que c'était vraiment trop peu pour qu'ils dérangent des policiers ou des journalistes.

CHAPITRE 4

Pas besoin de clé

La caverne est immense, une cathédrale naturelle avec ses arches et ses piliers, ses bas-côtés qui sont des grottes, ses jubés des terrasses naturelles. Sa topographie se complique de recoins, d'alcôves, de crevasses qui donnent parfois accès à des passages vers d'autres salles souterraines.

Nicolas distingue la voûte, à une hauteur qu'il ne parvient pas à estimer. L'éclairage y est pour quelque chose, une vague lueur dont il ne repère pas la source ; elle révèle le relief du roc sans en permettre une vue claire.

Il ne sait depuis combien de temps il marche ici. Il s'est penché sur des gouffres : dans leurs profondeurs, de lents rougeoiements, parfois de brusques flambées, ou encore des lueurs glauques sous une eau figée. Dans le noir, il a contemplé un abîme sans fond, un puits au bout duquel il a cru, à la longue, distinguer des étoiles qui lui renvoyaient son regard. Il a parcouru des galeries, arpenté des cryptes sonores où les roches avaient été sculptées à l'image de demi-dieux, des figures graves au regard tragique. Il a touché de bizarres formations géologiques, caressé des pierres lisses comme une peau minérale, senti la tiédeur de surfaces poreuses, s'est écorché sur d'âpres rugosités.

Il a vu des fosses où il n'a osé descendre, de peur de se perdre en des catacombes sans fin.

Dans l'immense caverne en forme de nef, ce sont surtout les couleurs qui attirent le regard : cristaux reflétant la lumière par leurs mille facettes, stries opalines ornant le flanc des roches, veines phosphorescentes marbrant les parois râpeuses, gemmes semi-précieuses scintillant au creux des fissures.

Vers le centre, le sol forme une arène naturelle, que l'on a débarrassée des pierres qui l'encombraient. Là se sont réunies une quinzaine de personnes, selon l'usage assises en cercle autour d'un feu magique.

Un trouvère a bercé son public d'une ballade, et les flammes traduisent en vert et turquoise l'ambiance de l'assemblée. Nicolas se joint à elle.

Un vieil homme maintenant s'avance vers le centre du cercle, cale un violon alto entre son menton et sa clavicule. Son visage mulâtre aux traits mobiles exprime toute la sensibilité avec laquelle il joue. L'air est doux, mélancolique, pathétique par instants. Le feu réagit en bleu et mauve à l'émotion des auditeurs.

Parmi les visages, Nicolas en remarque un aux yeux clos, une fille aux traits délicats de poupée orientale, la peau lisse tel un masque de porcelaine.

La complainte du violon se meurt, le murmure de plusieurs gorges serrées remercie le musicien et les flammes s'avivent, plus claires.

La fille qu'a remarquée Nicolas s'avance alors à l'intérieur du cercle, puis s'assoit avec en son giron un ensemble de trois petits bongos. Son teint est foncé, presque mulâtre sous des cheveux de jais, mais ses yeux sont couleur d'ambre.

Dans une langue inconnue que pourtant Nicolas a l'impression de comprendre, elle annonce la légende qu'elle va raconter. Elle capte immédiatement l'attention par une mélopée, au rythme lancinant du tam-tam. Les flammes prennent une teinte profonde, pourpre, violette, à mesure que la conteuse introduit son public à un monde de sorciers menant un rituel ancien dans la pénombre de leur antre.

Ses mains, lorsqu'elles ne voltigent pas sur les peaux tendues, décrivent en l'air une pantomime qui envoûte Nicolas autant que ses paroles.

Les murailles tapissées de gemmes scintillent des rouges vifs et des orangés lancés par le feu magique, qui flambe au rythme de poursuites et de combats épiques. Nicolas ne quitte plus du regard les yeux de la conteuse, tantôt grands ouverts sous les sourcils relevés, tantôt à peine visibles entre les paupières, les lèvres arquées devant des dents de nacre. Il remarque à peine le riche mariage de flammes vertes et or que fait naître le dénouement où un jeune guerrier épouse l'héroïne de naissance divine.

Un concert de louanges salue la conteuse ; Nicolas y joint sa voix enthousiaste. Le regard de la fille croise le sien et lui semble être, par sa teinte si rare, celui d'une créature fabuleuse qui aurait pris forme humaine pour mieux ensorceler ses proies.

— Qu'est-ce que tu fais là ?

La main qui secoue son épaule, plus que le chuchotis courroucé, ramène Nicolas dans le laboratoire obscur.

— Qu'est-ce que tu faisais ?

—Je rêvais.

D'un geste impatient, Diane éteint le *Trancer*. Les pulsations argentées cessent, le bourdonnement s'interrompt. Seule reste la lampe de poche de Diane.

—Tu te rends compte, si ton père savait que tu entres dans les labos la nuit?!

—Premièrement, soupire le garçon, il ne le saura pas. Deuxièmement, je ne fais rien de mal.

—Ce n'est pas ce qu'il te répondrait. Il ne veut pas qu'on se serve seuls du *Trancer*.

—Aucun danger: j'avais mis la minuterie et le fil.

Il montre son index où une bague métallique lui aurait transmis des électrochocs pour le tirer de sa transe à l'heure voulue.

Diane renonce, avant de se rendre tout à fait détestable. Ce n'est pas sa transgression qu'elle lui reproche, en somme, c'est d'avoir agi à son insu à elle. « Je rêvais »: elle y a songé elle aussi, souvent. S'abandonner à l'envoûtement du *Trancer* sans exercices imposés, hors du programme d'expériences. Elle en a même parlé à Charles Dérec; il lui a répondu que le *Trancer* n'était pas un jouet.

Mais, mise cette nuit devant l'occasion, elle la refuserait probablement, comme si ses velléités n'avaient été que théoriques. Le fait est qu'elle entretient des réserves à l'égard du *Trancer*, comme envers le reste.

—Tu devrais essayer ça. Des fois je fais des rêves… incroyables! Tellement clairs, tellement vrais!

—Quoi, ce n'est pas la première fois? s'étonne Diane. Où prends-tu la clé?

Il hausse les épaules, répond si bas qu'elle est incertaine d'avoir compris :

— Pas besoin de clé.

Il ne lui laisse pas le temps de le relancer sur cette question. Il est déjà dans la salle de contrôle, il se rend à la porte et y colle l'oreille. Un instant il n'y a plus que le silence, dans la grande pièce où la lampe de poche éveille des reflets sur l'appareillage électronique.

Nicolas ne sent personne dans le couloir – la porte est trop épaisse, de toute façon, pour laisser passer le bruit des pas furtifs du gardien.

Il l'ouvre avec assurance et fait signe à Diane que la voie est libre. Elle gagne l'escalier, sans bruit.

Dans les marches elle s'arrête, redescend un peu pour voir comment Nicolas referme la porte. Il n'a pas voulu le faire en sa présence, mais il est bien naïf de croire qu'elle s'en désintéressera.

Il est accroupi devant le battant, comme lorsqu'on regarde par le trou de la serrure, sauf qu'il n'y a point de trou. La serrure se trouve à hauteur de son front, il paraît caresser le métal du bout des doigts, les yeux clos.

Diane entend distinctement un déclic.

Nicolas se relève, marche vers l'escalier ; il voit Diane qui l'observait. Ils se dévisagent, dans la lueur d'une lampe rouge.

— Toi aussi tu pourrais, fait-il d'un ton maussade, et il descend vers le rez-de-chaussée sans lui souhaiter bonne nuit.

CHAPITRE 5

Faux clair de lune

Karilian se lève. Sur l'écran de l'ordi, les dernières séries de chiffres qu'il a dictées achèvent de disparaître. Une plaquette-mémoire s'éjecte de l'appareil. L'homme la prend, la tend à son assistant.

— Le signal n'arrivera pas avant quinze minutes. Je vais me dégourdir les jambes dans le couloir.

La pièce baigne dans une lumière verte, à l'éclat particulier, comme si l'air même était lumineux, fait d'un gaz métallique, limpide, étincelant. Il existe bien des métaux liquides.

Karilian hausse les épaules intérieurement, avec un étonnement narquois pour les idées saugrenues qui lui viennent sous l'influence de la propsychine. Un intéressant effet secondaire.

Comme l'idée même de cet éclairage vert : une intuition, parfaitement inexpliquée. Que cela influence positivement les résultats, ça reste à prouver. Il a maintenant la conviction que c'était une hypothèse farfelue, se demande même comment il a pu la prendre au sérieux.

Le corridor paraît sombre par contraste. Sur le plancher, des cercles ambrés sous les plafonniers. Devant chaque haute fenêtre en demi-ovale, une plage de lueur bleutée, à peine discernable : le faux clair de lune de Mercure.

Karilian fait quelques allers-retours dans le couloir, mains derrière le dos, essayant de vider son cerveau des rangées de chiffres dont il s'est imprégné.

Puis il s'arrête au bout de la galerie devant la dernière baie, telle une alvéole, ou plutôt une alcôve. De ce côté, on n'aperçoit pas les autres bâtiments d'Hermès, on ne voit que le paysage chaotique, terre de Caïn, planète haïe de son soleil. Dans le ciel, un vaste halo indigo autour d'un petit disque blanc bleuté, d'un éclat insoutenable : fausse lune placée là pour inspirer d'improbables poètes.

Presque sans transition, du paysage mort sous un éclairage sinistre, Karilian se retrouve sur une pelouse chaude de soleil, en face d'un lac miroitant et de montagnes vertes. C'est un après-midi estival accablant, on voudrait plonger et sentir sous l'eau la fugace caresse des courants froids. D'autres le font, du reste : d'une plage aménagée sur la rive du lac, parviennent les piaillements lointains de jeunes baigneurs. On les aperçoit, formes claires ponctuées de couleurs vives, s'agitant sur un sable beige.

Dans l'autre direction, là où le lac est noir à l'ombre des monts, un canoë rouge flotte immobile, au pied d'une falaise. Il y a à bord un enfant, un garçon peut-être, scrutant les creux du roc pour y percer quelque mystère. Ou peut-être pêche-t-il, tout simplement.

— Le signal est entré, maître Karilian.

Le paysage de Mercure reparaît brusquement devant lui, anthracite, noir, bleu foncé. Karilian vacille, brièvement. Séquelles de la propsychine :

on n'arrête pas son effet comme on éteint un appareil.

Il se retourne vers Pier Winden, là-bas, tout vert dans l'encadrement de la porte, et se dirige vers lui.

—Les résultats sont presque parfaits ! Quatre-vingt-seize pour cent.

De nouveau cet éclairage vert, si métallique après la vision d'herbe et de forêt. Sur l'écran, des lignes de chiffres rouges défilent en deux colonnes. Ici et là sur la colonne de droite, une série en bleu, les erreurs de réception.

Toutefois, Karilian n'y prête guère attention. Il revient constamment à sa brève vision. Ce n'est pas un simple souvenir : lorsqu'il a séjourné sur le bord de ce lac, seize ans plus tôt, les érables argentés venaient tout juste d'être plantés, au bout de la pelouse. Et il n'y avait pas de plage en contrebas de l'hôtel.

Non, ce que Karilian vient de voir, c'est l'état *actuel* de la villégiature. Ou plutôt son état dans un proche futur.

Et Karilian sera là. Il s'est *senti* là, il était dans son propre corps, ce n'était pas une vision désincarnée. Les deux phénomènes lui sont connus, il n'y a pas moyen de s'y tromper. Il est entré dans ce corps familier comme on met la main dans un vieux gant à soi. Il a frôlé brièvement tous les engrammes de ce cerveau par lequel il voyait, entendait, et c'étaient les siens.

Dans un futur proche, Karilian retournera sur la Terre.

Mais pourquoi là en particulier, au bord de ce lac ?

CHAPITRE 6

Mandalas bleus

Un bourdonnement, métallique dans sa sonorité, ou plutôt électronique. Un rythme lent, lancinant. Il semble venir à Nicolas, comme semble *venir* à lui la lumière argentée, à la façon d'un pendule. Dans les profondeurs de la lampe, géode d'aluminium, des fantômes luisent en mouvement décomposé, fraction après fraction de seconde, juste avant le flash blanc qui coïncide avec le maximum sonore. Puis la lumière paraît se retirer par le même effet inversé, comme un pendule se retire vers l'autre extrémité de son arc.

Sur un grand écran, au-delà de la lampe, des mandalas inondent l'obscurité de leurs couleurs. Une infinie variété de mandalas dans des tons de vert, émeraude et jade, céladon, malachite…

— Non non, murmure Nicolas. Passez le vert. C'est du bleu. Dominante bleue.

Le son est enveloppant, se prolonge en harmoniques qui résonnent dans la tête même de Nicolas, de sorte qu'il ne sait plus si la pulsation naît dans ses écouteurs ou si elle émane de son cerveau même, projetant vague après vague d'énergie mentale.

Dans la cavité d'aluminium, la lumière brille, s'éteint, brille, s'éteint, déployant les profondeurs d'un cristal éblouissant.

Les mandalas sont bleus, maintenant, azur et marine, outremer et pastel, turquin, indigo, royal… Nicolas réclame du jaune, une touche de jaune, et des lignes jaunes apparaissent dans les figures bleues, cercles concentriques, spirales doubles, ellipses entrelacées.

Le son continue, Nicolas ne sent plus sa tête, ni les écouteurs, il a sur les épaules un générateur, à la fois cœur et cerveau, source d'énergie, fontaine de lumière.

La lampe, les facettes de sa cavité argentée, se brouillent en pulsations étincelantes, au niveau de son front, assez proche, si proche qu'il l'incorpore, qu'il devient cette lampe, l'intérieur de son crâne tapissé de facettes argentées, s'illuminant d'elles-mêmes comme traversées d'un courant électrique. Il voit au-delà, il concentre son regard sur les mandalas.

Rayons droits. Rayons coniques. Rayons en sinus. Rayons de points devenant cercles.

—Non. Plutôt des figures fermées.

Viennent des triangles entrelacés, concentriques ou en étoile de David ou opposés par les pointes, or sur saphir, paille sur cobalt, citron cyanure, jonquille et pervenche.

Le son n'est plus, le cerveau a trouvé un apaisement par-delà les pulsations obsédantes. L'esprit de Nicolas n'est plus qu'un vide entouré de vibrations, et dans ce vide brille un mandala, lumineux, si lumineux que même la lampe n'est plus visible.

Carrés d'azuline lisérés de jaune. Citron? Non, cela, c'est une odeur. Pentagones, hexagones, octogones.

—Donnez-moi plutôt des losanges et des trapèzes.

Le mandala dans son esprit est très clair, limpide, d'une netteté optique. Brusquement le symbole se déploie, comme jailli de sa tête et projeté sur l'écran par ses vœux.

—*C'est lui! C'est celui-là!*

Une composition géométrique, losanges et trapèzes se multipliant comme dans un kaléidoscope, larges surfaces bleues et fines lignes jaunes. Et toujours cette tiède odeur de citron?

Sur l'écran, le mandala s'estompe graduellement, persiste un instant de plus dans l'esprit de Nicolas, où il se désagrège en taches coloriées qui perdent de leur éclat, peu à peu, telles des persistances rétiniennes.

Le garçon renifle, presque involontairement: cette odeur de citron est encore plus forte. Est-ce que quelqu'un a pressé des citrons dans le laboratoire?

Le bourdonnement décroît, chaque pulsation plus faible et plus distante que la précédente, et les éclats de la lampe s'atténuent aussi, les facettes du géode retournent à l'obscurité.

Nicolas écarte le support portant la lampe, une boîte noire creusée d'une cavité géodésique. Puis, délicatement, il soulève le combiné d'écouteurs, fixé lui aussi à un bras articulé et portant les électrodes de l'encéphalographe.

L'odeur de citron persiste, Nicolas se demande si ses sens ne sont pas déréglés.

La lumière revient dans la chambre.

—Bravo, Nicolas. Cinq sur cinq pour la séquence. Et cent pour cent d'exactitude pour le dernier essai.

—Je sais, répond-il à mi-voix.

C'est très clair dans son esprit, lorsqu'il fait une réussite. Et lorsqu'il est loin du compte, il en a conscience aussi.

Kate le regarde d'un air intrigué.

—Tu sens quelque chose? Je te vois renifler depuis tout à l'heure.

—Du citron. Ça sent le citron, tu ne trouves pas?

Elle a un sourire entendu, jette un regard vers la vitre teintée qui sépare la chambre de la salle de contrôle.

Nicolas, lui, a déjà ouvert une porte qui donne sur la chambre d'isolement voisine. Diane est là, qui se défait de son combiné d'écouteurs-électrodes. Elle a l'air épuisée, mais elle lui fait un sourire.

Il a un accès de tendresse, le baiser machinal qu'il allait lui donner devient passionné, bref mais passionné, et il trouve dans ses cheveux la douceur de certaines nuits. Elle rallume pour lui la visionneuse installée devant son fauteuil, et il reconnaît le mandala qu'il a identifié, limpide derrière le verre, lumineux, un immense flocon de neige multicolore.

Ils s'émerveillent ensemble, sans un mot: y a-t-il une limite à la complexité des images qu'ils peuvent se transmettre? Et si rapidement! Aujourd'hui, Nicolas a encore brisé un record de vitesse d'assimilation.

Kate, restée dans l'autre chambre, rappelle l'adolescent:

—Viens voir.

Elle ouvre la porte donnant sur une autre chambre d'isolement. Une technicienne se trouve là, ainsi que Norma Capola, elle aussi devant un *Trancer*.

—Ah ? fait Nicolas, sa curiosité fouettée par une amorce de compréhension.

Il s'approche.

—L'as-tu senti ? demande Norma avec un enthousiasme enfantin.

Sur une tablette placée près de son nez, une soucoupe, des quartiers de citron pressés. Le garçon pousse une exclamation, de joie et d'incrédulité. Même des odeurs ! Ils peuvent même se transmettre des sensations olfactives !

Nicolas se tourne vers la vitre qui isole le centre de contrôle. Son père est là, visage brun à cause du verre teinté, souriant de la joie du garçon. Tablette sous le bras, il fait discrètement le geste d'applaudir, comme un chef pour son orchestre à la fin d'un concert. Sans réserve, tant son enthousiasme est grand, Nicolas le salue d'un rire.

◆

Les deux techniciennes ont rejoint Charles Dérec dans la salle de contrôle octogonale ; on les distingue, discutant des résultats de l'expérience.

Les trois sujets, Norma, Diane et Nicolas, se sont retrouvés dans la chambre où le garçon a reçu image et odeur. Son enthousiasme se traduisant par un débordement d'énergie, Nicolas s'escrime avec l'écran à ressort qu'il essaie de faire s'enrouler sur son support fixé haut sur le mur.

Norma, habituellement timide, est aujourd'hui presque loquace, peut-être est-elle aussi enthousiasmée par la réussite de l'expérience :

—Monsieur Dérec a dit que, si ça marchait aujourd'hui, on ressaierait avec d'autres odeurs. Des fleurs, des parfums...

— Mais je ne connais pas tellement les senteurs des fleurs.

— Il faudra mémoriser, intervient Diane. Même chose pour les parfums : je suppose qu'ils te feront apprendre diverses marques, des eaux de Cologne, des lotions…

Seule Diane paraît morose. Épuisement de cinq efforts de transmission qui ont été presque impeccables ? Ou jalousie de ne pas avoir été la première à tenter la transmission d'odeurs ? Elle est assise sur le rebord de la fenêtre d'observation, adossée à la vitre, et ne regarde personne en particulier.

— C'est ça que vous faites tous les jours, demande Norma, des séances avec le *Trancer* ?

Diane hoche la tête affirmativement.

Nicolas a dérivé vers l'étagère roulante portant quatre projecteurs à carrousel pour les diapositives ; des appareils modifiés pour répondre presque instantanément à une commande venant de la salle de contrôle par l'intermédiaire d'un ordinateur.

— Trois cents compositions géométriques différentes ou de différentes couleurs, explique-t-il à l'intention de Norma. Nous les appelons des mandalas. Kate me les projette sur l'écran jusqu'à ce que j'identifie celui que je reçois de Diane.

Norma hoche vaguement la tête. Elle aussi a déjà travaillé dans ce système, quoique en plus simple, avec les cinq figures des cartes de Zenner.

— J'aimerais bien être à votre place.

Elle a dit cela à mi-voix, non avec un soupir mais avec quelque chose de résigné dans le ton.

— Toi, tu travailles avec Dillon et Rogel ?

Le *Mindvoice*. Il se fait peu de communication à l'intérieur de la Fondation, du moins entre sujets, entre techniciens. De sorte que Nicolas ne sait pas grand-chose du système *Mindvoice*.

—Qu'est-ce que vous faites comme expériences?

Mais Norma redevient taciturne. Comme s'il y avait une consigne, qu'elle avait brièvement oubliée.

—C'est plus pénible, se contente-t-elle de répondre, bien plus pénible.

Diane intervient, intriguée:

—Tu veux dire: plus difficile? Parce que vous n'avez pas le *Trancer*?

Elle hoche négativement la tête:

—Non, je veux dire: plus éprouvant. Il y en a qui craquent en plein labo...

—*Norma Capola au bureau du docteur Dillon*, l'interrompt une voix.

C'est le haut-parleur d'un système d'appel qui ne sert pratiquement jamais. Une voix masculine, dure, métallique.

Nicolas trouve que cette injonction a coupé court bien inopportunément à une rare confidence. Tout à fait comme si on avait entendu les propos de Norma et qu'on les avait jugés indiscrets.

CHAPITRE 7

Comme si le fleuve du Temps

Jupiter occupe vingt-cinq degrés d'arc dans le ciel d'Amalthée, son troisième satellite le plus rapproché. C'est sur ce rocher, déformé peut-être par le champ titanesque dans lequel il baigne, qu'Érymède a établi son Institut de recherche sur l'énergie magnétique, avec pour laboratoire le plus puissant champ planétaire.

Mais Karilian ne songe à rien de tout cela, s'abandonnant au seul spectacle de cette sphère écrasante. Elle est aux deux tiers pleine, pour le moment, sa rotation perceptible à l'œil nu, et en restant là quelques heures Karilian pourrait voir Jupiter sous toutes ses phases, sphère des dieux ou effrayant disque noir devant les étoiles. Ce serait alors l'illusion de se trouver au seuil d'un trou noir, un gouffre ouvert à même le vide, vers le néant total.

Il doit raisonner un moment pour retrouver la réalité. Les trous noirs ne sont pas des trous ; la propsychine nourrit l'imagination de petits délires tranquilles. Karilian se trouve en cet instant sur Amalthée, sous une coupole de la station de recherche.

Le dôme lui paraît une dérisoire protection dans la tourmente du champ magnétique. Mais il sait que le danger n'est pas de voir le transplastal voler en éclats. Le danger est physiologique, une équipe de spécialistes étudie le comportement de l'organisme sous un champ aussi intense, et le personnel de la base y séjourne selon une rotation sévèrement contrôlée.

Lorsqu'il y songe, Karilian a l'impression de sentir courir sur lui d'intangibles fourmis.

Mais il aimerait encore moins se trouver dans la stratostation, au cœur de l'ouragan perpétuel qu'est l'atmosphère de Jupiter. Sur les écrans géants de la base d'Io, il a pu voir ce que voient les occupants de la station, et il est resté sans voix devant cet enfer gazeux, ce maelström de rouge, d'orangé et de rose, ou encore de jaune, beige et ocre, selon les latitudes. Ce qu'il voyait n'avait aucune mesure, du moins pour lui, et parfois aucun sens : les lunes, des fantômes dans leurs auras varicolores, le soleil, minuscule noyau d'une mouvante galaxie perle ou vermillon au gré des nuées, la nuit s'illuminant d'éclairs en forme de nappes et s'agitant d'orages-séismes.

Non, il n'y descendrait pas. Mais quelqu'un de Psyché devra y aller un jour, voir si le continuum psi est perturbé aux abords de si puissants phénomènes magnétiques. Déjà sur Amalthée, les résultats comparés à ceux d'Io donneront des indications en ce sens. Le signal met près d'une heure à parvenir d'Érymède, qui est en opposition. Les résultats sur Io ont été quatre-vingt-quinze pour cent en émission et quatre-vingt-dix pour cent en réception. La distance aurait-elle après tout une importance dans le continuum psi ? La suite du périple le dira. Cependant Karilian sent déjà poindre une certaine lassitude : trop d'efforts soutenus à fréquence rapprochée ? Ou peut-être cela vient-il de l'anxiété que fait peser sur lui cet énorme globe suspendu dans le ciel.

Karilian ramène son regard à l'horizon rouge de la lune, songe combien il ressemble à celui d'Érymède, couleur mise à part…

… et il se retrouve dans une navette. Mais pas dans l'espace, ni dans l'atmosphère. Ce qu'il voit par la baie de la cabine, c'est une petite machine trapue autonome, qui remorque le véhicule dans un hangar, entre deux rangées de navettes, leurs coques aux lignes arrondies luisant faiblement dans la pénombre. Le petit toueur repère un emplacement libre et y gare le véhicule avant de s'en détacher.

Karilian éteint les commandes, se lève – il était seul dans la navette –, traverse la cabine et la soute, sort par-derrière. Il est préoccupé. Une mission lui pèse, une mission plus grave que toutes celles qu'il a remplies lorsqu'il était agent sur la Terre. Maintenant il l'est de nouveau, agent, et lorsque l'ascenseur s'ouvre sur la salle de contrôle d'une base régionale, il reconnaît celle du Maine : sur les écrans de la section média défilent à toute allure les journaux du nord-est de l'Amérique, *Washington Post*, *New York Times*, *Globe and Mail*, les grands bulletins télévisés de CBS, NBC, CTV, les pages des périodiques, *Newsweek*, *Times*, enregistrés pour être transmis à Argus.

Surtout, il reconnaît Carla Cotnam. Elle travaille encore là ? Il ne l'a pas revue depuis sept ou huit ans, lorsqu'il était descendu pour des expériences de réception.

Sa mission, cette fois-ci, le mènera au lac Clifton où il doit… chercher ? attendre quelqu'un ? Une personne importante, extrêmement importante, mais il n'en sait pas plus, ou bien il n'en perçoit pas plus dans sa vision…

… qui s'estompe avant qu'il n'ait pu mieux saisir les pensées du Karilian futur : cela a été trop bref. Autour de lui, la rumeur des conversations dans la salle de séjour, dans la lueur laiteuse de Jupiter.

Trop bref.

Comme sur Mercure. Cela s'appelle une jonction, le contact d'un esprit avec lui-même dans le futur, et par là une prémonition. Comme si le fleuve du temps faisait des méandres, et qu'entre deux boucles rapprochées on pouvait sauter d'un point à l'autre. La fois précédente, il s'est vu au lac Clifton en été, cette fois il sait qu'il ira pour une mission cruciale – « historique » est l'adjectif qui flotte aux limites de sa conscience et de son intuition. Il devra trouver quelqu'un, quelqu'une. Et faire quoi ?

CHAPITRE 8

La qualité des rêves

À la sortie des cavernes, Nicolas cligne des yeux. Non que le soleil soit aveuglant : on le distingue à peine, petit et estompé, par-delà le dôme. Mais c'est le ciel qui est lumineux – ou plutôt le gaz bleu emprisonné entre la double paroi du dôme. Une brise tiède accueille le garçon : les souffleries sont du sud, aujourd'hui.

Thaïs est avec lui : il l'a abordée simplement, lorsque le cercle autour du feu magique s'est défait, et il lui a demandé son nom. Bien qu'elle semble avoir l'âge de Nicolas, elle a parfois dans la voix des intonations de fillette.

Les splendeurs souterraines, et les charmes de Thaïs, lui ont presque fait oublier où il se trouvait, de sorte qu'il est un peu saisi lorsque, au détour d'un bouquet de thuyas, la vaste perspective du lac Ulmo s'ouvre devant lui.

—On va se baigner ?

Sur le sentier descendant vers la plage, Thaïs est la première à entamer la conversation :

—Je t'envie un peu d'être né sur la Terre. Ici nous n'avons que des buttes en guise de montagnes et des lacs en guise d'océans. L'astéroïde est si petit qu'à pied on en ferait le tour en quelques jours.

— C'est quand même plus grand que la planète du Petit Prince.

Elle rit.

— Tu sais, je n'ai jamais vécu en montagne, ni au bord de la mer. Ces dernières années, je vivais dans une région de collines et de forêts. Je pourrais te parler de forêts immenses, toutes rouges et dorées à l'automne.

Thaïs soupire imperceptiblement et, de la terrasse où ils se trouvent, juste au-dessus de la plage, elle promène son regard sur le versant abrupt qui encercle le parc-cratère. Il y pousse une riche végétation aménagée par les paysagistes et les botanistes. Une fois par an cette flore connaît l'automne, un mois d'hiver aussitôt suivi d'un printemps, toutes saisons suscitées artificiellement par un abaissement de la température sous le dôme et un abrègement de la période de clarté. Ces cycles sont provoqués en alternance dans chacun des parcs-cratères.

— Ici, dit-il à Thaïs, à tout moment tu peux trouver un printemps ou un automne sous l'un des dômes.

— Saisons factices, comme les paysages.

Elle dit cela sans amertume, puis elle lance :

— Courons.

Ensuite, pendant qu'ils s'arrêtent au bord de l'eau pour se dévêtir :

— Tu as connu l'immensité du ciel, un ciel ouvert jusqu'à l'infini, avec des nuages immenses.

— Blancs comme de la ouate, oui. Ou parfois roses et orangés au coucher du soleil.

— Et tu as vu l'horizon, des panoramas s'étendant à des dizaines de kilomètres.

— Des dizaines ? Rarement.

L'eau est tiède, on y entre facilement.

— Et j'ai connu le soleil qui chauffe la peau et qui fait bronzer, un soleil si fort qu'on ne peut le regarder directement.

Nicolas nage vigoureusement. L'eau est limpide, si propre qu'elle pourrait être bue si elle n'était légèrement saline ; elle est filtrée au jusant de chaque marée artificielle, lorsqu'elle reflue dans les réservoirs souterrains creusés à même le roc sous le fond du cratère.

Un radeau dérive lentement en face du garçon ; quelque part sous la surface, un ou des plongeurs doivent évoluer parmi les récifs de coraux, les algues multicolores et les poissons exotiques. Au large – si on peut parler ainsi d'un lac de quelques kilomètres de circonférence –, la brise est assez forte pour pousser les planches à voile. Afin d'ajouter de l'imprévu, il y a même des sautes de vent provoquées par le fonctionnement alterné des ventilateurs. Durant un moment, Nicolas observe les véliplanchistes, leurs voiles parfois groupées tel un essaim multicolore.

Il se retourne : Thaïs, derrière lui, est accroupie avec de l'eau jusqu'au cou. Elle se laisse submerger la tête par chaque vague – des vagues assez convaincantes, provoquées par un gigantesque brasseur mécanique immergé au centre du lac.

Il revient vers elle.

— Tu parles des paysages, lui dit-il. Mais les parcs d'ici valent les plus beaux jardins de la Terre, et ils ne sont pas encombrés. Sur Terre, une si belle plage aurait été bondée de gens, bruyante de leurs éclats de voix et de leurs radios transistors. Écoute…

Il lui a pris les mains et ils se font face, prêtant l'oreille au calme, sinon au silence. Le plus proche couple de baigneurs se trouve assez loin pour qu'on n'entende que leurs éclats de rire.

Nicolas et Thaïs sortent de l'eau.

—Les gens d'ici sont si paisibles, et si tolérants.

Le garçon fait des yeux le tour de la plage. Parmi les gens étendus sur le sable clair, il y a quelques couples enlacés. Il en repère un formé de deux filles. Du menton, il les désigne discrètement :

—Tiens, par exemple, jamais on ne tolérerait ça sur la Terre, sauf sur quelques plages réservées. Les Terriens, en particulier ceux du continent d'où je viens, discourent sans cesse sur la liberté, mais ils tolèrent mal les déviations de la norme.

Et puis, songe Nicolas, les mœurs ici sont plus libres : les rapports sont spontanés, informels, ce qui autorise des rapprochements intimes dès la première rencontre sans que cela paraisse cavalier.

Le sable est tiède sous leur corps. Il se retourne vers Thaïs, s'enhardit à effleurer ses seins menus. Elle semble tout à fait d'accord. Il alourdit sa caresse. La main de Thaïs se glisse derrière sa nuque et attire la tête du garçon vers la sienne. Son autre main, tout à l'heure posée sur le sable entre eux, trouve le sexe de Nicolas déjà durci.

Des goélands planent au-dessus de la plage, et leurs cris se répercutent sur le versant du cratère comme au large des falaises terriennes les plus reculées.

Le corps du garçon couvre celui de Thaïs, leurs jambes s'enlacent et ils roulent dans le sable clair, jusqu'à une pierre qui est la première d'un éboulis jonchant la grève.

Thaïs le chevauche, maintenant, et les mains de Nicolas cherchant ses fesses font rouler des grains de sable sur la peau douce de son dos.

Elle dresse le torse ; ses cheveux, déferlant de ses épaules, isolent leurs deux sourires sous une tente noire. Celui de la fille se fait distant, celui de Nicolas s'évanouit, et il ne voit plus que le brun clair de ses yeux, deux topazes au fond d'une grotte.

Un mouvement souple, presque reptilien, et Thaïs enveloppe de sa chaleur le sexe de Nicolas, comme si elle l'avait aspiré.

Il entend les vagues telles de longues caresses sur le sable mouillé, s'achevant en un chuintement sensuel. Thaïs aussi l'écoute, car elle en adopte le rythme ; par leur union elle semble vouloir communier avec les esprits de la mer.

Son visage est grave, comme si elle accomplissait un rite sur le corps de Nicolas. Son regard est intense, trop intense, et bientôt le garçon ferme les yeux pour s'abandonner à la chaleur qu'elle infuse en lui. Cela se répand dans tout son corps en irradiant du milieu, et lui fait oublier les doigts de Thaïs crispés sur ses bras.

Inlassablement elle suit le rythme des vagues, et cette cadence peu à peu enfonce Nicolas dans le sable. Sans accélérer, par la seule adresse de son mouvement, elle fait monter en lui le plaisir, inexorable comme la marée, jusqu'au déferlement qui lui arrache un cri de noyé.

Tel le naufragé jeté sur les galets par une vague impétueuse, Nicolas se retrouve dans le laboratoire, cherchant son souffle. Dans ce décor familier, son cri résonne encore, un cri aspiré, comme un long râle sonore.

Il est assis, tout habillé, dans un fauteuil évoquant celui d'un dentiste, les mains crispées sur les accoudoirs. Il est en érection ; son slip est mouillé d'une abondante éjaculation, une tache humide s'élargit sur le denim de son jean, au niveau de l'aine.

Machinalement il éteint la lampe de son *Trancer*. Celui de Diane clignote encore, mais il n'en voit que la lueur par la porte : la fille est assise dans la chambre d'isolement voisine.

Enthousiasmé, Nicolas se demande si son amie a des rêves d'un réalisme aussi… efficace. En plus de l'image, le son et les sensations, des sensations assez intenses pour le mener à l'orgasme ! C'était comme s'il se retrouvait dans le corps tangible d'un personnage, voyant ce qu'il voyait, sentant ce qu'il ressentait, connaissant parfaitement son univers.

Quels que soient les autres résultats de l'appareil, le *Trancer* est un formidable réalisateur de rêve. Pourtant il n'est pas censé agir sur les centres du rêve. Sa fonction est d'induire une transe hypnotique rendant le cerveau réceptif aux impressions télépathiques.

Comment cela peut influer sur la *qualité* des rêves, Nicolas ne le comprend pas. Mais le fait est là : des expériences oniriques où toutes les distorsions habituelles du rêve sont abolies. Le temps n'est plus télescopé, les personnages ne changent pas d'identité, dimensions et perspectives sont stables, le souvenir reste comme d'événements vécus.

Diane a confirmé ces impressions, tout en restant discrète sur le contenu de ses rêves à elle. « J'étais une espionne », a-t-elle consenti à dévoiler, avec un sourire narquois dont l'ironie pouvait le viser, lui, autant qu'elle. À une autre occasion, elle a évoqué une salle de réunion à l'ambiance oppressante, pleine d'hommes intimidants ou carrément sinistres.

Elle a tenté l'expérience deux ou trois fois, et Nicolas sait que ses rêves n'ont pas été agréables. Il a dû insister, cette nuit, pour qu'elle s'y essaie une dernière fois.

Elle prétend que c'est très risqué, que la Sécurité réagirait mal à une pareille effraction. Nicolas doit l'admettre : lui-même viendrait plus souvent dans les laboratoires, la nuit, s'il ne craignait de faire de mauvaises rencontres ou d'être découvert. Il a été chanceux jusqu'ici, mais un soir pourrait venir où tout ne marcherait pas aussi rondement. Il suffirait que le gardien de nuit change ses habitudes et passe jeter un coup d'œil dans les laboratoires pendant que Nicolas serait en transe, incapable de l'entendre venir.

Nicolas regarde vers la porte communiquant avec la chambre voisine, voit palpiter la lueur du *Trancer*. Diane est silencieuse : aucun marmonnement, aucune exclamation étouffée comme cela se produit parfois pour lui. Seul le sourd bourdonnement du *Trancer* scande son rythme lancinant.

Nicolas se lève, va chercher dans la salle de contrôle des mouchoirs de papier pour essuyer le sperme qui poisse son aine. Il ne peut s'empêcher de rire tout bas tant l'expérience lui semble cocasse ; il n'a pas eu d'émission nocturne depuis sa puberté.

Dans sa tête prend forme une idée qui l'avait déjà frôlé : faire l'amour en état de transe. Chaque partenaire serait réceptif aux sensations de l'autre. Il imagine déjà des orgasmes conjugués avec Diane, la fusion de leurs sentiments en une extase qui serait sûrement supérieure à tout ce qu'ils peuvent éprouver individuellement.

Mais il y a un obstacle : en état de transe, le sujet est plutôt passif, sans grande initiative. À moins de brancher le *Trancer* après la pénétration, espérer que le va-et-vient continuerait machinalement, peut-être au rythme même des oscillations du signal ? Mais le *Trancer*, surtout avec sa lampe, est un dispositif encombrant. Quelle position adopter pour que la chose se fasse aisément, presque d'elle-même ?

— Eh bien !

Nicolas n'a pas remarqué que Diane avait terminé sa transe et retiré son combiné. Il achève de se reculotter et raconte ce qui lui est arrivé, un peu gêné comme s'il avait été pris à se masturber.

Elle rit de son aventure, feint la jalousie en demandant des détails sur la partenaire onirique de Nicolas. Peut-on s'amouracher d'une personne vue en rêve, se demande le garçon – d'un fantasme, en somme ? Mais ce fantasme-là avait une telle intensité, une telle cohésion, alors que les personnages oniriques sont le plus souvent inconsistants, changent d'apparence et même d'identité sans logique apparente.

— Et toi, qu'est-ce que tu as eu comme rêve ? s'enquiert-il en la voyant de meilleure humeur qu'au sortir des expériences précédentes.

Elle se rembrunit :

— Oh, rien de très précis.

Nicolas jurerait qu'elle ment.

— Désagréable ?

— Plutôt. Un rêve d'hôpital, ou de clinique.

Manifestement, elle n'a pas l'intention de détailler.

Elle éteint les appareils, range les accessoires pour que personne ne soupçonne l'usage nocturne qu'on en fait. Nicolas est déçu du mutisme de son amie. Elle semble avoir pris le parti de ne rien partager de ses expériences. Mais il ne peut guère s'en plaindre, lui non plus ne raconte pas tout à son amie.

Il hausse les épaules intérieurement : après tout, Diane aussi a droit à l'intimité de ses sentiments. Toutefois il choisit de ne pas lui parler, pas cette nuit, de l'idée qu'il a eue.

Près de la porte, Diane l'attend :

— Je suppose que tu n'as pas le goût de le refaire avec une vraie personne ?

Était-elle vraiment jalouse, alors ? Sauf les premières fois, ce n'a jamais été elle qui demandait, même quand elle en avait envie autant que lui.

— Pas ce soir, répond-il en écartant sa main pour qu'elle ne puisse lui faire changer d'avis.

Est-ce vraiment parce qu'il vient d'avoir un orgasme, une expérience inoubliable ? Ou est-ce une petite revanche mesquine ? Revanche pourquoi, parce qu'elle refuse de partager son expérience à elle ? Il préfère ne pas trop s'interroger sur ses propres motifs.

Il ouvre son esprit à l'immeuble endormi.

— Le garde est à l'étage des chambres, dit-il à mi-voix. Faudra attendre qu'il soit redescendu en bas.

— Tu peux partir, réplique-t-elle sur un ton délibérément neutre. Je monterai quand la voie sera libre.

— Mais la serrure ?

Pour toute réponse, elle approche sa main du battant. La poignée en bec-de-cane s'abaisse, apparemment toute seule.

— Tu ne peux rien faire que je ne puisse faire moi aussi.

CHAPITRE 9

Le même vieux paradoxe

*Patrouilleu*r Sleipnir*, en mission dans l'espace interplanétaire*. Ces mots se répètent dans la tête de Karilian telle une rengaine insignifiante, tandis qu'il observe Pier Winden. Pier a l'air… non pas épuisé, puisqu'ils ne font rien de fatigant. Mais, s'il se sent comme Karilian, le terme serait « hors foyer » ; comme si le voyage, la simple accumulation des milliards de kilomètres, avait enlevé de la netteté à son être même. Quelque chose de moins ferme dans les traits du visage, quelque chose de plus vague dans le gris des yeux, quelque chose de plus fade dans le blond des cheveux. Et Karilian lui-même, il le sait pour s'être observé dans une glace, a le même air flou. Il se sent creux, comme s'il était devenu poreux et avait perdu un peu de sa substance entre les planètes. Une projection ; ils sont des projections en provenance d'Érymède, mais projetés si loin qu'ils ne sont plus entiers, tels des hologrammes reçus par un vaisseau en mouvement.

Derrière Winden, la baie de transplastal, salon des officiers. Le noir familier de l'espace, les étoiles qui ne fascinent plus du tout. Au milieu de ce nulle-part, Hadès II est encore invisible sur l'orbite de

Pluton. C'est là que va le *Sleipnir*, un voyage de vingt-deux jours pour confirmer aux habitants de la base que le Système solaire existe toujours, Érymède aussi, et qu'on ne les oublie pas. Des visiteurs en chair et en os au lieu d'hologrammes, pour alléger leur exil.

—Et si Hadès sautait pendant que le *Sleipnir* est proche ?

Karilian considère son assistant en essayant de déterminer s'il vient de faire de l'humour et si lui-même, Karilian, doit trouver cela drôle ou déplacé.

Hadès II, laboratoire de l'Institut de recherche sur l'antimatière, est construit loin de tout pour éviter qu'il anéantisse une lune ou une planète en cas de maladresse. C'est ce qui est arrivé à Hadès I, qui a pulvérisé un satellite naturel de Neptune, une lune que les Terriens n'auront jamais connue parce que trop petite pour être repérée avec les télescopes de l'époque. Ils n'en connaîtront que les fragments ajoutés au mince anneau de la planète.

Finalement, Karilian n'aura ni souri ni froncé les sourcils, il aura laissé passer en indécision le temps normal de réaction à la remarque de Winden.

Quand les métapses existeront – car Karilian leur a déjà trouvé un nom –, il faudra en affecter un en permanence sur Hadès II. Mais supposons qu'il ait la prémonition d'une catastrophe, d'une explosion accidentelle… S'il la *voit*, ne sera-ce pas signe qu'elle est inévitable, qu'elle est déjà accomplie dans le futur ?

Le même vieux paradoxe. Karilian aurait préféré qu'il ne lui revienne pas à l'esprit aujourd'hui. Il l'a déjà étudié avec un esprit plus alerte et n'est parvenu à aucune réponse. Ce n'est pas aujourd'hui, le cerveau embrumé par la propsychine après deux mois d'essais télépathiques, qu'il solutionnera le paradoxe. Il est d'ailleurs convaincu que seule l'expérience apportera une réponse, que dans ce domaine quasi inexploré la théorie est un peu vaine.

Une vision clignote dans son esprit, tel un film dont neuf images sur dix seraient masquées. Un mur pâle, arrosé de sang, un éclaboussement rouge vif.

Le salon des officiers du *Sleipnir* est toujours là, musique en sourdine, ambiance tiède, éclairage tamisé, Pier Winden se profilant en clair sur la baie-hublot.

Puis, de nouveau, clignotement, et Karilian se retrouve… est-ce la villa du lac Clifton ? Oui c'est elle, malgré certains changements au décor. La mission lui pèse, dix fois plus lourdement qu'au début : elle l'écrase, elle l'étouffe. Il y a une décision et… il ne peut pas, il ne peut pas s'y résoudre.

Il est assis devant une vaste fenêtre. Il voit la pelouse, du côté où elle n'est ombragée que par un ou deux arbres. Il voit une haie, plus haute et bien plus fournie que lors de son précédent séjour dixsept ans plus tôt. Le ciel est bleu, le soleil capricieux ; de vastes ombres courent sur la pelouse au gré des nuages.

Karilian attend. Il a trouvé la personne qu'il était venu chercher, et maintenant, il l'attend. Pour la tuer.

Comme par réaction, Karilian se retrouve brièvement à bord du *Sleipnir*.

Puis c'est de nouveau la vision. Quelqu'un sur la pelouse. Mais il ne voit pas bien, il s'est retourné après avoir pris un pistolet sur la table basse. Un

de ces pistolets silencieux et légers qu'Argus fournit à certains de ses agents sur Terre.

Karilian marche lentement vers le vestibule aux
murs blancs. De part et d'autre de la porte, une
fenêtre haute et étroite ; un jour très clair mais diffus traverse les rideaux translucides. Lentement,
très péniblement, Karilian avance, écrasé par le
poids de sa mission.

Trop. C'est trop demander à un seul homme,
fût-il Karilian. Surtout Karilian.

Pourtant le pistolet doit servir.

Clignotement. Le salon du *Sleipnir*. Winden :

— En train pour aller manger ? Après il faudra
aller attendre le signal : ça fera bientôt cinq heures.

Clignotement.

La porte fermée, côté vestibule. Lorsqu'elle se
sera ouverte, il faudra tirer. Froidement, en ne pen-
sant qu'au futur. Le futur est plus important que
tout.

— Ça ne va pas ? Maître Karilian ?

Ultime clignotement, le mur blanc du vestibule,
éclaboussé de sang, et le silence fixe qui suit les
meurtres.

CHAPITRE 10

La tête pleine d'images

Un soir de ciel clair, une voiture sur une route presque déserte.

— Je gage que nous allons apercevoir un ovni, plaisante Diane.

Elle scrute le firmament à travers le pare-brise et la glace latérale. Nicolas aussi, mais lui l'espère vraiment. Il n'en a jamais vu, même pas la plus anodine lumière nocturne. Cependant il y croit, il voudrait lui-même en voir. Que dans cette galaxie il n'y ait pas, pour toute vie intelligente, que les seuls humains. Qu'il y en ait de moins moches, de moins mesquines, de moins stupides.

Il regarde derrière, mais aucune lumière éblouissante ne suit la voiture. Sa tête est encore pleine des images qu'ils viennent de voir au cinéma : le ballet nocturne des ovnis sur une musique à cinq notes, la nef scintillante des extraterrestres, immense, écrasante.

Kate Hagen, technicienne de laboratoire à la Fondation, conduit. Avec Claude Rogel, c'est la plus sympathique parmi tout le personnel ; pour Diane et Nicolas, en tout cas, la plus accessible, peut-être parce qu'elle est la plus jeune. C'est elle par exemple qui a surnommé le *Mindvoice* « l'Invention du Docteur D. », esquissant même, pendant une pause-café, la caricature de Dillon en savant fou costumé XIXe siècle, à l'image des inventeurs dans les romans de Jules Verne.

Au travail, Kate fonctionne discrètement, bien qu'elle soit l'antithèse d'une personne effacée. Exubérante « dans le civil », elle a cette faculté étonnante de se *neutraliser* lorsqu'il le faut, par exemple durant les expériences, qui doivent se dérouler avec un minimum de distraction pour le sujet.

Elle demande à Diane, assise à côté d'elle :

— Je suppose que tu n'es pas convaincue ?

— Des petits hommes bleus ! glousse la jeune femme. J'ai un oncle qui croit à ces choses-là, il fait des recherches et il a même publié un livre. Mais…

— Mais tu ne veux pas croire que nous sommes observés, l'interrompt Nicolas.

Elle hausse les épaules, un geste de dérision.

— Pourtant nous en aurions besoin, poursuit-il. Une autorité mondiale qui arbitrerait les conflits entre nations, empêcherait les guerres, interdirait les armes nucléaires, arrêterait les grands pollueurs.

— Des extraterrestres bienveillants ? ironise Diane. Pour protéger les hommes contre eux-mêmes ?

— Ou protéger la planète, réplique Nicolas de mauvaise humeur.

— Et si ce n'étaient pas des extraterrestres ? propose Kate.

Diane la regarde :

— Alors quoi ?

— Des humains, un groupe d'humains très en avance sur la science et la technologie de leur temps.

— Ils se cacheraient où ? demande Nicolas. Sous l'Antarctique ?

— Brrr ! Non, je ne sais pas, moi : sur la Lune, sur un astéroïde…

— Et d'où tiendraient-ils cette avance scientifique ?

Kate rit :

— Des extraterrestres bienveillants.

Ils arrivent au terrain de la Fondation. Le garde a reconnu la voiture, il jette un regard aux passagers pendant que s'ouvre la barrière.

La propriété ne comportait jadis qu'une résidence et un pavillon destiné aux domestiques. Résidence et Pavillon ont leur propre voie d'accès à la route, et leur pelouse n'est pas clôturée. La propriété appartient depuis longtemps au gouvernement : elle était réservée naguère au ministère des Affaires extérieures. Depuis, elle a été donnée à la Fondation Peers, censément privée mais financée presque exclusivement par la Défense, et un édifice a été construit plus près de la route ; ses résidants l'appellent parfois « la clinique », bien que ce soit un centre de recherche.

Kate stationne la voiture. Sauf dans le portique, il n'y a de lumière ni au rez-de-chaussée, ni aux étages des laboratoires. À cette heure, tout le monde a regagné sa chambre.

— Tu ne rentres pas ?

— Pas tout de suite, répond Diane.

Kate les laisse, avec un sourire entendu.

◆

C'est la première soirée de mai assez douce pour qu'on reste étendu sur le gazon sans frissonner – à condition d'être bien habillé. Diane et

Nicolas ont choisi un talus à faible pente, sur le terrain de la Résidence. C'est un de leurs bons soirs, songe le garçon, malgré la discussion de tout à l'heure. Elle lui a pris la main, ils se contentent d'être ensemble, tendrement. Un des rares moments où leur liaison n'a pas le caractère d'un rapport de force.

Parfois Nicolas se demande s'il est le seul à percevoir leur antagonisme presque constant – une amitié antagoniste, a-t-il songé souvent. Mais c'est peut-être une façon pour lui de garder une distance, de ne pas s'avouer qu'il aime Diane tout simplement.

Facile pour lui de la croire envieuse, par exemple, alors que c'est peut-être *lui* qui s'enorgueillit (intérieurement) de choses sans grande portée. Comme d'être le fils du directeur scientifique et d'habiter avec lui au Pavillon plutôt que dans l'immeuble de la Fondation avec les autres sujets.

Qu'a-t-il de plus, que Diane pourrait lui envier ? La liberté ? Une *forme* de liberté, au mieux. L'immeuble de la Fondation est gardé, son terrain clôturé et surveillé par des caméras. Les sujets, quand on les autorise à sortir, sont discrètement suivis – si discrètement que ce n'est peut-être pas vrai, pas tout le temps, pas *tous* les sujets. C'est peut-être s'illusionner sur l'importance de la Fondation Peers aux yeux de la Défense. Dans les locaux de la sécurité, peut-être n'y a-t-il même pas quelqu'un en permanence devant les écrans ; peut-être n'y a-t-il pas assez d'hommes pour suivre tous les pensionnaires à chacune de leurs sorties.

Nicolas, lui, n'est pas suivi quand il va à Hull, et encore moins durant ses randonnées à bicyclette ou en ski de fond. La Résidence, le Pavillon et le terrain autour ne sont pas surveillés.

Ou peut-être le sont-ils secrètement, la clinique doublement, et cent hommes se relayant semaine après semaine pour que personne n'espionne la Fondation ni n'enlève ses précieux pensionnaires. C'est après tout le plus grand centre de recherche en psilogie au pays. Peut-être la CIA fait-elle sa part pour bien « protéger » chercheurs et sujets.

Comment être sûr ?

Pour l'heure, seul Gervais fait sa ronde, longeant la clôture de broche et les buissons qui la masquent. Diane l'aperçoit lorsqu'il fait une pause devant la porte de grillage.

—Crois-tu qu'il peut nous voir ? murmure-t-elle.

—Fait trop noir, souffle le garçon.

Une pression de main complice. Nicolas la lui rend, honteux de la mesquinerie de ses sentiments. Elle l'aime : de quel droit la croit-il envieuse ou rivale ? Elle l'aime : avec quelle douceur elle lui a fait l'amour, la première fois, apaisant ses tremblements et ses battements de cœur, lui faisant oublier qu'il était un gamin de quinze ans et elle une jeune femme de dix-huit.

C'était l'année dernière.

Il ne la connaît pas beaucoup mieux aujourd'hui, elle secrète et parfois irascible, lui réservé, peu questionneur parce que peu porté à la confidence.

Le ciel est limpide, les étoiles brillent par milliers. Nicolas et Diane ont déjà compté deux météorites et l'adolescent guette le passage des satellites. Il aime suivre leur mouvement à la fois rapide et sans hâte, avec quelque chose de l'immutabilité des astres.

—En voilà un !

C'est Diane qui l'a aperçu la première. Brillant comme Vénus, décrivant une trajectoire ample et sereine ; Nicolas le voit à son tour, et son imagination se porte à sa rencontre.

Depuis quand se trouve-t-il là-haut, à tourner sans relâche ? Épave, ou animé de toute une vie électronique, cible et source de milliers de signaux ?

Presque sans transition, Nicolas se retrouve ailleurs.

Grotte de métal et de plastique dont la pénombre est constellée de lueurs multicolores. Antre de trois magiciens qui officient devant un autel serti de gemmes carrées. Mais il n'y a pas odeur d'encens, pas de feu sacré. Les paroles rituelles sont récitées posément, presque doucement, dans une ambiance feutrée, dans une langue étrange. Les oracles sont lus sur des écrans plats et verticaux telles des glaces, plutôt que dans des boules de cristal.

Mais la vision de Nicolas se précise, l'endroit s'avère être une salle de contrôle de dimensions modestes, quelque chose comme une grande alcôve. L'autel devient une large console affectant la forme d'un arc de cercle. Assises à ce triple pupitre couvert de voyants et de claviers, trois personnes, deux femmes, un homme. En face d'eux, plusieurs écrans carrés où graphiques et données s'inscrivent puis disparaissent. Au-dessus, trois autres écrans plus grands, légèrement inclinés comme pour se rabattre sur les pupitres de contrôle. Sur l'un d'eux, une image pas très nette : la montée d'une fusée qui vient de décoller, le flamboyant largage du premier étage. Sur l'écran voisin, on voit la même chose avec plus de clarté, mais d'une très grande altitude car sous l'engin défile une géographie montagneuse, partiellement masquée par des nuages.

Nicolas suit en détail l'opération – pas le lancement lui-même mais la surveillance du lancement. Ce dernier ne présente apparemment rien d'exceptionnel : la fusée porteuse est modeste, elle place en orbite un relais de télécommunication. Mais il s'agit d'un engin stratégique, destiné aux liaisons militaires.

La fusée est apparue sur le troisième écran, au centre d'un collimateur qu'on voit en surimpression. Ce n'est qu'un point lumineux qui graduellement devient plus visible, sur l'immense étendue bleue jaspée de blanc où progresse la limite courbe du jour et de la nuit.

C'est au-dessus de la zone crépusculaire que s'éteint la longue flamme et qu'on assiste, par téléobjectif, à l'ouverture brusque du cône protégeant le satellite. L'engin libéré est maintenant un simple projectile, tout juste capable de modifier son orientation ou de corriger sa trajectoire.

Les échanges verbaux, toujours aussi calmes, se font plus nombreux, entre les trois personnes visibles, d'autres autour de Nicolas, et d'autres voix encore, un peu dénaturées par un système de communication. Nicolas intervient parfois, dans cette langue qui pourtant lui est inconnue.

Deux des grands écrans se rallument. Sur l'un on voit passer, très près, très vite, trois véhicules sombres de forme ovoïde, certains hérissés d'appendices, l'autre renflé de protubérances sphériques.

Sur le troisième écran, l'on voit se rapprocher le satellite, d'un angle différent qui montre un arrière-plan de ciel étoilé avec une lune éblouissante. L'engin ne devrait pas être si facilement visible dans l'ombre de la Terre, mais il semble recevoir un puissant éclairage qui fait scintiller ses arêtes de verre ou de métal.

Dans la salle de contrôle des interventions, il y a maintenant plus d'activité, davantage d'écrans témoins alignant chiffres et données. Des diagrammes retracent la chorégraphie que mènent le satellite, les trois scaphes noirs et les sphères que l'un d'eux a déléguées auprès de l'engin terrien. Des schémas animés le détaillent sous toutes ses faces, suivis par des images aux teintes chatoyantes, telles des œuvres abstraites où se devinent les entrailles du satellite. Des plans de l'engin défilent sur les écrans voisins, documents confidentiels que les ingénieurs terriens seraient consternés de voir divulgués ici : mécanismes complexes, circuits électroniques, toute une géométrie inextricable truffée de symboles et de chiffres, que l'ordinateur compare aux radioscopies.

Nicolas ramène son attention au grand écran où l'on voit le satellite – en personne, si l'on peut dire. Deux des scaphes aux excroissances inesthétiques s'en approchent lentement, tels des chasseurs voulant encercler leur proie. Avec les seules étoiles pour fond de scène, on saisit mal à quelle vitesse filent tous ces engins, et combien précise doit être leur synchronisation pour que le mouvement soit si peu apparent. Finalement, l'un d'eux se saisit du satellite avec un bras télescopique, si délicatement que sa trajectoire n'en semble pas altérée.

Des scialytiques orientables s'allument. Des pinces articulées, des manipulateurs de forme et de grosseur variables se mettent à l'ouvrage à la base des antennes émettrices et réceptrices. Des techniciens, aidés de l'ordinateur, ont déterminé comment seraient placés les appareils parasites, où précisément se feraient les branchements, quels gestes exactement seraient exécutés et dans quel ordre.

Sur les grands écrans, sous trois angles différents, Nicolas suit de très près le déroulement de l'intervention. Il voit des outils s'emboîter au bout des bras articulés ; il semble y en avoir de conçus exprès pour chaque manœuvre et les changements sont si bien coordonnés que le bon instrument est toujours prêt au moment voulu, comme si l'exercice avait été répété des centaines de fois. Métal percé ou découpé avec un laser au rayon ténu comme un cheveu, fils délicatement sectionnés, minutieusement ressoudés après le branchement des appareils parasites, qui sont fixés au satellite avec les plus grandes précautions.

Tout cela s'exécute avec célérité, c'est une question de minutes ; le contact de l'engin avec la Terre n'aura au total été interrompu que quelques secondes.

On le relâche, on vérifie que sa trajectoire orbitale n'a pas été modifiée, ni l'orientation de ses antennes, puis les scaphes d'intervention rentrent au bercail.

Les communications stratégiques dont ce satellite doit être le relais ne seront plus le seul secret d'un état-major et de ses navires de guerre.

— Nicolas ? Nicolas ?

Le visage de Diane apparaît, penché sur lui, inquiet. Elle a dû lire un signe de vie dans ses yeux, car elle a un soupir de soulagement :

— Tu es réveillé, maintenant ? Tu m'as fait peur !

— J'ai eu un rêve… des engins spatiaux, une salle de contrôle très futuriste. Mais je ne me rappelle pas m'être endormi.

— Tu avais les yeux grands ouverts.

— Es-tu sûre ?

— Mais tu ne me voyais pas. Et puis, tu parlais.

— Qu'est-ce que je racontais ?

— C'est ça qui était bizarre : tu parlais une langue étrangère.

— Une langue étrangère ? L'allemand, peut-être ?

— Pas l'allemand : plus coulant et plus relâché, comme de l'américain. Ce n'était pas sémitique, pas africain, pas oriental.

— Je marmonnais, tout simplement.

— Non, ça semblait très cohérent. Des phrases bien prononcées, parfois juste quelques mots très nets.

Il dévisage Diane avec étonnement, mais ne met pas en doute son affirmation. Dans son rêve, il lui semblait effectivement parler la langue des autres personnages. Une langue qui lui était inconnue et que pourtant il paraissait comprendre.

Ce qui s'est dit, il ne s'en souvient pas précisément : la *vision* était plus importante, les images si nettes, si saisissantes. Comme avec le *Trancer* ! Mais il ne dormait pas : il avait les yeux grands ouverts. Quels rêves sont-ce là, des scènes si cohérentes, des images si claires, qu'il croit se retrouver sur place ?

Et si ç'avait été une *vision*, au sens de voyance ? Si ce que Nicolas a vu était *réel* ? Mais les lieux qu'il a vus n'existent pas. Les cavernes de l'autre nuit, par exemple : un si prodigieux réseau de souterrains serait célèbre, cité dans les encyclopédies au même titre que les cavernes de Carlsbad, les coraux de la grande barrière australienne, les chutes du Zambèze. Or elles n'étaient pas inexplorées, elles étaient fréquentées.

Et le vaisseau spatial de ce soir? Il s'y déployait une technologie dépassant de beaucoup celle qu'on connaît.

Diane semble troublée. Ce devait être inquiétant, en effet, de le voir ainsi, parlant tout seul une langue inconnue, suivant des yeux un spectacle invisible.

Il raconte ce qu'il a vu.

— Qu'est-ce que tu avais pris? lui demande-t-elle après.

— Qu'est-ce que j'avais pris?

Puis il comprend, et éclate de rire, doucement.

— J'étais à côté de toi : tu as bien vu que je ne fumais pas.

— Tu as trouvé quelque chose dans les labos.

— Mais non, voyons!

Il s'irrite, comme si pareilles suggestions lui volaient l'originalité de son expérience. Les drogues ne manquent pas dans les laboratoires de la Fondation, les plus dures sont enfermées dans des coffres-forts. Nicolas serait peut-être parvenu à en voler, à force d'ingéniosité ; mais cela ne serait pas passé inaperçu. Non, à part quelques joints qu'il achète d'un ami à Hull, Nicolas n'use pas de drogues.

Pas de cannabis, pas de *Trancer* : c'est de son propre cerveau que le phénomène est né.

Il y a là plus de ressources que n'en soupçonnent les chercheurs de la Fondation.

CHAPITRE 11

Une promesse de secret

Le lendemain matin, Nicolas annonce, en entrant dans le laboratoire :

— Je n'ai plus besoin du *Trancer*.

Charles Dérec se retourne vers lui, puis échange avec Kate un regard – intrigué de la part de Kate, plutôt agacé de son côté à lui, car il n'aime pas le ton pétulant dont cela a été dit.

— Faisons les essais sans le *Trancer*. Ce n'est qu'une béquille, je peux très bien fonctionner sans.

Dérec, qui justement a mis au point cette « béquille », n'est pas de caractère à bien prendre cette remarque. Sa réplique est sèche : tout le monde sait que Nicolas peut avoir une réussite télépathique spontanée, à l'occasion, fortuitement. Ces choses-là sont acquises depuis les années cinquante. Toutefois, ce que veut Dérec, ce que veut la Fondation, c'est une méthode qui rende la télépathie aussi efficace et infaillible que la parole.

— Mais ce que tu as trouvé, réplique Nicolas, c'est une *machine* efficace. Une prothèse. Puisque nous avons ces facultés en nous, il doit y avoir moyen de les exercer à volonté sans l'aide d'une machine.

— N'appelle pas ça une machine.

— Un appareil, si tu veux.

Le principe du *Trancer* est de rendre le sujet réceptif en provoquant une transe voisine de l'hypnose, état dans lequel sont neutralisés les blocages qui répriment d'ordinaire les facultés psi. Dérec demande à son fils s'il a eu une illumination, s'il a trouvé comment interrompre ces blocages à volonté.

— J'ai eu une vision spontanément, sans le *Trancer*.

— Ah, monsieur a des visions?

Kate s'est éloignée, par discrétion, mais aussi parce qu'elle trouve inconfortable – presque physiquement – de rester au voisinage de cette tension grandissante. Ici, à l'immeuble de la Fondation, elle a rarement vu Dérec père et fils dans des rapports cordiaux. Ils sont généralement froids, neutres; parfois hostiles. Aujourd'hui, elle voit très bien venir la dispute.

Espérant la désamorcer, Kate suggère au garçon de raconter son expérience, prenant soin de bien choisir ses mots pour ne pas évoquer un psychiatre invitant un patient à parler de son cas.

Nicolas fait part de sa vision de la veille, s'adressant délibérément à Kate comme si elle était la seule interlocutrice digne d'intérêt.

Lorsque son fils a terminé, Dérec hausse les épaules:

— Et c'est quoi, ça? Un rêve: tu t'étais endormi sans t'en apercevoir.

— Mais je viens de dire que j'avais les yeux ouverts!

L'homme hausse les épaules, peu convaincu:

— Et tu proposes quoi? De t'asseoir là et d'attendre d'autres rêves éveillés?

—Ça me changerait des mandalas et des galaxies. J'en ai plein le dos, de cette routine ! On ne fait que ça depuis des mois !

—Tu le sais : il faut répéter les expériences souvent pour que les résultats soient statistiquement probants. Et puis, nous varions…

—Varier les tests ne suffit pas, coupe Nicolas. Je voudrais explorer d'autres voies. Il doit y avoir dans ma tête plus qu'un simple téléphone mental !

Il y a pensé toute la nuit. Cela s'appelle voyance, prémonition. Il a déjà beaucoup lu sur ce sujet au centre de documentation, même si les travaux de la Fondation ne se font guère dans cette direction.

Il soupçonne un potentiel juste à sa portée, ne demandant qu'un effort pour sortir au grand jour. Il suffirait de chercher derrière quelle porte il sommeille. Les examens qu'il a subis à la Fondation ont montré qu'il avait les meilleures prédispositions parmi tous les sujets ici. Mais cela en vertu d'un système d'évaluation élaboré par le docteur Rogel, et Dérec n'y accorde pas grand crédit. C'est lui qui, en tant que directeur scientifique de la Fondation, a embauché Rogel ; cependant, ils ont eu depuis des désaccords, qui ne sont pas loin de tourner à l'antagonisme.

—Et quelles autres « voies » voudrais-tu explorer, dis-moi ? Le voyage astral ?

—Pourquoi pas ? se fâche Nicolas devant l'ironie de son père. Il y a des chercheurs, même ici, qui ont une conception moins étriquée de la psilogie !

—Bon, ça suffit.

Le coup a porté, car le ton de Dérec est subitement devenu d'un calme glacial, tranchant comme une lame. Il donne congé à Nicolas pour la matinée : de toute évidence, l'adolescent n'est pas dans l'état d'esprit qu'il faut pour les expériences.

Mais Nicolas ne se retire pas. Rassemblant tout son courage, il parle sur un ton sérieux, comme le ferait un collègue de son père : ceci n'est pas une crise d'adolescent, il a bien réfléchi à la question. Il n'y a pas si longtemps, tiens, c'était à ce symposium de neurologie, il entendait son père dénoncer les tenants de la science « officielle » qui gardent leurs œillères et refusent d'explorer des domaines mal connus comme la perception extrasensorielle. Il prononçait des mots très percutants, qui ne le faisaient guère aimer : sclérose, manque d'imagination, étroitesse d'esprit. Et pourtant, lui qui est justement dans un domaine d'avant-garde, il manifeste les mêmes défauts. Par manque d'audace, ou même simplement d'ouverture, il s'interdit des avenues de recherche aussi sérieuses que l'est pour lui la parapsychologie face à la science traditionnelle. Pourtant le domaine est bien plus vaste et complexe qu'on ne le soupçonnait lorsque la Fondation a été créée.

Nicolas lâche un « ouf » intérieur : il ne pensait pas qu'il aurait l'aplomb de dire tout ça à son père.

Charles Dérec paraît calme. Son fils semble avoir trouvé le ton pour le faire réfléchir sérieusement. Il s'est assis et, renversé dans le fauteuil basculant, il allume sa pipe.

Il a renoncé au sarcasme. Mais, c'est bien pire, il commence par des circonlocutions :

— Tu sais, ta… vision d'hier soir… Il y a tant de facteurs qui peuvent provoquer une expérience de ce genre. Tu es très imaginatif. Tout ce que tu lis, tous ces films que tu regardes… Et je sais bien que la vie n'est pas facile pour toi ici : tu cherches une évasion.

Nicolas sent la révolte lui monter à la gorge et se bloquer là. Pourquoi le bonhomme n'a-t-il pas parlé de psychose, tant qu'à y être ?

Charles Dérec n'a pas plus de plaisir à dire tout cela que son fils à l'entendre. C'est à mi-voix seulement qu'il ajoute :

—C'est peut-être comme... comme pour ta petite sœur... Je suis sûr que tu comprends ce que...

—Laisse ma petite sœur en dehors de ça ! réplique Nicolas d'une voix sourde, presque menaçante.

—D'accord, fait Dérec après l'avoir dévisagé un instant sans pouvoir accrocher son regard. Mais tu ne m'as peut-être pas tout dit au sujet d'hier soir. Tu n'avais rien fumé ?

Une palpitation des narines, une crispation des mâchoires ; cependant Nicolas ne répond pas, ne bouge pas. Son père ne le regarde plus en face ; mais Kate, elle, voit clairement sa rage.

—Je ne parle pas d'hallucinations, comprends-moi bien, ces choses-là sont autrement plus complexes. Il faut se garder de mal interpréter, de sauter aux conclusions. Dans un sens ou dans l'autre.

De la salle de contrôle, sept chambres sont visibles par autant de vitres fumées. Dans cinq de ces chambres, un fauteuil, un *Trancer* avec sa lampe au bout d'un bras articulé. Monsieur Dérec tourne le dos à ces chambres, mais Kate, elle, voit très bien les lampes s'allumer en clignotant, atteindre en quelques secondes l'intensité maximale, et brûler en un ultime grésillement.

—Le problème, poursuit Dérec qui ne semble pas avoir remarqué la brève lueur, c'est que tes visions ne sont pas vérifiables, et la méthode scientifique nous enseigne qu'un fait doit être vérifié avant d'être accepté comme tel. Si tu avais des visions de choses plus ordinaires, d'événements plus plausibles... Je ne sais pas, moi, un écrasement d'avion, une crise internationale, ou même quelque chose de plus anodin mais qui puisse se confirmer ensuite : que le chef de la sécurité meure la semaine prochaine, par exemple. Mais tu admettras que tes visions ne sont pas très… enfin, on ne verra pas de vaisseaux spatiaux avant quelques décennies, n'est-ce pas ?

La colère de Nicolas est tombée. L'adolescent et Kate ont échangé un regard pendant que l'autre dissertait. Kate : médusée par ce qu'elle a vu, et paraissant en même temps comprendre fort bien, prendre la mesure du garçon. Et Nicolas : comme gêné par un geste inconsidéré, cherchant du regard une alliance tacite, une promesse de secret.

Puis Nicolas revient à son père :

— Bref, tout ça c'est dans ma tête, hein ?

Il sourit à son mot d'esprit involontaire ; un sourire assuré, presque arrogant.

— Et si j'abandonnais, plutôt ? Si je m'écœurais de répéter les mêmes essais jour après jour ?

Dérec est estomaqué, proprement. Son fils croit même le voir pâlir.

Est-ce que l'idée ne l'a même pas effleuré, que Nicolas puisse un jour se lasser de ces expériences ? Comme si un rhésus refusait soudain de collaborer avec le biologiste qui se sert de lui. Est-ce cela ? Ne l'a-t-il jamais considéré autrement, ne lui a-t-il jamais prêté de volonté propre ?

Charles Dérec garde son contrôle, toutefois, et prend le parti de couper court à la discussion :

— Nicolas, sois raisonnable. Nous en reparlerons cet après-midi.

Raisonnable ! Il vient justement d'insinuer que son fils déraisonne !

Nicolas sort et ferme la porte un peu fort.

◆

Un gigantesque cerveau humain, vu en coupe, ses circonvolutions irisées formant un dessin psychédélique. Jaillissant de la moelle épinière, des scintillements le parcourent, fugaces, le long d'un réseau complexe. Les mécanismes secrets de la pensée sont-ils là, dans ce dédale de neurones sillonné d'influx nerveux ? Ou faut-il chercher à un autre niveau, plus immatériel, dont cet organe bizarre ne serait que le substrat ?

Dans celui de Nicolas, quelque chose semble déréglé. Il refusait cette hypothèse, mais aujourd'hui on la lui a remise sous le nez. Rien de ce que son père lui a dit ne peut être écarté du revers de la main : il a peut-être vu juste. Un psychiatre lui donnerait raison, sûrement. Le petit exposé de son père a fait son chemin lorsque la colère a cessé de s'y opposer ; ce ton persuasif l'a toujours influencé, même s'il ne se l'avoue pas.

Nicolas n'est plus aussi assuré que ce matin. Après tout, c'est seulement *son* cerveau. Et il lui apparaît de plus en plus que n'importe quoi peut se passer dans ce paquet de moelle sans qu'il sache exactement à quoi s'en tenir. Ironique, que cet organe par lequel on est censé être conscient de soi, soit le moins apte à juger de son propre état.

— C'est absurde. On *devrait* pouvoir croire à ce qu'on ressent, à ce qu'on perçoit. Cet esprit, songe Nicolas, *c'est* lui, c'est tout ce qui fait qu'il est *lui*. Et il ne devrait pas s'y fier ? Il serait sans contrôle aucun sur ses processus mentaux, même pas de « contrôle » au sens de pouvoir observer ce qui se passe ? Est-il le témoin impuissant – même pas le témoin, parfois – d'influences qui ballottent son esprit en tous sens ? Est-il normal qu'on puisse mettre en doute son équilibre mental ou affectif, faire des hypothèses sur ce qui se déroule dans son

subconscient, sans que Nicolas puisse rétorquer :
« non, je *sais* ce que j'ai éprouvé, je sais ce que
j'ai ressenti, je sais ce que j'ai *vécu* » ?

Il paraît que non, il semble que sa conscience
soit sujette à caution.

Kate est descendue pour la pause-café et s'assoit
à la table du garçon.

Du menton, Nicolas désigne la photo sur plastique transparent qui occupe tout un mur de la salle :

—C'est la première fois que je réalise combien
cette murale est de mauvais goût.

—Le sujet convient à la boîte, en tout cas.

—Macabre.

Kate contemple la murale en sirotant son cho-
colat chaud. Elle commente :

—Le réseau de petites lumières fait un peu
gadget, oui.

—Toute la bâtisse est un gros gadget, et cette
murale en est l'emblème.

—Dans ce cas, leurs pensées tournent en rond.
Regarde : les petites lumières s'allument toujours
dans la même séquence.

—Je trouve ça très pertinent.

—Alors ne te laisse pas imposer cette mentalité.

Il la regarde en inclinant la tête de côté. Il ne lui
a pas entendu souvent ce ton catégorique. Elle
explique :

—Tu demandais : « Est-ce là tout ce qu'il y a ?
N'y a-t-il rien de plus ? » Eh bien, moi je te réponds :
oui, il y a en toi plus de ressources que n'en reconnaît ton père.

Ce n'est pas la première fois qu'elle lui en
parle, elle a contribué largement à lui mettre cette
idée en tête. Mais Charles Dérec, lui, a réussi à y
mettre le doute.

—Je ne sais plus quoi en penser.

— Je suis convaincue que tu ne te trompes pas. Tu as des facultés à réaliser ; si ton père ne veut pas t'y aider, alors cherche ailleurs.

Du bout de son index, elle lui touche le front :

— Il y a là des portes ne demandant qu'à être ouvertes.

Il murmure :

— Il y en a peut-être une qui s'entrouvre.

— C'est vrai ? Tu as eu d'autres visions que… celle que tu nous as racontée ?

Il hausse les épaules, malgré qu'elle se montre vivement intéressée :

— Probablement des rêves.

— Raconte, voyons !

Non. Le seul fait de raconter ses visions l'amènerait à en douter. Tout cela paraît si fantaisiste lorsqu'il essaie de le traduire en mots.

— Tu vois cette murale ? Mon cerveau doit être comme ça, bleuâtre, avec des couleurs bizarres dans les sillons, et des courts-circuits dans les neurones, qui provoquent de petites illuminations.

Elle le regarde d'un air perplexe :

— Ne te moque pas de… ce que tu ressens. Je croyais que tu avais dépassé ce stade du refus.

— Moi aussi. Mais si c'était autre chose ? Si, à force d'en entendre parler et d'en lire, je *m'imaginais* des facultés ? Tu es là, tu me parles de tout ce qu'il y a dans ma tête, de ces ressources cachées, de ce potentiel exceptionnel. Et moi, je cherche, je cherche ; le moindre rêve qui vient, je crois que c'est de la voyance et, à force de me travailler les méninges, je cultive des fantasmes. S'il n'y avait rien, en fait ? Rien de tout ce que tu prétends y deviner ? Rien que de très ordinaire ?

— Mais, Nicolas, tu sais bien que c'est…

— Non, je ne sais pas. Je ne *sais* plus rien.

Kate prend le temps de digérer sa tirade.

—Ce qui t'arrive est une réaction normale, je crois. Mais il ne faut pas avoir peur de ce qui se passe dans ta tête, Nicolas. Tu sais qu'il peut t'arriver des choses inusitées. Il faut apprendre à les connaître, à les maîtriser, plutôt que de les subir comme des aberrations mentales.

—Mais comment savoir ?

—Fie-toi à tes impressions. Aie confiance en toi : tu n'es pas en train de perdre le contrôle, au contraire, tu es peut-être au seuil d'un niveau de conscience plus élevé.

Il reste un moment sans répondre, laissant les paroles de Kate le pénétrer. Diane lui parlait comme cela, il y a un an, mais ces jours-ci elle-même ne semble plus aussi convaincue.

◆

Nicolas passe l'après-midi au centre de documentation, plongé dans des revues de psychologie. C'est là que son père le trouve, seule sa tête blonde dépassant du dossier, ses pieds chaussés de tennis croisés sur une table basse, son jeans effrangé qui fait sourciller les membres les plus militaires du personnel. Charles Dérec, qui a eu toute la journée pour se fabriquer une attitude conciliante, annonce avec un sourire complice, comme un copain qui a préparé un bon coup :

—Va chercher Diane et venez au labo : on a quelque chose de nouveau à vous proposer, je crois que vous allez aimer ça.

Nicolas se lève, se reprochant déjà la spontanéité avec laquelle il est prêt à se laisser embarquer.

CHAPITRE 12

Érymède

Le voilà, bloc d'anthracite dont les aspérités miroitent telles les facettes d'un diamant noir. Mais il ne s'agit pas de reflets. Ce sont des points, lumineux par eux-mêmes : les dômes des cités-cratères, encore trop éloignés pour apparaître comme des cercles bleutés.

Érymède.

Et derrière, pâle semis tel une voie lactée dont les étoiles seraient plus proches et plus ténues, la ceinture des astéroïdes. Quelques-uns se distinguent, plus gros, comme des miettes de roc en suspension dans le vide. Ils paraissent tous se déplacer dans la même direction mais, en fait, c'est Érymède qui les distance tous, parcourant son orbite à une vélocité qui le maintient à hauteur de la Terre, en conjonction, effectuant comme elle sa translation en trois cent soixante-cinq jours et un quart, mais deux fois plus loin du Soleil que ne l'est la planète bleue. Lorsque les humains entreprirent pour la première fois d'accélérer un corps planétaire et, accessoirement, de synchroniser sa rotation pour qu'il présente toujours la même face au Soleil, cela leur prit des lustres. Et encore n'avaient-ils déplacé que la plus insignifiante des planètes. À l'échelle du système solaire, il allait se passer encore bien des siècles avant que l'homme ne change l'aspect du monde.

Ce qu'il a changé à la surface d'Érymède n'est encore visible qu'à quelques centaines de kilomètres. Le spectacle, graduellement, se déploie sous les yeux de Karilian ; il a l'impression de ne pas l'avoir vu depuis des années.

Le bloc d'anthracite a grossi au point de remplir maintenant tout le champ de vision qu'offre la baie de transplastal. Sur sa surface accidentée s'étale la carte de l'Utopie : Olympe, Éden, Walhala, Asgard, Gladsheim, Troie, ces noms sont un appel à l'âge d'or que les mythes situaient dans l'Antiquité mais qui se trouve peut-être du côté de l'avenir.

Chaque cité est repérable par le cratère sous lequel elle est creusée. Certains dômes ne luisent pas, étant dans leur période nocturne, néanmoins Karilian les situe de mémoire : Corinthe, siège de l'Amirauté et des chantiers astronautiques ; Élysée, capitale administrative ; Éden, centre astrophysique ; Psyché, où se prépare peut-être la prochaine étape de l'évolution humaine. Et il aperçoit les parcs-cratères : celui du lac Ulmo, celui du mont Manwë, Oromë celui de la forêt enchantée, Yavanna celui de la prairie et des boqueteaux.

La contrée, entre les cités, est obscure, noire, donnant une impression de roc dense et compact. Aux abords des dômes, cependant, naissent d'infimes lueurs, des constellations qui s'affirment graduellement pour tracer lignes, cercles, rectangles.

La perspective change alors que l'approche devient tangente. De part et d'autre de la passerelle d'observation fusent les jets de plasma des rétro-propulseurs, leur éclat tamisé par le transplastal. On sent à peine la décélération pourtant formidable.

L'astroport d'Élysée se trouve droit devant, maintenant. Des gyrophares clignotent, symboliques puisque toute la manœuvre pourrait se faire sans qu'il y ait personne à bord du long-courrier – personne non plus au contrôle spatioportuaire, du reste.

Les deux pans de l'immense trappe coulissante s'ouvrent, dévoilant le hangar à l'éclairage rosé.

Une légère secousse : les antigrav ont été coupés, les trains du long-courrier ont absorbé tout son poids. Peu après, l'éclairage de l'aire devient bleuté : la pression atmosphérique est rétablie.

Le vaisseau roule, passe les grandes portes coulissantes qui se sont ouvertes devant lui. Un virage abrupt et pourtant tout en douceur, puis un autre encore plus adroit, et le long-courrier, piloté par ordinateur, s'insère délicatement entre deux quais.

— Vous prenez l'intercité pour Psyché ?

C'est Winden, apparu derrière Karilian avec un portefaix antigrav chargé de mallettes.

— Non, j'ai rendez-vous à Élysée. Je vous reverrai demain à l'Institut.

Il sort du long-courrier avec son assistant, parcourt avec lui mais en silence les salles de l'astrogare. Ils ont eu tout le voyage pour bavarder – ce qui, chez Karilian, se résume à peu de choses.

Ils se séparent au sommet d'un escalier mécanique, Karilian prend sa petite valise sur le portefaix et adresse un bref au revoir à Winden.

Pier Winden ne connaît pas plus son patron que lorsqu'ils sont partis d'Érymède trois mois plus tôt.

◆

Pour Karilian, Élysée est la plus belle de toutes les cités-cratères. Son parc est un immense jardin, ou plutôt une mosaïque de jardins, de bosquets et de boisés. Un aménagement paysager où rien ne se répète, aucun massif d'arbustes disposé pareil, aucun groupe d'arbres agencé de la même façon, pas une pelouse qui soit uniforme sur plus d'un are, aucune allée qui soit longtemps rectiligne.

Après des semaines passées à bord d'un croiseur, ses yeux ne se lassent pas du spectacle. Le dôme, obscur et limpide pendant que le long-courrier approchait de l'astéroïde, devient graduellement bleu et lumineux : ainsi viennent les aurores d'Érymède, et les projecteurs mettent une touche de rose, d'or et de jade dans les faux cieux.

Karilian est attablé à un restaurant du quartier résidentiel, creusé comme les logements à même le roc du versant intérieur, et dominant tout le parc.

Il tressaille lorsque Ghyota arrive et le tire de sa contemplation. Le connaissant depuis des lustres, elle s'abstient de lui demander si le voyage a été bon. Elle connaît les résultats chiffrés de tous les essais, elle était avec Ilfor, qui recevait à Psyché et en émettait.

Elle connaît aussi l'état actuel de Karilian, il lui en a touché un mot par vidéophone. Du reste elle le constate : il est presque pâle, sans tonus.

Et il y a quelque chose dont il souhaite lui parler ; peut-être même veut-il la consulter.

Ils commandent le petit déjeuner. Karilian n'a aucune faim, il ne prendra qu'un jus.

— La propsychine, commence-t-il, il faudra que nos chimistes la purifient davantage.

Avant ces derniers mois, personne n'en avait fait un usage si intensif. Karilian a tenu à tenter l'expérience lui-même ; les projections du bio-ordinateur là-dessus étaient trop vagues.

— Vers la fin, l'effet durait des heures après l'injection, de façon intermittente. J'ai eu des prémonitions spontanées, sans aucune stimulation. Dont trois sur le même événement, un événement… d'importance majeure.

Il a cherché ces derniers mots, hésitant sur la force à leur donner.

— Un événement vous concernant ?

Il hoche la tête affirmativement, regardant délibérément vers une rocaille en contrebas du restaurant.

— Je veux essayer de sonder cet événement. Quelques jours de repos, puis une transe profonde, bien préparée.

Il la regarde :

— Vous contrôlerez : j'essaierai de commenter à mesure. Je ne veux rien laisser au hasard.

Ghyota a assisté Karilian durant des centaines de transes. Elle sait maintenant le suivre, par quelques mots prononcés de loin en loin, et dont il lui a maintes fois, longuement, expliqué la signification – si tant est qu'on puisse expliquer par la parole, à une personne qui ne les a jamais éprouvées, les impressions et les intuitions que l'on a en transe. Un murmure, un marmonnement, une expression du visage, auront pour Ghyota valeur d'indication à un moment crucial, là où un autre observateur n'entendrait que le grognement d'un somnambule, ne verrait qu'un tressaillement.

L'affaire est sérieuse. Et la réussite bien incertaine : même les plus grands maîtres, Karilian, Ilfor, ne savent sonder à volonté un moment, un lieu ou un événement précis. Le continuum psi est pratiquement *mare incognita*, s'y orienter est encore aléatoire, s'y diriger délibérément est à peu près impossible.

Il est encore loin, l'homme métapsychique dont parlent les savants de l'Institut.

CHAPITRE 13

Bien naïf

Charles Dérec, le docteur Audran et leurs collaborateurs s'interrompent quand la porte du laboratoire s'ouvre. C'est Nicolas.

— Vous êtes encore là ? s'étonne-t-il.

— C'est quelque chose de très important que nous avons réussi ce matin, répond affablement Audran. Nous avons de quoi discuter des semaines, des mois.

Agacé par cette interruption, Dérec observe :

— Tu ne devrais pas être ici à cette heure, tu devrais être dans ta chambre.

Son fils ne relève pas la remarque.

— Vous avez reparlé à Diane ?

— Pas depuis cet après-midi, répond Kate Hagen. Elle a semblé perturbée par l'expérience.

Voilà un euphémisme : Diane a failli faire une crise lorsqu'on l'a pressée de questions trop directes.

— Il y a de quoi, fait Nicolas à mi-voix, et il referme la porte du labo.

Dérec, Audran et Hagen échangent des regards, frappés par le sérieux avec lequel l'adolescent a fait cette remarque.

Nicolas monte à l'étage des chambres, va frapper doucement à la porte de Diane. Il doit recommencer et appeler son nom à mi-voix avant qu'elle ne lui réponde.

De toute évidence, elle ne désire aucune compagnie, et surtout pas celle du camarade avec qui elle a partagé l'expérience de ce matin. Cependant, en toute justice, elle n'a rien à reprocher à Nicolas. Elle le laisse entrer, mais avec un air si peu engageant qu'il proteste spontanément :

— Écoute, fais la gueule à mon père et aux autres, mais pas à moi ! J'étais juste un cobaye, moi aussi !

Elle fait un geste qui veut dire « laisse tomber » plutôt que « excuse-moi ». Elle retourne s'asseoir sur son lit, genoux remontés sous le menton, bras autour des jambes, le visage fermé et hostile.

Nicolas reste debout, hésitant. Depuis un an et demi qu'il la connaît, maintenant, il peut juger de ses humeurs. Ce soir, elle n'est pas à prendre avec des pincettes, il n'essaierait pas de lui toucher même les cheveux. Elle déteste les gestes de réconfort ou de consolation.

À sa surprise, elle parle la première.

— Ils ne me feront plus essayer ça. Oh non !

Tant de rage contenue. Et, derrière, une crainte, informulée, primitive, viscérale.

Nicolas aussi a trouvé l'expérience déroutante, bouleversante même, mais rien qui puisse justifier une réaction si excessive.

— Je déteste ce laboratoire, je déteste cette clinique, je déteste ces gens !

Le garçon considère Diane avec stupeur : elle a dit cela d'un ton sourd, presque calme, mais avec véritablement de la haine dans la voix.

— Pourtant…

Il hésite : ce soir n'est peut-être pas le moment. Mais la contradiction est si flagrante, et pour lui si étonnante :

— Pourtant, il y a vingt mois, quand tu essayais de me convaincre, moi… Tu parlais de ces ressources que nous avions et qu'il fallait explorer. C'est ce que nous avons fait ce matin, et tu…

Le regard qu'elle lui décoche l'interrompt.

Cherchant une contenance, il finit par aller s'asseoir en face d'elle, sur le sofa. Il se rend compte qu'après tout il ne devrait pas tant s'étonner : il y a d'autres indices dans son attitude depuis un an, depuis qu'il la côtoie à la Fondation. Nicolas les avait attribués à son tempérament, à ses humeurs. Maintenant, il se rend compte que cela venait de plus profond.

— Le premier soir où je suis venu dans ta chambre, et les autres fois…

Si persuasive, et douce en même temps, comme pour convaincre un gamin craintif d'embarquer en voilier, que ce serait plaisant et qu'il n'y avait rien à redouter.

— Ce que tu en disais, c'était pour te convaincre toi-même, n'est-ce pas ? Tu étais aussi méfiante et craintive que moi.

Même plus, puisque lui s'est laissé persuader d'entrer à la Fondation, alors que Diane, qui y était déjà, n'a pas encore surmonté son inhibition. Tout ce temps, elle s'est prêtée aux exercices en n'aimant pas ce qu'on lui faisait faire.

— Psychologue à seize ans ! ironise-t-elle.

Si amère. Lorsqu'elle se trouve à court d'arguments, elle lui rappelle son âge comme on lance une injure. Mais cela ne le vexe plus, depuis qu'il a rétorqué en lui demandant pourquoi elle s'est pris un amant de presque trois ans plus jeune qu'elle ; elle a failli le planter là pour de bon, mais apparemment elle tenait à lui et elle ne lui a plus fait ce genre de remarque.

—Mais pourquoi tu restes, alors ? Tu es majeure, ils ne peuvent pas t'imposer ces expériences, si tu les détestes tant.

Elle le regarde, un air de condescendance, un mélange de pitié feinte et de pitié sincère ; elle emploie son sobriquet avec affection et dérision à la fois :

—Pauvre blondinet, tu es bien naïf.

CHAPITRE 14

Chimère et Dragon

L'intervention est déjà en cours lorsque Bernie Cask arrive dans l'arrière-salle du poste tactique. L'éclairage rouge donne une brillance particulière au grand écran sur lequel les camarades suivent le déroulement de la contre-offensive. Au-delà de la paroi vitrée qui isole le poste tactique, toute l'animation, toute la tension, se résument en gestes précis, légers mouvements de tête un peu brusques, regards intenses et mobiles.

Le grand écran montre, sur le fond blanc de l'Arctique, un essaim de minuscules traits de feu ; l'ordinateur de tir les met en évidence, chacun, d'un cercle rouge clignotant. Plusieurs sont déjà remplacés par un cercle bleu, qui suit les cibles à mesure qu'elles se distancent les unes des autres. La quasi-absence de relief en arrière-plan ne permet pas de visualiser la vélocité des missiles. Chaque fois qu'un faisceau d'ondes inhib abandonne un missile, le cercle redevient rouge mais non clignotant : en principe, son circuit électrique et son auto-guidage électronique interrompus, l'engin devrait s'écraser dans la toundra bien avant sa cible. Mais devant un tel nombre de missiles, aura-t-on le temps de soumettre chacun au faisceau d'ondes ?

Par une baie de l'arrière-salle, Bernie voit les plates-formes de tir déployées, l'espace sous elles limpide mais traversé d'intenses faisceaux d'ondes inhibitrices, un torrent d'énergie jaillissant du croiseur.

Sur le grand écran, la prise de vue s'éloigne pour garder tous les missiles cadrés malgré leur dispersement. Quelques cercles bleus clignotants, déjà, indiquent que des engins se sont écrasés sans explosion nucléaire, et leurs points d'impact disparaissent un par un au haut de l'écran.

Même à Bernie et à ses camarades, qui ne sont pas experts comme les artilleurs, il devient évident que tous les engins ne pourront être neutralisés avant la séparation des ogives multiples. Alors les émetteurs de faisceaux ne seront plus assez nombreux et il faudra détruire les engins au laser. Au risque de déclencher l'explosion nucléaire dans certains cas.

Le haut-parleur transmet un ordre de la passerelle :

—Équipes de chasse, à vos intercepteurs.

Les pilotes et leurs pointeurs s'élancent vers les trois portes étanches qui viennent de s'ouvrir, s'engouffrent dans de sombres cavernes de métal que des gyrophares balaient de lumière bleue. Leurs foulées résonnent sur la passerelle de treillis tandis qu'ils coiffent leurs casques. Avant que Bernie ne scelle le sien, il lui vient une bouffée chargée de l'odeur du pont d'envol : relents de matériaux surchauffés, de lubrifiant, et cet indéfinissable effluve du métal nu. C'est cette odeur, plus que l'intense bourdonnement de l'intercepteur tendu pour l'envol, qui cristallise son anxiété jusque-là diffuse. Il ne s'agit pas d'un exercice, cette fois, l'émotion est tout autre.

Étant pilote et capitaine, Bernie s'engouffre le dernier dans son intercepteur, sûr d'avoir bien compté les sept pointeurs, le copilote et le navigateur. La passerelle se retire rapidement dès que son pied la quitte. Il enfonce au passage le gros bouton de fermeture et l'écoutille claque derrière lui.

Il s'assoit et le fauteuil pivote tandis qu'il branche son arrivée d'air. Les consoles brillent déjà de tous leurs voyants, les écrans témoins papillotent d'impatience. Sur le tableau d'attaque, des clignotements indiquent que les pointeurs sont assis à leur poste, se sont bouclés, se sont branchés et vérifient la totale mobilité de leur affût ; rapidement, les sept voyants se fixent au bleu.

Par la baie vitrée à l'avant du cockpit, Bernie voit l'éclairage du pont d'envol virer au rose. La grande porte s'ouvre en coulissant vers le haut avant même que ne soit complétée la dépressurisation.

On voit le ventre noir du croiseur et, de part et d'autre de l'aire d'envol, les plates-formes de tir abaissées au bout de leurs pylônes télescopiques. Les inquiétudes de Bernie étaient fondées : les batteries laser entrent en action. Les tourelles pivotent, des éclats violacés luisent dans les cylindres des canons même si, bien entendu, les rayons ne se voient pas dans le vide.

— *Chimère* et *Dragon*, décollage.

Un avertissement plutôt qu'un ordre : l'allumage est commandé par l'ordinateur de bord du croiseur, synchronisé avec un jet des rétrofusées qui empêchent le vaisseau d'avancer sous la poussée des intercepteurs.

En un silence total, un enfer d'énergie est libéré dans le pont voisin. Par la baie du *Dragon*, Bernie voit le *Chimère* surgir dans l'espace. Le transplastal du cockpit réagit instantanément, mais le jet est quand même éblouissant. Le *Chimère* s'est élancé entre les barbettes, bolide accélérant au bout d'une longue flamme blanche. Dans le nuage de gaz ionisé en expansion sous le ventre du croiseur, le tir des lasers est pleinement visible durant un instant, éventail de lumière dont les rayons semblent fulgurer en pagaille – mais cette pagaille est une illusion, le télépointage est assuré avec une redoutable effica- cité par l'ordinateur de tir.

Dans cet orage d'énergies déchaînées, le *Dragon* décolle et Bernie est écrasé sur son siège malgré le champ de compensation – sans lequel on pourrait ramasser l'équipage à la cuillère.

Dans son écouteur droit retentissent les ordres du commodore. Il envoie le *Chimère* contre un sous-marin nucléaire en mer de Behring, le *Dragon* contre une escadre de bombardiers au-dessus du Pacifique Nord. Autant de cibles dont le croiseur *Donar*, débordé par la vague de missiles, n'est plus en mesure de s'occuper, même avec l'appui de l'*Arvaker* que Bernie aperçoit dans la projec- tion du visepteur.

À l'anxiété du départ a succédé l'ivresse du vol. À bord d'un intercepteur, l'ordinateur de vol ne sert qu'à corriger les maladresses et éviter les catastrophes. Le vrai pilotage est entre les mains de Bernie, par le biais de poignées jumelées et de pédaliers.

Un virage en profondeur amène la surface ter- restre « au-dessus » d'eux et Bernie voit la couver- ture nuageuse surplombant le nord du continent s'illuminer en rose à chaque missile touché par les lasers du *Donar* ou par les anti-missiles de l'attaqué.

Mais voici un éclair aveuglant, un cercle qui embrase toute la couche de nuages : une des ogives nucléaires a explosé, pas seulement le réservoir de carburant de sa fusée. Ce ne sera pas une contre-offensive propre. Et cette pensée bouleversante étouffe la brève ivresse qui avait saisi Bernie. Il n'y a plus en lui qu'une détermination tendue et, juste derrière, l'angoisse de la guerre.

Son navigateur a repéré l'escadre désignée par le *Donar* et Bernie s'aligne sur les coordonnées qu'il lui fournit. Loin devant eux, le *Chimère* s'est enfoncé dans les nuages, qu'il illumine du jet de ses propulseurs. Bernie plonge à sa suite.

Ils se trouvent dans la zone crépusculaire de l'aube.

Bernie mènera l'attaque à l'abri des nuages, ses écrans optiques étant incapables de masquer parfaitement le jet de ses propulseurs poussés au maximum.

Il déploie les ailerons d'attaque.

Les bombardiers volent devant le *Dragon*, vers la droite. Bernie ralentit et s'aligne. Son copilote suit ses mouvements sur les commandes auxiliaires, prêt à prendre la relève. D'une pression du doigt, Bernie lui cède le pilotage, puis il tourne son attention vers le tableau d'attaque. Trois des pointeurs ont l'escadre dans leur champ de visée, sur visepteur. Par acquit de conscience, bien que ce soit une procédure standard, Bernie annonce :

— Aux faisceaux d'ondes, d'abord.

La portée de tir est atteinte.

— Faisceaux, émission.

Sur l'écran, trois cercles bleus apparaissent sur autant de cibles schématisées.

— Prenez votre temps.

Chacun des pointeurs a le temps de neutraliser deux bombardiers avant que le *Dragon* ne soit directement au-dessus de l'escadre. Alors les trois qui ont champ arrière entrent en action.

— Zak, ralentis.

Le copilote amène le *Dragon* presque à la même vitesse que l'escadre – il ne peut se permettre cela longtemps, avec le peu d'envergure des ailerons.

Dix autres bombardiers neutralisés.

— Vitesse de croisière, maintenant.

Le temps que les pointeurs arrière fassent encore chacun deux cartons.

Le *Dragon* traverse une éclaircie. Le navigateur montre à Bernie l'écran vidéo: il a branché la caméra de queue et on voit fleurir dans le ciel des parachutes gris. Les équipages des premiers bombardiers touchés ont évacué leurs appareils, incapables de comprendre ce qui a interrompu tout courant électrique dans leurs circuits. Les avions continuent sur leur lancée mais, sans pilotage automatique, ils sont à la merci de la première perturbation qui les déstabilisera et les enverra s'abîmer dans l'océan. Les bombes qu'ils transportent ne sont pas censées exploser au choc. Leur détonateur est neutralisé comme le reste.

Trente cercles bleus à la première passe, pas une cible ratée par l'ordinateur tactique. Trente bombardiers où les conducteurs sont subitement devenus isolants dans tous les circuits, où les accumulateurs se sont vidés de toute leur énergie. Les pilotes n'ont rien vu. Ni au radar ni, probablement, à l'œil nu. Ceux qui ont regardé en haut, alarmés peut-être par le grondement de tonnerre du *Dragon*, auront distingué une lueur diffuse qui sautillait ou zigzaguait : le déflecteur optique a parfois de ces effets imprévisibles.

Le *Dragon*, comme ses semblables, est en liaison constante avec le croiseur *Donar*. Bernie reçoit un appel du commodore lui ordonnant d'aller intercepter une escadrille d'avions de chasse qui décolle d'un porte-avions au nord-est de Midway. Le *Griffon* a été lancé et terminera le travail sur les bombardiers.

— Vous tirerez au laser dès qu'il faudra plutôt que d'en laisser s'échapper, précise le commodore.

C'est sérieux. Il veut un déploiement de force qui montrera de façon spectaculaire la supériorité tactique d'Argus. Le Conseil a sans doute jugé nécessaire de porter un grand coup pour immédiatement étouffer dans l'œuf cette crise. Bernie n'aime pas recourir aux lasers, mais ce n'est pas à lui de décider. En devenant capitaine d'intercepteur, il a accepté d'avoir à exécuter un tel ordre.

Son navigateur est allé chercher les cibles au festler et, malgré la distance, il donne leur position et leur nombre exact : ils volent à basse altitude, ils foncent vers l'escadre de bombardiers qu'ils avaient sans doute pour mission d'escorter. Bernie descend pour sortir des nuages : il va les prendre de front, à vue.

Le choc sera terrible, physiquement même : le passage du *Dragon* au milieu de leur formation les secouera d'une formidable onde de choc – s'il ne frappe pas carrément l'un d'eux, auquel cas il ne restera pas grand-chose du *Dragon* non plus. Mais le pilotage automatique, avec ses réflexes à la microseconde, est censé éviter cela.

— Pointeurs, aux faisceaux d'onde d'abord. Longue portée.

Il fait plein jour et le ciel est dégagé, par ici. Les avions de chasse apparaissent dans le visepteur. Un virage pour aligner le *Dragon*… Bernie les voit, points métalliques brillant sur un bleu profond.

—Faisceaux, émission.

Sur l'écran vidéo, le rapprochement montre presque aussitôt quelques avions qui oscillent, désemparés. Les pilotes peuvent s'éjecter mécaniquement, sans commande électrique; ça en fera au moins quelques-uns de sauvés, s'ils ne se font pas percuter par les avions de leurs camarades.

Du *Donar*, le coordonnateur-interception envoie un message:

—Nous recevons de Contrôle-Argus une image par satellite-espion. Le porte-avions s'apprête à lancer une autre vague de chasseurs.

Bernie bifurque vers la position du navire. Le navigateur lui obtient une image vidéo par la caméra de proue, rapprochement maximum. On distingue des avions s'alignant sur le pont d'envol, d'autres montés des hangars par les élévateurs.

—Tous les postes, aux lasers. Tir continu, visée manuelle.

Dans un cas pareil, Bernie se fie autant à ses tireurs qu'à l'ordinateur tactique qui aurait à déterminer les cibles sur le pont par analyse; ses erreurs de discrimination annuleraient l'avantage de sa précision. Les tireurs, eux, compenseront leur lenteur relative par l'intelligence qui leur fera viser des avions plutôt que des toueurs ou des camions d'incendie.

Un nouveau virage place le *Dragon* dans l'axe du pont d'envol.

—Feu à volonté.

Sur le pont d'envol maintenant visible à l'œil nu, quelques explosions témoignent de l'adresse de l'équipage du *Dragon*.

Bernie survole le pont à hauteur de la passerelle. Ses artilleurs tirent à bout portant. Un rayon fauche les antennes et les radars du navire, qui s'écroulent à leur passage. Les réservoirs de deux avions éclatent en flammes au début de la piste et le *Dragon* est un peu secoué en traversant l'explosion.

Bernie grimpe pour donner à la caméra arrière un angle qui puisse lui fournir une vue d'ensemble du porte-avions. La fumée masque une partie du navire, Bernie commande une image à l'infrarouge, que l'ordinateur superpose à l'image réelle pour donner sur l'écran une vue combinée aux teintes fantastiques. Résultat décevant : le pont d'envol n'est pas obstrué. Les deux avions touchés au décollage sont tombés à la mer ; les autres appareils détruits se trouvaient au bord de la piste ou au début.

—Ils lancent des missiles autoguidés, annonce le navigateur, qui est aussi à la vigie.

L'écran antiradar cache le *Dragon* aux têtes chercheuses. Les missiles vont se perdre dieu sait où. Là n'est pas le problème de Bernie. Mais que faire pour empêcher le porte-avions de lancer le reste de sa deuxième escadrille – et peut-être une troisième ? Déjà deux appareils viennent de s'envoler.

Le pilote pousse les propulseurs au maximum. Une vibration parcourt le *Dragon*. Il monte en chandelle. La peur de ce que Bernie va tenter crispe ses mains sur les commandes. Au moins cela l'empêche de penser aux pilotes et aux hommes de piste qui ont brûlé avec les avions. L'œil impitoyable du

vidéo lui en a montré quelques-uns, silhouettes de
feu courant et se roulant sur la piste.

Un demi-looping et un demi-tonneau, à une altitude où le porte-avions et ses navires d'escorte ne
sont plus visibles à l'œil nu.

— Batteries avant, au laser. Feu continu sur le
centre du pont d'envol.

Ni le porte-avions ni son panache de fumée
sombre ne sont même un point sur l'océan. La mire
se fait au visepteur.

Plongeon. On n'entend pas le vent siffler sur la
carlingue, grâce aux casques, néanmoins on sent
une trépidation gagner le *Dragon*, s'intensifier
jusqu'à brouiller la vue. Toutefois cet intercepteur
n'est pas un kamikaze : Bernie confie au pilotage
automatique le soin de sortir à temps de ce piqué
vertigineux.

Le télévidéo montre une image en plongée du
porte-avions. Du milieu de la piste fusent des
gerbes ardentes et des tourbillons de fumée. Les
rayons laser ne rencontrent rien d'inflammable,
rien d'explosif, mais leur formidable concentration
d'énergie mord à même le pont d'envol, qu'ils font
bouillonner et fondre.

Un coup d'œil aux jauges indique à Bernie que
les offensives du *Dragon* ont sérieusement entamé
ses réserves d'énergie ; mais il y a encore de quoi
affronter le double.

Conjuguant à l'action mécanique des ailerons
toute la puissance des rétropropulseurs et des verniers
habituellement réservés aux trajets spatiaux, le
pilote automatique transforme la chute du *Dragon* en
une glissade diagonale, puis horizontale. Malgré le
champ compensateur, Bernie se sent écrasé contre
son siège, pressé comme si un pouce géant voulait

faire gicler ses tripes tel le dentifrice d'un tube. Ses yeux semblent vouloir jaillir de leurs orbites malgré ses paupières instinctivement fermées. La pression dans sa tête fait striduler ses oreilles, le pousse au bord de l'évanouissement.

Puis cela se dissipe, Bernie ouvre les yeux en luttant contre le vertige, il met un moment à les remettre au foyer. Et un instant encore à interpréter la projection du visepteur : les chasseurs de la première escadrille font demi-tour pour venir prêter main-forte à leur porte-avions.

Il tente de parler tout en reprenant son souffle :

— Vous avez tous suivi ?

Sur le tableau d'attaque, sept voyants verts lui répondent, certains avec un peu de retard.

Il jette un bref regard vers l'écran vidéo : l'immense navire est coupé par un mur de flammes, lui-même secoué de bouffées ardentes.

— Les tourelles bâtiments d'escorte nous canonnent.

Des bouquets de fumée pâle fleurissent dans les superstructures. Toutes les pièces doivent être en action.

— Leur tir est imprécis, mais ils ont la direction générale.

Imprécis, néanmoins très nourri. Le déflecteur optique n'aura pas suffi à masquer l'éclat des rétropropulseurs à leur maximum, et les officiers des navires auront estimé la trajectoire du *Dragon* d'après cette lueur.

— Ils risquent de nous endommager par chance. Batteries arrière, au laser. Feu à volonté sur les tourelles des escorteurs.

Bernie s'avise à cet instant que son copilote n'est pas encore revenu à lui. Il n'y a rien qu'on puisse faire de plus que le système de réanimation de son scaphandre ; ses médico-senseurs auront eux aussi noté la défaillance.

Un virage ramène le *Dragon* face à l'escadrille, essaim de minuscules reflets métalliques qui semblent foncer vers l'intercepteur ; mais c'est le *Dragon* qui se rapproche le plus vite.

Faire une autre passe aux faisceaux d'ondes serait une perte de temps, on neutraliserait au plus le tiers des chasseurs. Les autres se disperseraient et le *Dragon* n'en viendrait jamais à bout : ils sont bien plus mobiles que des bombardiers.

— Qu'on en finisse à cette passe.

Trois petites gerbes de flammes éclosent presque simultanément dans le ciel bleu, puis trois autres avec moins d'ensemble, puis encore d'autres, grossissant en nuages sphériques de fumée, bientôt dispersés par le souffle du *Dragon*. Bernie voit à peine les chasseurs restants au moment où il passe parmi eux.

Les batteries arrière visent à leur tour les cibles qui s'égaillent, la batterie de queue se charge de celles qui fuient vers le haut. Une seule échappe aux rayons. Le témoignage de son pilote servira à établir la supériorité tactique d'Argus.

Ces mots ont un goût amer dans sa bouche, qui les prononce en silence, machinalement.

Sur l'océan, loin à gauche, une grande colonne de fumée, illuminée d'explosions à sa base, indique que le tir concentré du *Dragon* a fait plus qu'endommager le porte-avions nucléaire. S'il coule, cette zone sera contaminée pour des siècles.

— Le porte-avion, il... il se désintègre. Mais ce n'est pas une explosion, il... s'estompe. Et les commandes du *Dragon*...

— C'est la vision qui achève, Bernie. M'entendez-vous, me voyez-vous ?

Le jeune sous-officier fixe Karilian un instant sans paraître le voir.

— Vous êtes à Psyché, sur Érymède, articule Karilian. À l'Institut de métapsychique.

— Ça va, j'y suis.

Il se redresse dans le fauteuil où il avait inconsciemment pris la position d'un pilote d'intercepteur.

— Vous nous avez fait la description très détaillée d'une intervention armée.

— Le *Dragon*, oui, je m'en souviens parfaitement. Tout était si clair, comme si je m'étais retrouvé à la place du type qui pilotait. Je voyais tout en trois dimensions, les sensations y étaient, l'odeur du pont d'envol, la pression g quand l'antigrav ne suffisait pas.

— Oui, les physiosenseurs ont relevé vos réactions, indique le docteur Toté. Nous avons tout enregistré.

— Un détail important, demande Karilian. Vous souvenez-vous d'avoir été appelé par votre nom ? Lorsque le commodore vous donnait des ordres, par exemple ?

— Cask, bien sûr, je m'en souviens très bien.

À l'expression de Karilian, le jeune officier réalise ce que cela implique.

— Alors c'était vraiment moi ?

— Vous dans le futur, oui. Ce n'était pas une simple vision prémonitoire, il s'est véritablement établi un contact à travers le temps, entre l'esprit de Bernie Cask ici, aujourd'hui, et un Bernie Cask futur. Mieux : vous *étiez* dans son cerveau. Nous appelons ça « jonction temporelle ».

Les méandres du temps, songe Karilian. *Si nous pouvions les cartographie*r…

—Mais alors…

C'est inestimable, oui. Et c'est à cela qu'œuvre l'Institut de métapsychique et de bionique. Seulement, les résultats sont encore très irréguliers, et rarement aussi remarquables.

C'est la première fois qu'un sujet non entraîné, sans aptitude spéciale, choisi au hasard, a une vision prémonitoire si longue et si détaillée. Cela tend à prouver que les facultés métapsychiques sont latentes chez tous les humains, ne demandant qu'à s'exercer comme s'exercent la vue et l'ouïe.

Mais on en est loin. Seuls quelques individus y parviennent sans l'aide de la propsychine. Et, pour que les résultats soient dignes d'intérêt, il leur faut la drogue.

Pour le commun des mortels, comme Cask, il faut une dose presque dangereuse.

—Il faut rapporter tout ça au Conseil d'Argus. Est-ce que j'ai prononcé une date ?

—Aucune, malheureusement. Et vous, pouvez-vous en estimer une d'après… je ne sais pas, d'après la technologie des Terriens, par exemple ?

—Vingt-cinq ou trente ans d'ici : leurs chasseurs et leurs bombardiers n'étaient pas si différents des prototypes qu'ils essaient aujourd'hui.

Karilian a une mimique désabusée. C'est la principale lacune de leurs travaux : l'imprécision dans la certitude. On ne doute pas de l'authenticité des prémonitions, mais elles sont généralement trop fragmentaires.

Un assistant achève de retirer les senseurs posés sur le crâne et le thorax du sujet.

—Bon. Vous allez suivre l'infirmier dans la salle de récupération : la propsychine éprouve sévèrement les systèmes nerveux et vasculaire. Quand vous serez remis, un enregistrement de tout ça vous attendra, pour Argus, avec mon rapport. J'espère qu'ils le prendront au sérieux.

Le jeune homme se lève, chancelle, se raccroche à l'infirmier.

—Merci de votre collaboration, monsieur Cask.

—Oh, ça valait le déplacement, pensez ! Capitaine d'intercepteur, eh ?

Il n'a pas encore vingt ans, son entraînement commence à peine.

Karilian lui adresse un sourire en hochant vaguement la tête. Il redevient grave avant que la porte ne se ferme.

◆

Karilian se promène le long de la galerie extérieure – ainsi nommée parce que c'est un des rares endroits d'où l'on voit à l'extérieur de Psyché. Non qu'il y ait grand-chose à voir au-delà des vastes baies de transplastal : le paysage chaotique d'un astéroïde dont la forme n'approche même pas la sphéricité, avec un invraisemblable horizon raboteux, tout proche.

On aperçoit le dôme de la cité-cratère voisine, Corinthe, calotte illuminée en bleu qui, de l'extérieur, semble coiffer un massif rocheux au sommet aplati. Karilian s'arrête, son attention retenue par des lumières à l'extérieur de Corinthe, sur la plaine – si on peut donner un tel nom à ce sérac rocheux. L'homme voit que sont ouverts les deux pans d'une

immense trappe coulissante, ce qui dévoile les projecteurs blanc rosé d'un chantier. Corinthe est le
siège de l'Amirauté et le centre de l'industrie astronautique. Karilian se rappelle qu'on doit lancer
aujourd'hui un nouveau croiseur, le *Dagur*.

Et, justement, le vaisseau émerge du hangar
souterrain, sombre Léviathan sortant de son sommeil.
Sous la poussée d'un champ de lévitation magnétique, il s'élève, en apparence léger comme un
dirigeable ; la vaste plate-forme de sustentation
émerge à son tour.

À quelques dizaines de mètres d'altitude, ses
verniers s'allument, petites flammes blanches qui
suffisent à lui donner son envol, tandis que redescend la plate-forme. Dans une fosse voisine,
aussi vaste, son jumeau le *Donar* doit encore être
en construction, le *Donar* que Bernie Cask a vu en
orbite terrestre.

— Ainsi l'affrontement aura bien lieu.

Karilian tourne un peu la tête, bien qu'il ait reconnu la voix : Ghyota, cheveux de jais tirés vers
l'arrière, dégageant un visage sévère où la peau du
front et des pommettes a le poli d'un cuir fin.

— Toté vous a raconté ?

Elle hoche brièvement la tête.

Le croiseur n'est plus visible. Éclairées, les
plantes qui bordent la galerie ont leur reflet au bas
de la baie vitrée, ce qui crée l'illusion que des spectres
végétaux prospèrent dans le vide qui règne de l'autre
côté.

— Et cela avait l'air d'un conflit total : les missiles nucléaires, les escadres de bombardiers, nos
croiseurs et intercepteurs presque débordés.

— Et des explosions nucléaires : nous ne pourrons
éviter cela.

Elle est tentée de demander à quoi sert Argus, si une guerre nucléaire va quand même avoir lieu. Mais elle se reprend : Argus, justement, fera la différence entre l'holocauste nucléaire et *quelques* explosions dispersées sur des régions désertes.

Ils se remettent en marche, sans hâte, traversent la galerie en diagonale vers le côté non vitré, qui domine le cratère. Ils longent la rampe un moment avant de s'y accouder.

Le jour décline sur Psyché. Le gaz lumineux, entre la double paroi, se retire pour rétablir la transparence du dôme. Le soleil, le vrai, est le premier à apparaître, petit astre éblouissant dans un ciel qui bientôt sera noir. Dans le parc, l'éclairage nocturne s'éveille, lisérant les terrasses et les esplanades, colorant les jets d'eau et les fontaines.

Ghyota observe Karilian à la dérobée. Elle essaie de se rappeler depuis quand il porte cette barbe, réalise que tous ses repères chronologiques pour cet homme sont confus : elle le côtoie depuis trop longtemps. Depuis assez longtemps pour savoir que, ce qui le préoccupe en ce moment, ce n'est pas la vision prémonitoire de ce jeune pilote.

— Votre… contact d'avant-hier, il s'est produit à nouveau ?

Karilian hoche la tête négativement, sans lever les yeux du parc en contrebas.

— Et… la prémonition ?

— Est-ce que cela méritait même ce nom ? répond-il sur un ton désabusé. *Moi*, je sais ce que j'ai ressenti, mais il n'y a quasiment rien à raconter.

— Alors ?

Un automate approche en roulant lentement, inspectant et humectant les plantes qui bordent la galerie et celles suspendues au-dessus de la rampe.

Karilian et Ghyota s'écartent et se remettent en marche. L'homme relève enfin l'interrogation de Ghyota :

— Alors je vais quand même aller sur Argus, parler à Sing Ha. Je ne peux pas tout simplement enterrer cette affaire.

Encore moins l'oublier, Ghyota s'en doute : elle revoit sa pâleur lorsqu'il est sorti de la transe, cet air de confusion totale, si troublante à voir chez un homme tel Karilian qui, dans n'importe quelle situation, semble avoir tous les éléments bien en main.

Il a raconté son expérience à Ghyota, essayant par la parole de mettre un peu d'ordre dans les fragments et les bribes qui lui étaient parvenus.

Il n'a pas tout dit, il a gardé quelque chose par-devers lui. Il en parlera peut-être à Sing Ha, qui est pour lui ce qui se rapproche le plus d'une amie.

Et Ghyota soupçonne que même à Sing Ha il ne dira pas tout de ce qu'il a vu et pressenti avant-hier. Quelque chose le concernait directement, profondément. Quelque chose de sombre l'a frôlé, et il ne s'en ouvrira à personne : il est Karilian.

CHAPITRE 15

Tu reverras la Terre

(Sibèle) – Avec la Terre, encore !

(Thani) – Érymède la suivra comme son ombre.

(Sibèle) – Serons-nous toujours enchaînés à la Terre ? Cachés sous sa taïga, cachés sur sa lune, puis ensuite cachés loin de sa vue mais la suivant comme au bout d'une laisse ! Je veux lui tourner le dos, moi, m'envoler loin de ses pâles nuées. Nous avons les ailes qu'il faut, nous avons les ailes.

Karilian laisse l'intercité à la station de Troie. Par quais, galeries et escaliers mécaniques, il gagne l'intracité-périmètre. Il lui semble croiser moins de gens joyeux qu'à l'accoutumée. Est-ce parce qu'il transpose sur autrui ses propres soucis, faisant un visage grave d'un simple visage neutre ? Voudrait-il des faces souriant béatement comme dans *L'Utopie* satirique que Phon Hol a présentée récemment au théâtre ?

Karilian n'attend qu'une minute. La rame de l'intracité arrive et s'immobilise sagement, avec un soupir feutré. La moitié supérieure des wagons est transparente, pour qu'on voie la Faille ; une malédiction pour les ingénieurs-mineurs, une joie pour les urbanistes.

La rame se remet en mouvement. *L'Utopie* de Phon Hol n'était qu'une réponse ironique à l'*Atlas rembruni* de Tyrner, où un peuple d'Éryméens lugubres se tourmentait au sujet de la Terre. Avec un sourire intérieur, amer, il jette un bref regard à son reflet dans la paroi vitrée qui lui fait face.

La voûte du tunnel défile, lisse, couleur d'anthracite. Soudain, brève vision : le tunnel est devenu tube transparent, émergeant du sous-sol pour franchir un gouffre à ciel ouvert. Par la tranchée, un aperçu des étoiles et d'une passerelle piétonnière, pointillée de lumières. À peine visibles, les parois accidentées de la Faille. Vers le fond, rien que des ténèbres, les froides entrailles de l'astéroïde.

Aussi vite qu'elle en était sortie, la rame replonge dans le tunnel.

(Sibèle) – Jusqu'où fuirons-nous, tels des fantômes qui ne veulent être vus ?

(Thani) – Érymède sera notre demeure. Et quand les Terriens viendront frapper à nos portes, ils verront notre face, s'ils ne l'ont déjà vue.

Karilian descend à la station Épidaure. Il gagne le niveau supérieur, celui de la galerie zéro, l'artère majeure du périmètre. Bordée de petits arbres, la galerie s'ouvre sur deux niveaux, parfois cinq lorsqu'elle traverse une place. D'un large tunnel perpendiculaire au bout duquel on distingue la lumière du jour, viennent parfois des bouffées d'air chaud et humide, sentant la jungle : le parc de Troie.

Une camionnette électrique passe sur la voie réservée, poursuivie par des bambins qui s'amusent à la faire ralentir et tinter en se plantant devant elle.

Lorsque Karilian avait cet âge, les Terriens ne volaient qu'en biplans, mais on prévoyait déjà qu'en dedans d'un demi-siècle ils se poseraient sur la Lune. Maintenant, l'affrontement est à l'horizon ; ces bambins qui se jettent dans les jambes de Karilian vont en voir l'issue, peut-être participer au dénouement.

(Thani) – Avant que les Terriens ne s'intéressent aux astéroïdes, des décennies auront passé, qui sait, un siècle ? Ils auront fait notre connaissance bien avant cela.

(Sibèle) – Et pourquoi ne pas nous montrer maintenant ?

(Thani) – C'est trop tôt, impatient ami.

(Sibèle) – Entre-temps nous restons en exil. À eux la Terre et ses vertes forêts, eux qui n'en ont aucun respect. À nous les astres morts et les jardins couverts !

À l'air libre, Karilian est saisi par la moiteur de l'air et une tiédeur étouffante. Devant lui s'étend la jungle, la jungle de Troie, montant doucement vers le centre pour redescendre vers l'autre versant du cratère. Entre les arbres d'une hauteur prodigieuse, sûrement inconnue sur Terre, filent les traits écarlates ou turquoise de grands oiseaux exotiques.

Entre les parcs de Troie et de Psyché, c'est le jour et la nuit. L'un foisonnant d'une vie quasi anarchique, la jungle, l'autre plus exigu et ordonné tels les jardins de Versailles. Mais il s'agit d'un trompe-l'œil : la Jungle de Troie est gardée bien en main par les botanistes et les biologistes, aucune racine ne risque de fissurer un mur, aucun insecte ne répandra le paludisme et aucun tigre ne dévorera un enfant.

Dans la paroi du cratère, une cuvette naturelle a été aménagée en hémicycle, gradins sculptés à même le roc et garnis de coussins. Le théâtre lui-même se dresse dos à la jungle, avec le bleu du faux ciel comme fond de scène.

Dans les gradins, quelques spectateurs seulement : il s'agit d'une répétition. Sur scène, les comédiens se donnent la réplique, texte en main : ils ne possèdent pas encore la pièce, cherchent leurs attitudes et leurs mouvements.

(Oussoub) – Quand nous nous serons montrés, revendiquerons-nous notre place sous les feuillages de la Terre ? Et s'il ne reste plus de feuillages ?

(Sibèle) – Alors nous chercherons d'autres Terres, d'autres mers : nous avons les ailes, le ciel nous attend.

(Thani) – Cela, et cela aussi. Sibèle prendra son envol si elle le désire, et ses amies avec elle. Et toi, Ibn Oud, tu reverras la Terre, et ses arbres dans le vent : nous ne les laisserons pas abattre.

Les comédiens s'arrêtent, fin de la pièce ou fin d'un acte. Ce sont de tout jeunes acteurs, treize à quinze ans, garçons et filles. Mais cette pièce n'est pas du répertoire qu'on faisait jouer aux étudiants lorsque Karilian était jeune.

Le metteur en scène, qui est sur les planches avec un texte à la main, aperçoit Karilian dans les gradins. Il renvoie ses acteurs sur quelques recommandations, leur donne rendez-vous le lendemain. Il embrasse « Thani » sur le front, congédie « Sibèle » d'une tape sur une fesse. Puis il gagne les gradins, monte en hâte, s'arrête à deux marches du visiteur.

—Quelle sorte de théâtre est-ce là ? demande Karilian en feignant le ton sarcastique d'un vieux critique dépassé.

—Pseudo-classique, répond Barry. C'est la nouvelle vague. Vous n'avez pas dû en entendre parler, dans votre patelin.

Karilian lui ébouriffe les cheveux, qu'il a noirs et bouclés, et lui demande où il veut dîner.

◆

Pourquoi Troie ? Pourquoi avoir choisi de passer sa dernière nuit ici, la baie grande ouverte sur l'air tiède et embaumé de la jungle ? La *Valse triste*, *Tapiola* et la Quatrième symphonie de Sibelius, qu'il fait jouer très bas pour ne pas réveiller Barry, sont parfois traversées par le rugissement lointain d'un fauve.

De froides visions, pentes de neige et conifères sombres, dans la grisaille crépusculaire d'une fin de jour d'hiver, ne cessent de venir à lui dans la fragrance des essences tropicales. Visions d'un monde silencieux, grandiose désolation, pays sans vie, le royaume de divinités sans substance, peut-être l'au-delà.

Tout cela a trouvé une résonance en lui et le hante depuis son expérience de l'autre jour. Un pressentiment.

Pour l'éloigner, il est venu à Troie : la jungle a toujours été pour lui l'image de la vie, grouillante, invincible, aveugle.

Rompre la solitude, aussi : Barry. Toucher un corps, le sentir chaud, frémissant, boire la vie, le goût âcre de la vie.

Pourquoi alors se complaire à veiller, seul devant la nuit, en écoutant cette musique presque funèbre ? Parce qu'il sait qu'il est vain de fuir ?

La lucidité, parfois, est lourde à porter.

Par-delà le dôme limpide, les étoiles luisent, froides sur noir, silencieuses. (Certes, silencieuses. Mais encore : lointaines, indifférentes.) Dans la nuit tiède, elles jettent sur la terrasse une lueur lunaire, spectrale, des ombres nettes et noires – ou plutôt c'est le lointain soleil, mais d'où il est Karilian ne le voit pas et peut imaginer que les étoiles suffisent. Au-delà, en contrebas, c'est la jungle, sombre avec ici et là de vagues taches vertes, là où le feuillage laisse filtrer la lueur des réverbères. Plus loin, constellant la paroi du cratère, quelques lumières dans des logis et sur des terrasses, dans les escaliers. Mais aucun mouvement visible.

Furtives images d'un carnaval, des nuits d'été dans une ville aux rues en pente. Ce n'est pas sur Érymède, Karilian les a déjà reçues quelques fois et il a pu établir cela ; c'est dans le futur, mais il ne sera pas là pour voir. Il y a des tigres en laisse, et des fragrances dans l'air ; à cause de cela peut-être, c'est surtout quand il séjourne à Troie qu'il reçoit ces images.

Karilian tourne la tête. Barry est là ; il se sera éveillé et étonné de son absence. La lueur des étoiles, qui lui parvient un peu de côté, souligne les formes de son corps, lignes pures de clarté et d'ombre, le relief lissé des muscles, la texture de sa peau.

Pourquoi suis-je venu ? se demande Karilian. Car c'est par Barry, à cet instant, que son pressentiment trouve forme : *Je ne le reverrai plus.*

◆

À bord de l'astrobus, Karilian a réservé une cabine. Durant le trajet il se mettra en transe, comme il l'a fait tous les jours depuis sa fameuse expérience. Encore en vain, probablement.

Ses mallettes déposées dans la cabine, il se rend sur la galerie d'observation. Il a embrassé Barry sur le quai, mais cela ne lui suffit pas, il veut le revoir une dernière fois.

L'astrobus roule déjà, doucement, sur ses trains pneumatiques. Un virage et, sur le quai qui s'éloigne, Karilian repère la tignasse bouclée, sombre, près des escaliers mécaniques.

Le véhicule franchit une vaste ouverture, à peine plus large que sa coque et moulant presque son carénage. La double porte se referme hermétiquement, l'éclairage de l'aire passe au blanc rosé.

C'est la première fois que Barry l'accompagne ainsi jusqu'à l'astroport d'Élysée. A-t-il senti que ce départ avait quelque chose d'exceptionnel ? Il n'a pourtant jamais eu de pressentiment, lui. Il est vrai que Barry n'avait pas besoin de facultés psi pour noter, la nuit dernière, combien Karilian était sombre.

— Tu ne t'endormais pas ?

Karilian avait haussé les épaules sans répondre, trouvant un sourire pour chasser l'impression lugubre qu'il avait dû donner, assis seul dans le noir.

Un moment il avait simplement regardé le garçon, cherchant l'oubli dans la contemplation de la beauté pure, comme une griserie esthétique. Puis il avait tendu la main et Barry s'était approché.

— Et toi, tu ne dormais pas non plus ?

Karilian avait pris sa main et l'avait portée à ses lèvres, mais distraitement déjà. Il ne lui avait rien expliqué, bien sûr, et Barry était allé prendre l'air sur la terrasse, offrant son corps à la lueur des étoiles, beige sur le fond vert argent des plantes et le noir du ciel, comme pour imprimer délibérément son image dans le cerveau de son amant.

La vaste trappe a glissé latéralement, l'aire est ouverte. L'astrobus s'élève avec une légère oscillation, la paroi du souterrain défile devant la galerie d'observation.

La perspective s'ouvre soudainement, le paysage tourmenté d'Érymède sous un ciel noir et, au premier plan, les structures extérieures de l'astroport. Il y a là aussi une galerie d'observation, peu fréquentée parce que de tels départs sont courants.

Aussi Karilian n'a-t-il aucune peine à repérer Barry, qui se hâte en provenance des escaliers mécaniques.

Je ne vais pas vraiment agiter la main? songe Karilian, mais déjà son bras s'est levé, dans une bouffée inattendue d'émotion. Sa main ne s'agite pas, non, elle reste ouverte, doigts à peine écartés, l'adieu le plus démonstratif que Karilian s'autorisera jamais.

Barry l'a aperçu, un triste sourire lui vient. Ses yeux clairs, son visage juvénile, sa minceur : il a l'air d'un gamin. Avec un serrement de gorge, Karilian se reproche d'avoir laissé paraître son angoisse, cette nuit. C'est Barry qui la porte maintenant, et doublement, car il n'a pas le détachement qu'il faudrait.

Les verniers de l'astrobus prennent le relais de l'antigrav, la montée devient oblique et s'accélère.

Dans sa cabine, Karilian mettra une heure à trouver la sérénité qu'il faut pour amorcer une transe.

CHAPITRE 16

Tout son futur en puissance

Graduellement, le relief de la Lune s'est précisé et s'est compliqué, sa blancheur s'est nuancée de beige et de gris. La voilà maintenant toute proche, tel un immense ballon flottant presque « au-dessus » de l'astrobus.

Puis le véhicule se retourne sur son axe longitudinal et la courbe de l'astre se déplace en un mouvement tournant, jusqu'à être entièrement visible du salon des passagers, à la proue, sous le poste de pilotage.

L'attention de Karilian est brièvement attirée vers la grande baie de transplastal, où la Lune grossit jusqu'à déborder le champ de vision ainsi encadré.

La transe n'a rien donné, du moins rien de ce que Karilian cherchait. Une irritation l'a gagné, qu'il met du temps à apaiser. Cette lacune de l'expérience métapsychique a toujours été la plus sérieuse : on ne peut reproduire une prémonition, on ne peut choisir ce qu'on verra, ni revoir ce qu'on a vu, sauf par hasard. Ce sont des coups de sonde, à l'aveuglette, dans une eau en perpétuel mouvement.

Sa fameuse prémonition, elle, n'est pas revenue ; Karilian reste à peu près démuni avec ses certitudes en porte-à-faux.

Depuis un bon moment, les rétropropulseurs sont allumés, toutefois la décélération est imperceptible pour les passagers. L'astrobus survole maintenant la partie obscure de l'astre. Le paysage apparaît presque plat, défilant à grande vitesse sous le vaisseau. La lueur des étoiles permet de distinguer, dans des tons de gris sombre, les montagnes et les vallées taillées à coups de hache, les plaines variolées de cratères comme la surface d'un brouet en ébullition qui aurait subitement figé.

Le vaisseau dépasse le massif montagneux au centre du cratère Tsiolkovsky. On voit une navette s'élevant rapidement sous la poussée de ses propulseurs, météore à rebours sur le fond noir du ciel. Vers quelle mission ? Karilian repense à ses séjours sur la Terre. L'un en particulier s'impose à sa mémoire : il revoit les pelouses descendant en terrasses vers le lac, les grands sapins et les vieux saules, les escaliers à rampe de pierre. Combien, déjà ? Dix-sept ans. Hormis les arbres qui ont crû, rien n'a changé, il le sait sans y être retourné depuis.

Les pelouses, les bois devenant obscurs à la tombée du jour, le calme irréel du lac, tout lui est revenu en une vision que depuis il cherche à rattraper.

◆

Les montagnes qui surplombent le cratère au nord approchent rapidement. Des versants escarpés, extrêmement hauts, des falaises abruptes. La décélération s'accentue, devient sensible ; l'éclat des rétropropulseurs est visible au bas de la baie de transplastal.

Dans la montagne, juste devant l'astrobus, tout un pan de falaise se découpe, un grand rectangle qui recule puis coulisse de côté et révèle une salle éclairée d'un blanc rosé : une des aires de l'astroport d'Argus.

Lorsque Karilian se lève, l'un des derniers à quitter le salon des passagers, le calme lui est revenu.

Sur le quai puis dans les couloirs d'Argus, encore plus garnis de plantes que ceux d'Érymède, il révise mentalement sa stratégie. Accentuer les certitudes, passer sur les lacunes... Seront-ils dupes de sa rhétorique ? Probablement pas, mais ils verront la profondeur de sa conviction et, de cela, ils ne pourront douter.

Karilian retrouve la grande salle de Contrôle Argus avec quelque hésitation : il n'est pas venu ici depuis sept ans. L'aménagement a peu changé, à première vue. La salle est circulaire, à trois niveaux ; le deuxième est une mezzanine qui en fait presque le tour. Le long de la paroi circulaire, au niveau du sol et sur la mezzanine, des dizaines d'hommes et de femmes sont assis devant leurs consoles et leurs écrans, une mosaïque de rectangles et de points lumineux dans la pénombre. Un écran géant surplombe la salle, dans le hiatus de la mezzanine ; Karilian n'accorde qu'un bref regard à la photographie aérienne qu'il montre, une image à l'infrarouge où de minuscules chars d'assaut avancent sur la route de quelque invasion. C'est peut-être une crise, mais l'activité du Contrôle est presque silencieuse, le murmure des préposés dans leur micro-écouteur ne produit qu'une rumeur discrète.

Au centre de la salle, un poste de commande surélevé ; trois personnes y sont assises, à l'intérieur d'une console circulaire. Sing Ha est de leur nombre. Karilian, dans la galerie vitrée qui encercle et surplombe la salle au troisième niveau, décide d'attendre Sing Ha sur place : il l'a appelée d'Érymède avant son départ et elle lui a dit qu'elle serait libre à 1600he.

Son attention revient à l'écran géant et il branche l'un des haut-parleurs par lesquels on peut, de la galerie d'observation, suivre le déroulement des opérations. Les véhicules blindés sont soviétiques, apparemment, et la région montagneuse que montre maintenant une photo satellite se trouve près de la frontière chinoise. Des abréviations au bas de l'image indiquent qu'elle est piratée à un satellite américain. Routes et frontières apparaissent en surimpression, l'ordinateur indique la position et le mouvement des forces, invisibles à cette altitude.

Puis l'écran revient à une image plus proche, plus claire, en fausses couleurs : elle vient d'un des propres engins d'Argus. Le convoi de blindés et de transports de troupes est encore en marche.

D'après les paroles qui s'échangent au Contrôle, on comprend que les communications stratégiques sont brouillées, à la façon éryméenne : le convoi ne reçoit que du silence, non du brouillage. Le code a été percé, la voix de l'opérateur sera imitée à la perfection : les prochains ordres que recevra la colonne blindée ne viendront pas de Moscou. Ils viendront d'Argus et stopperont l'avance jusqu'au matin. Apparemment, les analystes d'Argus ont jugé que cela suffirait à désamorcer la crise : les Chinois auront eu le temps de renforcer leur frontière, les États-Uniens le temps de réagir et de servir une mise en garde.

—Une intuition sur ce qui va arriver, maître Karilian ?

La voix vient de l'interphone. Sing Ha, en bas, l'a repéré derrière les vitres de la galerie ; elle le regarde avec un air légèrement moqueur. Tout le contraire de Ghyota, celle-là : un visage plutôt rond, de ceux qu'on qualifie d'épanouis, souriant au moindre prétexte, un visage mentant effrontément sur son âge.

Un autre membre du Conseil vient de relever Sing Ha.

—Je vous rejoins là-haut, Karilian.

◆

Des couloirs circulaires entourent la salle du Contrôle et, dans leur paroi extérieure, des portes ouvrent sur de grandes chambres où des équipes analysent conjonctures et crises, avec l'aide d'OCArgus, l'ordinateur central. Sing Ha et Karilian ont trouvé une de ces salles inoccupées. La femme a écouté son interlocuteur presque sans l'interrompre, puis ils ont discuté.

—Aucun doute sur le lieu, donc ?

—Aucun. C'est même le seul détail que j'aie vu clairement. Et je l'ai reconnu aisément : l'îlot en face de la rive, l'aménagement du parc, même l'ambiance. C'était bien au lac Clifton.

—Mais que peut-il se passer d'important là-bas ?

Karilian dévisage Sing Ha avec perplexité, puis il se rappelle que son secteur a toujours été l'Afrique.

—Le lac Clifton est une villégiature huppée non loin de la capitale canadienne. Il y a là un grand hôtel de prestige : le gouvernement le loue parfois pour des conférences internationales. Du moins il le faisait encore il y a dix ou quinze ans.

Sing Ha hoche la tête, roule son siège vers la console de l'ordinateur. Karilian précise :

—Je *suppose* seulement qu'il y aura quelque chose d'importance internationale. Tout ce que je sais, c'est que je rencontrerai cette personne là-bas cet été. Ce peut être en dehors de tout événement international.

Sing Ha compose une question sur un clavier. La réponse paraît immédiatement.

—Début juillet, lit la femme. La réservation vient juste d'être faite, pour un sommet restreint entre les grandes puissances.

Elle demande des détails.

—Les Renseignements sont très intéressés : le sommet a été décidé tout récemment et il est ultra-secret. Il réunira des ministres, des militaires et des spécialistes de l'astronautique, états-uniens et soviétiques.

Elle s'est retournée, explique tout cela sans avoir à lire l'écran.

—J'étais au courant de la conférence, j'ignorais simplement qu'on avait fixé le lieu de la rencontre ; les Renseignements l'ont appris hier.

Elle fait une pause, devient plus grave :

—Vous venez d'obtenir une réunion spéciale du Conseil, à coup sûr.

—Ce sommet… ?

—Sera extrêmement important. On soupçonne que les puissances astronautiques vont mettre en commun leurs observations sur nos… activités.

—Ils en sont là ?

—Ils ont remarqué depuis longtemps qu'on tripotait leurs satellites. Ils se soupçonnaient mutuellement, n'en parlaient jamais aux médias scientifiques. Ce printemps les Soviétiques ont su, par un espion, que cela arrivait aux États-Uniens. Le mois dernier, les États-Uniens ont fait parler cet agent ; les Opérations devaient le supprimer mais ont raté leur coup.

— Donc les États-Uniens…

— Ont appris que les satellites soviétiques avaient eux aussi des silences en s'inscrivant sur orbite. Tout ça reste officieux, bien sûr : on laisse entendre, on admet à mots couverts, les scientifiques se font des confidences énigmatiques. Mais la méfiance est surmontée.

— Au lac Clifton, ils vont mettre cartes sur table. Ont-ils des soupçons ?

— Ils écarteront l'hypothèse que cela vienne des Chinois : ils cherchent une technologie bien en avance sur les leurs.

Ils se taisent un instant, pesant les implications.

— Ce sera un point tournant de nos rapports avec la Terre, fait Sing Ha. Ils envisageront la vérité. Est-ce que votre personnage sera là pour la leur confirmer, la leur prouver ?

Karilian hausse les épaules et ouvre les mains en un geste d'ignorance.

— Vous ne voyez toujours pas, avec ces précisions, le rôle de la personne que vous aurez à chercher là-bas ?

Il secoue la tête :

— Il n'y avait que la *notion* d'importance. Comme si cette personne avait, autour d'elle, une aura d'influence potentielle. Tout son futur *en puissance,* déjà présent en elle, perceptible. La personne *a* déjà une importance cruciale à cause de ce qu'elle fera – ou ne fera pas. C'est cela que j'ai ressenti, mais sans indication de ce que sera ce rôle, sauf qu'il sera néfaste pour Érymède, néfaste pour la Terre. J'ai senti… la guerre totale, l'extermination, presque l'anéantissement de l'humanité, tout cela en puissance dans cette personne. Et j'ai vu que je devrais la supprimer.

◆

Le lendemain de son arrivée sur Argus, Karilian retrouve Sing Ha pour le déjeuner. Le serveur-automate, une simple desserte roulante, autonome, avec des tablettes chauffantes, s'arrête près de leur table avec leur repas. Sing Ha tire Karilian de ses réflexions et ils prennent leurs assiettes sous les couvercles.

—Et ce personnage, aucune précision sur son identité ?

—Aucune. Je la reconnaîtrai sûrement quand je la rencontrerai : nos esprits se sont frôlés, brièmement.

—« La » ? C'est une femme ?

—Une identité féminine : j'ai perçu au moins cela. Un cas très remarquable : une personnalité schizoïde, je veux dire double. Deux aspects parfaitement démarqués, la personnalité féminine dominant nettement l'autre, et les deux en état d'opposition. La première agressive et effrayée à la fois, très énergique. La deuxième, la masculine, plus calme, plus articulée aussi : patiente, déterminée.

—Un nœud de paradoxes.

—Et tout cela, je l'ai ressenti en moins de temps qu'il n'en faut pour le dire. C'était clair, mais ce n'était qu'un fragment : son âge, son vécu, son nom, son « image de soi », je n'ai rien perçu de tout cela.

—Ce sera bien difficile de la retrouver.

— Pour un de nos agents, oui : je n'aurais aucun renseignement à lui fournir. Mais moi, je reconnaîtrai son esprit dès que je le frôlerai de nouveau.

— Et vous *savez* que vous la rencontrerez.

Karilian hoche gravement la tête.

◆

La salle du Conseil d'Argus est adjacente au Contrôle ; les deux communiquent par une double porte sous l'écran géant. Au fond de la salle, une large baie de transplastal donne vue sur le cratère Tsiolkovsky. Seuls les niveaux inférieurs d'Argus se trouvent plus bas que le fond même du cratère. Au centre du paysage, le massif montagneux se profile en gris sombre sur le noir profond du ciel, un chaos de pics et de crêtes. Au loin, on aperçoit les falaises qui bordent le cirque au sud, si hautes, si nettes malgré la nuit, qu'on ne les croirait jamais à plus de cent kilomètres. C'est le seul horizon ; le regard ne sort pas du cratère.

Maître Karilian, directeur de l'Institut de métapsychique et de bionique, a demandé une réunion d'urgence du Conseil, et l'a obtenue avec l'appui de Sing Ha.

Il explique comment quelques jours plus tôt, à Psyché, durant une transe, il a été brièvement en contact avec un autre esprit à travers le continuum psi. Un contact accidentel, fortuit, mais qui a déclenché une vision prémonitoire : dans un futur proche, en un lieu connu de lui, il rencontrera cette personne et devra la supprimer pour l'empêcher de provoquer une crise d'envergure mondiale.

Il explique son pressentiment de cette « crise », formule l'hypothèse qu'elle est reliée à la conférence secrète du lac Clifton, où les puissances terriennes vont peut-être deviner l'existence d'Argus.

— Je n'en sais pas plus, conclut-il après avoir parlé durant près d'une heure.

En cela il ment, car il a omis de mentionner un autre point obscur de sa prémonition, celui concernant son propre sort.

— La question fondamentale, résume la présidente du Conseil après une heure de débats, n'est pas votre sincérité, maître Karilian, ni l'importance capitale de la conférence du lac Clifton. C'est la crédibilité de votre expérience qui est en question, ou plutôt de *vos* expériences, à vous de Psyché.

— Je croyais qu'elle ne se posait plus depuis des années, rétorque calmement l'intéressé.

— Peut-être parce qu'on ne nous avait pas encore demandé de croire quelque chose d'aussi… considérable.

— Nous vous avons fait tenir avant-hier le témoignage d'un de vos futurs pilotes, la recrue Bernie Cask, établissant qu'il y aurait intervention directe contre les Terriens, un affrontement majeur.

— « Établissant »… ! fait une voix sceptique.

— Je n'avais pas prévu, en venant ici, que j'aurais à prouver la théorie métapsychique. Nos travaux, depuis vingt ans…

— Allons, allons, personne ne remet cela en cause.

Karilian regarde la présidente d'un air poliment étonné : c'est justement cela qui est en cause. Le vote, ce soir, portera sur l'acceptation ou non des expériences de Psyché – non plus des théories, mais des résultats. Va-t-on fonder une décision, entreprendre une action, sur la foi d'une prémonition ? Il s'agissait d'une prémonition type, à la fois claire et très fragmentaire : Karilian sait ce qui doit être fait, mais s'il y parvient, on ne saura peut-être jamais ce qu'il aura empêché.

— N'y a-t-il aucune chance, demande un conseiller, que la prémonition de maître Karilian soit confirmée entre-temps, par un autre spécialiste de l'Institut ?

— Nous l'espérons, bien sûr. Mais ces expériences sont encore très aléatoires : nous commençons à peine à nous orienter dans le continuum psi, nous arrivons rarement à nous y *diriger*, à « voir » où et quand nous voulons. Cependant, pour les prochains mois, tous nos expérimentateurs auront consigne de « viser » le lieu et l'événement qui nous préoccupent.

Il fait une pause.

— Pour en revenir à la décision qui vous est demandée, je soumets respectueusement que, si on nous refuse les occasions de prouver nos prétentions, la question de leur validité restera éternellement posée.

— L'affaire est si délicate…

— Sur des affaires mineures, nous avons déjà fait nos preuves : elles sont à la disposition de tout le monde, dans les mémoires d'Érymorg. Sur l'affaire qui nous intéresse ce soir, je propose…

Il se tourne poliment vers la présidente, qui acquiesce de la tête.

— … d'être envoyé au lac Clifton comme agent : j'ai travaillé plus de dix ans pour les Opérations. Entre autres au lac Clifton, justement, lors d'un sommet secret de l'OTAN, et Argus n'avait pas eu à se plaindre de mes services, je crois.

Il jette un regard vers Sa Park, qui était coordonnatrice des Opérations à cette époque, et elle lui adresse un sourire d'appui.

—On enverra un agent de toute façon, rien n'empêche que ce soit moi. Avec un technicien des Renseignements, et tout autre personnel qu'on jugera bon de mettre sur l'affaire. Je sais seulement que je dois être là-bas le plus tôt possible. Nous y avons encore une propriété… quel était son nom?

—La villa des Lunes, dit la coordonnatrice des Renseignements sur un ton neutre.

Morant a répondu à la place de sa collègue aux Opérations, Drax, qui semble plutôt hostile à la requête.

—Et vous réclamez pleine liberté d'action, je présume? demande Drax.

—Si nécessaire, l'autorisation de supprimer la personne sans délai. Mais seulement en cas d'urgence. Autrement, bien sûr, je discuterais avec les Opérations, ou même avec Argus, du rôle potentiel de cette personne, dès que je l'aurais identifiée. Nous ignorons tout à fait comment les choses se présenteront sur place, et à quel rythme les événements s'enchaîneront.

—En somme, intervient Sing Ha, maître Karilian ne nous en demande pas tant : redevenir agent aux Opérations pour la durée de cette mission, et être autorisé à neutraliser une Terrienne qu'il identifiera…

Des murmures s'élèvent contre cette simplification.

—S'il se trompe, poursuit Sing Ha, quel tort aura-t-il fait?

—Supprimer une Terrienne innocente, soutient Ulm Edel.

—Ce sera sur *sa* conscience.

—Ou alors supprimer une personne importante – « favorablement » importante.

—Vous ne pouvez accepter une partie de sa prémonition, la rencontre d'une personne « importante » au lac Clifton, et refuser l'autre partie, comme quoi cette personne sera « défavorablement » importante.

Karilian réprime un soupir excédé :

—Je m'en remets au vote du Conseil, lance-t-il en s'adossant dans son fauteuil et en croisant les mains sur son ventre.

La présidente lui adresse un regard soutenu, un reproche muet : ce n'est pas à lui d'appeler le vote. Elle annonce un tour de table, et après seulement elle demandera le verdict.

Mais c'est gagné, à en juger par les opinions énoncées.

◆

Huit pour, six contre ; la présidente n'a pas à trancher.

Sans un mot, sans un soupir, Karilian ferme les yeux. C'est lancé, il n'y a plus à reculer. Au bout, il y a une zone floue et sombre où son propre futur subit une éclipse.

TROISIÈME PARTIE

SEMAINES DE CHALEUR

CHAPITRE 17

Villa des Lunes

Au petit matin, le lac est un miroir sombre, lisse sous le poids d'un air humide qui lui interdit la moindre vaguelette. Sous un ciel gris perle, la forêt est encore noire de la nuit proche.

L'île, que Karilian revoit pour la première fois, a gardé son aspect ténébreux, un peu mystérieux. Il s'agit d'un îlot, en fait, un microcosme de la vie de toute la région, avec quelques représentants de chaque espèce, venus sur la glace l'hiver et n'osant pas nager pour regagner la rive. Des blaireaux, des ratons laveurs, peut-être même un renard. Mais Karilian n'en a jamais vu.

Au-delà, sur la rive en face, la brume estompe le vert sombre des bois, adoucit la crête des collines. Du côté ouest, un versant abrupt, planté de conifères, plonge directement dans le lac – jusqu'à une grande profondeur, dit-on. Vers l'est, au flanc moins escarpé d'un autre mont, Clifton Lodge se dresse au milieu de ses pelouses et de ses arbres taillés, immense auberge de rondins, tel le château d'un bûcheron subitement devenu milliardaire. L'après-midi, on voit le soleil se refléter sur des limousines astiquées, des voitures de sport rutilantes, et derrière la colline de riches rentiers jouent au golf sur des links de rêve tandis que leurs filles en costume anglais parcourent à cheval des chemins ombragés de pins.

À l'époque du premier séjour de Karilian, le lac Clifton, c'était la campagne, la villégiature. En 1977, c'est désormais la banlieue – lointaine banlieue, sans doute, mais banlieue quand même. Seul l'amphithéâtre naturel des versants boisés maintient l'illusion. Lorsque le gouvernement canadien reçoit des diplomates étrangers ou des premiers ministres provinciaux, ils peuvent étirer leur réunion jusque tard en après midi, dans la capitale, et venir prendre le repas du soir ici, avec vue sur le lac et orchestre sur la terrasse.

Karilian ne ressent aucune agoraphobie lorsque le ciel est couvert. C'est le ciel bleu qui le met mal à l'aise, ce grand vide dont la couleur est pour lui une vague évocation de maladies mentales.

Son regard revient malgré lui à Clifton Lodge, et cette fois il ne l'en détourne pas. D'ici quelques semaines, les spécialistes de la CIA auront passé l'hôtel au peigne fin, sondé chaque mètre carré des murs, planchers, plafonds des salles et des chambres où discuteront les émissaires.

Ils ne devraient pas trouver les cellules qui avaient été dissimulées dix-sept ans plus tôt pour espionner le sommet de l'OTAN. Et, si tout va bien, les cellules fonctionnent encore ; ce sera pour Karilian la première chose à vérifier.

Les Français et les Britanniques, a-t-il appris, auront chacun une délégation. Les Français ont fait quelques difficultés, mais on leur a donné à comprendre qu'on savait tout de leur programme spatial, que toutes les puissances avaient les mêmes « problèmes » orbitaux.

Eh bien, ça devait arriver un jour, nous le savions. Maintenant c'est là, devant nous.

C'est un tournant au-delà duquel il ne peut voir, ni lui, ni ses collègues de Psyché : un train traversant une forêt, un étroit passage entre les arbres, et la voie suit une courbe serrée. La vision prémonitoire de Cask a été le seul aperçu, et si fragmentaire.

On ne verra au-delà qu'en négociant le virage lui-même. Et Karilian file sur la même voie, attaché sur le devant de la locomotive : il verra en même temps.

Maintes fois il a essayé de se projeter dans le futur, mais son futur à lui s'enfonce dans un brouillard, et Karilian ne sait dans quel état il en ressort.

C'est cela qu'il n'a pas dit, ni à Ghyota, ni à Sing Ha, ni au Conseil d'Argus. Aux Lunes, son passé rattrape son présent, et dans ce remous il ne peut déceler quel cours prendra le futur.

Habillé trop chaudement pour ce début de juin, l'homme retire sa veste en quittant la rive. Il revient lentement vers la maison, qui doit son nom aux croissants de lune découpés dans ses contrevents, et à celui qui coiffe la girouette-paratonnerre. L'escalier de pierre qui monte le talus n'a pas changé. Un peu plus fissuré peut-être, mais le jardinier n'a pas permis aux herbes d'y prendre racine. La pierre, sombre d'humidité, a couleur d'automne.

Un bref instant une volute de passé le frôle, il tourne la tête, s'attendant presque à revoir Corinne.

Elle n'est pas là, bien entendu, elle n'est pas un saule ou une île. Quel âge peut avoir Corinne, maintenant ? Autour de cinquante, assurément. Qu'est-elle devenue ?

Karilian pourrait le savoir, il lui suffirait de prendre contact avec les Renseignements, à la plus proche base régionale, et d'attendre la réponse quelques jours plus tard.

Il n'en fera rien, il se contentera du souvenir. Il avait quarante-cinq ans à l'époque, est-ce croyable ? Il secoue lentement la tête, incrédule : c'est la première fois qu'il prend ainsi conscience de lui en tant que sexagénaire ayant été plus jeune, ayant été jeune.

Le passé. Il savait qu'il s'y replongerait en venant ici. *Un instant de langueur, Karilian ? Tu te complais dans la nostalgie ?* Et pourquoi pas ? Tout cela reste dans le secret de son esprit.

Ses pas l'ont mené sur le côté de la maison, qu'il contourne lentement. La plus large part de la propriété s'étend devant la maison, si l'on considère que l'arrière donne sur le lac. Un vaste parc, aménagé en fonction d'un ruisseau qui le traverse, large et calme par endroits, presque un étang, cascadant par ailleurs à travers de splendides rocailles dignes des jardins d'Érymède.

La route n'est pas visible d'ici, on n'entend que les camions, lorsqu'il en passe.

Rien ne presse : Karilian décide de visiter tout le parc. Dans le tiède silence du matin, il entend des appels cuivrés et dissonants. Quels oiseaux y avait-il jadis sur l'étang, une variété de canards ? Ou peut-être des cygnes ? Il ne reconnaît même plus l'aménagement ; ce ponceau en dos d'âne, oui, mais cette passerelle en bois ? Il est vrai que Karilian était très occupé, lors de son séjour dix-sept ans plus tôt, et qu'à ses rares heures de loisir il préférait la pelouse du côté du lac. Il n'a visité l'ensemble du parc que quelques fois.

C'est un paysage presque insoupçonné qu'il découvre ce matin. Lorsqu'il est arrivé en hélicoptère, à l'aube, la contrée était grise et sans relief.

Une tranchée dans une haie, et l'allée débouche sur l'étang. Karilian s'arrête, surpris : il y a là un gamin, agenouillé au bord, donnant des croûtons aux canards. Le garçon se retourne, bien que Karilian n'ait fait aucun bruit, et se relève.

L'homme rajuste son estimation : le gamin est plutôt un adolescent. Pas très grand mais pas frêle non plus, de sorte qu'on lui donne quatorze ou quinze ans. Blond, cheveux lisses en désordre, joli. Des yeux gris, qui le fixent non tant avec sans-gêne qu'avec curiosité.

Ce visage ne lui est pas inconnu, mais n'éveille aucun souvenir.

Le mot anglais *urchin* lui revient, « galopin », et il se demande à quelle langue recourir.

Dick emploie-t-il un aide-jardinier ? Il n'en a pas parlé à Karilian lorsqu'ils ont discuté sécurité à son arrivée.

Le garçon doit lire ces interrogations sur le visage de Karilian, sur son front et ses sourcils qui froncent si volontiers.

— C'est Dick qui m'a donné la permission. Des fois je l'aide.

C'est cela, un aide, peut-être un jeune voisin. Mais Karilian n'aime guère l'idée. Comme pour protester qu'il ne fait rien de mal, le garçon ajoute :

— Il n'y a jamais personne, alors...

Alors il ne dérange pas.

— Maintenant il y a quelqu'un, réplique l'homme, moins sévèrement qu'il ne l'avait voulu.

Son français, qu'il pratique pourtant depuis quelques jours, lui paraît affreux.

— C'est vous le propriétaire ?

C'est moins une question qu'une constatation et, du regard, l'adolescent parcourt brièvement le parc, la demeure telle une maison d'enfants à l'ombre de grandes épinettes bleues. Et dans sa voix, de l'envie, l'écho de celle qui a brillé dans ses yeux.

Puis, semblant se rappeler qu'il est un intrus, il marmonne des excuses et fait mine de partir.

« Reste », voudrait lancer Karilian, mais il se rappelle Corinne et leur impossible liaison, l'éphémère qui laisse toute la vie une empreinte de tristesse. Puis il songe que, jusqu'à nouvel ordre, il n'a plus devant lui que le présent.

—Garçon !

L'adolescent se retourne.

—Quel est ton nom ?

—Nicolas Dérec.

—Nicolas, répète l'Éryméen à mi-voix, fronçant les sourcils.

Le garçon hésite, presque en équilibre sur un pied. Cet homme l'a-t-il rappelé juste pour lui demander son nom ?

Karilian ne se rappelle plus ce qu'il voulait dire, il n'en est plus sûr.

—Eh bien, Nicolas, si Dick te fait confiance, je suppose que...

C'est contre les règles de sécurité les plus élémentaires !

— ... tu peux continuer de venir ici, dans le parc.

Une affaire si cruciale !

— À condition que tu me laisses un peu d'intimité. Disons : évite la maison et ses alentours.

Nicolas a un sourire heureux : ils sont complices, propriétaires égoïstes et jaloux de ce paysage de rêve. Karilian parierait que le garçon n'a jamais emmené personne ici, n'a peut-être jamais parlé de ce que cachent les hautes haies entourant la propriété.

—Merci, m'sieur.

Puis il se sauve en courant, chaussures de sport rouges, jeans, chandail de tricot, et l'homme a déjà un vague regret, comme si l'autre lui prenait quelque chose en partant.

◆

Un type important, songe Nicolas. *Arriver comme ça en hélicoptère!* C'est la première chose qu'il a perçue du bonhomme, avant même de se retourner et de le voir : images et sensations d'un voyage en hélicoptère. Beaucoup moins bruyant que Nicolas ne l'aurait cru, et beaucoup plus rapide, d'après une route longée un instant, d'après la cime des arbres qui défilait à toute allure. Un hélicoptère spécial, un prototype ?

Une des fenêtres de sa chambre donne du côté de cette propriété, et Nicolas n'a pas entendu l'appareil se poser ni, surtout, redécoller. Il était probablement déjà éveillé, pourtant.

L'homme a un accent étranger, difficile à préciser. La propriété, lui a déjà expliqué Dick, appartient à une société plutôt qu'à un individu. Une multinationale de l'aéronautique, si sa mémoire est bonne, et la maison est à la disposition des administrateurs pour leurs vacances.

Malgré l'autorisation que lui a donnée l'homme, Nicolas ne compte pas y retourner, pas d'ici quelques jours. Que le type finisse ses vacances ; ce ne doit pas être un très long congé, ce genre de personnage est sûrement fort occupé. Nicolas l'a trouvé intimidant : un regard intense, un visage peu ordinaire. Il ne sait s'il tient à le rencontrer de nouveau.

Nicolas arrive à l'immeuble de la Fondation. Forçant un peu son rôle de cadet de la maisonnée, il salue bruyamment le garde et la réceptionniste (une militaire elle aussi, soupçonne-t-il), puis grimpe deux à deux les marches de l'escalier. La porte du labo est ouverte : il entre d'un bond latéral pour faire crisser sur le parquet les semelles de ses tennis.

Son père est là.

Nicolas perd sa pétulance. Il se rappelle le programme du jour : des essais routiniers avec le *Trancer*. Le seul changement depuis sa dispute avec son père a été l'introduction de nouveaux thèmes pour les transmissions télépathiques : des « galaxies » de points colorés aux arrangements subtils, des poèmes, des séries chiffrées sous forme musicale. La nouvelle direction de recherche qu'on a tentée l'autre jour, cette expérience qui a tant perturbé Diane, on ne s'y est pas réessayé.

Nicolas n'a plus eu de « vision » spontanée, comme celle d'il y a deux semaines pendant qu'il contemplait les étoiles. C'était un hasard, une sorte d'accident qui ne s'est plus reproduit.

Même les rêves sous l'influence du *Trancer* lui sont désormais interdits : comme le craignait Diane, le gardien de nuit a surpris Nicolas dans le labo un soir qu'il avait changé son horaire d'inspection (et le garçon a compris que, jusque-là, c'était plutôt par chance qu'il s'en était tiré). Charles Dérec a été prévenu et a ramené son fils à la maison. Il n'a pas haussé le ton, mais il a été catégorique : cela ne se ferait plus. Lorsque, en protestant, Nicolas a parlé des rêves inusités qu'il faisait, son père a écouté poliment, mais n'a pas paru très intéressé. Peut-être s'est-il penché sur la question le lendemain avec ses collaborateurs, mais cela ne semble pas avoir « ouvert de nouvelles voies de recherche ». La seule nouvelle voie encore ouverte est l'expérience du docteur Audran, qu'il tient à répéter dans quelques semaines, mais cette fois en préparant Diane et Nicolas beaucoup plus adéquatement.

En lui-même, Nicolas ne s'est pas avoué vaincu : personne, en tout cas, ne pourra lui faire oublier ce qu'il a vécu certaines nuits sous le *Trancer*. Ni lui faire renoncer à sa conviction qu'il a eu accès à un autre monde, un monde futur où les humains habiteront des lunes ou des planétoïdes, à l'abri de dômes, un futur pas si lointain où ils disposeront d'énormes vaisseaux spatiaux. Et que lui, Nicolas, connaîtra ce monde.

CHAPITRE 18

Les fleurs de la Lune

La salle de contrôle de la base du Maine a la forme d'une fleur aux pétales en demi-cercle : chaque section est un de ces pétales, une alcôve partiellement isolée du reste. L'une de ces sections contrôle l'espace aérien de la base régionale.

Karilian, en attendant Greg Cotnam, s'est promené un peu et s'est arrêté devant cette section, regardant distraitement les écrans par-dessus l'épaule du préposé. Une navette est présentement en approche, absolument invisible à la caméra vidéo qui balaie lentement le ciel et l'horizon en la suivant. Sur un radar traditionnel, elle le serait tout autant. Sur l'écran du visepteur, sa forme est schématisée par l'ordinateur, qui la rapproche graduellement de la représentation linéaire de la base : le grand chalet sur sa colline, les garages et le hangar à hélicos, le court de tennis. Sur un autre écran de télévision, une vue fixe du court de tennis en noir et blanc, filtrée vert. Soudain l'écran passe au rouge, un timbre se fait entendre discrètement : un autre contact est apparu dans le ciel.

— Rhassan, approche interrompue, restez en sustentation.

— C'est ce petit bimoteur au sud-ouest ? répond une voix distante, métallisée par le haut-parleur.

— Oui. Simple prudence. Dès que vous serez à 150°, vous pourrez y aller.

L'avion de tourisme passe assez loin, mais on n'est jamais trop prudent. Il y a des bases plus commodément situées, celle de l'Amazone par exemple, ou celle de l'Australie.

L'écran vidéo repasse au vert. Le court de tennis, à l'arrière du grand chalet, coulisse latéralement telle une grande trappe, révélant la pénombre d'une aire souterraine. Les contours du rectangle deviennent flous une seconde au passage de la navette avec son déflecteur optique. Le véhicule est brusquement visible avant de disparaître dans l'ombre, puis le court de terre battue se remet en place.

— Redevenu agent, hein ?

Karilian se retourne. C'est Cotnam, descendu le rejoindre. Il ajoute :

— Je vous ai manqué à votre arrivée hier. Carla m'a parlé de votre mission ; il paraît que Drax aurait préféré s'en occuper elle-même.

Karilian hoche vaguement la tête et hausse les épaules. Drax est notoirement réticente aux collaborations inter-services. Psyché s'attend à des résistances de ce genre, et à de bien plus sérieuses.

— Je suis venu chercher un renseignement – en dehors de ma mission, vraiment, mais la chose m'intriguait trop.

Ils parlent à voix basse, tant l'ambiance de la salle est calme, presque studieuse, dans la quasi-obscurité où les écrans vidéo sont les seules sources de lumière.

— Vous vous rappelez ma dernière visite ici, il y a sept ans ? J'étais venu faire des essais de transmission télépathique Argus/Terre.

—Oui, je m'en souviens.

—Il était arrivé un accident au périmètre de la base.

Cotnam fronce les sourcils, fouillant sa mémoire.

—Un accident d'automobile, lui rappelle Karilian. La femme avait été tuée…

—Oui oui, bien sûr… Et il y avait un enfant. Il s'en était tiré par un hasard invraisemblable.

Un hasard? Est-ce cela que Cotnam a retenu? C'était pourtant un cas patent, *filmé,* de télékinésie. L'esprit humain a tendance à se faire un nid douillet dans le savoir, écartant les brins gênants d'information et ne retenant que la banalité rassurante.

—Je voudrais la photo et le nom de ce garçon.

—Facile.

En retrait de la salle, ils gagnent l'alcôve de l'ordinateur local, un système plus modeste que OCArgus. Cotnam s'assoit à une console, repère le dossier.

Négligeant le vidéo de l'incident, il fait apparaître les photos, il s'arrête sur celle du gamin: c'était après l'accident, lorsqu'il était assis, en état de choc, dans la voiture de police.

C'est lui, bien sûr, la mémoire de Karilian ne l'a pas trompé. Et le nom est le même, Nicolas Dérec. Le gamin qui, en fracassant un madrier de bois franc par la seule force de son esprit, a provoqué des remous dans tout le continuum psi et dans le cours du temps.

Des renseignements additionnels: la femme s'appelait Agnès, la voiture appartenait à son mari Charles, neurologue. À l'époque, les Dérec étaient domiciliés à Sherbrooke.

Mais par quel hasard énorme Nicolas Dérec se trouve-t-il maintenant au lac Clifton?

—Il y avait eu un suivi au sujet de ses facultés métapsychiques ?

—Il y a un renvoi aux dossiers du Recrutement.

Cotnam compose un numéro d'accès, lit sur l'écran :

—Le garçon se trouve maintenant à la Fondation Peers, lac Clifton, en banlieue de...

Il s'interrompt, car il vient de comprendre.

—Ah ha... Vous l'avez retrouvé par hasard.

—Et cette Fondation Peers ?

—Un institut de recherche en psilogie, relevant de la Défense nationale. Hmm... Le père du garçon en est l'un des directeurs.

Karilian hoche lentement la tête.

—Le Recrutement a quelqu'un là-bas, ajoute Cotnam, c'est une des plus grosses boîtes spécialisées du continent. Vous voulez son identité ? Ça pourra toujours servir.

Karilian hausse les épaules, ne dit pas non. Mais il sait bien que sa mission ne relève que de lui, il n'aura pas besoin d'aide. Du reste, entrer en contact avec cet agent risquerait de brûler son incognito ; il ne le fera pas à moins de raison majeure.

Ainsi donc, le gamin qui avait joué un tour au futur en refusant de mourir à son heure, a suscité l'intérêt des psiologues. Karilian se demande s'il a aussi suscité l'intérêt de l'agent recruteur. Le recrutement étant un processus très délicat, Érymède ne s'intéresse qu'aux Terriens exceptionnels, soit par leurs facultés métapsychiques, soit par leur intelligence largement au-dessus de la moyenne. Quelques jeunes génies disparaissent ainsi, d'une année à l'autre, les Terriens de la zone socialiste croient à des défections vers l'Ouest, et les Occidentaux, à l'inverse.

Dans l'hélicoptère qui le ramène à la propriété du lac Clifton, Karilian pense encore à Nicolas Dérec. Il pense surtout, avec un malaise difficile à cerner, à ce hasard remarquable : en quinze ans, il est revenu deux fois sur la Terre, et les deux fois il a vu ce garçon, un en particulier parmi des millions de jeunes Nord-Américains.

◆

Petite sœur. Sa peau est diaphane, au point qu'on voit par endroits la délicate jaspure bleue des veines, comme celle d'un marbre vivant et précieux. Ses yeux aussi sont bleus, du bleu un peu métallique qu'ont les yeux de certaines poupées. Elle est l'image et la vie en même temps, douce et tranquille, mais si présente, si intense dans la fragilité de son apparence : petit menton carré, lèvres fines et pâles, un nez… un nez de fillette, tout simplement.

Elle est pour Nicolas sa Fleur de Lune, il l'appelle ainsi lorsqu'ils sont seuls ensemble, et elle reçoit l'hommage de ce nom avec gravité comme si son grand frère était l'émissaire d'un roi et elle la princesse écoutant son ambassade.

Telles seraient les fleurs de la Lune, si cet astre pouvait fleurir : pâles et translucides, d'un blanc bleuté au clair de Terre, délicates et cassantes tel du cristal dans le froid de la nuit lunaire.

Et, depuis quelque temps, il lui raconte des histoires de Lune, ou de planètes. Lui assis sur le coffre à jouets qui, avec un coussin, est aussi banquette, elle installée dans son giron, de côté, la tête appuyée dans le creux de son cou, ne se détachant que pour lui présenter un visage incrédule ou émerveillé, ou les deux, ses yeux de lazulite brillant comme s'ils venaient d'être créés. Elle ne pèse rien, malgré ses huit ans, et Nicolas pourrait la garder sur ses genoux des heures durant.

« C'est sur la Lune. Ou sur *une* lune, ou un astéroïde, je ne suis pas sûr. »

Elle sait depuis quelque temps ce qu'est un astéroïde.

« En tout cas, il y a des cratères et, les plus petits de ces cratères, on les couvre d'un dôme transparent et les gens peuvent y vivre sans scaphandre. »

Il lui a déjà expliqué combien ce serait malcommode de toujours devoir mettre un scaphandre pour sortir, avec toutes les longues mèches de cheveux à empêcher de se coincer sous le casque.

« Sous un de ces dômes, il y a une piscine suspendue. Oui oui, une vraie grande piscine pleine d'eau. Tout pèse moins, sur la Lune, et on peut suspendre une piscine pleine d'eau, même si ça doit être terriblement lourd. »

« Suspendue très haut ? » demande petite sœur.

« Très haut. Juste sous la calotte du dôme, et on y monte par un genre de télésiège, comme sur les pentes de ski. »

« Est-ce qu'on y fait du ski, sur ta Lune ? » interrompt-elle.

« Oui, il y a un dôme-hiver avec une vraie petite montagne, mais je t'en parlerai une autre fois. »

Elle n'est pas contrariante.

« Et alors, la piscine, elle est faite en verre. Un verre mince et très résistant, un verre comme nous n'en avons pas ici. »

« Toute en verre, la piscine ? »

« Toute. Le fond aussi. Alors tu imagines ? On peut nager et on voit tout le fond du cratère en bas, avec les arbres et les jardins et les terrasses et les gens qui sont petits petits petits, tellement ils sont loin. Tu vois ça ? C'est comme si on volait, sauf qu'on est dans l'eau. »

« Ce doit être effrayant ? »

« Le pire, c'est de plonger. Tu imagines, du plus haut tremplin, piquer vers le sol qui est si loin ? Lorsque l'eau est calme, on ne voit même pas qu'il y a de l'eau. »

Petite sœur frémit. Nicolas ne sait jamais si c'est une réaction spontanée ou si elle réagit pour lui faire plaisir, montrer combien elle aime l'histoire.

« Tu plongerais, toi ? »

En toute honnêteté, il ne plongerait pas. Même dans les piscines terriennes au fond opaque, il ne plonge pas du plus haut tremplin. Néanmoins, dans un rêve qu'il a fait sous *Trancer*, il plongeait effectivement, et la sensation était à broyer le cœur, peut-être comme lorsqu'on saute en parachute. Le plongeon était lent, à cause de la gravité réduite, et les plus habiles effectuaient maintes figures qui devaient être enivrantes.

« Oh non, j'aurais bien trop peur », répond-il.

Elle ne proteste pas, elle ne le prend pas pour un héros. Il a beau être grand frère, il n'est encore qu'un garçon, un adolescent (c'est quand on commence à avoir du poil), il a juste un début de moustache qu'on ne voit pas parce qu'il est blond, et il n'a pas encore tout à fait la voix d'un monsieur. Elle ne voudrait pas d'un héros pour grand frère.

« Et quand on est en bas, on voit les nageurs tout là-haut, ils font aller leurs bras comme des oiseaux, et leurs jambes aussi, ce qui est bizarre parce que les oiseaux ne battent pas des pattes en volant. »

« Les oiseaux ont des ailes, de toute façon. »

« C'est ça. Mais le plus bizarre, ce sont les gens étendus sur le bord de la piscine, étendus sur le ventre pour regarder en bas. Ils ne bougent pas et ils ont l'air de tenir tout seul là-haut. »

Elle a un petit rire gloussant : l'image l'a amusée, de voir ces bedaines écrasées sur le verre, comme lorsqu'on colle le nez à une vitre.

« Alors imagine lorsqu'on les voit, d'en bas, marcher sur le bord de la piscine. »

Nouveau rire, plus fort. Elle voit toutes ces plantes de pieds, minuscules à cause de la distance, et les orteils trop petits pour être aperçus. Elle renchérit, laissant libre cours à son imagination : l'histoire de la piscine suspendue est devenue sienne.

Jusqu'à ce que Nicolas décrète que c'est l'heure du dodo.

Pas plus que les autres soirs, elle ne fait de dif-ficultés. Parfois elle exige d'être portée, mais aujourd'hui elle grimpe elle-même dans le lit trop grand et se glisse sous les couvertures. Elle a choisi ce soir le minet blanc, et Nicolas les borde tous deux de façon à ce que ne dépassent plus, sur l'oreiller, qu'une tête de fillette aux cheveux châtains, et une tête de peluche encore plus petite. Il embrasse Fleur de Lune, sa joue fraîche, si douce. Et le minet aussi pour ne pas faire de jaloux.

Lorsqu'il ferme la porte, petite sœur dort déjà.

◆

Nicolas est seul à veiller dans le Pavillon, cette modeste maison de pierre où logeaient, lorsque la propriété était celle d'aristocrates fortunés, le portier, le chauffeur, le jardinier. La grille de fer forgé s'ouvre électriquement, désormais, et il n'y a plus de chauffeur. Depuis un quart de siècle, le Pavillon est une résidence cossue, les garages sont devenus un vaste salon-bibliothèque, trois chambres se partagent l'étage.

Le sénateur à qui appartenait la propriété l'a léguée au gouvernement qui en a d'abord fait un séjour pour les chefs d'État en visite dans la capitale. Le Pavillon, à cette époque, était réservé au plus haut fonctionnaire des Affaires étrangères, un sous-ministre qu'aucun gouvernement n'avait jamais déplacé.

Maintenant, c'est Charles Dérec, le directeur scientifique de la Fondation Peers, qui y réside. Tandis que le directeur administratif, le colonel Taillon, habite la Résidence.

C'est là que se trouve monsieur Dérec ce soir, pour le souper d'anniversaire du colonel. Nicolas, bien sûr, a refusé d'y aller avec son père : il n'y aura là que de vieilles peaux, la belle-mère du colonel, son épouse, et leur fille cadette, inscrite au doctorat à l'Université d'Ottawa – son deuxième doctorat, en histoire celui-là, en attendant le poste que son père finira bien par lui décrocher dans la diplomatie canadienne. Elle est aussi avenante qu'un bouquin relié en toile grise, et sa peau a déjà la texture de vieilles pages.

Il y aura aussi quelques chercheurs de la Fondation, les aînés bien sûr, de sorte que Nicolas s'est bien gardé d'aller souper là-bas et s'est contenté du repas que madame Morris lui a préparé avant de partir.

De la fenêtre, le garçon voit briller des lustres au rez-de-chaussée de la Résidence, sur une pointe qui s'avance un peu dans le lac. Une si belle maison, bien trop grande pour ceux qui l'habitent… Il est vrai que le Pavillon est aussi trop grand pour les Dérec. Monsieur Dérec, lui, a pris l'habitude de coucher dans une chambrette jouxtant sa bibliothèque, au rez-de-chaussée. Depuis longtemps il n'entre plus dans la grande chambre. Nicolas, quand il sait qu'il ne sera pas dérangé, y entre parfois pour renouer avec ses fantômes.

Au-dessus de la grande commode, un portrait, celui d'Agnès lorsqu'elle était fille.

V blanc, phosphorescent.

Vestige. Souvenir. Mort.

C'est un véritable portrait à l'huile et on pourrait le croire du siècle dernier. Le visage est très doux, la peau claire, les cheveux sombres, la coiffure floue, presque nébuleuse dans sa transition avec la couleur du fond. Le cou et les épaules tracent une ligne gracieuse, déliée ; la pose est délibérément romantique.

Viaduc. Traversée. Mort.

De l'accident lui-même, Nicolas ne se rappelle toujours rien, ni des heures qui l'ont précédé. Ses souvenirs commencent dans une chambre d'hôpital et il n'a jamais pu expliquer, par exemple, comment Agnès s'était égarée sur ce chemin forestier, ni pourquoi elle filait à la vitesse qu'on a estimée.

V blanc, fantomatique.

Violoncelle. Mélancolie. Mort.

Nicolas garde étonnamment peu d'images d'Agnès, c'est-à-dire de son visage. Ce portrait à l'huile les a supplantées, peut-être parce qu'il est idéalisé.

Nicolas a eu le malheur de le montrer une fois à Diane et, bien qu'elle n'ait pas souri de sa quasi-vénération pour cette image, elle a brandi la psychanalyse. Le « V » quasi hallucinatoire qui hantait Nicolas (car il lui en avait parlé, dans le même élan de confidence) était une volonté de retour à l'enfance et même aux limbes sombres de l'utérus (retour au néant, d'où les images de mort, expliquait-elle). Tant que Nicolas entretiendrait ce culte de sa mère, avec pour idole ce portrait suranné, il resterait captif de l'enfance. Lorsque enfin il accepterait d'en sortir, de rompre avec le passé, son fantôme, le V spectral, cesserait de le hanter.

Tout cela était fort joli comme hypothèse, bien que Nicolas mît en doute les connaissances de son amie en psychanalyse. Entre autres, la théorie ne s'embarrassait pas de nuances, comme le fait qu'Agnès n'ait pas été sa mère biologique. Quant à « sortir de l'enfance », Diane n'avait pas précisé en quoi cela pouvait consister ; être l'amoureux d'une jeune femme de dix-neuf ans ne devait pas suffire, en tout cas, car Nicolas revoit encore cet énigmatique V, infailliblement, chaque fois qu'il pense à Agnès.

Virginité. Sang. Mort.

Assis sur le bord du lit, avec une seule lampe allumée dans la grande chambre, Nicolas a vraiment l'impression de regarder *froidement* ce portrait, sans sentimentalisme. Mais bien sûr le seul fait de venir dans cette chambre est une forme de complaisance nostalgique.

Encore une chance qu'il n'ait pas montré à Diane le petit étui qui se trouve dans le tiroir de la table de chevet. Un étui doré, ovale ; il s'ouvre comme une montre de poche, par un minuscule ressort. À l'intérieur, deux photos miniatures en médaillon, des photos en noir et blanc d'un style très classique. L'homme porte les cheveux courts et une petite moustache, à peine plus qu'une ligne noire au-dessus de la lèvre. La femme, cou gracile et chevelure blonde vaguée, ressemble assez peu à Agnès. C'est pourtant sa sœur, la vraie mère de Nicolas, et l'homme est son mari, Simon Gravel, éminence grise des Affaires extérieures durant la guerre froide.

Et Nicolas s'appellerait Simon Nicolas Gravel s'il n'avait été adopté par les Dérec quelques jours après sa naissance. Les Gravel vivaient ici, dans ce Pavillon, et peut-être est-ce dans cette chambre même que leur fils fut conçu, entre deux missions de Gravel à l'étranger.

Avec un claquement sec, Nicolas referme le médaillon. Un geste d'agacement. Commence-t-il à en avoir assez de sa propre complaisance ? Il y a longtemps qu'il n'était venu dans cette chambre, et il se passera encore plus de temps avant qu'il ne revienne. Ce soir, ce n'était pas tant un appel du cœur… qu'un rite, une habitude à laquelle il sacrifiait, se regardant faire, s'épiant pour voir si la mélancolie remonterait. Elle est venue, mais timidement, et maintenant elle fuit sous les sarcasmes.

Nicolas ferme le tiroir, efface d'une main les plis sur le couvre-lit, éteint la lampe et sort. Non sans que son regard effleure le portrait d'Agnès et qu'il emporte dans sa chambre le spectre d'un V blanc, *Vinaigre, Amertume, Mort.*

CHAPITRE 19

Sur le lac

Sur le toit des Lunes se dresse une tourelle, de section carrée, dont le toit a le galbe de certains abat-jour en soie, comme les clochers de village en Suisse ou en Autriche. Le toit a l'air vrai, mais ce n'est qu'une toile imperméabilisée, très résistante, tendue sur une solide armature de fibre de carbone et peinte en bardeaux pour le camouflage.

À l'intérieur, une large antenne parabolique, pivotante, inclinable. Karilian et une technicienne des Renseignements sont accroupis sous le support de cette antenne, penchés tels des chirurgiens sur les circuits d'une boîte de contrôle. Un programme de tests fait défiler sur la tablette-écran de Luang une série de diagrammes, microcircuits représentés en diverses couleurs selon leur fonction.

Le programme est terminé. Tout est en ordre ici, comme l'était l'émetteur au bout de la jetée.

—On fait un essai ? propose Luang en enfonçant certaines touches du mini-tableau de commande.

Ç'est le plus critique : les cellules, à Clifton Lodge, transmettent-elles encore ? Incrustées dans le bois des lambris ou dans le plâtre, à même les grandes tables de banquet et de conférence, elles ne peuvent avoir été trouvées, avec leur millimètre de diamètre. Et, même si elles étaient trouvées, les Terriens ne sauraient qu'en penser, de simples cristaux dont la fonction est gravée à même leurs alignements moléculaires.

Mais, en dix-sept ans, des lambris peuvent avoir été arrachés, des plâtres refaits, des tables remplacées.

Luang compose au hasard une fréquence. Rien. Mais ce peut être le silence d'une chambre vide. Il y a un moyen de vérifier : l'émission d'un signal directionnel, auquel la cellule réagira. Luang enfonce la touche. Instantanément, un *bip* retentit : le cristal, là-bas, a résonné.

La technicienne compose le chiffre d'une autre fréquence. Cette fois, des voix, assez lointaines. Dans la chambre d'écoute, au sous-sol, il y a ce qu'il faut pour amplifier, isoler, reconnaître le moindre murmure. L'important, ici, est de vérifier que les cellules sont toujours actives.

Karilian prête l'oreille, essayant quand même de comprendre ce qui se dit. Il doit y avoir là-bas le gérant de l'hôtel, car on discute d'arrangements. La salle sera interdite d'accès jusqu'à la conférence. Toutes les chambres destinées aux délégations le seront un mois avant la date du sommet. Une semaine avant cette date, l'hôtel entier sera vide de clients. Du personnel recruté par la GRC remplacera celui de Clifton Lodge à tous les postes.

—Nous sommes bien tombés, murmure Karilian.

Il y a trois voix en plus de celle du probable gérant. Ayant perdu l'habitude des accents terriens, Karilian met un moment à reconnaître un Slave, un

Américain, un Canadien. Certainement les responsables de la sécurité pour leurs pays respectifs, venus préparer le sommet.

Les gens des Renseignements devront descendre s'installer aux Lunes plus tôt que prévu.

Les voix s'estompent. Luang, de fréquence en fréquence, teste les dizaines de cellules disséminées dans l'hôtel, cherchant à retrouver la conversation interrompue. Ici, au pied de l'antenne, les contrôles sont sommaires et on n'a pas le plan de l'hôtel avec la fréquence de chaque cristal.

La plupart des cellules répondent à l'appel, mais Luang ne retrouve les voix de tout à l'heure qu'au moment où elles prennent congé, apparemment dans le hall : cette inspection n'était que préliminaire, les services de sécurité auront encore deux mois pour faire, ensemble et séparément, autant de séances de paranoïa qu'ils voudront. Ils n'auront pas tort, songe Karilian, mais fort probablement ils se démèneront en vain : les cellules procèdent d'une science encore hors de leur portée.

Karilian, qui n'a plus la souplesse d'un adolescent, commence à se sentir à l'étroit ; et puis il fait chaud, ici. L'homme désigne le reste de l'appareillage, en dessous de l'antenne :

—Je vous laisse vérifier ça aussi. Descendez à la chambre de contrôle lorsque vous aurez évalué le travail qui reste à faire.

Il quitte la tourelle par une trappe bien dissimulée dans le toit en pente du grenier. Sauf au cours de l'inspection la plus sévère, cette tourelle ne paraîtrait être qu'un ornement architectural auquel on n'a pas accès. Si les choses en venaient à une alerte critique, tout l'équipement dans la tourelle et sous la cave s'autodétruirait, de façon non explosive, par fusion.

De l'escalier qui descend au rez-de-chaussée et qui surplombe la grande salle de séjour, Karilian voit Dick qui passe dans le vestibule ; il s'apprête à sortir.

— Le jeune voisin vient encore d'entrer sur la propriété, lui annonce le jardinier gardien. Je m'en vais le chasser.

Karilian regarde par une des vastes baies du séjour.

— Vous parlez de ce petit blond, Nicolas ? Je ne le vois pas.

— Les senseurs l'ont signalé. Il doit être caché par ce massif de lilas.

Puis, de la porte, un pied sur le seuil, il demande :

— Vous n'avez pas été très explicite, l'autre jour. Dois-je lui dire de ne pas revenir ?

L'Éryméen ne répond pas tout de suite, distrait par un souvenir, une image de sang sur un mur blanc, celui du vestibule où il se trouve maintenant.

Il faut en effet éloigner le gamin.

— Vous savez, poursuit Dick, tant qu'il ne venait personne pour séjourner aux Lunes, je me disais que le gamin ne pouvait rien faire de mal. Je ne l'imagine pas entrant par effraction dans la baraque et découvrant l'accès de la tourelle ou du souterrain.

— Non, bien sûr. Ce qu'il y a, c'est que vous avez créé une habitude : pour la briser, il faut trouver un prétexte qui ne soit pas suspect.

Dick sait parfaitement qu'il a eu tort. Mais ces longues années de solitude lui ont été si difficiles. Quelqu'un avec qui bavarder de temps à autre… il n'a pu l'écarter.

Jusqu'à aujourd'hui. Il y a une mission, et la responsabilité de Dick en matière de sécurité prend le dessus. Il propose :

— On n'a qu'à lui dire que les proprios ne veulent pas d'intrus : je peux le lui faire comprendre sans hostilité.

C'est ce qu'il faudrait, songe Karilian : ce jeune Terrien représente un risque, doublement s'il parvenait à surprendre une de ses pensées en rapport avec Érymède. Hautement improbable, toutefois : le télépathe sondeur qui pourra percer Karilian n'est pas encore né, ou en tout cas ce n'est sûrement pas ce garçon, qui ne doit pas avoir un grand entraînement psychique.

Assez loin dans le parc, au-dessus d'une haie taillée au cordeau, Karilian aperçoit par la porte quelques centimètres d'une tête blonde : l'importun, qui se promène comme s'il était chez lui.

— Laissez, dit l'Éryméen, je m'occupe de lui.

De quoi te mêles-tu, Karilian ? La sécurité, c'est son problème !

C'est vrai. Là où Dick pourrait chasser le garçon pour de bon, comment Karilian agira-t-il, lui ? Il ne se voit pas commençant à l'admonester.

Tu as une mission, tu n'es pas ici pour te faire des amis parmi les indigènes !

Mais il revoit l'accident d'il y a sept ans, les images à l'infrarouge sur l'écran vidéo, le bambin dont le cri avait secoué Karilian de sa transe. Et une grande curiosité l'habite, de connaître celui qui avait joué un tour au destin.

L'Éryméen monte sans se presser la pente douce du parc, évitant de regarder le ciel qui, aujourd'hui, est d'un bleu vide, neurasthénique.

Il aperçoit l'adolescent au même endroit que l'autre fois, au bord de la mare. Et sa détresse le frappe en plein visage, sourde, intense : la solitude.

Nicolas n'a pas d'amis là-bas, à la Fondation, personne de son âge. Peut-être un ou deux, plus vieux, mais il suffit d'un hasard pour que, cette fin de semaine, ils soient absents en même temps. Et son père doit être un homme très affairé.

Le parc représente pour lui un refuge, le domaine d'un prince en exil, où il trouve la sérénité dans la beauté pure.

— Tu t'ennuyais ? demande Karilian sur un ton amène.

Nicolas se retourne, surpris, et ses sentiments se rétractent brusquement.

L'homme perçoit cette réaction, songe qu'il est allé trop loin en laissant soupçonner sa propre empathie.

— Tu t'ennuyais de nos canards ? corrige-t-il prestement en désignant les palmipèdes qui nagent en rond.

Le garçon hoche la tête, avec un vague sourire. Il n'est pas à l'aise en sa présence, manifestement.

Karilian ne l'est guère plus. *Et puis quoi, maintenant ? Tu l'emmènes voir une partie de base-ball, à la place de son papa ?* Mais la plus proche équipe des ligues majeures se trouve à Montréal, selon ce qu'il a glané dans les journaux depuis son arrivée sur Terre. (Les journaux, ces objets de curiosité, ce plaisir quasi tactile, la fascination morbide des faits divers et des loisirs terriens : meurtres, incendies, courses automobiles, hockey.)

Il ne trouve rien de mieux pour l'instant que d'observer les malards et le ridicule battement de leurs pattes sous leur derrière.

Karilian a lui aussi connu la solitude à cet âge. Il a été le fils unique d'une des dernières familles archaïques de la société éryméenne. Au lieu de vivre dans une commune de jeunes de son âge sous la responsabilité d'adultes apparentés ou non à eux, Karilian a été élevé par son père et sa mère, dans le quasi-isolement d'une exploitation minière sur la Lune.

Machinalement il lève les yeux : dans le ciel de l'est, dont le bleu est moins fade en cette fin d'après-midi, la Lune montre sa présence rassurante, illusion de douceur presque translucide. Difficile de croire qu'Argus, là-bas, veille dans la nuit d'un paysage de roc.

Il ramène son regard à Nicolas, qui l'observe en coin.

— Vous croyez qu'on y habitera un jour ?

— Hein ? fait Karilian, pris de court.

— Vous regardiez la Lune. Vous croyez qu'on y aura des cités ?

L'Éryméen incline la tête en un « oui » peu compromettant. Est-ce que les Terriens y habiteront un jour, par eux-mêmes ?

— Pour toi peut-être, pour ceux de ta génération.

Karilian le regarde en face, maintenant que le gamin a cassé la glace de façon si directe. Un visage mince qui peut-être deviendra anguleux en vieillissant, des yeux gris tout à fait comme ceux de Karilian lui-même. Il n'est pas le blondinet de l'autre matin, le fils du voisin qu'on embauche pour tondre le gazon ou ramasser les feuilles en automne. Il ne se laisse pas réduire à un cliché, ce bonhomme est une personne, entière et en puissance. Et très brillant, très en avance sur son âge, l'homme en est convaincu d'après le ton faussement candide dont il a posé sa question à l'instant – faussement ingénu, Karilian a senti cela. Nicolas a son opinion bien arrêtée sur le peuplement de la

Lune, il a pris le ton du gamin candide en sachant – ou en supposant – que c'est le ton que voudrait entendre le monsieur.

Karilian le reçoit comme un coup de poing au cœur. *Est-ce que j'ai l'air d'un brave vieux à qui on fait plaisir en lui demandant de raconter un souvenir ou de donner un conseil ?*

— Bon, décide-t-il tout haut, nous n'allons pas nous promener dans le parc comme deux rentiers attendant l'heure du souper. Il y a un canoë au bord du lac. Tu viens avec moi ?

Petit triomphe pour Karilian : l'adolescent trop futé redevient instantanément le gamin tressaillant de joie à l'annonce d'un divertissement. *La prochaine fois, tu lui offriras une glace ?*

Ils descendent le parc, dépassent la maison, gagnent l'abri à bateaux à demi camouflé par l'immense saule. Karilian y a vu un canoë, des avirons et des gilets de sauvetage lorsqu'il a visité la propriété le lendemain de son arrivée. *Pourvu qu'il soit en état.* Et lui, Karilian, est-il en état ? Car c'est bien de cela qu'il s'agit : prouver à ce galopin qu'il n'est pas un monsieur à la retraite, en s'asseyant à l'indienne dans un canoë et en pagayant sans s'essouffler malgré la chaleur de juin.

— Vous vous appelez comment ?

— Karil…

Il s'interrompt. Il faut plutôt donner un prénom, sans quoi il redevient le « monsieur » de la villa voisine.

— Carl ? a compris le garçon.

Pourquoi pas ?

— C'est ça. Appelle-moi Karl.

◆

C'était… en fin d'après-midi, peut-être, ou en début de soirée. Le soleil venait de disparaître derrière la crête, le très haut horizon des régions montueuses.

Karilian se trouvait au bout de la jetée, où il prenait l'air après de longues heures de travail dans la chambre d'observation avec les techniciens. Le sommet secret était encore à quelques semaines de là, mais déjà Terriens et Éryméens le préparaient fébrilement, chacun à leur façon.

Il était debout au-dessus de l'eau calme et faisait sans hâte quelques exercices d'assouplissement pour chasser la lassitude de trop longs accroupissements sous les consoles.

Corinne passait en pédalo à quelques mètres devant la jetée.

—Vous êtes bien matinal, plaisanta-t-elle en guise de bonjour, ironisant sur ses exercices nonchalants.

Elle ne le connaissait point, mais lui savait qui elle était. Toutefois, il ne savait rien d'elle, il ne connaissait pas cet humour léger et sans gêne.

Elle se présenta. Les villégiateurs du lac Clifton n'étaient pas si nombreux, observa-t-elle, qu'ils ne puissent voisiner de manière informelle. Il approuva et dit le nom qu'il portait pour cette mission.

—Au lieu de faire le sémaphore au bout de votre quai, venez vous exercer en pédalant.

Il hésita. Il avait jusque-là évité de nouer quelque relation amicale avec les Terriens, hormis celles qu'exigeait le service. Mais cette relation-ci pouvait toujours servir, bien qu'elle ne figurât pas dans ses plans.

Semblant avoir exclu qu'il pouvait refuser, Corinne avait habilement amené son embarcation tout contre la jetée. Karilian y était descendu. Comment dire ? Cette première fois, ce n'était pas Corinne elle-même qui l'attirait, mais plutôt *l'idée* d'une aventure avec elle.

Car une aventure se dessinait, dès les premières minutes : la femme était directe, sûre d'elle et de son charme, la beauté sophistiquée mais encore naturelle d'une femme dans la trentaine.

— Je vous ai aperçu quelques fois sur votre quai, toujours seul comme un ermite. Je me suis dit : quel genre de vacances sont-ce là ?

Elle pédalait vigoureusement, comme si elle avait un trop-plein d'énergie à dépenser, de sorte que Karilian n'avait pas grand effort à faire, et le pédalo avait une bonne allure de croisière. Pour couvrir le battement des aubes, Corinne parlait fort, rythmant son souffle sur le mouvement de ses jambes. Elle était nageuse, joueuse de golf et de tennis ; à soixante ans, elle aurait encore un corps mince et ferme.

— C'est très aimable de votre part, de désennuyer comme ça un vieil ermite.

— Je m'attendais à « un vieux célibataire ».

— Si vous voulez.

Elle était blonde, d'une blondeur opulente, une coiffure qui sûrement ferait rire si on la voyait quinze ou vingt ans plus tard. Bronzée, aussi, mais moins autour des yeux ; au plus fort du jour, elle devait porter des lunettes de soleil.

Tout cela était si typique… Karilian était prêt à entrer dans le jeu, juste pour rire. Non pas avec la condescendance d'un colonial qui s'offre une indigène, mais plutôt comme si Corinne elle-même jouait à la bourgeoise occidentale et le défiait, lui, de jouer le play-boy d'âge mûr. Il ne manquait que le cocktail d'après-midi sur le patio, bourbon ou martini, et la soirée dans un club chic.

Du moins c'était la première impression.

Il devait comprendre plus tard qu'elle avait exagéré son rôle de bourgeoise désœuvrée qui a des aventures avec son entraîneur de tennis. C'était un genre qu'elle s'était donné, ne sachant trop lequel prendrait bien auprès de Karilian.

D'un commun accord, leur randonnée les avait menés du côté du versant abrupt plongeant dans le lac à l'ouest, plutôt que vers Clifton Lodge. Ils avaient longé jusqu'à le toucher le rocher qui faisait comme une falaise, coiffé de quelques sapins.

Ils étaient rentrés à la tombée du jour en contournant l'îlot, et Corinne avait parlé d'un pique-nique le surlendemain après-midi. Voyant Karilian réticent, elle avait proposé :

— Vous ne voulez pas vous éloigner de votre ermitage ? Un simple déjeuner sur l'herbe, alors, sur la pelouse devant votre maison de poupée.

Car les Lunes avaient l'air de cela, ou d'une maison de conte de fées, avec ses volets bleus ornés du motif découpé au centre, ses corniches et ses galeries de même couleur, sa tourelle et ses gâbles.

Il avait dit oui. Après tout, il était le chef de cette mission et personne ne lui reprocherait cet après-midi de congé, qu'il pourrait toujours mettre sur le compte des liens à nouer pour l'intérêt de la mission.

◆

La ville n'a pas de nom, Karilian a pris l'habitude d'y songer sous le nom de « Carnaval ». Une vie nocturne, de longues soirées, passées dans les bars ou les cafés, avec parfois un chanteur ou un musicien sur scène, ou un groupe. Leurs chansons, leur musique, sont de nostalgie et d'époques révolues. Ce pourrait être n'importe quand sur Terre, mais à quelques détails entrevus, Karilian a déterminé que c'était dans le futur, un futur assez lointain, sans autres drames que ceux nés du désœuvrement.

La vision s'estompe, ce n'a été encore une fois qu'un flash. Et le vitrail se remet au foyer devant les yeux de Karilian, ce vitrail au motif profane qui luit au fond de la salle, éclairé par-derrière. Le bar du Clifton Lodge est le seul établissement proche ; autrement, il faut se rendre à Gatineau. Si Karilian y est venu ce soir, c'est par une attirance difficile à préciser. Pour reconnaître les lieux, comme il y a dix-sept ans, avant sa première mission ? Ou pour se replonger, masochiste, dans les souvenirs de cette époque ? Peut-être simplement, comme alors, pour prendre un bain de foule parmi les Terriens ?

Au vitrail qui représente une aurore boréale au-dessus d'une forêt et d'un lac, fait face un vitrail d'un autre genre, en trois dimensions : l'étagère derrière le bar, tablettes de verre et glace dans laquelle se dédoublent toutes les bouteilles, les mille tons d'or du whisky et des liqueurs ambrées, le cristal de la vodka, la crème de menthe émeraude et le jade si rare de la chartreuse, ici une tache de rubis, là encore un mauve qui laisse Karilian perplexe – une liqueur *mauve* ?

Tout ici est reflet : le chrome, les verres, les shakers argentés, c'est le contraste du dur et du doux, vitre et cuir, métal et bois, points de lumière vive et plages d'ombre enfumée.

C'est ici que Gravel s'est tué, voilà dix-sept ans, dépassé dans une joute où il s'était cru le maître du jeu. Au bar, comme un homme ivre qui choque la bonne société en buvant au goulot, il a mis dans sa bouche le canon d'un revolver et a tiré avant que le barman ne comprenne.

Qui lui avait donné cette arme ? L'agent de la CIA assis un instant plus tôt sur le tabouret voisin, et qui était sorti calmement dans la soudaine confusion ?

Ou encore Gravel avait-il trouvé le revolver dans sa chambre, sur l'oreiller, comme un moyen suggéré pour éviter les accusations infamantes ? En fait, ç'aurait pu être Karilian qui le lui avait donné ; c'était arrivé, en tout cas, à cause de Karilian.

Ce soir-là, à Clifton Lodge, il fallait un gagnant : Karilian ou Gravel. Karilian, et Argus à travers lui, si le projet meurtrier de l'OTAN était étouffé dans l'œuf. Gravel, et son gouvernement au service de la puissance voisine, si ce sommet secret aboutissait.

Des deux, c'est Karilian qui avait gagné et, pour cela, Gravel s'était fait sauter la cervelle.

Le sommet avait avorté, la décision n'avait pas été prise, la décision de réchauffer la guerre froide en une brève et terrible flambée nucléaire, avec Berlin pour prétexte. Au profit de qui ? La confiance ne régnait pas entre les alliés, loin d'être égaux entre eux, loin de partager les mêmes intérêts. C'est là-dessus qu'avaient joué Argus et Karilian. Des fuites, des délégations espionnées, des documents volés, des messages interceptés, une atmosphère épaisse de méfiance et de suspicion. Quelques agents, un chef d'orchestre : Karilian. Un bouc émissaire : le sous-ministre Gravel, l'éminence grise qui avait dirigé l'organisation du sommet et logé les délégations. Gravel qui connaissait toutes les mesures de sécurité et que personne ne pouvait soupçonner.

Des agents de la CIA, irrités par les gaucheries de la GRC, avaient enquêté eux-mêmes. Ils avaient surpris Gravel à l'étage de la délégation britannique, ils avaient trouvé juste après son passage chez le plénipotentiaire anglais un mémorandum du Pentagone volé une heure plus tôt.

Les chauffeurs avaient été rappelés des pavillons où ils logeaient, de grosses limousines noires étaient reparties la veille du jour prévu, presque précipitamment, les téléphones diplomatiques avaient sonné toute la soirée. *La* décision ne pourrait plus se prendre : des mois de méfiance, des années même, pendant lesquelles l'Union soviétique aurait comblé son retard nucléaire et rendu impossible un grand coup sans réplique.

Gravel, lui, allait être destitué par son gouvernement même si, pour éviter le scandale, on ne porterait pas d'accusation. Il aurait la CIA sur le dos pour le reste de sa vie, ou peut-être lui arriverait-il bientôt un accident opportun.

Dans le bar, où les délégations mineures cherchaient à comprendre ce qui s'était passé à leur insu, Simon Gravel avait choisi d'éclabousser le plafond de sa cervelle et de son sang. Derrière le vitrail illuminé, qui donnait sur le couloir des toilettes, un des agents aux Opérations avait contacté Karilian pour lui rapporter le dénouement de son intervention.

Ce soir Karilian se revoit, ou plutôt s'imagine, car il n'y était pas, conspirateur derrière le vitrail kitch, ou derrière la fausse glace du bar, et en même temps debout dans l'ombre derrière Gravel, une main sur son épaule, lui passant le revolver comme on passe la bouteille à un ami qui cherche l'oubli dans l'ivresse.

Bien que lui et Argus aient évité aux Terriens une troisième guerre mondiale, Karilian n'a jamais oublié les journées du Clifton Lodge ni, surtout, le suicide de Gravel, ce brave type, certes l'un des plus honnêtes du lot, dont le principal tort avait été de penser plus servilement que le pays satellite qu'il représentait.

Ce soir, l'Éryméen boit peut-être un peu plus que de raison, songeant à la nouvelle conférence qui aura bientôt lieu ici, songeant au sang qui de nouveau éclaboussera un mur, à cause d'un pistolet tenu par lui, Karilian.

CHAPITRE 20

Dans une autre vie

Karilian ne dort guère que cinq ou six heures par nuit. À l'aube il marche dans le parc, pour savourer l'heure grise où la nature paraît retenir son souffle, tant le silence est intense. Dans l'air tiède, pelouses, buissons et fleurs n'ont pas encore trouvé leurs couleurs ; les colverts dorment, le bec sous l'aile, parmi les ajoncs. À l'est, au-dessus de Clifton Lodge qui n'est encore qu'une tache noire sur son versant boisé, le ciel est entre clair et sombre. Plus d'étoiles sauf une, limpide, celle du Berger.

Combien paradoxale, cette blancheur éclatante de Vénus, lorsqu'on sait que, du sol, cette couche nuageuse donne un ciel orangé, d'une luminosité diffuse comme celle d'un jour blafard sur Terre. Le panorama est un camaïeu de l'ambre au roux, en passant par le cuivre et l'ocre.

Karilian a conscience d'être observé. Il tourne la tête de côté. Le petit voisin est là ; en approchant, l'Éryméen ne l'avait pas distingué du buisson devant lequel il est.

— Tu es bien matinal, jeune homme.

— Vous aussi.

« Oui mais moi je suis chez moi, ici », pourrait

répondre Karilian. Un bien mince argument à ses propres yeux, car le garçon a fait bien plus de promenades matinales dans ce parc que lui, Karilian.

— Vénus, dit-il en désignant du menton la planète. Tu crois qu'on y habitera un jour ?

L'homme demande cela avec un sourire narquois, mais Nicolas ne paraît pas reconnaître sa question de la veille. Il répond sérieusement, presque avec ferveur, qu'il en est persuadé. Des villes sous dômes, affirme-t-il, dans les cratères de la Lune et d'autres planètes. Lui-même verra cela, et bien avant d'être vieux, précise-t-il.

Karilian lui demande d'où lui vient cette assurance. Il faudrait que les programmes spatiaux des grandes puissances connaissent une brusque accélération que rien ne laisse présager – elles n'en ont tout simplement pas les moyens, en fait.

Nicolas se rembrunit (l'homme le sent plus qu'il ne le voit) et ne sait que répondre. Cette remarque, il a dû se la faire lui-même : il est intelligent, il est informé, il voit bien que la tendance des prochaines décennies n'est pas à l'augmentation des dépenses spatiales.

— Dans une autre vie, peut-être, murmure le garçon.

— Comment ?

— Peut-être que dans ma prochaine vie j'irai habiter sur les planètes.

— Tu crois à la réincarnation ?

Le gamin hausse les épaules, avoue qu'il ne sait pas très bien à quoi croire. Et il y a dans cet aveu tant de questions sans réponse, tant de doute, que Karilian pose la main sur l'épaule du garçon et la lui serre avec compassion.

Le doute. Karilian le connaît : la vision du futur ne donne pas l'assurance, au contraire elle fait naître l'incertitude.

◆

Ce n'était pas un été splendide. Le surlendemain de la première conversation entre Karilian et Corinne, le ciel était blême, le soleil timide, mais le temps était chaud.

Délibérément, Corinne était venue en pédalo, bien que c'eût été plus simple à pied. Elle n'avait pas de panier d'osier pour sacrifier à la tradition, elle avait apporté pain, fromage et fruits dans un cabas en filet. Karilian, lui, ne disposant pas d'un seau à glace pour le vin blanc, avait apporté en riant une grosse cafetière d'étain à demi remplie de glaçons pour y mettre la bouteille. (En riant ? Mais oui, il s'en souvient distinctement, se demandant où il a perdu cela.) Corinne portait ce jour-là une jupe écossaise très modeste et une blouse blanche avec un rien de fantaisie aux manches.

À défaut du panier d'osier, elle n'avait point oublié la nappe, qui toutefois n'était pas à carreaux rouges.

Elle était fraîche, Corinne, et moins affectée, moins exubérante. Comme Karilian ne se montrait guère bavard (et ne pouvait se permettre de l'être), il y avait eu de longs silences. Mais ce n'étaient point ces silences malaisés des gens qui n'ont rien à se dire.

Le monde alentour était silencieux aussi, comme étouffé. On n'entendait pas de tondeuse, pas de piaillements d'enfants sur le lac, seulement un calme ouateux.

Les raisins étaient doux derrière les bouchées de gouda ou d'oka, le vin donnait une envie de sieste dans la tiédeur du jour. Corinne fumait, élégamment, ce qui fascina l'Éryméen.

Comme toujours, il se regardait réagir, notait l'espèce de fatalisme avec lequel il laissait cette affaire s'emparer de lui. Ramenés en arrière par deux peignes, les cheveux de Corinne dégageaient son visage, son profil net, la ligne pure de la mâchoire, le menton délicat, l'harmonie entre le dessin du nez et celui des yeux en amande, des yeux bleus comme un ciel voilé.

Il la découvrit suprêmement intelligente et lucide, au bord du cynisme, mais toute en humour et en finesse. Il comprit mieux que la scène de l'avant-veille avait été une parodie, un jeu où elle se moquait d'elle-même et, peut-être, des femmes de sa classe. Il eut l'impression que si, à cet instant, il lui avait dit d'où il venait et lui avait parlé d'un astéroïde peuplé d'humains, elle aurait reçu cela avec la plus grande maîtrise et lui aurait demandé sur un ton léger quelles affaires l'amenaient sur Terre.

Il avait l'impression de la comprendre, de la connaître comme s'il l'avait inventée lui-même et, s'il ne se trompait pas, il y avait derrière ses remarques spirituelles et détachées une immense tendresse qui ne demandait qu'à se passionner.

Elle était souvent seule et oisive, avoua-t-elle, parce que la carrière de son mari lui commandait de longues absences. Souvent elle l'accompagnait à l'étranger, où elle s'accommodait fort bien d'être laissée à elle-même, surtout en Europe.

Mais elle n'en dit pas plus, parut même se reprocher cette confidence qui pouvait sembler une perche tendue.

Cela aussi était calculé, bien sûr ; elle devina
que Karilian l'avait compris, et c'est peut-être à cet
instant, des jours avant qu'ils se fussent même
touchés de la main, que s'établit leur complicité,
un demi-sourire entendu sur les lèvres de la
femme, et l'ombre de cela sur celles de l'Éryméen.

◆

Galaxies. Spirales à deux branches, à trois, à
quatre. Nébuleuses, parfois, des filaments de lumière à travers des voiles de couleur. Mais surtout
des galaxies, chaque étoile visible comme un point
de teinte diverse, et ces points forment des courants,
des veines, des diaprures. Semis de soleils verts
dans une galaxie blanche, mélange d'étoiles roses
et d'étoiles mauves où tour à tour l'une et l'autre
couleur dominent.

Ce sont les galaxies d'un univers imaginaire, avec
seulement quelques centaines d'étoiles, chacune
bien distincte. Des galaxies de géomètre, de mathé-
maticien, des nébuleuses de photographe d'art.

Et Nicolas les voit toutes, les reconnaît toutes. Il
écarte l'image où il y a trente pour cent d'étin-
celles bleues sur soixante-dix pour cent de vertes,
et choisit celle où il y en a quarante et soixante
pour cent dans une configuration semblable. Comme
si c'était lui qui avait créé les jeux de lumière, lui
qui avait classé les diapositives, lui qui avait choisi
celles présentées à Diane.

Mais c'est l'ordinateur qui choisit les images, et
c'est Diane seule qui les voit, à trois chambres
d'isolement de là. Sa transmission est claire, claire
comme si la distance n'avait jamais été augmentée.
L'actuelle est une photo de la nébuleuse du Crabe,

mais c'est un piège : les couleurs ont été trafiquées. Les filaments vont-ils du jaune à l'orangé ou du rose au rouge ? La frange est-elle indigo ou violette ?

— Il y a une nuance verte dans le nuage de gaz.

Kate projette la diapositive demandée.

— Voilà, c'est celle-là.

— Bravo. Cinq sur cinq pour la séquence. Cent pour cent dans chaque essai.

Les *Trancers* peu à peu relâchent leur emprise de lumière et de son. Nicolas sent s'éloigner Diane à mesure que le lien s'atténue. Car il y a un lien, en plus, *en deçà* des transmissions. Une sorte d'onde porteuse, perceptible même entre chaque essai. C'est elle qui assure la qualité quasi cinématographique des transmissions, Nicolas en est persuadé. Il y a une résonance, que le garçon ne perçoit pas lorsqu'il communique avec un autre sujet de la Fondation.

Diane a avoué sentir la même chose. Mais cela ne dure que sous le *Trancer*. Encore cette béquille. Ne serait-ce pas merveilleux s'ils pouvaient le ressentir constamment, ou spontanément ? Si, en faisant l'amour, chacun pouvait éprouver le plaisir de l'autre, et à même ce plaisir l'écho de son propre plaisir ? Comme un rythme s'amplifie en trouvant sa propre résonance, leurs sensations s'amplifieraient jusqu'à des sommets insoupçonnés, des orgasmes insoutenables.

Lorsque Nicolas sort de sa chambre d'isolement, Diane est déjà dans la salle de contrôle, prête à partir.

— Tu ne te rappelles pas ? Je vais chez mes parents ce week-end.

Ils sortent ensemble du labo, avec cette sensation coutumière pour eux, une sensation de vide, à la fois ivresse et vague mal de tête.

Du couloir de l'étage, une baie vitrée donne vue sur les terrains de la Fondation, du côté de la Résidence et du lac.

— Mon père est déjà arrivé, constate Diane en apercevant, près de la grande maison du directeur administratif, une limousine noire. Et mon sac qui n'est pas fait !

Elle se sauve, après avoir embrassé Nicolas rapidement.

Et il se retrouve seul. C'est vrai qu'elle l'avait prévenu. Mais, dans l'enthousiasme du succès des tests, il avait oublié. Sa joie tombe, remplacée par un ressentiment qui trouve comme cible le père et la famille de Diane. Elle l'a déjà invité, plus d'une fois, à passer la fin de semaine avec elle, en leur luxueuse résidence de Rockliffe Park, dans la capitale. Mais il ne désire rien moins au monde que de faire la connaissance de ces gens – surtout pas son général de père.

Le voilà justement qui sort de chez le directeur – qui a endossé son propre uniforme pour recevoir le visiteur de marque. Quelques politesses à côté de la limousine, puis elle démarre, sa carrosserie lançant d'arrogants reflets. À petite allure, elle vient se ranger devant l'immeuble de la Fondation, hors de la vue de Nicolas. Au moins il ne verra pas si Charles Dérec va servilement saluer le plus prestigieux parmi les parents de ses cobayes.

Poussé par une soudaine impulsion, le garçon descend au rez-de-chaussée, sort par l'arrière de l'immeuble et se rend au bord du lac. Du côté de la Résidence, il y a un petit quai, où Nicolas amarre son propre canoë. Un cadeau de son père, qui n'a jamais lésiné sur le plan matériel.

Il a encore à l'esprit l'image lumineuse des fausses galaxies, transmises avec tant de clarté qu'il en distingue encore chaque étoile colorée, comme une extraordinaire persistance rétinienne.

Mais cela disparaît peu à peu dans les miroitements du soleil à son déclin, sur les vaguelettes du lac.

L'heure est calme.

L'îlot, devant Nicolas, envahit graduellement son champ de vision. Un bout de forêt posé au milieu du lac, dense, ombreux, mystérieux. Mystérieux du moins la première année que le garçon était ici. Depuis, il a eu le temps de l'explorer et il n'a pas été déçu. Il y a là, malgré la superficie réduite, des reliefs et des paysages divers : un petit rocher escarpé d'où l'on domine la cime des arbres, une crique dont le fond est de sable, une zone très circonscrite plantée de conifères et emplie de leur fragrance, une petite clairière aux longues herbes.

Lorsqu'il atteint l'ombre des arbres, Nicolas a chassé tout ressentiment, toute morosité. Il n'éprouve que cette sérénité résignée qui est l'habitude des solitaires.

Il contourne l'îlot en longeant la berge, naviguant entre les roches moussues qui émergent à peine, contournant le tronc nu d'un arbre tombé, passant sous les branches d'un vieux saule en baissant la tête.

L'île entièrement contournée, il arrive à son havre, l'anse étroite qui fait face à une berge sauvage du lac. C'est ici qu'il vient parfois se baigner nu, quand il ressent un besoin de liberté totale.

Il tire son canoë sur la grève de sable rude.

Il n'y a point de sentier sur l'îlot, juste des sentes à peine tracées. Toutefois Nicolas connaît bien son chemin, et il trouve la clairière sans hésiter, comme s'il était venu la semaine dernière encore.

Il marche sans se presser, un seigneur inspectant son domaine. Au coucher du soleil, il montera sur la grosse roche, afin de contempler le ciel d'ouest où passent quelques nuages légers. Pour l'heure, il a envie de faire une sieste dans les hautes herbes de la clairière, une sorte de gazon dru et clair où il disparaît tout entier en s'étendant torse nu.

Après un certain temps, fatigué par la luminosité du ciel, il se retourne sur le ventre, la joue sur son bras replié et, sous le chaud soleil de juin, il se laisse gagner par la somnolence.

Le temps devient indéterminé.

◆

Depuis son arrivée aux Lunes, Karilian s'est rendu deux ou trois fois dans l'îlot. Ces jours-ci sont fort occupés, mais il s'accorde quand même quelques heures de détente après chaque transe. Avec tous les gens des Renseignements qui eux aussi s'accordent un peu de loisir, le parc n'est plus aussi désert qu'avant. Aussi Karilian a-t-il choisi aujourd'hui de prendre le canoë et de pagayer un peu.

À l'heure où Nicolas s'endort dans la clairière, l'Éryméen s'embarque prudemment et, sans se presser, commence à ramer.

Il ne connaît pas la crique qui offre un havre naturel de l'autre côté, aussi se dirige-t-il vers la berge qui fait face aux Lunes.

Lorsqu'il prend pied parmi les pierres du rivage, il se croit seul sur l'îlot et il laisse venir les souvenirs qui remontent.

Ils étaient venus ici, Corinne et lui. C'était quelques jours après le déjeuner sur l'herbe. Si les Lunes étaient pour elle une maison de poupée, l'îlot était « l'Île aux Fées ». Les matins humides, lorsqu'une brume montait du lac et que l'îlot en émergeait, sombre, impénétrable, elle l'imaginait refuge de farfadets et d'elfes. C'était selon elle leur atmosphère favorite, de la même façon que, certaines nuits, il devait y avoir des rondes de feux follets.

Karilian et elle y étaient allés un après-midi, frais mais ensoleillé.

— Avec un peu de chance, nous surprendrons un lutin endormi au pied d'un arbre.

En découvrant la clairière, Corinne s'était persuadée que les lutins vivaient là, parmi les hautes herbes, et qu'il suffisait de chercher sans bruit, avec la circonspection de chasseurs de papillons.

Ils n'en avaient pas trouvé, cependant ils avaient levé deux faisans qui s'étaient envolés avec des cris cuivrés.

Cela aurait pu être de l'affectation : feindre la fraîcheur et l'innocence d'une enfant. Mais, chez Corinne, cela prenait une tout autre allure. On eût dit une anthropologue en expédition, à la recherche d'ethnies inconnues. Elle en parlait avec le plus grand sérieux et il fallait la connaître un peu pour repérer les pointes d'humour, très pince-sans-rire, dont elle émaillait son bavardage.

Au bord de la clairière, ils s'étaient adossés à un gros arbre, à l'ombre, ils avaient observé en silence le vol heurté des papillons et celui des abeilles. Ils savouraient une heure d'inaction dans leur journée, celle de Karilian occupée par tous les détails de sa mission, celle de Corinne jamais vide non plus. C'était la détente délibérée, très consciente du temps qui passe, propre aux gens qui n'ont pas coutume de rien faire.

Karilian ne se rappelle pas comment ils en sont venus à s'embrasser. Très naturellement, suppose-t-il. En tout cas, sans louvoiement, sans galanteries ni marivaudage. Comme si chacun savait que cela se ferait, à la façon d'une pièce qu'ils auraient déjà répétée maintes fois. Sauf qu'ils ne l'avaient point répétée, et ce premier baiser, tendre et mesuré, savouré, avait pris l'importance d'un événement.

C'est ainsi que Karilian se rappelle cet après-midi : quelque chose de délibéré, presque calculé, chacun appréciant la valeur du moment, chacun s'appliquant à en faire un instant exceptionnel, raffiné, exquis, une œuvre d'art érotique.

Ils n'avaient pas fait l'amour ce jour-là. Ils savaient que cela viendrait en son temps, ils n'étaient pas des adolescents craignant que l'occasion ne se présente plus, ils avaient le tempérament qu'il fallait pour ne point brusquer les choses.

Ils avaient passé le temps à s'embrasser, presque minutieusement, comme un poète cherche la tournure exacte en réécrivant cent fois un vers, comme un yogi en quête de l'équilibre parfait dans une posture complexe. Ils étaient ces amants hindous aux sourires sculptés dans la pierre, qui savourent depuis des siècles la douceur d'un moment d'extase.

La clairière n'a pas changé, et Karilian repère aisément le chêne au pied duquel ils étaient.

Il peut presque sentir les dents de Corinne lui mordillant délicatement les lèvres, il se rappelle comme elles lui avaient paru de petits objets précieux, nacre ou porcelaine, sculptés par un artiste.

Peut-être les lutins de la clairière avaient-ils observé, de derrière une souche émaillée de champignons, mais Corinne ne les avait pas aperçus.

Soudain Karilian voit Nicolas, presque à ses pieds, caché jusque-là par les herbes. Son flanc nu se dilate un peu, régulièrement : il dort. La bouche entrouverte, la joue écrasée sur l'avant-bras, et ses cheveux clairs se mêlent à l'herbe pâle. Les paupières closes sont lisses, mais les sourcils se froncent un peu, à cause peut-être d'un rêve.

Le voilà, Corinne, ton lutin endormi dans la clairière.

Des tennis rouges au lieu d'escarpins, un jeans délavé à la place de grègues, mais Karilian l'imagine aisément en train de gambader dans la forêt, enjambant d'un saut agile les arbres tombés, grimpant tel un écureuil.

Il le contemple un instant, songeant qu'il n'est rien de plus beau qu'un enfant qui dort.

Puis il s'éloigne sans bruit, avec le sentiment d'avoir commis une intrusion. C'est *son* île, maintenant, et Karilian n'a pas reçu la permission d'y venir.

L'île où il vient dormir, où il vient rêver. C'est un sanctuaire.

La voix intérieure qui normalement le traiterait de vieux fou ne se fait pas entendre, et il regagne son canoë avec un vague sentiment de bonheur, comme si quelque fée lui avait lancé un charme.

◆

Lorsqu'il s'éveillera, au crépuscule, Nicolas se souviendra, avec un malaise certain, d'avoir rêvé qu'il embrassait sa mère, sa propre mère qu'il n'a jamais connue, qu'il l'embrassait comme il embrasse Diane.

CHAPITRE 21

Le plus infime risque

Tels de grands mouchoirs de papier sur la pelouse devant l'immeuble, les chercheurs et laborantins de la Fondation sont assis à même le gazon, seuls, en petits groupes ou en petits cercles. Le temps splendide les a incités à sortir, à l'heure du dîner, mais comme il fait un peu frais ils ont gardé leur blouse de laboratoire.

Comme des écoliers et des écolières, mais plus nonchalants, ils se lèvent un à un pour rentrer. De la grille, un grondement de motocyclette emballée : c'est Nicolas, davantage par manque d'expérience que par goût d'attirer l'attention. Plus discrètement, il vient arrêter l'engin en face de Claude Rogel, qui somnolait dans le giron de Kate. À l'arrêt, Nicolas maintient l'équilibre tant bien que mal : il n'a pas encore les jambes assez longues, et seuls ses orteils touchent le sol.

— Et puis ? demande Rogel en se levant.

— Ça a bien été. Mais je ne suis pas entré dans Hull : trop d'arrêts et de départs.

— Tu as encore des problèmes avec l'embrayage ?

C'est la première fois que Rogel laisse l'adolescent piloter la motocyclette hors des terrains de la Fondation ; il détient son permis depuis peu. Charles Dérec n'est pas très chaud pour ce sport mais, comme à son habitude, il n'insiste pas outre mesure et laisse faire.

Nicolas aime bien Rogel, il n'est pas loin de le considérer comme son ami – si ce n'était de cette petite distance que garde Rogel envers tout et tous, ne semblant jamais prendre quelqu'un tout à fait au sérieux. Il se montre affable, il a un humour de pince-sans-rire, il agit envers Nicolas un peu comme un grand frère, jouant à la balle avec lui, l'emmenant à Hull sur sa moto pour voir un film ou s'empiffrer dans une crèmerie ; ils sont même allés au planétarium de Montréal, un samedi où Rogel était veuf.

C'est un homme de taille très moyenne, barbu avec de petites lunettes rondes et un front dégagé. Il est le seul avec qui Nicolas se sent en confiance au point de vouloir s'ouvrir et se confier. Mais, dès que Rogel flaire la confidence, il se retire un peu, par une plaisanterie ou une remarque badine, et les choses en restent là. Il ne se laisse pas atteindre, et Nicolas se demande s'il agit ainsi avec chacun ou s'il trouve vraiment inintéressantes les confidences qu'un adolescent pourrait lui faire.

Le casque enlevé, Nicolas laisse Rogel aller stationner la moto. Le docteur Audran, lui aussi sorti prendre l'air, rappelle au garçon que lui et Diane ont rendez-vous cet après-midi à son bureau pour une autre séance de préparation.

Sans se presser, Kate et Nicolas marchent vers l'immeuble, le garçon exécutant une gigue nonchalante pour se dégourdir les jambes.

—Tu n'as pas eu d'ennuis avec le garde à l'entrée ?

—Il a prétendu me demander où j'allais, mais je n'ai pas répondu.

Il rit un peu :

—Je pense que j'ai été arrogant. Je lui ai dit « vous savez qui je suis ? ».

Kate éclate de rire :

—Oh non, tu n'as pas fait ça ? Môssieu le fils du directeur !

—Je m'en sers souvent, ces temps-ci. « Si vous avez quelque chose à redire, allez voir le directeur. » Faut bien qu'il serve à quelque chose.

—Jusqu'à ce que l'*autre* directeur, le premier, lui dise de sermonner son gars.

Ils gravissent les marches qui mènent à la porte centrale et entrent dans le hall.

—Quand je suis revenu, l'idiot s'est vengé en exigeant ma carte d'identité.

—« Vous ne me reconnaissez pas ? Je suis le fils du directeur ! »

Le garde et la réceptionniste, militaires tous deux, se doutent qu'on rit d'un congénère. Ils accompagnent Kate et l'adolescent d'un regard hostile.

—Dérec !

C'est Lessard, le chef de la sécurité, et Nicolas n'aime pas du tout la façon très « préfet de discipline » dont il l'a interpellé.

—Quoi ? réplique sèchement le garçon.

—À mon bureau, un instant.

—Sur un autre ton, je vous prie, rétorque Nicolas dans le même style elliptique.

L'anecdote de tout à l'heure ne l'a pas mis d'humeur à se faire bousculer. Ce n'est pas parce qu'il est encore mineur qu'il se laissera interpeller si cavalièrement par un étranger. Et, civil, il ne doit aucune obéissance à un officier.

— Auriez-vous l'obligeance ? articule Lessard sur un ton qui est plus un sarcasme envers le fils du directeur qu'un adoucissement.

— Vas-y, chuchote Kate. Si tu n'es pas revenu dans une heure, j'alerte Amnistie Internationale.

Le capitaine considère avec hostilité le sourire espiègle de Kate Hagen puis, très militaire malgré son costume civil, il précède Nicolas vers les bureaux de la Sécurité.

Il fait entrer le garçon dans son bureau. Nicolas est un peu déçu de ne pas apercevoir tous les écrans de télévision qu'il imaginait. C'est devenu un jeu pour lui de danser quelques pas de cake-walk ou de charleston lorsqu'il passe devant les nombreuses caméras de la Sécurité. S'ils enregistrent tout cela, ils doivent avoir de quoi faire un spectacle complet de music-hall avec, à l'occasion, Diane comme artiste invitée – une Diane un peu réticente.

Nicolas se laisse choir dans un fauteuil avant même que Lessard n'ait atteint son bureau.

L'homme est moins raide, maintenant, l'air moins sévère, il s'assoit d'une fesse sur le coin du bureau. Veut-il amadouer le garçon, ou est-ce sa raideur habituelle qui est affectée, pour conserver le respect de ses subordonnés ?

— Ce n'est pas la première fois qu'on a des problèmes avec toi, mon gars.

— Non ? demande innocemment l'intéressé.

Les effractions nocturnes de Nicolas ont bien sûr été rapportées à Lessard. Et il a voulu savoir comment le garçon s'était introduit dans le laboratoire. Où avait-il obtenu une clé, où l'avait-il fait reproduire (clandestinement, car les clés de la Fondation sont interdites de reproduction) ? L'adolescent n'a pas répondu, résistant à une pression qui pourtant devenait sévère. Il a préféré laisser planer toutes sortes de soupçons plutôt que de révéler son talent télékinétique. Si les militaires apprenaient *ça*, a-t-il compris depuis longtemps, il leur deviendrait deux fois plus précieux et on ne lui laisserait plus un moment de liberté. Il deviendrait littéralement une arme et, contre cela, tout son être se révolte.

On a fini par le laisser, soupçonnant peut-être qu'il avait piqué la clé de son père. Mais, depuis, Nicolas a la certitude qu'on le tient à l'œil.

Toutefois, ce n'est pas le sujet qu'aborde aujourd'hui Lessard. Il lui parle plutôt de ses randonnées printanières et estivales en vélo, qui causent beaucoup de soucis. On s'inquiète pour sa sécurité : la route 148, étroite et très fréquentée, est dangereuse pour un cycliste. Nicolas est un des sujets les plus précieux de la Fondation, on ne veut pas le perdre. Et puis, la Sécurité a des préoccupations d'un autre ordre : quelqu'un pourrait vouloir enlever Nicolas, pour le compte d'une puissance étrangère.

À cela le garçon éclate de rire :

— Voyons donc ! Vous lisez trop de romans d'espionnage !

C'est la marotte de Nicolas : ce qu'il méprise par-dessus tout chez ces gens, plus encore que leur discipline bébête, c'est leur absurde paranoïa. Et il ne manque pas une occasion de la leur rappeler.

Ce doit être aussi le point sensible de Lessard, car il se lève et son ton devient plus sévère : ce n'est pas un galopin qui lui enseignera son métier.

Puis il revient à son propos de ce midi :

— Ton *ami* Rogel…

Oui, mon ami *Rogel, eh bien, qu'est-ce qu'il y a ?* Nicolas est agacé par le ton de ces mots, se demandant ce qu'il insinue. Peut-être Lessard veut-il souligner qu'il n'ignore rien des relations qui s'établissent au sein du personnel et parmi les sujets ?

— Ton ami Rogel se montre bien irresponsable. Est-ce que ton père sait que tu vas sur la route en moto ?

— Bien sûr, se fâche Nicolas. Et ce n'est pas de vos affaires.

— Oh si, que c'est de mes affaires. Je peux t'interdire de quitter le terrain de la Fondation.

Le garçon s'alarme. Lessard est-il au courant de ses promenades matinales dans le parc voisin, de ses conservations avec Carl ? Il ne devrait pas : le trou par où Nicolas traverse la haie est caché à l'immeuble de la Fondation par le Pavillon lui-même et les arbres qui l'entourent.

Ce serait odieux ! Son refuge, la tranquillité du petit matin, le jardin noyé de rosée… Tout cela épié par la Sécurité ? Et Carl risquant de subir la curiosité de ces malotrus ?

La colère a comme gonflé Nicolas : il se lève de son fauteuil et hausse le ton :

— Ah oui ? Je voudrais bien voir ça !

— Tu ferais mieux de t'assagir, mon gars, sinon je te colle un garde.

— Je vais passer mes journées à lui lancer des cailloux !

Le garçon fait mine de sortir, mais il sent une main puissante se refermer sur sa nuque. Il veut la chasser, toutefois une pression du pouce et de l'index derrière ses oreilles lui fait renoncer à tout geste.

Du coin de l'œil, il voit le visage de Lessard penché vers lui, sent son souffle sur sa joue.

—Écoute, Dérec : fils du directeur scientifique, ça ne m'impressionne pas du tout, tu n'es même pas son fils, et il se fout de toi comme de ses autres cobayes.

Le ton est bas, presque sifflant. Et Nicolas sent venir la nausée, la vague sensation de nausée qui naît dans sa tête lorsque les sentiments d'autrui font intrusion : Lessard voudrait le tenir en son pouvoir, comme ça, mais nu, lui passant la main partout, sans douceur, serrant plutôt que de caresser, laissant la trace de ses ongles plutôt que d'éveiller des frissons, laissant ses marques dans le gras du bras ou de la cuisse, sur les fesses, et sa masturbation serait rude.

—Tu n'es qu'un enfant trouvé. Même pas : un petit bâtard. Et tu vas prendre ton trou, mon blond.

De son autre main, il a ouvert la porte. Il saisit le garçon au col et à la ceinture – tirant vers le haut, il lui écrase délibérément les testicules –, il le soulève littéralement et le dépose dans le couloir.

Au bout, le garde de l'entrée et la réceptionniste ont tourné la tête dans sa direction et lui adressent un petit sourire triomphant.

◆

Les caméras vidéo installées sous le mât qui domine la tourelle, les micros directionnels ultra-sensibles, tout a été vérifié par Luang, tout est en ordre. Pour la scopie, elle a remplacé les appareils : il s'en est fabriqué de meilleurs depuis quinze ans.

La salle de contrôle est exiguë, lorsqu'on connaît celles d'Argus, ou même celles des bases régionales : c'est qu'il n'y a pas autant à surveiller. Néanmoins, durant la conférence secrète, il y aura quelqu'un à chacune des consoles, et les écrans vidéo brilleront tous. Comme maintenant, durant les essais. La caméra ordinaire et celle à infrarouge sont fixées sur Clifton Lodge qui, dans le soir qui tombe, offre un tableau aux teintes dénaturées. Mais ce sont les autres écrans qui captent l'attention de Karilian, en particulier le plus grand où Luang lui montre le résultat de son patient travail dans la tourelle.

On ne distingue d'abord rien, que des chiffres au bas de l'écran, indiquant les distances. Puis une texture : on reconnaît un mur en rondins de l'hôtel, avec la grande cheminée et les châssis de deux fenêtres. La texture s'affine, puis se modifie dans un mouvement de rapprochement. Ensuite elle est remplacée par une autre, plus uniforme, où se reconnaissent très bien les installations d'un système électrique et le conduit de la cheminée. Même les appliques et les cadres sur le mur *intérieur*.

Puis, un vaste vide. Et, dans ce vide, des mouvements. Le rapprochement continue. Des bandes horizontales apparaissent, deviennent des T, accompagnés de formes de chaises. Sur les tables on reconnaît verres et coupes, sur les chaises des silhouettes humaines moins opaques. Au plafond, des lustres. Lorsqu'un serveur traverse le plan de scopie, sa silhouette apparaît brièvement, un spectre.

Au bas de l'écran, le chiffre des distances continue de défiler : c'est la clé par laquelle l'ordinateur trie les ondes et reconstitue l'image.

Un autre mur a été traversé, puis un autre, et on reconnaît un billard, des tables à cartes, un petit bar : c'est le grand salon à l'arrière de l'hôtel. Luang touche d'autres contrôles et l'image se centre sur le barman, s'agrandit jusqu'à ne cadrer que le visage. Un réglage fin : les traits sont identifiables, dans une tridimensionnalité de quelques centimètres de profondeur.

—Chapeau ! fait Karilian à mi-voix.

—On se rend comme ça jusqu'au bout de l'aile nord, avec seulement dix pour cent de perte dans la résolution.

L'Éryméen hoche la tête. Avec une scopie aussi avancée, il aurait pu assister voilà dix-sept ans au suicide de Gravel.

Un timbre discret lui fait tourner la tête vers Sécurimaître, la chambre de sécurité. Sur la carte du périmètre, un point lumineux clignote : quelqu'un venant de la propriété voisine a franchi la haie. *Nicolas*, songe Karilian, et une image vidéo le lui confirme aussitôt.

—Bon, fait-il à l'intention de Luang. Je suppose que ça suffit pour aujourd'hui. Demain, les tests de repérage ?

—Ce sera le plus délicat. Si vous voulez mon opinion, le marquage ne fonctionnera plus.

C'est aussi l'opinion de Karilian. Eh bien, on s'en passera.

Il gagne un corridor assez court et monte un escalier métallique. Il met le pied dans la cave, monte au rez-de-chaussée. De la cuisine, Dick lui lance :

—Vous avez entendu les senseurs ? Ce doit être encore votre copain Nicolas. Il n'est pas venu ce matin, je croyais que vous nous en aviez débarrassé.

Le gardien paraît dans l'encadrement de la porte :

—Il n'y aura plus moyen de le faire décoller, maintenant.

Karilian le sait bien, mais il tolère assez mal qu'on le lui reproche. Il a néanmoins assez de contrôle sur lui-même pour ne pas le montrer.

—Je ne crois pas qu'il représente un risque majeur, réplique-t-il sur un ton léger, presque badin.

Dick est sceptique : ce n'est pas ce qu'on lui a enseigné. Sans tomber dans la paranoïa, on peut très bien imaginer que le gamin remarque, au plus fort de l'opération, la présence de plusieurs résidents, plus qu'il n'y a de chambres dans la maison, et s'étonne de les voir sortir si peu.

Il n'est pas trop tard pour envoyer Dick le chasser, songe Karilian. *Nous ne sommes quand même pas devenus intimes durant cette balade en canoë.*

Absurde. Ils ne sont pas devenus intimes, mais le garçon ne comprendrait pas que « Carl » le fasse prier de ne plus l'importuner, après s'être comporté si affablement. Non, il faudrait maintenant, pour se débarrasser de Nicolas, inventer tout un scénario. Annoncer que Karilian a écourté ses vacances, par exemple, puis faire apparaître quelques jours plus tard un autre résident qui, lui, bannirait du parc tout intrus.

C'est faisable. Et vraisemblable. Fais-le, avant que le môme ne t'apporte des ennuis.

Et c'est ce qu'il décide, dans le vestibule, au moment de sortir. Le sort d'Érymède et de la Terre dépend du succès de cette mission. Il ne faut pas prendre le plus infime risque du côté sécurité.

Mais sa résolution vacille lorsque, dans le crépuscule, il repère la tête blonde, tache pâle qui émerge derrière un massif et qu'il prend d'abord pour un thyrse de lilas.

Ce n'est plus tout à fait de la curiosité pour ce bambin qui, sept ans plus tôt, a fracassé un madrier avec sa seule force mentale. Il y a quelque chose de plus, maintenant, et lorsqu'il arrive à portée de voix Karilian sait bien que sa résolution est tombée.

Nicolas se trouve au bout d'une pelouse assez vaste. Profitant de ce dégagement devant lui, il regarde le ciel d'est, où les étoiles sont déjà visibles.

Karilian a pris la précaution d'arriver par-derrière lui, pour faire croire qu'il était déjà dans le parc à se promener. Sans quoi Nicolas s'étonnerait que « Carl » vienne à lui, de la maison, chaque fois que le garçon entre sur sa propriété ; il soupçonnerait à juste titre que quelque chose le prévient.

— Bonsoir, fait Nicolas en tournant la tête.

Puis il regarde de nouveau les étoiles, ostensiblement.

— Vous croyez qu'on y habitera un jour ?

— Tu crois qu'on y habitera un jour ?

Ils ont prononcé leur question en même temps. Ils rient, Nicolas un peu timidement, Karilian avec une certaine réserve, tous deux complices. L'Éryméen s'émerveille : ils se voient pour la quatrième fois seulement, et déjà une forme de connivence s'est établie.

L'homme lève les yeux vers le firmament. Combien peu d'étoiles on voit, d'ici, par comparaison avec le ciel d'Érymède.

Y habiter un jour ?

Aux environs de Pluton, les Éryméens achèvent de bâtir Exopolis, le chantier d'où partiront les nefs interstellaires lorsqu'on aura trouvé le moyen d'approcher la vitesse de la lumière. On en est encore loin. On pense n'en atteindre que le dixième avec la propulsion conventionnelle. Le *Sundhilfare*, encore inachevé sur son ber, dans les chantiers de l'Amirauté à Corinthe, ne fera que .05 c.

Encore ce regard de Nicolas qui le dévisage, une trace d'étonnement dans sa figure ; mais il la fait disparaître.

— Vous êtes écrivain ?

— Moi ? Non, pourquoi ?

Et, comme le garçon ne réplique pas :

— Qu'est-ce qui te fait penser que je sois écrivain ?

— Vous regardez toujours les astres.

Mais ce n'est pas la vraie raison, Karilian le sent.

Le silence retombe, et l'Éryméen songe au problème de sécurité que Dick lui rappelle chaque jour. Il faudrait au moins que Nicolas ne surgisse pas à n'importe quelle heure de la journée – et encore moins le soir. Karilian ne sait trop comment y venir.

Du menton il désigne la haute haie de cèdres qui sépare les deux propriétés :

— Comment c'est, de l'autre côté ?

— Moche.

Visage fermé, un peu morose. Mais Karilian sent : amertume, détestation.

— Ce n'est pas juste ma maison, c'est une…

Il s'interrompt. La Fondation de recherche appartient à la Défense, il doit y avoir une consigne de discrétion.

— Un institut de recherche, oui, Dick me l'a dit.

— Mon père est le directeur.

Sur un ton sardonique, comme si Nicolas se moquait méchamment de lui-même.

— Tu dis que c'est moche. Pourtant, il y a des arbres de l'autre côté aussi, deux belles maisons. C'est là que tu habites ?

Le garçon hausse les épaules :

— Ce sont les gens qui sont moches.

Puis, se fermant sur ce sujet :

— Ici, c'est tellement plus beau.

Et plus tranquille ?

Karilian songe à la vulnérabilité de certains empathes, incapables de supporter la proximité d'autres êtres pensants. Mais ces cas sont rares, le garçon ne semble pas en être un.

Ce sont peut-être les conditions imposées par la Défense nationale qui rendent pénible la vie du gamin. Paranoïa de la sécurité et du secret, les armées et les polices de la planète entière sont pareilles. Peut-être y a-t-il pire : à Psyché, on sait de quels abus se rendent coupables certains instituts de recherche terriens.

Images de femmes folles, d'asiles sordides du XIXᵉ siècle.

Il se retient de demander au garçon ce qu'on lui fait : il n'est pas censé savoir quel genre de recherches on effectue à la Fondation.

Il cherche un peu de sérénité dans le spectacle du lac reflétant les lumières de Clifton Lodge. La bouffée de haine qui lui est venue se dissipe, la blancheur sinistre d'une clinique psychiatrique traîne un instant encore dans son imagination.

— C'est ton refuge, ici ?

Gentiment, presque avec douceur.

— C'est un peu ça, répond le garçon à mi-voix.

Comment Karilian pourra-t-il lui enjoindre de limiter ses intrusions ?

N'embarque pas dans cela, Karilian. Un adolescent à problèmes, puis quoi ensuite ?

Mais aussi une énigme. Un garçon trop fin et trop perspicace pour son âge. Karilian se demande si l'agent du Recrutement infiltré à la Fondation s'intéresse à Nicolas.

Un tressaillement intérieur, une idée.

Non. Il refuse de laisser cette idée prendre forme. Dieu merci, le Recrutement ne relève absolument pas de lui, il ne pourrait influencer une décision.

Absolument pas ? L'opinion du directeur de l'Institut sur le potentiel d'un sujet… cette opinion serait déterminante.

— Je préfère que tu viennes seulement le matin, lance Karilian un peu brusquement.

Nicolas lève les yeux vers lui, intrigué ; un peu vexé aussi, peut-être ?

— D'accord.

À son ton, l'Éryméen se demande s'il a pris cela comme une injonction de ne plus revenir du tout. Très bien, qu'il ne revienne plus : le problème de sécurité sera réglé, et Karilian n'en mourra quand même pas. Dans quelques semaines, du reste, il sera trop occupé pour penser encore à Nicolas.

— Bonsoir.

Karilian fait quelques pas en direction de la maison. Mais cela ne va pas : une part de lui-même restée accrochée derrière, il y a un étirement douloureux, un tiraillement dans sa poitrine.

Allez, fais-la, ta gaffe !

Il se retourne à demi et, par-dessus son épaule :

— Un tour de canoë, demain matin ?

— D'accord.

Dans cette réponse il y a tant de joie contenue, cette petite vibration derrière le ton réservé, que le tiraillement devient déchirement dans la poitrine de Karilian.

◆

En saison, les quelques chalets et villas du lac Clifton sont tous occupés ; le bar de Clifton Lodge devient le centre de la vie sociale et mondaine.

Il existe des bars sur Érymède aussi, mais aucun n'a tout à fait l'ambiance d'un établissement terrien, fût-il le plus huppé. Ce désœuvrement rempli de rires, de conversations creuses, de séductions en cours. Non que les Éryméens soient affairés durant leurs loisirs, mais ils ne donnent pas cette impression d'exister en vain. Karilian ne parvient pas à le préciser davantage dans son esprit, et c'est peut-être pour mieux comprendre qu'il revient ici presque régulièrement. Peut-être aussi parce qu'il aime cela ; il est assez lucide pour le reconnaître.

Il y a moins de clients à l'hôtel, ces jours-ci : les suites réservées aux délégations ont été vidées, des agents de toutes les polices secrètes les occupent et les inspectent centimètre par centimètre carré. La fréquentation du bar s'en ressent, Karilian et Luang ne devront plus revenir : il y a trop de regards attentifs, trop de mémoires qui enregistrent. S'il était encore un agent régulier, Karilian serait déjà brûlé, d'avoir été dévisagé une seule fois par ces regards. Luang, avec son teint plus foncé que la moyenne et quelque chose d'asiatique dans ses traits, a été scrutée par une douzaine d'hommes déjà – bon moyen de repérer les agents terriens. Mais Luang est aux Renseignements, à l'équipement, et elle n'aura jamais à agir sur le terrain. Pour ce soir, elle n'est que la jeune et jolie maîtresse d'un beau vieux, du genre cinéaste ou producteur.

Ils sont assis à une petite table, voisins mais non côte à côte, sur un sofa adossé au mur. Ils regardent la clientèle, chacun dans son silence. Karilian, lui, observe le couple attablé tout près, qui vient de la Fondation Peers.

Pas sorcier : en partant des Lunes, Karilian a vu leur voiture sortir de la propriété voisine et il a été suivi par eux jusqu'à l'hôtel. D'après les bribes qu'il entend, c'est l'homme qui travaille là-bas, Claude ; barbu, au début de la trentaine, petites lunettes rondes. Il pourrait devenir un jour coordonnateur de la recherche, puis directeur de la Fondation, ou peut-être faire une découverte capitale. Mais il y a cette femme, aux cheveux incroyablement longs et lisses : peut-être préférera-t-il l'épouser, élever des enfants et décliner l'offre d'un poste d'autorité. Tuez la jeune femme, et sa carrière changera de cours : pour oublier son chagrin, il se fera peut-être travailleur acharné, se surchargera de responsabilités, deviendra un personnage important. Ou, possiblement, ce sera tout l'inverse. Cette femme le motive, l'encourage ; supprimez-la et il sera brisé, il sombrera dans l'apathie.

C'est à cela que songe Karilian : la personne « importante » qu'il doit supprimer ne l'est peut-être qu'indirectement, par l'influence qu'elle exercera ou n'exercera pas sur *un autre* personnage, lui permettant ou lui interdisant de jouer un rôle capital dans l'histoire. Karilian n'en sait rien. Il peut s'agir de la femme ou de la fille d'un des généraux ou des diplomates qui seront à la conférence secrète. Tuez-la la veille : l'homme en deuil sera absent de la réunion et une décision capitale sera prise ou ne sera pas prise parce qu'il ne sera pas là pour la contrer ou la promouvoir.

Sentant un regard sur lui, Karilian quitte des yeux le vitrail kitch et tourne la tête vers Luang. Elle a un sourire réservé, vient près de dire quelque chose mais se retient : c'est le directeur de l'Institut de métapsychique, elle n'ose se montrer trop familière.

« Qu'alliez-vous dire ? » pourrait-il s'enquérir, et elle lui répliquerait « Je me demandais à quoi vous songiez ». Ce à quoi Karilian ne répondrait pas, car il doit être évident qu'il pense à sa mission, s'il a l'air soucieux.

Il ne se donne même pas la peine de paraître affable, il n'a plus d'énergie à consacrer à autrui ; l'usage quotidien de la propsychine est en train de le vider lentement, inexorablement. Il se renfonce dans son mutisme et son immobilité. Cette planète est fatigante, avec sa gravité de un g ; pendant des semaines, lorsqu'on vient d'Érymède, on a l'impression de porter une chape de plomb malgré les myostimulants. Les os eux-mêmes deviennent las.

Oui, voilà ce que j'ai, songe Karilian. *Je suis tellement las.*

Et il a hâte que toute cette affaire soit finie.

CHAPITRE 22

Après le tournant

Il n'avait pas eu tort, Karilian, de croire qu'en Corinne il y avait un lac d'émotion derrière la digue des propos légers et spirituels, des conversations détachées, un rien cyniques.

Cela avait commencé à filtrer un soir, un soir où leurs baisers, de raffinés, étaient devenus passionnés, presque violents. Comme si quelque chose s'était rompu, quelque chose qui jusque-là les retenait.

Karilian revoit clairement la terrasse dallée, l'herbe entre les pierres plates, la balustrade et le grand escalier dignes d'un palais italien avec les vases débordants de verdure. Tout cela était à eux ce soir-là, la pelouse descendant en talus successifs jusqu'au bord du lac, la vaste maison inoccupée derrière eux, portes-fenêtres ouvertes sur un salon de boiseries sombres et de meubles somptueux.

Son mari était plus âgé qu'elle, d'une bonne quinzaine d'années. Il était tendre et probablement encore amoureux d'elle, mais tellement dévoré par le stress de sa carrière qu'il n'avait presque jamais envie de faire l'amour. Elle ne disait pas cela en guise d'invite, ce n'était plus nécessaire : tacitement, il avait été vite entendu qu'ils deviendraient amants, qu'il suffisait de créer les circonstances et de laisser évoluer leur liaison. Non, ce qu'elle disait derrière cela, ce qu'elle allait lui dire plus clairement, c'est que l'âge la guettait elle aussi, et qu'elle ne voulait pas vieillir sans avoir vécu quelque chose de plus exaltant que cette oisiveté sans histoire.

Elle avait tenté d'y remédier, quelques années plus tôt, elle avait pris des amants jeunes et fougueux dont elle s'était vite lassée, trop lucide pour s'illusionner. En racontant cela, elle ne faisait pas un appel du pied à Karilian : elle avait compris que quelque chose le retenait, qu'ils ne partiraient pas ensemble refaire leur vie. Ce serait éphémère, elle s'y résignait, ou tentait de s'y résigner (plus tard elle se rendrait compte combien cette attitude était cérébrale, et combien malgré tout elle avait engagé de sentiment dans cette liaison).

C'est ce soir-là aussi que Karilian avait maudit sa mission, souhaitant, comme jamais il ne l'avait souhaité, être libre, n'avoir aucune contrainte, tel ce personnage qu'il jouait, pouvoir partir en barque avec Corinne ou simplement pouvoir se promener sur la berge sans avoir à surveiller les environs, qui bientôt commenceraient à grouiller d'agents secrets, pouvoir aller souper et danser avec elle au Clifton Lodge ou dans les clubs huppés de la capitale. Mais il y avait la mission, tout le travail de coordination qui de semaine en semaine lui prenait plus de temps, cette mission avec autant d'implications qu'il y avait d'acteurs au sommet, certaines poussant leurs ramifications jusque dans sa vie privée. Voilà : il n'aurait pas dû avoir de vie sentimentale durant sa mission, cela avait été son erreur et il en était bien conscient, depuis le début.

Comme maintenant il est conscient d'avoir eu tort de laisser Nicolas entrer dans sa vie. Car Nicolas est entré dans sa vie, comme il entrait dans le parc. Pour lui, le parc servait de refuge contre un environnement parfois antipathique, peuplé de visages qu'il ne tenait pas à rencontrer. De « Carl » il a fait un substitut, un père probablement, puisqu'il semble déjà s'être trouvé un grand frère à la Fondation, celui qu'il appelle Claude.

Peu à peu, par la seule intensité de ce besoin qu'il sentait, Karilian s'est fait une idée de ce que doit être la vie de Nicolas de l'autre côté de la haie. Il s'en est seulement fait une idée, car le garçon n'en parle pas ; plus par pudeur, semble-t-il, que pour respecter une consigne de silence. D'ailleurs, tout est retenu, chez cet adolescent, et Karilian a l'impression d'une foule de pensées secrètes, peut-être fantasmatiques, cachées derrière les longs silences.

Il y a plus en lui que Karilian ne l'avait envisagé, même lorsqu'il avait compris qu'il n'était pas ordinaire. Penser que dans cette tête reposent (ou bouillonnent, peut-être) des pouvoirs psychiques extraordinaires… Mais Karilian sait d'expérience que ces choses-là ne paraissent pas, même dans la conversation. Penser que ce garçon a une amoureuse de dix-neuf ans (une « amie », a-t-il dit pudiquement, et il a avoué l'âge de Diane avec un rire gêné, comme une grivoiserie). Lui-même en a seize, d'ailleurs, ce que Karilian n'avait pas soupçonné en le voyant. Il lui imagine plusieurs comportements, peut-être sérieux et consciencieux dans les laboratoires de la Fondation, peut-être très « jeune homme » en compagnie de sa Diane, peut-être adolescent hostile et taciturne chez son père, peut-être d'autres comportements auxquels il ne songe pas. Ici, aux Lunes, il a décidément son attitude la plus jeune. Il est le gamin dont on veut ébouriffer les cheveux, ou parfois lui mettre la main sur l'épaule en un geste protecteur.

Il est aussi l'éphèbe à qui Karilian voudrait faire l'amour, mais cela, il ne s'y risquera pas, sachant que c'est pour les Terriens une affaire assez délicate. Le garçon est hétérosexuel, ce qui, pour les Terriens encore, est plus catégorique que sur Érymède. Sans cesse Karilian doit se surveiller, se rappeler les convenances terriennes, s'abstenir par exemple de poser ses lèvres sur les cheveux du gamin, en un geste d'affection qui sur Érymède serait presque anodin. Il se demande même comment Nicolas n'a pas encore conçu de soupçons ou, s'il en a eu, pourquoi il continue de fréquenter « Carl ». (À moins que, justement, il vienne ici frôler délibérément quelque chose qu'il n'ose aborder carrément ?)

Et qu'est-ce qui fait agir Karilian ainsi ? Prendre de telles libertés avec la sécurité de la mission, laisser ainsi libre cours à ses sentiments ? Est-ce une vague intuition, à peine consciente, que les conséquences sont moins importantes, moins proches de lui ? Parce que, de toute façon, il ne sait pas ce qu'il y a après le tournant ?

Car il n'a pas encore vu après le tournant. Il n'a pas découvert non plus sa cible, cette femme schizophrène si importante pour le futur. Ni son rôle, ni son identité, il ne sait rien de plus que lorsqu'il est parti d'Érymède pour en discuter avec Sing Ha. Il a beau se mettre en transe chaque jour, avec les risques que comporte l'usage excessif de la pro-psychine, il n'a rien « vu » de pertinent.

Aujourd'hui il se trouve sur Argus, pour conférer avec Drax et Morant. La réunion secrète des puissances astronautiques approche, et les Renseignements ne savent rien de nouveau sur ce que pensent les Terriens. Morant s'est résolue à descendre, afin de coordonner elle-même l'opération d'écoute peut-être la plus importante de l'histoire, pour Argus surtout. Karilian ne s'en plaint pas : il aura l'esprit plus libre pour guetter sa cible.

Nicolas, bien sûr, devra être écarté. La manière est déjà trouvée : « Carl » a annoncé qu'il s'absentait pour quelques semaines et qu'il prêtait la maison à une amie. Laquelle ne tolérera pas de visiteur : Dick sera chargé, poliment, d'interdire à Nicolas l'entrée dans le parc.

Mais Karilian n'en a pas pour autant décidé d'oublier le garçon. Profitant de son passage sur Argus, il prend contact avec l'Institut, à Psyché, et demande (comme s'il avait des heures creuses à meubler) tous les dossiers prospectifs, y compris ceux fournis par le Recrutement. L'IMB, en effet, recherchant constamment des candidats potentiels, demande aux Éryméens, en particulier les jeunes, de se soumettre à des tests pour déceler leurs facultés latentes. Sur Terre, les sujets psi sont le principal champ d'intérêt du Recrutement.

C'est une idée qui est venue à Karilian ce soir où Nicolas lui avait paru si morose, couvant quelque amertume contre la Fondation et, eût-on dit, contre l'humanité en général. Depuis, il n'a pu la chasser de son esprit et il a renoncé à y trouver des objections.

Entre sa réunion avec Drax et Morant et son départ en navette, Karilian a le temps de joindre Barry sur Érymède. Grâce au système expérimental de communication par tachyons, qui depuis peu remplace le laser traditionnel entre Érymède et Argus, le délai appel/réponse est de moins d'une seconde. La qualité de la transmission laisse encore à désirer, les tachyons étant plus capricieux que les photons, mais c'est largement compensé par la possibilité de véritables conversations.

Il est cinq heures, heure d'Érymède, et la plupart des dômes se trouvent en période nocturne. Le jeune homme est tiré du lit, il a grand-peine à reprendre conscience. Karilian comprend qu'il a bamboché cette nuit. Avec une patience amusée, il essaie de rejoindre Barry à travers ses brumes et parvient à se faire reconnaître. Il n'a pas grand-chose à lui dire, ils ont échangé quelques messages depuis que Karilian se trouve aux Lunes. Barry et sa troupe de jeunes comédiens doivent partir sous peu, en tournée sur Mars ; Karilian parvient à obtenir confirmation que c'est pour demain… ou peut-être après-demain. Les répétitions sont terminées, la pièce devrait bien marcher.

Karilian est parvenu à déterminer la différence d'aspect, qu'il mettait jusque-là sur le compte des yeux bouffis du jeune homme :

— Tu t'es fait couper les cheveux ?

Karilian préférait l'autre manière, bien que lui-même les garde courts.

Barry finit par demander si Karilian va bien, il s'est peut-être souvenu qu'il avait quitté Érymède très sombre.

— Oui, ça va.

Il est de bonne humeur, ce qui ne lui est pas arrivé depuis des années, a-t-il l'impression. Il se dit même qu'il aurait aimé être à la nouba d'hier, lui qui n'a jamais fréquenté les amis de Barry. Il se promet (se doutant qu'il n'en fera rien, mais ce qui compte c'est que pour la première fois depuis longtemps il fait des projets) de participer à la prochaine, peut-être celle qui célébrera la fin de la tournée.

— Je te laisse, je dois redescendre là-bas.

Barry s'est passé la main dans les cheveux et maintenant, sur l'écran, il a l'air d'un gamin avec ses boucles qui lui retombent sur le front.

En sortant de la cab-com, Karilian a un sourire qui lui reste sur les lèvres un bon moment.

◆

Ce qui manquera le plus à Nicolas, c'est le parc des Lunes, avec son pont de pierre en dos d'âne et ses tonnelles, un parc de conte de fées comme la maison elle-même. Quant à Carl, le garçon ne sait pas trop. Il lui manquera aussi, sans doute, bien que Nicolas ne se soit jamais senti vraiment à l'aise en sa présence. Peut-être parce qu'il était difficile à situer, avec sa barbe grise et blanche sur une peau hâlée, ses yeux presque en amande mais gris clair, son accent impossible à préciser. Il n'est pas jusqu'à ses cheveux, mélange de châtain et de gris, qui ne paraissent singuliers. Et les choses qu'il dit, toujours si justes, profondes sans en avoir l'air au premier abord, au point que parfois Nicolas les comprend le lendemain ou le surlendemain, en repassant seul au même endroit du parc, devant le lis d'eau ou le carillon éolien.

Carl n'est pas toujours là, parfois il paraît passer des journées entières dans sa maison. Nicolas a depuis longtemps décidé que c'était un écrivain, même s'il l'a nié ; célèbre, peut-être, et ne voulant pas être reconnu. Ou un homme d'affaires fortuné

qui, pendant ses loisirs, écrit des best-sellers sous
un pseudonyme. Un écrivain de science-fiction, à
en juger par toutes les images qu'il promène avec
lui, surtout lorsqu'il regarde le ciel.

Car Nicolas a eu ces derniers temps une recru-
descence de cette faculté dont il n'a jamais beaucoup
parlé, tant il la jugeait triviale comparée aux autres.
Ce n'est pas de l'empathie, il n'a jamais senti les
émotions du bonhomme s'infiltrer en lui, cette intrusion désagréable qui donne une vague nausée,
comme une substance filamenteuse et gluante qui
s'étalerait sur lui. C'est encore moins de la télépathie, cet échange net et distancié de pensées
cohérentes, de représentations claires.

Non, c'est comme si des images... s'échap-
paient parfois de la tête des gens, telles des bulles
mentales, flottant autour d'eux un moment puis se
dissolvant. Nicolas le visualise même clairement
dans son imagination, comme il en a pris l'habitude
pour expliquer certaines sensations à des non-psi. Il
se représente un souvenir, insubstantiel, moins
qu'une onde, émanant sphériquement du cerveau,
se détachant du crâne pour flotter invisible et éclater
contre la tête d'un autre s'il se trouve quelqu'un à
proximité. Lorsqu'une de ces bulles mentales
rejoint Nicolas, il sent dans son esprit une impression de... fraîcheur. Telle une quasi-musique
cristalline, irréelle, juste au-delà du seuil auditif, ou
comme cette sensation que procurent les menthes,
une sensation de froid par le goût. C'est un peu
cela : une pseudo-sensation à même l'esprit, sans
l'intermédiaire des sens. C'est aussi une brise qui le
frôle, comme si son cerveau se trouvait soudain
exposé à l'air libre, sans la protection des cheveux
et du crâne. C'est tout ça et c'est aussi, surtout, des
images : une vaste cité lunaire, en majeure partie

souterraine ; un paysage que Nicolas aurait cru martien à cause de la couleur, mais qui était celui de Vénus ; une ville dans l'espace, sorte d'immense station orbitale au-delà des proportions humaines, du moins celles du XXᵉ siècle. Et d'autres encore, souvent une salle de contrôle évoquant en plus petit celle que Nicolas a lui-même… imaginée, certain soir d'il y a deux mois, en regardant un satellite passer dans le ciel. Ce doit être le centre de l'action d'un roman, car Carl l'a conçue très clairement et la visualise souvent, comme s'il l'avait même construite pour vrai afin de faire des descriptions plus réalistes.

À moins que… Oui, bien sûr ! De ce roman on va faire une série télévisée, et le décor est déjà monté, possiblement pour le tournage d'un épisode « pilote ». C'est peut-être ce qui explique l'absence de Carl : il est allé assister au tournage.

Sans trop se l'avouer, le garçon espère qu'un jour Carl l'invitera à visiter le plateau de tournage.

Le plus souvent, Nicolas se rend compte qu'il laisse son imagination battre la campagne.

◆

C'est à l'absence que Nicolas prend conscience que Carl lui manque. Cette voix calme et posée, presque envoûtante, cette présence… rassurante, oui, un sentiment de solidité, de force tranquille. Mais ce n'est pas un roc, sûr de lui et inébranlable, c'est quelque chose de plus humain, de plus chaleureux.

Cette chaleur lui manque, d'autant plus que, ces jours-ci, Claude Rogel est manifestement soucieux. Il se montre toujours amical, certes, mais d'une façon distraite, et il n'a plus envie de jouer au *frisbee* durant l'heure du dîner, ni d'aller bavarder sur la rive du lac à la tombée du soir. Même Charles Dérec semble plus distant, si la chose est possible, préoccupé lui aussi, ou du moins absorbé. Nicolas n'aurait jamais cru pouvoir noter une différence dans l'attitude uniformément neutre de son père ; apparemment c'était possible.

Jusqu'à Diane qui paraît parfois distraite, ou pensive. Cela remonte aux quelques soirs où elle a consenti à essayer le *Trancer* « à vide ». Des rêves qu'elle a eus alors, elle n'a jamais parlé en détail, et Nicolas soupçonne qu'elle y repense souvent. Il a même l'impression qu'elle le regarde parfois… différemment, comme si elle avait découvert en lui quelque aspect nouveau, quelque profondeur inattendue. Tout cela est très subtil (peut-être même l'imagine-t-il ?), mais cela fait son chemin, il lui est même arrivé deux ou trois fois de préférer la compagnie de sa petite sœur puis la solitude de sa guitare à une soirée avec Diane.

Souvent il songe à Thaïs ; et sa main, d'elle-même, laisse les cordes de la guitare. Thaïs : il n'a pas oublié son nom, même si son visage graduellement s'estompe dans sa mémoire. Il y a des semaines qu'il ne l'a plus vue.

Étrange, comme il pense à ces souvenirs comme à ceux de vraies rencontres. Il ne l'a vue qu'en image, Thaïs, il ne l'a aimée qu'en rêve, et pourtant il la reconnaîtrait parmi cent autres s'il la voyait, si elle existait. Ses yeux d'ambre, sa peau ocre, lisse comme si elle était tendue par une douce énergie qu'elle contenait, et ses cheveux en sont le seul débordement.

Il peut rester une heure, musique oubliée, menton sur le côté de sa guitare, ne regardant rien en particulier, à évoquer le mirage-mémoire de Thaïs.

CHAPITRE 23

Nul autre que lui

—La délégation soviétique quitte l'aéroport d'Uplands.

Morant hoche la tête, imperceptiblement. Dans une demi-heure, la limousine, sans petit drapeau, une seule voiture d'escorte, arrivera à Clifton Lodge ; l'hélicoptère a été exclu, pour plus de discrétion.

Morant garde l'œil sur le grand écran, qui montre un plan de Clifton Lodge et des environs immédiats, avec quelques points lumineux de diverses couleurs, identifiés par des initiales : David Owen, Frédéric Mulley, Louis de Guiringaud, Cyrus Vance… Contrairement à ce qu'avait craint Luang, le marquage fonctionnait encore, après dix-sept ans. Grâce à l'entretien qu'en ont fait Dick et ses prédécesseurs.

—L'émissaire français s'approche de l'États-Unien, observe Morant. Vidéo.

Luang branche une des caméras, cadre le parc de l'hôtel, au nord du bâtiment, au-delà des courts de tennis et de croquet. Puis elle commande un rapprochement ; le pointage se fait par ordinateur, sur les données du repérage.

Impossible d'y voir, il y a plusieurs arbres masquant les deux ministres. À l'occasion seulement, on voit papilloter brièvement, entre deux troncs, le beige et le gris clair de leur veston. Luang commande la scopie, repère l'États-Unien et s'arrête dessus, superpose les images. Bourges rejoint Brown, deux spectres en surimpression contre un fond de verdure.

— Micros ?

Ce sera encore plus délicat : deux canons ultrasensibles, l'un sur le hangar à bateaux des Lunes, l'autre sur la tourelle, se conjuguent pour capter la réflexion des voix sur les troncs et ainsi contourner les obstacles ; un logiciel élimine les bruits d'ambiance.

Le temps est gris, même sombre, avec une bruine si fine qu'on la confond avec l'humidité générale. La brise est chaude, elle agite le feuillage d'un bruissement continu. Malgré tout, le dialogue est capté, un dialogue à mi-voix, un peu altéré par le filtrage. Mais parfaitement audible, alors que les agents patrouillant les terrains de l'hôtel, s'ils passent à dix mètres des ministres, ne saisiront rien de la conversation.

Karilian prend un écouteur. Avec Morant, il observe les deux hommes politiques marchant de concert sur les allées asphaltées, noires sous la bruine, parmi le vert mouillé du gazon.

— Ça ne peut être la Chine. Ça ne *peut* tout simplement pas être la Chine.

— Nous sommes au point où nous ne devons écarter aucune hypothèse, observe Yvon Bourges. Nous ne pouvons plus nous fier à ce que nous croyions savoir. Imaginez un accord secret Chine-Japon, l'exclusivité de ressources minérales récemment découvertes, contre une technologie de pointe. Si quelqu'un *peut* avoir dépassé nos technologies, c'est le Japon.

—Je ne crois pas. Ils sont plus des applicateurs que des inventeurs. Et il faut avoir inventé, pour faire… ce qui est fait.

—Je vous l'ai dit : il faut écarter toute idée reçue. Envisager par exemple une alliance de puissances de second rang, mais riches et développées. Australie, Nouvelle-Zélande, Afrique du Sud, par exemple : ensemble ils ont l'argent et le potentiel scientifique.

—Ou les Arabes, remarque Harold Brown. Eux, ils ont l'argent, et ils pourraient avoir acheté discrètement les plus grandes firmes d'aéronautique et d'électronique.

—Vous allez rire : nous avons même envisagé des scénarios à la James Bond. Des intérêts privés, des sociétés multinationales alliées pour arriver à une forme de contrôle au-dessus des États. Contrôle de la paix, contrôle de la guerre, par la domination de l'espace. *Tout* est à envisager, même…

—Même… ?

—Même ? encourage Morant à mi-voix.

—J'imagine que vous y avez pensé aussi, dit le Français, presque un murmure.

—On pourrait savoir ? s'impatiente Morant dans la salle souterraine.

—C'est si…

Le Français hoche la tête.

Morant a une exclamation irritée. Ont-ils peur de le *prononcer* ? C'est qu'Argus ignore encore ce qui a été envisagé par les Terriens. Des extraterrestres, les fameux ovnis (les vrais) ? Ou, la vérité, des humains émigrés de la Terre et en avance de presque un siècle sur le plan scientifique ?

Sur un autre écran, émergeant de la grisaille et progressant de biais dans l'a-perspective du téléobjectif, la limousine anonyme qui amène les Soviétiques.

— Prêt au marquage ?

La limousine s'arrête sous la marquise devant l'entrée principale. Sur un autre grand écran, un collimateur est apparu, on voit passer des silhouettes en infrarouge, lumineuses vers le centre du corps, doublées de contours plus précis par l'ordinateur. Kulawak est aux commandes, le doigt sûr.

S'éloignant de la limousine, les émissaires passent tous au centre de l'écran, le petit cercle du collimateur est à hauteur de cuisse. Trois pressions du doigt, trois chiffres se succédant dans un coin de l'écran. Au moins un des hommes porte la main au côté de sa cuisse.

— Vous les avez tous eus, vous croyez ?

Pour Morant, pour Karilian, cela n'a semblé qu'un dessin animé confus et bref, aucune cible clairement détachée. Mais Kulawak est catégorique, même avant vérification :

— Trois sur trois.

D'un mini-pistolet encastré dans un tronc d'arbre près de l'entrée du Lodge, trois projectiles quasi microscopiques ont été tirés. Moins gros que des grains de sable, ils ont traversé étoffe et derme pour s'incruster à même la chair, chacun différent des autres dans sa structure cristalline, chacun reconnaissable par les traceurs cachés dans la petite tour des Lunes. Sur l'écran de repérage, ils seront bientôt représentés par des points jaunes et couplés aux initiales de leurs porteurs, dès qu'on aura indiqué à l'ordinateur les correspondances, à l'examen du film de visée. Ce dont Kulawak s'occupe immédiatement.

Les délégués sont déjà connus, identifiés depuis Moscou par les Renseignements : Gromiko, Ustinov, ministre de la Défense, Tchernine, chef du programme spatial.

Pendant ce temps, Bourges et Brown se hâtent vers l'hôtel, car la bruine est enfin devenue pluie.

Sous les Lunes, il y a assez de gens pour suivre les conversations de tout ce beau monde.

◆

Nuit tiède, humide. La pluie est redevenue bruine. Karilian se trouve à la fenêtre de sa chambre, celle qui donne sur le lac, du côté de Clifton Lodge. Dix mètres sous lui, une équipe réduite des Renseignements épie le sommeil des délégations, probablement en vain. Les seules personnes éveillées là-bas, de l'autre côté du lac noir, sont celles des cinq services secrets, patrouillant les terrains de l'hôtel avec méfiance, essayant de ne pas se marcher sur les pieds. Les réverbères ne sont pas allumés, pas plus qu'une nuit ordinaire, de façon à ne pas attirer l'attention. Seules quelques lanternes sur les façades luisent dans la nuit ; pour Karilian, de lointaines étoiles jaunes dans le brouillard.

Il n'y a pas de femmes parmi les émissaires, pas même de secrétaire, pas d'infirmière pour le vieux Soviétique. Pas de journaliste, pas d'espionne, pas de maîtresse prête à compromettre un diplomate, nulle du moins que les Renseignements aient repérée.

Et Karilian non plus. Ces derniers jours, il a eu beau sonder jusqu'à se faire fondre le cerveau, il n'a rien pressenti de l'affaire qui le préoccupe. Il n'a réussi qu'à s'infliger une migraine, que les médicaments soulagent à peine. Devrait-il se rendre là-bas, au Clifton Lodge, où l'événement lui-même se déroule ? Ce serait impossible : on ne peut approcher à moins de cent mètres de la propriété, même par le lac : il y a des agents à bord de chaloupes munies de moteurs électriques. D'ailleurs, la prémonition de Karilian a été très claire au moins sur ce point : la rencontre, l'exécution, se feront aux Lunes.

Il se perd en conjectures sur la façon dont cela pourrait se produire, relativement à la conférence secrète.

Par-delà les agents qui flottent à l'aveuglette, par-delà ceux qui battent la semelle dans l'herbe mouillée, sa pensée vole jusqu'aux chambres du Lodge, derrière les rideaux fermés. Tant de pouvoirs réunis à l'insu des journalistes, une réunion que seule la pire crise militaire aurait pu susciter, et encore, jamais avec autant de concessions mutuelles sur le plan de la sécurité. Il faut que les puissances se sentent vraiment menacées.

De qui viendra la phrase qui verbalisera leurs soupçons à tous ? Et y en aura-t-il un, encore plus audacieux, ou plus inventif, qui touchera du doigt la vérité ?

Plus important encore, que résoudront-ils de faire ? C'est là que se décidera l'avenir : prévenue de leurs intentions, Argus pourra les contrer et ainsi désarçonner complètement les Terriens, montrer que leurs plans les plus secrets sont connus et donc que l'adversaire est implacable. De cette peur, peut-être, naîtra la paix.

◆

Sur le grand écran, l'ordinateur superpose, en les décalant, les deux plans de scopie, pour créer une fausse perspective : autour de la table de conférence, rectangulaire heureusement, deux rangées de silhouettes dont on devine le squelette en plus pâle. Il y a plus d'une cellule dissimulée dans la salle de conférences, ce qui permet la stéréophonie et l'identification plus facile des intervenants.

Dans la petite salle d'observation, la fatigue commence à se faire sentir, davantage encore chez Karilian, qui subit le plus grand stress. Il n'est pas fâché que la conférence tire à sa fin, à mesure qu'il devient apparent que la fameuse rencontre n'est pas liée à cet événement. Apparent, mais non certain : Karilian a envisagé maints scénarios où la personne qu'il cherche pouvait intervenir *après* la conférence.

Les Terriens n'auront pas deviné la vérité, après tout, ils ne l'auront même pas soupçonnée. L'hypothèse la plus proche qu'ils aient envisagée, et sur laquelle ils aient convenu d'enquêter (parmi d'autres), a été celle d'un groupe de Terriens avancés, cachés dans quelque région déserte de la planète, comme l'Antarctique ou le Grand Nord canadien.

Ils ont aussi envisagé très sérieusement (les ufologues seraient ravis) qu'il puisse s'agir d'interventions extraterrestres. Ce soir ils discutent des mesures à prendre et, contre les extraterrestres, ils ont résolu de passer à l'offensive : une chasse systématique, poursuivre, intercepter et abattre autant d'ovnis que possible. Les États-Uniens et les Soviétiques l'ont déjà fait, mais seulement à l'occasion.

Cela signifie que les physiciens éryméens devront rendre plus efficace le déflecteur optique – l'antiradar, lui, est à peu près parfait.

Ce n'est pas tout. En ce moment même, les émissaires débattent aussi de deux satellites qu'ils mettront sur orbite, équipés de radars et de caméras secrètes pour observer les fameux pirates de l'espace. Ce seront probablement un engin de la NASA et un soviétique, l'échéancier est en discussion.

Karilian n'écoute que d'une oreille distraite. Il n'y a rien là pour le directeur de l'Institut de métapsychique et de bionique. Argus, par contre, est tout oreille, la conférence secrète est retransmise en direct, le Conseil se réunira probablement demain, les Renseignements et les Opérations tiendront de longues sessions de stratégie.

Il était inévitable que les Terriens cessent un jour de se soupçonner mutuellement, mais Argus reste quand même au-dessus de la situation. Avant qu'Argus ne soit prise en défaut par une ruse terrienne, il passera encore beaucoup de météorites dans les cieux.

Cependant, pour Karilian, c'est un demi-échec. Il se rappelle tout ce qu'il a soutenu avec tant d'assurance devant le Conseil. Apparemment il s'était trompé, du moins en partie. La conférence cruciale s'achève sans qu'il ait eu à intervenir.

Morant éloigne son siège de la console et s'étire en se renversant. Là-bas, les émissaires des grandes puissances se lèvent, sortant et repassant dans le plan de scopie ; ils ont réglé les derniers détails de leurs opérations parallèles.

Morant pivote et se lève, laissant à ses gens le soin de suivre les délégations pour le cas où elles feraient deux par deux des conciliabules supplémentaires ; mais c'est peu probable. Elle s'approche de Karilian, qui est adossé à la porte.

— Voilà. Ils vont au dodo.

Bien que l'opération ait parfaitement réussi, elle s'abstient de triompher. Elle avait été très réticente à l'idée que Karilian se parachute dans cette affaire ; maintenant que les prétentions de Karilian se révèlent fausses, elle a le tact de ne le souligner d'aucune façon.

— Demain matin, aux petites heures, ils vont partir. Et nous aussi, dans la journée. Vous remonterez avec nous ?

L'Éryméen n'éprouve aucune amertume : il n'était pas venu ici pour avoir raison. Et il n'a pas encore eu tort, d'ailleurs.

— Non, je reste. Ma tâche à moi n'est pas encore finie.

— Vous persistez à dire que…

— Je n'affirme rien, j'attends. J'attendrai jusqu'à l'automne s'il le faut, jusqu'à ce que le vert disparaisse du paysage.

Mais il commence à envisager que sa prémonition concernait un autre été que celui-ci.

◆

Dans le soir qui tombe, Karilian est assis à même les marches de pierre, derrière la maison. Comme souvent, son regard se tourne vers ce versant abrupt qui plonge dans le lac, du côté ouest. La falaise est un de ces rochers où l'on est porté à chercher une forme, une figure. Il y en a une, effectivement, une figure, on la devine au premier coup d'œil mais on ne parvient pas à la saisir, à la préciser, lorsqu'on regarde plus attentivement.

Pour l'heure, du reste, tout ce versant se trouve dans l'ombre, impression de fraîcheur, de noir et

de vert foncé, de mystère. Il y a une crique, vers
là-bas, un prolongement du lac au-delà d'un
resserrement qu'on distingue mal parmi les sapins
de la rive. Au pied de la falaise, comme souvent,
flotte un canoë, rouge vif, avec la tache vermillon
d'un gilet de sauvetage et une tête blonde : l'endroit
attire tous les gamins du lac. Aucun qui n'ait au
moins une fois sondé la profondeur de l'anfrac-
tuosité s'ouvrant au niveau de l'eau, qui n'ait rêvé
de la voir se prolonger vers l'intérieur du rocher.

Karilian lui-même s'en était approché, avec
Corinne.

Ils n'ont pas fait l'amour souvent, quatre ou cinq
fois peut-être. Karilian n'avait pas beaucoup de
loisirs, surtout vers la fin, et de toute façon ils
n'osaient trop défier la chance. L'Éryméen ne pouvait
l'emmener aux Lunes, Corinne ne voulait pas l'introduire chez elle. Il leur restait la grande demeure
inoccupée où ils avaient toujours l'impression d'être
des garnements s'introduisant dans la propriété
d'un voisin absent.

C'est là, peut-être justement à cause du risque,
qu'ils avaient connu leurs soirées les plus exal-
tantes – leurs nuits, même, car le mari de Corinne,
souvent, restait à coucher dans la capitale.

Karilian se rappelle le silence de la grande
demeure, le silence qu'ils écoutaient après l'amour,
le silence des vastes pièces inoccupées, meubles
vernis accrochant un rayon de lune, glaces obscures
dans la nuit, rideaux blancs de clarté lunaire. Un
château déserté, et eux cachés dans l'une des
chambres. La fenêtre ouverte sur la nuit d'été, la
fraîcheur qui les faisait chercher l'abri des draps, un
arbre proche qui bruissait doucement de temps à
autre, les étoiles qu'on imaginait se perdant dans la

noirceur du lac. Karilian se rappelle s'être repré-
senté l'espace ouvert devant lui, la fenêtre béante,
l'atmosphère limpide jusqu'à n'exister point, le vide
au-delà jusqu'aux planètes, jusqu'aux galaxies.

Il avait pensé à tant de choses, cette nuit-là. Il avait
pensé à emmener Corinne avec lui, sur Érymède.
Mais pas sérieusement : il était trop conscient des
impossibilités. Non, c'était une histoire qui devait
avoir une fin, et ce depuis le début.

C'était la dernière nuit, bien qu'à ce moment
Karilian ignorât qu'il serait trop pris ensuite pour la
revoir, et qu'après la conférence il devrait partir
rapidement. Corinne, elle, l'avait peut-être senti.
Après l'orgasme, elle avait retenu Karilian comme
si elle souhaitait qu'il demeurât en elle à jamais.
Elle s'était enfin résolue à poser une question qui
devait la tourmenter depuis des jours, des semaines :

— Et si je quittais Simon ?

Il s'était retiré d'elle, trouvant incommode de
converser ainsi, l'un dans le cou de l'autre. Assis
sur ses talons, devant elle, il avait secoué la tête
négativement.

Il n'avait pas besoin d'élaborer, Corinne comprenait : elle se séparerait de son mari pour rien,
Karilian n'entendait pas donner de suite à leur liaison. Ne *voulait* ou ne *pouvait* y donner suite ? Elle
craignait la réponse, mais elle tenait à le demander.

— Je ne *peux* pas. Je dois partir. Bientôt.

C'est comme s'il avait ouvert devant elle une
fenêtre sur l'hiver. « Bientôt. » Elle s'était toujours
dit que ce serait éphémère. Elle avait toujours
espéré le contraire. « Bientôt. » L'échéance était
prononcée, maintenant.

Et les questions se bousculaient dans sa tête.
Pourquoi ? Qu'est-ce qui l'appelait ? Qu'est-ce qui

le retenait, ces jours-ci, de la voir plus souvent ? Que faisait-il, qui était-il ? Elle avait beau se couvrir elle-même de sarcasmes, une idée lui revenait constamment : il était un espion. Elle savait ce qui pouvait l'attirer au lac Clifton cet été, et la proximité de son départ confirmait ce soupçon. Qu'il pût se *servir* d'elle l'avait aussi effleurée, mais elle ne voyait pas comment, il ne lui avait rien demandé, n'avait jamais parlé diplomatie ou politique. Si, pourtant, elle voyait : la compromettre, elle, pour exercer un chantage sur son mari. Mais elle refusait d'y croire. Elle était peut-être sotte, aveuglée par un amour inespéré au milieu de sa vie, mais elle ne pouvait y croire. Et puis, pourquoi un espion ? Devait-elle laisser les hantises de son mari déteindre sur elle ? Karilian pouvait aussi être un haut fonctionnaire des Nations Unies, un PDG, un millionnaire, n'importe quoi. C'est d'ailleurs ce qu'il laissait entendre, sans jamais préciser : plutôt fortuné, mais pas tout à fait inactif, peut-être écrivain à ses heures, un hédoniste, un voyageur.

Pourquoi devait-il partir ? Pourquoi leur liaison ne pouvait-elle durer, par-delà même une longue absence ? Il reviendrait bien au lac Clifton, ne fût-ce que l'année suivante ?

Non, peut-être pas. La propriété n'était pas vraiment à lui.

« Peut-être », « pas vraiment » : c'était lui, depuis le début.

Elle l'avait agrippé, comme pour le retenir à jamais ; il l'avait étreinte.

—Je n'y peux rien.

Ils s'étaient aimés à nouveau, passionnément, désespérément, Karilian pour faire taire ce que, devant tant de chagrin, il était venu près de décider, laisser tout tomber et emmener Corinne avec lui, avant même d'achever sa mission. Il fit sortir tout cela, avec fougue, presque avec rage et, dans l'épuisement moite d'après l'amour, il retrouva un peu de sérénité.

La raison avait repris le dessus, le sens de son devoir et de ses responsabilités, auquel il avait bien failli renoncer.

Il s'était bien juré, aussi, de ne plus se lier à quiconque sur Terre, ne fût-ce qu'à un petit chat trouvé sur le perron un jour de pluie.

À la place d'un petit chat, il a trouvé Nicolas dans le parc des Lunes. Nicolas : le gamin dans le canoë, là-bas sur le lac, est nul autre que lui. Karilian a laissé son regard dériver et, lorsqu'il est revenu dans cette direction, l'embarcation se trouvait à hauteur de la pointe voisine, la pointe du terrain de la Fondation, là où se dresse la Résidence. Nicolas rentrait chez lui dans le soir qui tombait, et il a aperçu Karilian avant d'accoster. Il le salue de la main, hésite à amarrer son canoë à la jetée de la Résidence.

Karilian se trouve dans un de ses moments de grande conscience : il se voit, s'entend penser, il se sent réagir, il a conscience de sa respiration un peu opprimée, du ressac en lui-même, le tiraillement s'avère presque un malaise physique. Il se regarde agir, lucidement, presque avec résignation. Puis il dépasse cela, la transition est une brève seconde, la crête atteinte, l'horizon qui apparaît, la brise qui vous frappe, le souffle qu'on reprend : la sérénité.

De la main il répond au salut de Nicolas, puis il l'invite d'un geste à venir le rejoindre.

◆

Le garçon a amarré son canoë, mis le pied sur le quai de planches, défait son gilet de sauvetage. Karilian est descendu vers le quai, sans se presser, s'est arrêté à quelque distance.

Il prend Nicolas aux épaules, Nicolas qui s'est arrêté à un pas, hésitant. Il l'attire d'une main derrière la nuque et l'embrasse sur le front. Ses doigts s'attardent un instant de plus dans ses cheveux.

Comme on saisit un effluve porté par la brise, Karilian saisit une bouffée d'émotion échappée du garçon, réalise qu'il représente plus pour Nicolas qu'il ne l'avait imaginé.

— Il y a longtemps que vous êtes revenu ?

— Depuis hier seulement.

Revenu du souterrain, de la salle d'observation où il a regardé les délégations partir une par une vers la capitale et l'aéroport, dans des limousines anonymes aux vitres teintées.

— Alors, ça a bien marché ?

— Quoi donc ?

— Je ne sais pas, moi. Vos affaires.

Karilian sourit du sourire enjoué de Nicolas. Qu'imagine-t-il de ses « affaires », le jeune homme ?

— Disons que mes associés sont satisfaits, et n'en parlons plus.

Il lui passe un bras derrière l'épaule et entraîne Nicolas vers le parc, comme pour lui signifier que c'est de nouveau *son* jardin.

— Et toi ? lui demande-t-il doucement.

Nicolas hausse les épaules :

— Toujours la même routine au laboratoire.

— Ton père ne t'accorde pas de vacances ? Tous les jeunes ont des vacances l'été.

— Il n'est pas mon père, réplique l'adolescent, sur un ton sec qui surprend un peu l'Éryméen.

—Ah non?

—Il est mon père adoptif. Je n'ai pas connu mes parents.

—Ah.

Karilian a soudain terriblement conscience de sa main sur l'épaule du garçon. Il préférerait l'enlever, pour garder ses distances après une telle déclaration, mais cela aurait trop l'air d'un rejet.

Et puis, il est ici pour ça, tu le sais bien.

Le sait-il? Ou *voudrait*-il qu'il en soit ainsi?

—Tu m'avais dit que tu n'avais plus ta mère, mais je croyais…

—Celle qui est morte quand j'avais neuf ans, ce n'était pas ma mère biologique. C'était sa sœur.

Karilian revoit la scène verte de l'accident, la barrière fracassant la tête de cette pauvre femme qui fuyait la lune. Et il revoit la petite tête blonde, ce môme qui a tordu le temps pour échapper à la mort.

Il ne l'aura pas fait pour rien, décide-t-il à ce moment.

QUATRIÈME PARTIE

JOURNÉES TORRIDES

CHAPITRE 24

Étrange ciel sombre

Karilian se trouve de nouveau à Argus, répondant à une invitation du Conseil à faire son rapport devant lui. Mais ce n'est encore que dans quelques heures. Entre-temps, il a convoqué une téléconférence avec Ghyota, Ilfor et les autres responsables de l'Institut : après tout, il en est encore le directeur.

Si l'image vidéo était imparfaite, l'holographie est franchement infecte, par la nouvelle liaison Érymède-Argus. Les images translucides et vacillantes de ses correspondants, sur lesquelles il lui est impossible de mettre au foyer son regard, donnent à Karilian un début de mal de tête.

Il n'y a pas grand-chose de neuf à l'Institut, comme le savait Karilian par les messages réguliers. On le met à jour quant aux travaux en cours ; il n'y a pas eu d'expérience remarquable depuis la prémonition de Bernie Cask. Rien non plus sur le proche futur au lac Clifton : aucun sondeur n'a perçu quoi que ce soit de ce côté.

— Pour la recherche de nouveaux expérimentateurs, annonce Karilian, j'ai songé qu'il était temps de reformuler nos objectifs. Vous lirez l'énoncé que je vous transmets à l'instant. Je vous le résume ;

je n'ai fait que préciser des critères que nous appliquions déjà officieusement.

Ce n'est pas tout à fait vrai : subtilement, il les a formulés de façon à mettre l'accent sur certains aspects plutôt que d'autres.

— Ainsi, j'ai réitéré l'importance de la réceptivité chez les expérimentateurs : ce que nous voulons, ce sont des gens capables de sonder, des antennes, en somme, les plus réceptives possible. Afin de prouver qu'on peut voir le futur, voir à distance.

— Et les actifs ? proteste Ghyota.

— Nous ne les excluons pas, bien entendu. Mais la priorité n'est pas d'établir un système de transmission par télépathie. Les physiciens se rapprochent de l'instantanéité avec leurs tachyons. Il y a mieux à faire de nos cerveaux psi que de simples relais de communication.

— Formulé ainsi, évidemment…

Mais son ton laisse entendre qu'elle trouve l'argument un peu court.

— Et la télékinèse ? intervient Ilfor.

— À ne pas négliger, bien sûr. D'ailleurs, il y a des réceptifs qui ont un excellent potentiel télékinétique. J'ai noté des cas dans les dossiers que vous m'avez envoyés il y a quelques semaines. Un qui était soumis par le Recrutement, entre autres.

Celui de Nicolas, bien sûr. C'est là que Karilian veut en venir. Nicolas Dérec aurait pu être sélectionné par le Recrutement. Mais il aurait pu aussi ne pas l'être. En mettant l'accent sur la réceptivité, Karilian s'assure qu'il le sera.

Ne pas se fier au hasard, aider les circonstances : manipuler. N'est-ce pas le sens même du pouvoir ? N'est-ce pas le propos même d'Argus ? Karilian est directeur de l'Institut, il a le pouvoir d'influencer les décisions. Pourquoi ne le ferait-il pas, du moment que cela ne cause aucun tort ?

Mais en même temps il est mal à l'aise : il n'a jamais fait cela pour des motifs personnels. Il est trop lucide pour ne pas voir le sophisme : « Je ne fais pas de tort, donc pourquoi m'en priver ? » La frontière n'est pas si claire ; saura-t-il toujours la voir ?

Il sent le besoin d'insister :

— Actuellement, quel est notre plus grand problème ? La crédibilité. Je comparais devant le Conseil d'Argus dans une heure, justement, et soyez certains qu'il sera question de crédibilité. Il nous faut de meilleurs sondages : fiables, sûrs, crédibles. Et pour cela, des sondeurs, tous les sondeurs que nous pourrons former, exercer, perfectionner : donc, des réceptifs. Les arguments sont dans mon énoncé de priorités : vous le lirez et vous en discuterez, vous me ferez connaître vos positions.

Le plus beau est qu'il n'a pas tort.

◆

Karilian n'a pas à faire un rapport sur l'opération d'écoute. Morant et Drax ont déjà abondamment disserté devant le Conseil sur la conférence secrète du lac Clifton et ses conséquences stratégiques. C'est de l'autre affaire qu'on se préoccupe maintenant : Karilian avait trop insisté sur l'importance de la personne qu'il devait retrouver, cette femme à la personnalité trouble qui faisait bifurquer le futur de la Terre et d'Argus.

Karilian avoue laconiquement qu'il n'a pas le moindre indice et que sa fameuse prémonition ne s'est pas produite à nouveau.

Il s'attend, sinon à de l'ironie, du moins à quelques remarques de la part de certains conseillers qui s'étaient opposés à lui lors de la réunion précédente. Il n'en reçoit pas.

Sing Ha prend alors la parole :

— J'ai une information qui pourra orienter vos recherches, puisque la conférence secrète a été une fausse piste.

— C'est bien au lac Clifton que je…

— Oui oui, c'est bien au lac Clifton que vous la rencontrerez. Il y a là un camp de vacances, pas très loin de notre propriété, d'ailleurs, un camp d'été affilié à un collège privé d'Ottawa. Un collège international. Sa clientèle : des fils et des filles d'ambassadeurs étrangers, de hauts fonctionnaires canadiens, de ministres, de quelques généraux et colonels. Certains de ces jeunes passent l'été ou quelques semaines au lac Clifton.

Elle a livré cela sur un ton neutre, délibérément. Mais le silence qui suit, parmi les Conseillers, n'est pas neutre. Au-dessus du cratère Tsiolkovsky, que l'on voit par la grande baie vitrée, un astrobus a le temps de survoler toute la largeur du cirque et de disparaître dans le ciel lunaire avant que la présidente du Conseil, enfin, ne demande :

— Se peut-il que la personne en question soit… une fille ?

Une fille. Oui, pourquoi pas ? N'y avait-il pas quelque chose de très adolescent dans ce tourbillon de sentiments opposés, contradictoires, qui a frôlé Karilian si brièvement ? Une personnalité complexe, déchirée, qu'il avait qualifiée de « double ». Une adolescente. Il lui semble maintenant que c'était évident dès le départ, et il s'en veut déjà d'avoir perdu tant de temps autour de la conférence secrète, tandis qu'à quelques centaines de mètres des Lunes, dans ce camp d'été d'où lui venaient chaque jour des cris et des rires aigus…

Sing Ha poursuit :

— Plusieurs jeunes diplomates, des officiers, et même deux ministres actuels, sont des anciens étudiants de ce collège.

Et voilà. Toutes les hypothèses sont désormais permises : elles se déploient comme autant de tunnels-accordéons, à l'infini tels deux miroirs qui se font face et créent des couloirs imaginaires.

Dans la navette qui le ramène sur Terre après escale à bord d'un croiseur, Karilian est encore, des heures plus tard, sous le coup de la consternation : il devra tuer une enfant.

◆

« C'est dans le monde souterrain d'Érèbe
Que j'ai découvert la pierre rouge.
Un étrange ciel sombre cache la voûte ;
Des rochers-champignons, se tordant
En formes bulbeuses et tourmentées
Dominent un sol moussu et spongieux
Où l'eau chaude stagne en marécages.
Des masses fongueuses, molles, veinées de blanc,
Prolifèrent et dégagent des relents.
Dans leur chair grise était incrustée,
Comme une perle dans son huître, une gemme
Qui brillait tel un rubis ardent. »

Le texte est apparu sur le deuxième écran, à côté de la version manuscrite de Nicolas, envoyée sur le premier écran par le rétroprojecteur. Les lignes de sa propre version sont croches, quasiment illisibles par endroits : écriture automatique, ou presque, sous l'influence du *Trancer*. Mais le texte est juste, à quelques mots près.

Et ce n'était pas la transmission d'une image visuelle : Diane, dans l'autre chambre d'isolement, ne *voit* pas une version imprimée du poème. Elle l'a mémorisé hier et ce matin, elle se le récite mentalement, elle le récite à Nicolas. Un mélange d'images et de mots, la pensée à son plus haut degré de définition.

— Prêt pour un autre, Nicolas ?

La voix de Kate Hagen dans un écouteur, par-dessus le rythme sonore du *Trancer* réduit à son plus faible volume.

— Si Diane en est capable. Mais c'est le dernier, hein ? Ce n'est pas exactement reposant.

Le deuxième écran s'éteint, une technicienne enroule l'acétate pour en amener une plage vierge sur le plateau du rétroprojecteur, et donne à Nicolas un crayon-feutre frais. La lampe du *Trancer* s'est déjà remise à clignoter, le bourdonnement rythmé gagne de l'intensité, rattrapant les fréquences un instant perturbées de l'électroencéphalogramme de Nicolas, puis les modulant pour induire la transe, par des signaux en deçà du seuil audible, en résonance avec ceux qu'entend le sujet.

Déjà la première image arrive, un pan de jaune, un espace jaune, un *ciel* jaune. Connotation de richesse, c'est un jaune doré, avec une source plus claire, plus élémentaire, un soleil. Sur ce ciel, une silhouette. En filigrane, les vers, les images articulées en mots par une voix mentale :

Sur un ciel d'or où le soleil est blanc (?) jaune

Franc jaune, souligne Kate sur sa feuille, derrière la vitre teintée.

Agrégat, agglomération, habitat… une ruche ? Une *cité*. Une cité aux formes inusitées, bulbeuses, où seules les fenêtres sont reconnaissables.

La cité se dresse et se profile en noir,
Agrégat de bulbes percés de lueurs blêmes

Des piliers, massifs comme ceux d'un pont, solides comme le roc. Solide… Assemblage… Ancrage ?

Ses puissants pilotis (?) ancrés à même le roc

Pilots, souligne Kate pour elle-même. Il ne connaît probablement pas le mot.

C'est en même temps la mer : roche et mer. Récifs… *Écueils*. Un littoral… un rivage… une *côte*, et des *vagues*.

… ancrés à même le roc
Des écueils de la côte battus par les vagues.

Retour à la notion de « vaste ». Mais cette fois par la mer.

Distance, lointain… *par-delà* ? Ce vers est difficile, trop abstrait. Le son du *Trancer* est lancinant, une douleur qui parcourt le crâne de Nicolas, par vagues.

(?) (?) par-delà l'immensité de l'eau (?)

« Tandis que par-delà l'immensité de l'onde ». Ce genre de phrase ne passe pas encore, constate Kate.

Couleurs. Éclat ? Surface… *Reflets* ? Orangé ? Métal. Fluide lourd, épais. Métal en fusion. *Cuivre* ? Or ? Antique… *Bronze* ?

… par-delà l'immensité de l'eau (?)
Aux reflets de cuivre et de bronze en fusion.

Puis, à l'horizon, une ligne de terre, accidentée : des montagnes. Hauteur. Les hautes montagnes ? Pas tout à fait.

C'est un échange, bien plus que pour les mandalas et les galaxies : Nicolas ne fait pas que recevoir, il interroge. Mais il n'est pas un bon émetteur, pas comme Diane, et parfois ses questions ne se rendent pas clairement. Parfois si, et alors la réponse résonne presque comme une voix dans sa tête, formulant des mots qui ne seraient jamais passés en images, ou y seraient arrivés très difficilement.

Les hauts monts de Lahor gardent le bout du monde.

Cette cité sur pilotis a des habitants. Bleutés. Nobles.

Et soudain, un cri. Nicolas grimace en gémissant, ferme les yeux et arrache le combiné d'écouteurs.

Un cri mental, plus fort que la transmission de Diane, et venant d'ailleurs. Un cri de douleur, de révolte et de désespoir.

La transe s'interrompt, dans un flottement et une sensation de vide comme lorsqu'un brusque silence succède à un bruit assourdissant. Nicolas est égaré ; sur les oscilloscopes et le papier de l'e.e.g., dans la salle de contrôle, les tracés s'affolent et cherchent de nouvelles fréquences, celles du fonctionnement normal.

—Qu'est-ce qu'il y a ? demande la technicienne.

Ce cri…

—Ce n'est pas fini, Nicolas.

Dans la chambre voisine, sans doute, Diane continue de se concentrer, d'émettre. Mais Nicolas est déjà sorti de la pièce, il traverse la salle de contrôle, ouvre la porte. Au même instant, une femme sort en courant du laboratoire d'en face, laissant une manche de sa blouse dans la main de Dillon qui tente de la retenir. Elle bouscule Nicolas, criant *NON!*

C'EST ASSEZ! À retardement, il reconnaît Norma, son corps. Mais déjà il a reconnu la voix mentale, il réalise que Norma ne courait pas en criant, que ses cris étaient intérieurs, et sa bouche fermée.

À une bifurcation, le couloir donne sur une aire de détente, sofas, moquette, vaste baie vitrée.

Norma Capola accélère, traverse le salon et, sans une seconde d'hésitation, s'élance à travers la baie, comme s'il n'y avait pas de vitre, comme si c'était le prolongement du couloir, et ce saut le seul dénouement à sa fuite.

Un fracas de verre brisé.

Pas un cri. Un tintement plus clair de verre émietté, lointain, et en même temps un heurt sourd.

Dillon, Rogel, des techniciennes dont Nicolas remarque pour la première fois la carrure imposante. Tout ce monde s'arrête devant le vaste châssis ouvert sur le ciel bleu, encore garni d'éclats de verre.

Une main sur son épaule : voilà Kate derrière Nicolas, demandant ce qui se passe.

Sur l'allée bétonnée descendant vers les garages du sous-sol, le sang de Norma Capola suit les rigoles en diagonale destinées à drainer l'eau de pluie. Son corps brisé vit encore, entouré de fragments de verre qui brillent sous le soleil. Un de ses bras fait un angle affreux. Sa chevelure est une pieuvre morte, sombre, s'imbibant lentement de pourpre sur le gris clair du béton.

Nicolas se retrouve seul avec Kate devant la baie défoncée. Les autres se sont précipités, qui vers l'escalier, qui vers les laboratoires pour calmer les autres sujets. Et les empêcher de voir comment *elle* s'est échappée ?

Nicolas ne perçoit plus rien, dans sa tête, qu'une palpitation molle et légère, une méduse tirée sur la grève, translucide, ultimes soubresauts d'un esprit qui s'éteint.

Elle est enfin morte, il le sait, lorsque Dillon et Rogel contournent l'angle du bâtiment et se penchent sur elle.

Le cœur gonflé, empêchant toute arrivée d'air dans sa poitrine, Nicolas se retourne. Il aperçoit dans le couloir deux ou trois pensionnaires défaits que les techniciennes robustes contiennent dans l'embrasure d'une porte. C'est là-bas qu'on expérimente le *Mindvoice*, c'est de là que s'enfuyait Norma.

—Kate, demande l'adolescent à mi-voix, la gorge serrée, Kate, qu'est-ce qu'ils leur font là-dedans ?

◆

Nicolas est allé porter son trouble dans le parc de la propriété voisine. Devant le clapotis du ruisseau, c'est comme s'il plongeait sa tête brûlante dans l'eau fraîche.

Comment n'avait-il pas remarqué ces matrones et ces hommes forts qui servent d'aides dans le laboratoire de Dillon ? Certains sont nouveaux, de cela il est convaincu. Des militaires hors de leurs uniformes, peut-être.

Des images de camisoles de force, de cellules capitonnées, le hantent sans répit. Se peut-il qu'on *force* les sujets à participer à ces expériences ? Qu'on les amène par le bras jusqu'aux labos, qu'on ne les laisse pas sortir à leur guise s'ils sont fatigués par les essais ? Tout cela est si gros !

Et pourtant, que disait Norma, voilà quelques semaines ? « Il y en a qui craquent, en plein labo. » Eh bien, elle a craqué, et ses os aussi, de façon définitive.

Un vaisseau, un vaisseau en orbite autour de la Terre. Sur le fond bleu clair et blanc de la planète, une forme noire, anguleuse, avec des excroissances. À une extrémité, quelque chose s'ouvre sur une luminosité rosée, qui devient un espace, un genre de salle… une aire d'appontage.

La presque-musique de carillons irréels s'estompe dans la tête de Nicolas, en même temps que l'image et la fraîcheur d'une non-brise. Une bulle mentale.

Carl est là, assis sur un banc comme ceux des jardins publics, mais assis d'une façon à laquelle Nicolas ne se serait pas attendu : le dos affalé, les jambes étendues devant lui ; seules les mains croisées dans son giron contredisent l'impression de relâchement.

Brève nausée, très vague, un malaise mental : Nicolas se sent envahi fugitivement par les sentiments de Carl. Révolte sourde, très loin au fond ; mais surtout, par-dessus tout, englobant tout, le doute. Débilitant. Rongeant toute volonté. Tordant toute pensée. Le Doute.

Aussitôt cela se résorbe, une huître subitement fermée : Carl a pris conscience de la présence de Nicolas.

Il le regarde un instant avec une expression indéfinissable – triste, peut-être ? Grave, en tout cas. On dirait presque qu'il ne reconnaît pas le garçon immédiatement. Puis, paraissant rassembler des énergies extrêmement lointaines et dispersées, il parvient à sourire, ce sourire bon et amical qui lui donne l'air d'un vieux loup de mer, avec sa barbe courte – les rides en moins, car il n'a pas le visage buriné.

Se rappelant que Nicolas lui en a déjà parlé, il lui demande où en sont ces vaisseaux imaginaires qu'il assemble dans sa chambre.

—Qui sait, dit-il à mi-voix, ils iront peut-être un jour dans l'Espace.

CHAPITRE 25

Le regard de son père

Deux jours ont passé depuis le suicide de Norma Capola. Charles Dérec a paru bouleversé : cela ne s'était jamais produit. Bien sûr, certaines des expériences sont difficiles pour les sujets, en particulier les plus fragiles. Certains même ont dû être soignés en institution et la Fondation n'a plus eu recours à leurs services. Mais un suicide !

Nicolas a exigé des explications, en son nom propre et pour Diane ; il ne voyait pas comment cela risquait de leur arriver, mais il voulait savoir. Dérec a répondu, sans tergiverser : les essais du *Mindvoice* sont autrement plus éprouvants pour les sujets que ceux du *Trancer*. Émotionnellement éprouvants, a-t-il précisé. Au lieu de recevoir des images, le sujet reçoit des stimuli agissant sur les émotions. Subir ces états d'âme successivement, à répétition, semble affecter les sujets à la longue. Plus qu'on ne l'avait prévu.

Ce drame a mis Nicolas extrêmement mal à l'aise. Dans son rôle de sujet, de cobaye. Et en tant que fils du directeur scientifique. Confusément, il s'est senti complice. Comme si Norma Capola avait été tuée.

◆

Charles Dérec regarde sa montre puis se retire, laissant Rogel et Kate contrôler les tests. Claude Rogel est l'adjoint du docteur Dillon. Depuis la mort de Norma, Dillon a suspendu ses travaux avec le *Mindvoice*, le temps, a-t-il dit, de réévaluer le programme expérimental. En attendant, son assistant se joint ce matin à Kate Hagen pour les tests du *Trancer*.

Il n'a pas trente ans : avec Kate, il est le plus jeune membre du personnel scientifique. Mais ces jours-ci il en paraît quarante, soucieux, même tourmenté. Nicolas a fait le lien entre le suicide de Norma et l'air préoccupé qu'avait Claude ces dernières semaines : peut-être la crise couvait-elle depuis longtemps ?

Pour l'heure, Rogel pianote sur un petit clavier, produisant en guise de notes des chiffres prononcés par une voix féminine enregistrée : huit, trois, cinq, chacun à une hauteur différente. Diane s'amuse de cette singulière gamme de dix notes.

Les essais avec des textes sont terminés pour l'instant, et Nicolas n'en est guère fâché.

— Allez, jeunes gens, on se branche.

Diane et Nicolas vont s'asseoir, chacun dans une chambre d'isolement. On leur ajuste sur le crâne les électrodes de l'encéphalographe, puis les écouteurs du *Trancer*, on amène devant leurs yeux la lampe sur son bras articulé.

Diane entendra, par-dessus le rythme sourd et monotone du *Trancer*, les notes beaucoup plus claires qu'elle devra transmettre. Nicolas a à portée de sa main gauche un petit clavier où il devra les reproduire.

L'obscurité se fait dans les chambres d'isolement. Kate et Rogel s'installent dans la salle de
contrôle du labo, une pièce octogonale qui a vue,
par des vitres teintées, sur chaque chambre.

Détente.

Il faut régulariser les ondes cérébrales, pour que
le *Trancer* puisse se mettre en phase avec elles et
graduellement les moduler jusqu'à créer un état de
transe.

Déjà, dans les écouteurs, le son électronique,
d'abord très faible, rythme lent. Dans la cavité
géodésique, une lueur naît sur les facettes d'aluminium.

L'expérience dure depuis un bon moment déjà,
avec un succès inattendu. Les combinaisons – cinq
notes au début, maintenant dix – résonnent clairement dans son esprit, formant parfois de petits airs
faciles à retenir. Le volume du *Trancer* est à son
plus bas et le garçon a l'impression de vraiment
entendre de la musique. Et, en même temps, des
chiffres : ce pourraient être des chiffres d'importance stratégique, des longitudes et des latitudes,
des positions de sous-marins ou des emplacements
de missiles. Le biais des notes musicales rend la
communication beaucoup plus efficace.

Une voix attire l'attention de Nicolas, lui fait
tourner la tête vers la vitre qui le sépare de la salle
de contrôle. Une voix ? La chambre d'isolement
est insonorisée, ses murs sont de béton, ses portes
de métal plein, la vitre épaisse d'un centimètre. Et
pourtant il a… *perçu*, c'est cela. Il tourne la tête,
regarde le plus possible de côté. La salle de contrôle baigne dans la pénombre, mais la porte est
ouverte sur le corridor, un rectangle clair. En face,
un autre porte ouverte : la salle de contrôle du laboratoire voisin, celui de Dillon et du *Mindvoice*,

aménagée de pareille façon, octogonale, entouré de chambres isolées. Nicolas aperçoit son père, et Taillon, le directeur administratif de la Fondation, avec un autre homme, un militaire, à qui ils semblent faire visiter les locaux. Ils s'arrêtent dans le laboratoire voisin.

Après une pause, dix nouvelles notes. Sept sept huit trois… quoi ensuite ? Diane répète la combinaison, posément, à quelques reprises.

La lampe du *Trancer* continue de clignoter, évoquant les oscillations d'un pendule, mais Nicolas ne l'a plus en face de lui. À travers la baie de verre fumé, il aperçoit les trois hommes dans le labo voisin, il imagine les deux directeurs offrant la visite guidée de la Fondation Peers, donnant un topo sur les recherches en cours.

« Nous avons circonscrit les zones du cerveau qui sont le siège de la télépathie, de la même façon que la vue, l'ouïe, la mémoire, la parole, correspondent à des secteurs précis de l'encéphale. »

Sept sept huit trois cinq six un…

« Les recherches du docteur Dillon ont cerné la nature même des transmissions télépathiques : il s'agit d'ondes apparentées à l'infime activité électrique du cerveau, ces courants qu'enregistre l'électroencéphalographe et qu'on identifie par leur fréquence, les rythmes delta, thêta, alpha, mu et bêta. Celles qui nous intéressent sont désignées, vous vous en doutez, par la lettre psi. Le but de Dillon est de transmettre directement au cerveau, par le moyen de stimuli électromagnétiques analogues. Que le cerveau puisse recevoir un message sans l'intermédiaire des sens : c'est le système *Mindvoice*. »

Sept sept huit trois cinq six un un deux trois.

Le visiteur est un homme dans la cinquantaine, que Nicolas ne se rappelle pas avoir déjà vu. Il a l'air assuré d'une personne en position d'autorité, et il pose des questions.

— Des messages de quelle nature ?

— Nous avons commencé par des concepts élémentaires, l'opposition exaltation-apaisement, par exemple. Idéalement, on pourrait transmettre des messages complexes porteurs d'informations, comme par la radio et la télévision, mais sans la nécessité d'appareils récepteurs.

— À distance ?

— Éventuellement, oui. C'est tout à fait réalisable.

Presque machinalement, la main de Nicolas a reproduit sur le clavier la suite de notes transmise par Diane. Elle en envoie une autre, maintenant, qui commence par un trille : trois cinq trois cinq trois ? Ou deux quatre deux quatre deux ?

— Pourriez-vous diffuser un message qui puisse être reçu par n'importe qui, et pas seulement par des télépathes ?

— Théoriquement, oui.

— Reçu... à l'insu des gens ? Comme un message subliminal ?

— Oui.

— Un message capable de les influencer ?

— Nous le faisons déjà : agressivité, euphorie, abattement, hystérie, angoisse.

— Au point d'influencer les actes du sujet ?

Norma.

— Leur attitude, en tout cas. Leur comportement. Mais l'accident d'avant-hier était plutôt dû à une fatigue nerveuse, l'accumulation de stress.

C'est le père de Nicolas qui parle. Ce n'est pas un jeu d'imagination : en transe, distrait du test en

cours, le garçon a réellement perçu l'entretien qui
se déroulait dans le laboratoire voisin. Alors que
Kate et Rogel, pourtant plus proches, n'ont peut-
être rien saisi parce que leur attention se portait sur
les e.e.g., les suites de notes et les réponses.

Cependant Nicolas, lui, a clairement entendu, et
maintenant il se moque bien du trille que lui chante
mentalement Diane.

◆

Influencer une foule au cours d'un meeting politique, la surexciter, la pousser à l'émeute pour
avoir un prétexte à la répression. Ou démoraliser
une assemblée de syndiqués pour qu'ils renoncent
à la grève. Euphoriser des manifestants sur un
campus pour désamorcer la contestation.

Les implications viennent à l'esprit de Nicolas
comme une avalanche.

— Ne me dis pas que *toi* ça ne t'était jamais
venu à l'esprit ? réplique Diane.

— Vraiment pas ! C'est… c'est…

— Révoltant ?

Elle a dit cela sur un ton d'ironie légère qui lui
fait tourner la tête vers elle, incrédule. Se peut-il
qu'elle fasse du cynisme là-dessus ?

Elle redevient sérieuse. (Mais plaisantait-elle ?)

— Je te connaissais naïf, mais…

— Ah, laisse ce ton condescendant ! réplique-t-
il, fâché. Tu savais, toi, ce qu'ils font du *Mindvoice*,
ce qu'ils comptent en faire ?

— Non, mais ça ne m'étonne pas tellement.

Et, répondant à son geste de dégoût, elle poursuit :

— Enfin, tu savais bien que la Fondation Peers
relève de la Défense nationale. Le nom n'est qu'un

paravent : les fonds viennent majoritairement du gouvernement, le reste vient de compagnies qui font affaire avec l'armée et qui n'ont pas un mot à dire : leur contribution est un pot-de-vin pour obtenir des contrats.

Il la regarde, déconcerté :

— Où as-tu appris tout ça ?

Elle affecte d'en savoir beaucoup. Cela vient de son général de père, sans doute, une des plus grosses légumes de la Défense nationale. Si elle n'était femme, ou si l'armée n'était un milieu sexiste, elle suivrait ses pas et accéderait en quelques années à des postes-clés. Du reste, ce n'est pas exclu : elle est ambitieuse et vise la carrière diplomatique. Elle a été reçue à l'université et commencera ses cours dès septembre.

Avec ce cynisme qu'il lui soupçonnait vaguement et qui se confirme aujourd'hui, Nicolas ne doute pas qu'elle ira loin.

Il sent le besoin de ne pas paraître trop innocent lui-même. Bien sûr il savait, explique-t-il, que leurs travaux visaient des applications militaires : communications stratégiques par télépathie, un mode idéal, pour les sous-marins, qui n'auraient plus à se rapprocher de la surface au risque d'être repérés. Il croyait que le *Mindvoice* visait un usage similaire.

Mais pas le contrôle des foules, la manipulation sociale !

Il regarde de nouveau Diane, espérant qu'il a mal interprété son attitude. Elle a changé d'air en effet, mais est-ce sincère ?

— Il n'y a pas grand-chose qu'on puisse y faire, conclut-elle sur un ton résigné.

— Je te demande bien pardon ! Il y a une chose que *moi* je vais faire : refuser de collaborer. Je démissionne, tout simplement !

— Tu n'es même pas du projet *Mindvoice*.

— Je refuse de collaborer avec la *Fondation* au complet !

Elle hausse les épaules :

— Qu'est-ce que tu vas faire ?

— Retourner à l'école. Au cégep, en sciences pures, l'année prochaine. En janvier, puisque c'est trop tard pour septembre.

— Et ton père ? Tu crois qu'il va aimer ça ?

— Il n'aura pas le choix : ils ne peuvent rien faire avec un sujet réticent.

Elle le regarde, elle assise à un bout du banc, lui à l'autre bout. Autour d'eux, la pelouse de la Fondation avec ses rares arbres, un ciel limpide d'été, l'immeuble gris clair : une composition en vert, bleu et blanc, vaste et tout en plages unies. Nicolas, au milieu de cet espace, est dérisoire, petit noyau de vie et de révolte, son jeans effrangé contre le bleu trop parfait du ciel, sa chemise verte informe contre la rectitude de la pelouse, sa blondeur en bataille contre le béton anguleux de l'immeuble.

En un sursaut d'émotion, elle le prend derrière la nuque et l'attire vers elle, non pour l'embrasser, simplement pour l'étreindre, tendresse, pitié, pitié pour lui si naïf ou pitié pour eux deux, démunis contre ceux qui les tiennent en leur pouvoir. Ou détresse, sa détresse à elle, de se voir si cynique, car elle se voit agir, elle s'entend penser, et parfois elle n'aime pas du tout cela.

◆

Nicolas ne comprend pas. Il ne devrait pas être déçu par Charles Dérec, il ne l'aimait pas.

Ou est-ce qu'il se trompait lui-même là-dessus ?

Il y a des savants qui se mettent au service de l'armée. Il y en a plusieurs qui fabriquent des armes. Chimiques, bactériologiques. Des bombes à billes, du napalm, des mines antipersonnel. Y a-t-il lieu de s'étonner que Charles Dérec soit un de ceux-là ? Il fera ce qu'il voudra de sa carrière. Mais c'est d'avoir engagé son fils dans ces travaux, voilà ce qui révolte Nicolas. L'aurait-il soumis aux essais du *Mindvoice* ? Aurait-il eu des scrupules, quand même, parce que c'était son fils adoptif ? Non, il n'est pas homme à entretenir des scrupules. N'a-t-il pas menti à Nicolas, ou du moins délibérément caché la vérité, lorsqu'il a expliqué de façon presque anodine la crise de Norma Capola ? Le garçon imagine les séances, chaque sujet dans sa chambre d'isolement, soumis tour à tour à l'angoisse, à la colère, à l'abattement, aussi systématiquement que Nicolas, lui, recevait image après image – mais des images inoffensives, belles.

Il les imagine, les cobayes, grinçant des dents, les yeux traqués, puis rageant et invectivant, puis sanglotant et geignant, des pantins aux émotions contrôlées à distance. Tout cela dans le laboratoire voisin, tandis que Diane et Nicolas s'échangeaient des poèmes mentaux.

Et si Agnès avait été encore vivante ?

V blanc, spectral.

Vicissitude. Malheur. Mort.

Son épouse vivante, Charles Dérec aurait-il pris Nicolas comme sujet d'expériences ? Aurait-elle laissé faire cela à son neveu, son filleul, son fils adoptif ?

Agnès.

Virus. Maladie. Mort.

Peut-être que si, qu'est-ce qu'il en sait ? Elle n'était pas vraiment sa mère. Si Nicolas se retrouve aujourd'hui cobaye à la Fondation, c'est parce qu'il a été adopté par Agnès et Charles Dérec.

Que serait sa vie, si ses vrais parents n'étaient morts ? Son père, un diplomate de carrière : voyages partout dans le monde, ambassades, grands collèges internationaux, résidences somptueuses.

À la place de cela : réclusion, rarement de véritables vacances, pas d'amis de son âge dans ce trou perdu.

Agnès n'aurait même pas toléré qu'on vienne habiter ici, ce n'est même pas un patelin, l'endroit est désert huit mois par année. C'est après sa mort que Dérec a accepté la direction scientifique de la Fondation.

V blanc.

Vitriol. Douleur. Mort.

Nicolas est venu se réfugier auprès de sa petite sœur, sa Fleur de Lune. Elle est l'innocence, une porcelaine diaphane et vivante, douce et souple. Mais ce soir il trouve à peine de quoi lui parler, les seules images qui lui viennent sont celles d'écrans servant à épier les gens, leur image, leur chaleur, leur squelette même ; ils ont beau passer par les couleurs les plus chatoyantes, ce sont toujours des gens espionnés. Il a l'impression que toutes les fabuleuses salles de contrôle qu'il a imaginées, toutes celles qui venaient de Carl, tous ces décors de science-fiction, ne sont que chambres d'espionnage après chambres d'espionnage.

Petite sœur est réduite à raconter elle-même une de ses histoires, images un peu décousues des cités sous dômes qu'il lui a décrites, et il ne réplique que distraitement, lui caressant les cheveux d'un geste machinal.

Il la quitte tôt, avec un baiser sonore qui tente de rendre toute l'affection qu'il n'a pu lui dispenser ce soir.

Il sort dans le couloir et se heurte presque à son père. Embarrassé, comme pris en flagrant délit d'un acte saugrenu, il éteint la lumière, ferme la porte avec moins de douceur qu'à l'habitude. Il essaie de ne pas voir la douleur, presque l'affliction, qui passe brièvement dans le regard de son père.

Nicolas se hâte vers sa chambre. Dérec le suit :

— Il faut qu'on se parle.

Et il entre derrière le garçon.

Nicolas se raidit devant l'intrusion.

Après un silence, le temps nécessaire pour trouver son ton le plus paterne, Dérec demande :

— Il semble que tu as eu… un problème, ce matin ?

Un problème ! Nicolas totalement déconcentré par ce qu'il venait d'« entendre », ses résultats aux essais sont tombés près du zéro. Lorsque Kate l'a pressé un peu sévèrement de reprendre sa concentration, il s'est fâché, a envoyé valser combiné et lampe du *Trancer*, qu'il a peut-être abîmés. Il est sorti en gueulant qu'il ne servirait plus de cobaye à des militaires, les désignant par un vocable peu élogieux – « pinochets », croit-il se rappeler. Cela aux visages de Dérec, de Taillon et de l'autre personnage, le haut gradé.

L'entrée en matière de Charles Dérec, ce soir, tient donc de la litote.

Il a questionné Kate et Rogel après l'incident et, n'obtenant d'eux aucun indice, il a résolu de parler à son fils, mais dans la soirée, pour lui laisser le temps de se calmer.

— Mm ? Qu'est-ce qui n'allait pas ?

Nicolas veut abréger la discussion :

— Trouvez-vous un autre cobaye, moi je ne travaille plus pour l'armée.

— Qu'est-ce que c'est que cette histoire ? Nous avons varié les essais, nous allons même recommencer lundi l'expérience du docteur Audran, que tu avais trouvée si spéciale. Tu n'as vraiment pas à te plaindre de la « routine ».

— Je ne veux plus collaborer, plus du tout. Je retourne à l'école.

— Je comprends que tu aies eu... un blanc. Surtout si tu es un peu fatigué du *Trancer*. Mais ce n'est pas une raison pour...

— Et Norma Capola, elle était « un peu fatiguée » du *Mindvoice* ? Explique-moi donc à quoi il est censé servir, ce machin ?

Un doute passe sur le visage de Charles Dérec. Nicolas aurait-il découvert – deviné ? – l'objectif du *Mindvoice* ? Pourtant, les membres de l'équipe de Dillon sont tenus au plus strict secret, les « sujets » sont discrètement surveillés et, de toute façon, Nicolas semble ne jamais leur parler. Il est vrai qu'on n'aurait pas à lui en dire beaucoup pour que Nicolas fasse ses déductions.

Il élude la deuxième question :

— D'accord, nous avions gravement sous-estimé le stress que subissait Norma. Toute l'équipe, d'ailleurs. Nous leur avons accordé un congé. C'est ça que tu veux aussi ? Ça fera deux programmes suspendus, Taillon n'aimera pas du tout.

— Et les généraux non plus, hein ? Celui de ce matin, il était en tournée d'inspection ?

Dérec considère l'adolescent, essayant de deviner ce qu'il sait et ce qu'il soupçonne, quelle part de vérité lui dire en ayant l'air de mettre cartes sur table.

Il fait quelques pas, s'assoit d'une fesse sur le pupitre d'étudiant.

—Nous ne t'avons jamais caché que la Fondation faisait des recherches pour le compte de l'armée. Tu le savais lorsque tu as accepté de participer…

—À quoi ? À quoi elles doivent servir, ces recherches ?

—Nicolas, tu n'es plus un enfant…

… Et quoi ? Sous le regard courroucé du garçon, Dérec ne sait plus que dire. Il est question du *Mindvoice*, c'est clair, le *Trancer* ne pose pas vraiment de problème. Mais qu'est-ce que Nicolas sait des applications visées du *Mindvoice* ? Dérec est sûr qu'il ne pourrait lui faire accepter les objectifs véritables. Pas à un adolescent : il se butera, plein de principes vertueux, inconscient des rapports de force et des liens entre science et pouvoir, ignorant comment ils s'appliquent ici, à la Fondation.

Charles Dérec a entretenu lui aussi de beaux principes sur la responsabilité des scientifiques. Mais il avait vingt ans à l'époque. Même à trente ans, il était encore fidèle, quoique de manière plus réaliste, à ses nobles principes. Toutefois, la vraie vie n'a que faire des principes, il a fini par s'en rendre compte et même par s'en accommoder.

—Écoute, prends quelques jours de repos, je suis sûr que tu redeviendras raisonnable.

Et il bat en retraite. Sans précipitation, gardant son air posé, mais c'est quand même une retraite.

Nicolas, pris de court par ce repli, ne trouve aucune riposte du genre « n'y compte pas ». Et il s'en veut, car il a la vague impression qu'en ne répliquant pas il a laissé la porte ouverte à un compromis.

CHAPITRE 26

La suite des événements

Ses yeux sont deux petits hublots humides, avec l'Espace derrière. Un espace courbe, fermé, deux petits univers jumeaux.

Graduellement cet Espace prend toute la place, et Nicolas peut s'imaginer *dans* l'Espace, mais un espace torride et mouillé, fini et pourtant infini, où des étoiles naissent dans le plaisir à chacun de ses mouvements. Il est le rythme, il est la vie, son va-et-vient fait tourner les galaxies, qui s'effritent en bordure mais renaissent au centre, le cycle même de la création. Il est le cœur de la création, il est une cadence, il est un soleil rouge et pulsant, astre et organe à la fois, en même temps contenu et illimité.

En lui, au centre de lui, il sent monter l'énergie d'un univers, les planètes de tous les systèmes tournant de plus en plus vite en un inexorable réchauffement.

L'univers halète, se resserre autour de lui, crispé, vibrant.

Les yeux sombres lui semblent devenus clairs, deux soleils d'ambre auréolés de blanc dans un univers ocre et doux.

Durant une seconde le temps s'arrête, suspendu, incandescent. Nicolas se cambre sur l'univers frémissant, explose en milliers de novas liquides, blanches dans le pourpre de l'Espace, s'effilochant dans les courants bouillants de l'Espace.

Il palpite en pulsars spasmodiques, puis s'éteint dans la béate chaleur du néant, limbes rougeâtres où toute énergie se noie.

Il s'affale dans l'étreinte de Thaïs, fiévreuse, moite de plaisir repu, et l'univers continue de tourner lentement autour de leurs sexes joints, un univers de braises liquides, rougeoyantes et prêtes à se rallumer.

Yeux clos, visage enfoui dans le cou brûlant de la fille, Nicolas prend graduellement conscience de la texture de cette peau. Tendre, blanche au toucher, les courbes et les creux connus de ses lèvres : ce n'est pas Thaïs, c'est Diane.

Il relève la tête. Diane rouvre les yeux, ces yeux sombres dans lesquels il était parti en voyage, ce visage familier… Elle ne s'est pas métamorphosée, Diane, mais le fantasme des yeux d'ambre est venu l'éclipser et, au plus haut moment, Nicolas faisait l'amour à Thaïs.

À un mirage, à un rêve, dont le visage n'est plus qu'une vague image…

◆

Sa joue sur la poitrine moite de Nicolas, Diane promène les doigts autour de son nombril avec tant d'application, dirait-on, que ces effleurements semblent obéir à un rituel complexe. Ce sont des passes magiques, lui a-t-elle déjà expliqué en feignant le plus grand sérieux, pour faire pousser le poil plus précocement. Et elle de tracer une ligne du pubis au nombril, sur la plage encore vierge de son ventre, puis sur celle de la poitrine, puis dans les régions chaudes en amont des cuisses. Ensuite, avec l'application d'un augure, elle examinait ses joues et suivait du doigt la ligne de sa mâchoire, cherchant les présages d'une barbe encore absente.

Pour l'heure, Nicolas lui joue distraitement dans les cheveux, y nouant sans y penser des torons et des boucles qui feront pester Diane demain matin.

Il pense à Carl, aux visions de Carl. Il a, à leur propos… une idée sur le bout du cerveau, comme on a un mot sur le bout de la langue. Une pensée encore vague, qu'il ne parvient pas à formuler clairement.

Ces visions, elles sont si constantes, si cohérentes… Nicolas a l'impression d'être au bord, juste au bord, de quelque chose de considérable, une révélation tout juste hors de sa portée.

Peut-être imagine-t-il tout cela. Pourtant…

— Tu as tort de mettre tous les gens de la Fondation dans le même panier.

Nicolas tressaille, comme si on l'avait tiré d'une rêverie, et met un moment à comprendre de quoi Diane parle. Elle aussi était absorbée dans ses pensées, tandis que d'un doigt elle jouait distraitement dans son poil pubien. Il se rappelle ce dont ils ont discuté ce soir, lorsqu'il est monté à la chambre de Diane (dans le hall il avait croisé Lessard, qui avait ironisé sur sa résolution de ne plus mettre les pieds à la Fondation, résolution bien éphémère).

Ils sont tous complices. Ils connaissaient tous les objectifs du projet *Mindvoice* : Kate, Rogel, ils n'ont pas d'excuses.

C'était l'argument de Nicolas ; il ne voit pas de raison de le répéter encore. Mais Diane, elle, tient à le réfuter, parce que son amoureux semblait l'accuser, sinon de complicité, du moins de complaisance, car elle n'avait pas paru surprise de la découverte, paraissant même en accepter les implications.

Elle s'assoit en tailleur pour lui faire face. Elle tourne le dos à la lampe du pupitre, elle n'est qu'une silhouette d'ombre, et la tache de nuit au bas de son ventre attire irrésistiblement le regard de Nicolas, faisant tressaillir son sexe.

Mais Diane réclame son attention :

— Il y a quelque chose dont je ne t'avais pas parlé…

Des secrets, encore des secrets : chaque fois, Nicolas est agacé. Puis il se reprend, songeant que lui-même est encore plus secret.

— C'était avant-hier. Le lendemain du suicide de Norma Capola…

De retour de chez Nicolas, elle s'était attardée dans le parc de la Fondation, car la nuit était limpide. Près de l'allée menant au garage du sous-sol, elle avait surpris une conversation. Le docteur Dillon s'apprêtait à rentrer chez lui – cette heure tardive était inusitée. Son assistant, qui peut-être l'avait accompagné jusqu'à sa voiture, lui parlait par la fenêtre de sa portière.

La rumeur voulait que *Mindvoice* ait été suspendu pour que l'équipe réévalue le projet avec la direction. Diane, ce soir-là, avait compris que la situation était tout autre. Rogel exigeait qu'on renonçât carrément à la seconde phase du projet *Mindvoice*, sans quoi il démissionnait de la Fondation.

Dillon semblait d'accord en principe, mais il opposait les arguments du réalisme : le *Mindvoice* II, même s'il n'était pas encore fabriqué, appartenait à la Fondation et à son commanditaire, la Défense nationale. On s'exposait à de féroces poursuites. Puis il y avait les contrats d'engagement ; Dillon et Rogel trouveraient-ils des postes ailleurs si la Fondation, en plus de leur refuser de bonnes références, entreprenait de les discréditer ?

— Ils feraient ça? s'étonne Nicolas, mais sur un ton déjà moins naïf que sa question elle-même.

— Imagine que la Défense nationale passe la consigne à tous les autres ministères, et même aux Américains, de ne pas les engager.

Ils feraient ça, oui, Nicolas n'en doute plus. Dillon en était persuadé, et il avait ce soir-là convaincu Rogel de ne pas démissionner en claquant les portes, mais d'essayer plutôt de gagner du temps sous le couvert d'une « réévaluation du projet ».

Nicolas comprend maintenant pourquoi Claude paraissait soucieux ces dernières semaines : la crise devait couver, les sujets devaient commencer à donner des signes de détresse. Peut-être Rogel commençait-il à douter sérieusement de la légitimité de leurs expériences, au vu de ce que leurs cobayes humains enduraient ? Peut-être parlait-il même d'arrêter, et cela causait des tensions entre lui et Dillon, ou entre l'équipe et le directeur : Charles Dérec ne semblait-il pas lui-même préoccupé, ces derniers temps ?

Pour Nicolas, cette histoire change effectivement le tableau. Le personnel de la Fondation n'est plus unanimement cynique. Certains, peut-être la plupart, se trouvent dans des positions où ils n'ont pas le choix ; Kate, possiblement, est dans ce cas, obligée d'être complice silencieuse.

Après tout, Diane elle-même avait déjà parlé de partir, et pourtant elle est restée. Pourquoi ? Elle n'a pas été très bavarde là-dessus, mais Nicolas soupçonne son père le général, cet homme si « important », d'être intervenu dans la décision.

Et Nicolas, qui a lui aussi pour père un personnage important, quel genre de pressions subira-t-il pour le faire changer d'idée ?

◆

À la Fondation, le couvre-feu est à vingt-trois heures. Lorsque Nicolas passe la soirée à la chambre de Diane, il s'arrange toujours pour partir avant.

Après cette heure, les portes sont verrouillées, Nicolas doit s'adresser au garde pour se les faire ouvrir afin de ne pas dévoiler qu'il possède lui-même une clé. Et le garde ne se prive pas de dire des grivoiseries, pas toujours de bon goût. Rien ne reste bien longtemps confidentiel, à la Fondation, et il paraît être de notoriété publique que Nicolas et Diane couchent ensemble. Ce soir encore, Lessard s'est chargé de le lui rappeler sans beaucoup de tact lorsque Nicolas est monté à l'étage des chambres. Ce qui intrigue davantage le garçon, c'est que sa révolte d'hier soit connue de Lessard : ce n'est pourtant pas une question de sécurité.

En sortant de chez Diane, Nicolas voit son attention attirée par un tumulte à l'étage inférieur ; cela lui parvient par la cage d'escalier. Une voix qui parle fort, une voix courroucée, et des coups sourds comme lorsqu'on cogne à une porte épaisse.

— Dillon ! Qu'est-ce que vous faites là-dedans ? Ouvrez !

Des cliquetis de clés, de verrou tiré.

Nicolas dévale déjà l'escalier, silencieux avec ses chaussures de sport.

Un grincement sonore : on ouvre de force une porte que quelqu'un avait bloquée avec un meuble, peut-être un classeur métallique, qui traîne à grand bruit sur le plancher.

Une voix impérative, celle de Lessard. On tousse.

Le garçon perçoit une odeur de brûlé et, débouchant à l'étage, il voit de la fumée qui commence à se répandre à partir d'une porte ouverte : c'est le bureau du docteur Dillon. Il voit le gardien de nuit s'y précipiter avec un extincteur chimique pris dans le couloir ; il tourne le dos à Nicolas. *Comment ça se fait que l'alarme n'ait pas sonné ?*

Le garçon s'approche. Dans le bureau, le gardien inonde de mousse une corbeille métallique. Tant de raffut pour un feu de poubelle ? Au plafond, Nicolas distingue à travers la fumée un détecteur de chaleur pendant au bout d'un fil électrique.

La corbeille à papiers se trouvait près d'une fenêtre ouverte. Mais en avançant, Nicolas voit un coin de la pièce : Lessard a empoigné Dillon et le jette rudement dans un fauteuil, lequel manque de basculer par-derrière.

— Qu'est-ce que tu brûlais là, mon salaud ? !

Le souffle coupé par la brutalité du militaire, le docteur ne répond pas. C'est un homme dans la soixantaine, qui a déjà subi un infarctus voilà quelques années ; pareil traitement ne doit pas être bon pour son cœur.

— J'appelle Taillon, fait Lessard en se tournant vers le bureau.

Dillon fait mine de se relever. Pour fuir ?

Lessard se retourne brusquement et le rassoit d'un coup de poing sur la clavicule. Juste avant le cri de douleur, Nicolas croit avoir entendu le craquement de l'os.

Horrifié, il recule. Littéralement horrifié : tant de brutalité lui a fait un choc, il n'avait jamais vu en personne une scène de violence.

Dans le corridor sans éclairage, enfumé, il échappe au regard que Lessard jette vers la porte du bureau en décrochant le téléphone.

— Ferme cette porte, lance-t-il au garde.

Nicolas détale sans bruit.

Il est passé vingt-trois heures ; la porte principale est fermée à clé. Nicolas gagne une aire de repos, celle où les employés de bureau prennent leur pause-café, voisine du hall. Les fenêtres se trouvent à quatre mètres du sol. Mais c'est du gazon, le garçon n'hésite pas : il se laisse pendre à bout de bras, lâche prise, boule par-derrière sur l'herbe. Puis il se lance vers le Pavillon, dans le sprint le plus forcé qu'il ait jamais fourni.

Il surgit à bout de souffle dans le salon-bibliothèque où Charles Dérec lit ses revues. Ses premières paroles, trop hachées, ne sont pas comprises. Après être enfin parvenu à inspirer profondément, Nicolas lance une phrase complète :

— Dillon ! Ils sont en train de le battre !

Ce n'est plus vrai. Avant même que le colonel Taillon ne soit arrivé pour le questionner, Dillon s'est écroulé sur le plancher de son bureau, une main crispée sur son pectoral comme s'il voulait traverser chair et os pour aller lui-même masser son cœur défaillant.

On n'a pu le ranimer et, à l'arrivée de l'ambulance militaire, une demi-heure plus tard, il tiédissait déjà.

◆

Impossible de dormir, bien sûr. Nicolas a voulu retourner à l'immeuble de la Fondation, mais tous les gardes avaient été mis sur un pied d'alerte et, dans la clôture grillagée, même la porte de l'allée venant du Pavillon était surveillée, elle qui ne l'est jamais.

Il est donc retourné au Pavillon. Il est resté sur le seuil, en cette tiède nuit de juillet – la plus chaude de l'été, à cause d'une canicule qui dure depuis deux jours.

Ainsi, Rogel est parvenu à convaincre Dillon de saborder le programme *Mindvoice*. Ils ont sûrement discuté à nouveau depuis la conversation qu'a surprise Diane l'avant-veille, et Dillon se sera rendu à ses arguments : les objectifs du *Mindvoice* et la façon de l'expérimenter étaient par trop amoraux, le suicide de Norma Capola leur en a fait prendre conscience ; mais peut-être cela les tourmentait-il depuis très longtemps sans qu'ils trouvent le courage d'agir en conséquence.

Après ce qui lui a paru une heure, Nicolas a vu arriver la camionnette militaire ornée d'une croix rouge sur fond blanc, et il a tout de suite compris. Son esprit a écarté l'hypothèse intermédiaire, une crise cardiaque sans trépas. Pour lui, le drame n'avait qu'un dénouement manifeste : la mort de Dillon. Instantanément, il est devenu pour lui un martyr, ce sinistre docteur D. que trois jours plus tôt il dénonçait à Diane comme un tortionnaire de l'esprit. *Mindvoice* lui a été pris par les militaires, qui en ont perverti l'intention, et par quelque chantage on le forçait à le tester sur de pauvres cobayes humains.

Après-demain, peut-être, Nicolas reviendra à une opinion mitoyenne, plus nuancée, mais cette nuit l'ambiance ne s'y prête guère.

Peu après, un autre véhicule de l'armée est arrivé, une simple voiture, mais identifiable à son immatriculation. Sous les projecteurs de la guérite, Nicolas a reconnu le militaire à qui son père faisait visiter les laboratoires hier : « le général ».

Maintenant, d'autres voitures approchent de la grille, venant cette fois de l'immeuble de la Fondation. L'une est conduite par un officier, accompagné d'un homme en civil. La seconde est celle de Lessard, et Nicolas reconnaît son père à côté du chef de la sécurité; à l'arrière, trois agents de la sécurité, des têtes déjà vues. La grille passée, ils prennent la direction de la route 148.

Tant d'hommes pour aller prévenir l'épouse de Dillon?

Car c'est ce que Nicolas suppose.

Mais les hypothèses ne lui suffisent pas. Il rentre, monte à sa chambre et prend devant la fenêtre sa lunette astronomique sur trépied. Il l'installe devant une fenêtre du couloir, la braque vers l'immeuble de la Fondation. Quelques carrés sont illuminés au rez-de-chaussée, aux étages des bureaux et des laboratoires. Le garçon repère le bureau de Dillon et, à côté, celui de Rogel. Claude y est, en simple t-shirt. Dans la même pièce, le général, assis au bureau, et Taillon qui passe et repasse dans le champ de vision qu'offre le châssis.

Le rapprochement est tel que Nicolas pourrait se croire debout devant la fenêtre, si ce n'était un léger flou dû à l'humidité de l'air. Mais ce n'est pas assez de voir: le garçon voudrait entendre.

Entendre, à cette distance? La fenêtre a beau être ouverte…

Et pourtant il le faut. Hier, dans le laboratoire, n'a-t-il pas « entendu » malgré une vitre épaisse et plusieurs mètres de distance? La pensée locutive porte plus que la voix, pour qui sait la recevoir. Oui, mais hier il y avait le *Trancer*, qui neutralise les blocages.

Le *Trancer*, cette béquille.

N'a-t-il pas affirmé, lui, Nicolas, qu'il pouvait s'en passer?

Toutefois, affirmer et réaliser sont deux choses.

Là-bas, dans le cercle de la lunette, dans l'éclairage blanc des plafonniers au néon, Claude Rogel passe la main dans ses cheveux défaits. Les autres crient après lui. Taillon, du moins ; cela se devine à ses gestes.

Un effort, un effort mental. Mais comment ? Voilà ce qu'on aurait dû enseigner à Nicolas. On aurait dû lui faire venir d'Orient un maître yogi, plutôt que de lui brancher des électrodes sur le crâne. C'est une affaire de psychisme, pas d'électro-encéphalogrammes !

Que lui reproche-t-on, à Rogel ? Ce n'est pas lui qui a mis le feu dans le bureau de son patron. Encore moins lui qui a causé sa mort !

Entendre la pensée locutive comme on entend la voix… L'ouïe n'a pas à s'exercer, elle entend toute seule. Alors, pourquoi pas le cerveau ? Le laisser entendre, tout simplement, le *laisser* entendre.

Et d'abord, qu'est-ce qui a brûlé dans la corbeille à papier de Dillon ? Qu'est-ce qui était si important ?

Le *Mindvoice* II ? Un système perfectionné, peut-être entièrement repensé d'après les essais du *Mindvoice* I, ce prototype un peu brouillon ? C'est cela qui manque, toutes les notes prises au cours des expériences, les observations que Dillon consignait sur papier, ses réflexions sur les façons d'améliorer le système, sur les recherches qu'il faisait, ses esquisses pour le *Mindvoice* II. Car Dillon, un perfectionniste, avait lui-même suivi des cours en électronique appliquée, il avait participé à la fabrication même des prototypes. Pour le modèle de la deuxième série, il avait des idées claires, il l'avait laissé entendre à Charles Dérec, de qui Taillon le tient.

Toutes ces notes, où sont-elles ? Cela devrait représenter des chemises entières, peut-être des tiroirs pleins. Or on n'a rien trouvé de pertinent. Dérec, qui saurait reconnaître ces documents au seul coup d'œil, a inventorié tous les classeurs, tous les dossiers, en vain.

Mais on a remarqué dans un coin du bureau, sous une housse de vinyle, un petit lecteur de microfiches. Dillon aurait-il fait réduire toutes ses notes pour pouvoir les rassembler dans une seule enveloppe de vingt centimètres sur quinze ? Cela concorderait avec le tempérament cachottier qu'on lui connaissait : il a toujours préféré travailler en solitaire, taisant ses erreurs, jaloux de ses succès. Ce sont des microfiches de ce genre dont on a trouvé les fragments à demi fondus au fond de la corbeille à papier.

La question est : gardait-il les documents originaux chez lui ?

— Mais je n'en sais rien, moi !

— Il était peut-être maniaque du secret, mais il n'était pas fou : il doit avoir fait faire au moins un double des microfiches. Et vraisemblablement il les a confiées à vous, son adjoint.

— Ça fait cinq fois que je vous le répète : non, il ne m'a rien confié. Merde, à la fin !

— Vous étiez son seul collaborateur. Et son confident. Presque son fils.

— Vous charriez !

— Vous avez convenu ensemble d'interrompre le projet *Mindvoice*.

— Là, vous conjecturez. Vous allez à la pêche, mais je ne mordrai pas : j'ignorais qu'il allait brûler ses fiches ce soir.

— Vous saviez donc qu'il *avait* ce genre de microfiches.

— Je ne l'ai jamais nié.

— Bon, nous n'arrivons nulle part, intervient le général. Dérec va inventorier le bureau de Dillon à sa résidence : nous saurons dès cette nuit s'il gardait les originaux ou un autre jeu de microfiches.

— Sinon ? s'impatiente Taillon.

— Sinon nous présumerons qu'il les a confiées à monsieur Rogel ici présent.

Le général toise Claude avec assurance, d'un air presque affable :

— Et monsieur Rogel, qui est un homme raisonnable, nous les remettra. Car ces documents appartiennent à la Défense nationale et il sait ce que cela implique.

Le jeune savant hausse les épaules, mais c'est pure bravade.

— Dillon ne m'a rien confié, ni ses intentions ni ses microfiches.

Le général ne semble pas avoir entendu cette dénégation. Il s'adresse au colonel Taillon :

— Vous allez conduire monsieur Rogel aux locaux de la Sécurité, où il voudra bien attendre la suite des événements.

Rogel pâlit un peu, cherche à appuyer sa voix pour protester :

— Je suis un civil. Vous n'avez pas l'autorité pour…

— Mon ami, j'ai tous les pouvoirs, ici. Il est temps de vous en rendre compte.

Taillon est allé ouvrir la porte du bureau. Deux gardes entrent. Des têtes que Nicolas a déjà aperçues. Mais ce soir ils portent le ceinturon, le casque et le brassard de la police militaire.

◆

Le bar du Clifton Lodge est presque désert. Dans l'ombre, Karilian, assis à une petite table juste devant le haut vitrail, est une silhouette immobile sur l'assemblage de couleurs illuminées.

Près de sa main, sur la table, un éclat vert pâle, quelque liqueur dans du cristal taillé.

Le pressentiment lui est revenu, ce pressentiment qui depuis des semaines, des mois, reste à l'arrière-plan de son esprit, une ombre insaisissable, une forme aperçue du coin de l'œil mais qui fuit lorsqu'on tente de la regarder. C'est cela : une pensée informulée, qui échappe à toute tentative de la saisir, mais revient inlassablement. Ce soir elle le hante. C'est le vague pressentiment qui est né de sa fameuse expérience. Un bref contact empathique, une prémonition incomplète, et ça, ce présage. Même pas un présage : une intuition.

La musique de Sibelius joue dans sa tête, cette nuit, comme l'autre nuit si lointaine devant la jungle de Troie. Un air infiniment grave ; non pas triste mais grave, la musique de vastes espaces sans vie, sans autre vie que celle du froid, de la glace et des sapins sombres, du roc noir et de la neige. Il voit des lacs innombrables d'eau argentée sous un soleil de minuit, il voit des pentes brumeuses où les séracs sont des cohortes de fantômes gelés.

Un rire brise le givre, qui s'évanouit en fragments dans son esprit. Un rire de femme, au comptoir du bar, une femme mûre à la toilette voyante, avec un jeune homme élégant.

La pensée de Karilian saute dans un autre monde, un autre temps, celui du Carnaval. Des robes de soie mordorée, d'autres écarlates, d'autres en tissu plus léger, informes ; leurs plis évoquant un chiffon répondent à quelque mode. Il voit des hommes maquillés, visages minces et ambigus, yeux mauves et cheveux pourpres. Il entend des rires clairs et forcés, aperçoit les sourires cruels de quelque griserie mauvaise.

—*Last call*, monsieur.

On ferme.

Ce Carnaval sera pour Barry ou pour Nicolas. Karilian, lui, ne le verra pas.

On ferme.

Il lampe la dernière gorgée de sa liqueur et, la gorge brûlante, il quitte le bar.

◆

Nicolas se réveille en sursaut : il s'était endormi sur la chaise qu'il avait placée devant son télescope.

Une automobile à la grille celle de Lessard, qui ramène Charles Dérec et les autres. Quelle heure est-il ? Quatre heures ! la fatigue de la journée a dû s'abattre sur lui après le relâchement de sa concentration. Entendre, s'ouvrir : être réceptif. C'est quand même un effort d'attention, comme celui d'écouter une musique derrière un tumulte de conversations.

Il a réussi, sans le *Trancer*.

Et il réussira encore.

La voiture s'est arrêtée devant l'immeuble, les hommes montent les marches en hâte. Taillon et le général dont Nicolas ignorait le nom jusqu'à ce soir, ont passé la nuit dans le bureau directorial. C'est là que Lessard et Dérec entrent, une minute plus tard.

Le télescope est déjà braqué sur la fenêtre.

Lessard semble excité : il fait l'important, l'affairé, ces événements lui ont donné un rôle. Perquisitionner illégalement ? Est-ce dans ses cordes ? Avec ses trois agents, il n'a dû ménager aucune serrure chez Dillon, pendant qu'on avait éloigné sa veuve. Ont-ils fouillé discrètement ou se sont-ils carrément moqués des apparences ?

Mais c'est à Dérec, non à Lessard, que Taillon va d'abord. Les documents pour le *Mindvoice* II étaient-ils chez Dillon ?

—Ni papiers ni microfiches. Rien qui se rapporte au projet. Apparemment, il ne gardait chez lui que de vieux travaux. Les plus récents concernent l'avant-projet *Mindvoice*.

—Mais, les microfiches, il a pu les cacher dans un espace restreint.

—Il avait un petit coffre-fort mural, répond Lessard. Assez bien camouflé : je ne crois pas qu'il avait de cache plus secrète. Rien d'intéressant.

—Il y a tellement d'endroits, intervient Taillon, où une simple enveloppe pourrait…

—Écoutez : contactez la GRC, et qu'elle envoie ses experts, si vous y tenez. Mais il faudra tenir madame Dillon éloignée pour la journée.

—Ce sera fait, décide le général en prenant le téléphone du directeur.

Lessard est froissé mais, sans un regard pour lui, le général se dirige vers un coin de la pièce avec l'appareil.

—Sans ces microfiches… commence Taillon.

Dérec a prévu sa question :

—Sans ces microfiches, la phase II est retardée de deux ou trois ans. Cinq, si Rogel refuse de prendre la relève. Toutes les améliorations dépendaient des observations que Dillon avait notées durant ces années d'expériences. Ses conclusions, ses idées nouvelles…

—Il ne faisait pas de rapports ?

—Tellement sommaires ! Il en disait le moins possible, pour mieux épater lorsqu'il obtiendrait le plein succès. Non, sans ses notes, il faudra reprendre tout le programme d'expérience avec *Mindvoice* I.

—Mais Rogel ? Il a sûrement exposé ses idées à Rogel !

—Il lui en aura parlé, oui. Mais jamais assez pour que Rogel maîtrise clairement les applications.

Retrouvez les microfiches, persuadez Rogel de les étudier pour reprendre le projet : nous n'aurons qu'un an de retard. Mais j'ai idée que vous ne pourrez le persuader.

Le général a raccroché le téléphone. Il revient dans le champ de vision de Nicolas :

— Pour la persuasion, fiez-vous à nous.

◆

Du Pavillon, Nicolas ne peut voir le ciel d'est, où la nuit s'efface dans le gris-mauve de l'aube. Mais il distingue le bloc anguleux de l'immeuble, un gris plus clair émergeant des ténèbres. Certaines fenêtres et les portes vitrées brillent encore, hors de leur temps comme une lune en plein jour.

Les projecteurs, à l'entrée du terrain, sont éteints. La pelouse est encore une plage de noirceur où les arbustes sont à peine visibles. Les sentinelles ont cessé de patrouiller ; on les a fait veiller pour rien.

Dans le silence crépusculaire, un bruit métallique, clair et sonore. Nicolas devine son père sur l'allée menant au Pavillon ; il vient de passer la porte dans la clôture. Après la réunion des quatre, il a parlé seul à seul avec Rogel, dans son propre bureau. Sans repère visuel, avec l'obstacle réel ou imaginaire de plusieurs murs, Nicolas a renoncé à « entendre » leur conversation.

Le général Craig – Nicolas a enfin entendu quelqu'un le nommer – était resté seul dans le bureau de Taillon. Les deux autres hommes étaient partis.

Nicolas a fini par ranger sa lunette astronomique. Malgré sa fatigue, il ne s'est pas couché. C'est l'exaltation, peut-être, qui l'a tenu réveillé. L'exaltation du pouvoir qu'il s'est révélé à lui-même. En cette heure calme où même la nuit se repose, il lui semble que plus rien ne lui est inaccessible. Les portes s'ouvrent, plusieurs portes. L'instant est proche où il franchira un seuil, il ne sait pas encore lequel, peut-être tous à la fois. Au-delà, il ne voit pour l'instant que de la lumière, éblouissante comme l'est celle du jour après une chambre aux rideaux tirés. Quelque chose va lui arriver, quelque chose est *déjà* en train de lui arriver, dont il aura la révélation bientôt.

Émergeant d'une légère brume, le visage de son père se lève vers lui. Nicolas se trouve sous le porche du Pavillon, au sommet de l'escalier courbe qui y mène. Charles Dérec est en bas, deux taches et une bande pâle: ses mains, et sa chemise entre les pans du veston, prolongée par le visage, blafard d'une longue veille.

— Tu n'as pas passé la nuit debout, j'espère?

Le garçon ne répond pas.

— Dillon est mort. Crise cardiaque.

— Je sais.

Le visage de Nicolas n'exprime rien, son ton est presque détaché. Dérec est dérouté. Il monte lentement, fatigué, se tenant à la rampe de fer forgé. Il paraît porter le poids du monde.

Arrivé devant son fils, il a l'impression de le voir pour la première fois, ses yeux clairs difficiles à distinguer dans la masse pâle de la tête. Il se sent dévisagé comme jamais il ne l'a été par Nicolas, dont le regard a toujours évité le sien. Un regard maintenant calme, délibéré, absolument pas celui d'un enfant.

Puis Nicolas recule pour le laisser entrer et monte posément vers sa chambre.

CHAPITRE 27

Les brises du temps

Le lendemain est un samedi, guère plus frais que la veille. Il y a comme un voile d'humidité dans l'air, même l'éclat du soleil est en quelque sorte moite. Les pensionnaires, ceux des chercheurs et des employés qui résident à la Fondation, cherchent refuge sous les arbres ou dans le lac. Mais l'abri le plus frais, c'est encore l'immeuble et ses couloirs.

Rien n'indique qu'il y ait eu un décès hier soir à la Fondation. Sauf peut-être une retenue générale chez les gens, l'absence de grands éclats de rire, l'absence de cris enjoués. Parmi les couples d'amis, les groupes disséminés sur les pelouses de la Fondation, peut-être en parle-t-on, surtout ceux qui étaient ses sujets. Satisfaction, parce que son *Mindvoice* était un tourment ? Inquiétude quant à son éventuel remplaçant ? Nicolas n'est pas passé assez près de l'un ou l'autre pensionnaire pour entendre le ton des conversations.

Au deuxième étage, l'odeur de fumée a disparu. De part et d'autre d'un renfoncement du couloir, les portes de Rogel et Dillon se font face, toutes deux ouvertes. Dans le bureau du disparu, il n'y a plus trace de l'incendie.

Des voix : le père de Nicolas, et Rogel.

— Un égarement passager : il était déprimé ces derniers jours.

— Au contraire, proteste Claude, il était très lucide. Pour la première fois depuis longtemps, peut-être.

— Allons, allons, ne soyez pas cynique.

— « Cynique » !

Rogel secoue la tête avec incrédulité.

Assis à une petite table qui porte un ordinateur, il pianote sur le clavier. Charles Dérec se trouve au bureau du disparu, il feuillette sans conviction un dossier ; il y en a une dizaine en pile à sa gauche. Rasé, mais sans cravate et le col ouvert, il a l'air de quelqu'un à la trentième heure de sa journée. Même son image à lui s'est nuancée dans l'esprit de Nicolas. Le garçon imagine que son père avait dû voir venir cette crise, ou du moins la révolte de Dillon et Rogel, leur décision de saborder le projet. Peut-être même Dérec était-il sympathique à leur opinion, mais obligé de prendre le parti de la direction et d'exiger la poursuite du projet.

Maintenant, le geste de Dillon le met dans une situation peu confortable : n'aurait-il pas dû se tenir mieux informé des résultats du *Mindvoice* et des projets pour la phase II ? N'a-t-il pas eu tort, aux yeux de ses supérieurs, de laisser Dillon monopoliser le savoir de façon si exclusive, si secrète ?

D'un geste excédé, Claude éteint l'ordinateur.

— Ça ne sert à rien, il a tout effacé des mémoires. Les résultats des programmes de tests, les séries statistiques, tout. C'est comme si le *Mindvoice* n'avait jamais été expérimenté.

À cet instant, il perçoit la présence de Nicolas dans l'embrasure de la porte. Malgré son épuisement, il parvient à le saluer d'un sourire amical. Il a les yeux cernés, les globes ourlés de rose.

— Mon pauvre Rogel, réplique le directeur, qui n'a pas vu son fils, je ne voudrais pas être à votre place.

Rogel se retourne vivement :

— Mais ils ne peuvent mettre en doute ma bonne foi !

— Oh si, ils peuvent. Craig et Lessard parlent déjà d'espionnage, imaginez. D'agents étrangers à qui les microfiches auraient été ou seraient livrées.

— Mais c'est grotesque !

Dérec ouvre les mains en un geste d'impuissance, en se renversant sur sa chaise. À ce moment, il aperçoit Nicolas à son tour.

— Tu ne devrais pas être ici, lui dit-il sans aménité. Qu'est-ce que tu veux ?

— N'avez pas vu Diane ?

C'est Rogel qui répond :

— Partie magasiner avec Kate, à Montréal.

Puis il s'adresse à Dérec :

— Manon doit venir me chercher pour souper. J'ai voulu l'appeler pour lui dire de laisser tomber, mais figurez-vous que ma ligne téléphonique était détournée par le central : on m'a passé Lessard, qui m'a dit de ne rien décommander, qu'on n'avait rien à me reprocher et qu'on ne m'empêcherait pas de sortir. Que dites-vous de ça ? Le capitaine m'autorise à sortir, après m'avoir enfermé toute la nuit dans ses locaux ! La belle soirée que ça fera : je ne tiens plus debout.

— Il est encore temps de l'appeler.

— Non, je préfère sortir d'ici et aller dormir quinze heures d'affilée chez Manon.

Des pas dans le couloir, derrière Nicolas. Il se retourne : le trio militaire, le capitaine Lessard, le colonel Taillon, le général Craig. Ils viennent probablement poursuivre leur conversation de cette nuit avec Rogel.

Lessard, avec son aménité coutumière, demande au garçon ce qu'il fait là et l'envoie « jouer dehors ».

Peu après, Charles Dérec sort lui aussi. Nicolas se demande si on lui a donné congé aussi impoliment.

◆

Des cris, voilà ce qui a bouleversé Nicolas. Des cris et des hurlements affolants, hystériques, les cris de la fracture et de la mutilation, les cris du sang qui gicle et des os qu'on voit percer la peau.

Mais d'abord, le trop bref hurlement des pneus, puis le fracas du métal tordu et du verre émietté.

À ce bruit, le V lumineux a éclaté dans la tête de Nicolas, l'éblouissant presque.

Voiture. Accident. Mort.

Il ne se rappelle pas comment il est sorti du Pavillon pour se retrouver près des grilles de la Fondation.

Les hurlements ne cessaient pas, et ils résonnaient aussi dans sa tête.

Virage. Dérapage: Mort.

La petite voiture était écrasée contre le mur de pierre en partie écroulé. Ce n'était plus qu'une masse de métal, emboutie par-derrière, aplatie par-devant. Le camion militaire était arrêté un peu plus loin, celui qui l'avait heurtée lorsqu'elle avait ralenti pour tourner dans l'allée de la Fondation.

Les hurlements venaient de là, de la voiture. Pas juste des cris inarticulés: des mots, des mots d'affolement et de douleur, les mots d'une femme

restée consciente et qui sentait son corps disloqué,
son sang l'inondant. Ces mots criés, ces appels, on
ne les comprenait pas, on n'entendait que la douleur
qui ne cessait d'être à son paroxysme, la panique
d'une victime qui se voit mourir.

Nicolas n'a pas distingué la conductrice, il s'est
arrêté avant. Il imaginait seulement qu'elle devait
être là, entre les banquettes et le tableau de bord.

Il s'est jeté à genoux sur l'herbe, à quatre pattes
sur les coudes, mains crispées sur les oreilles pour
que cessent les cris. Mais le V incandescent hurlait
dans sa tête.

Veine. Hémorragie. Mort.

On ne s'est pas occupé de lui. L'ambulance a
fini par arriver, quinze ou vingt minutes plus tard.

Nicolas, lui, avait roulé jusqu'à l'abri d'un buisson,
entre la nausée et l'étourdissement ; il aurait voulu
se creuser un trou et s'enfouir sous terre.

Vocéro. Lamentation. Mort.

Lorsque les cris se sont tus et qu'il a pu libérer
ses oreilles rougies, il a fini par saisir que l'accidentée était Manon, l'amie de Claude Rogel.

Il ne s'est levé que lorsque l'ambulance est partie.
Il a marché, chancelant, ne sachant où il allait,
parmi des badauds qui erraient, eux aussi sous le
choc. Il s'est trouvé près de l'immeuble, du côté de
la réception des marchandises, là où une courte
pente descend vers le premier sous-sol.

Les cris n'étaient pas finis : Rogel vociférait entre
trois gardes. On avait peut-être préféré l'informer
seulement après le départ de la victime. Nicolas
n'aurait jamais cru qu'il verrait son ami Claude en
crise d'hystérie. Il hurlait, mais c'étaient des impré-
cations où le garçon finit par saisir « fumiers ! »,
« salauds ! ».

Un des médecins habite à la Fondation. Il avait dû lui faire une injection pour le calmer, car les soubresauts de Rogel s'apaisaient graduellement.

L'ambulance était là, une ambulance militaire. Elle vient de l'emporter, le médecin avec, Lessard aussi.

Son père apparaît aux côtés de Nicolas.

—Le choc, dit-il d'une voix blanche. Le choc, après toute cette tension : il a craqué.

Craqué.

Nicolas chasse la main de son père, qui s'est posée sur son bras. Il a l'impression que tous ses nerfs sont rendus à l'extérieur de son corps, un réseau de sensibilité à vif, tendus au point de le broyer, lui, entre leurs mailles. Et toute la folie, toute la douleur ambiante souffle sur lui, souffle brûlant sur ses nerfs écorchés. Il s'éloigne.

Craqué.

Comme la face de Norma sur le béton.

Comme la colonne vertébrale de Manon.

Comme la tête d'Agnès.

◆

Karilian a horreur de ces journées torrides. Pour la première fois depuis qu'il séjourne aux Lunes, il a la conviction d'être un soldat héroïque suant pour sa mission dans quelque bled tropical. Au lieu de s'asseoir à l'ombre, il est allé se faire cuire sur le miroir du lac, sa barque devenue une poêle et lui une viande suant sa graisse – il en a pourtant bien peu.

L'idée lui est venue de les tuer toutes, ces gamines criardes, et les garçons avec, pour faire bonne mesure.

Car c'est là qu'il est allé rôder : devant la petite plage du camp d'été, assez loin au large pour ne pas paraître trop suspect. Les éclaboussements des jeunes baigneurs le hantaient, il s'est retenu pour ne pas se jeter par-dessus bord, en short et en chemisette, et boire le lac entier. La drogue lui donnait des fantasmes bizarres : il se voyait flottant entre deux eaux, en position debout tel un hippocampe, le visage tourné vers la plage, les yeux grands ouverts guettant les baigneurs, telle une créature amphibie sortie des contes de Lovecraft.

Sous un chapeau de paille à large bord (qui aurait paru moins extravagant au Mexique qu'au Québec), il a tenu des minibinoculaires devant ses yeux, allongé au fond de la barque et regardant entre ses pieds.

Il les a longuement observées, chacune, gravant leurs traits dans sa mémoire, tentant de furtifs contacts empathiques (il s'était injecté une demi-dose de propsychine). Laquelle était-ce ? Cette dégingandée au ventre creux ? Cette cover-girl de seize ans ? Cette Asiatique qui gardait ses lunettes et ne se trempait que jusqu'à mi-cuisses ?

Que fait-il, ton père, a-t-il sous le doigt les commandes des missiles nucléaires ? Que deviendras-tu, toi, la première femme secrétaire générale des Nations Unies ?

Il y en a deux qui ont eu droit à son attention durant la moitié du guet, l'une qui portait un t-shirt court en lieu de soutien-gorge, l'autre qui se baignait en jeans coupé. La première, surtout, lui a donné une érection presque douloureuse : ses mamelons durcis sous le tissu mouillé, ses petits seins telles les coupoles d'une mosquée miniature. Le regard de Karilian revenait constamment à l'entrejambe dégagé où il imaginait le double ourlet rosé sous une mousse blonde.

C'était au déclin du jour. Il a fini par s'éloigner, avant de paraître suspect à la monitrice.

Sa victime n'était pas là.

L'eût-elle été qu'il l'aurait reconnue au simple contact mental, mieux encore qu'on ne reconnaît une voix déjà entendue.

Alors? Était-elle ailleurs qu'à la baignade? Ou inscrite au camp d'été pour le seul mois d'août?

Ou n'est-ce encore qu'une fausse piste?

Avant d'aller manger, il a décidé de faire une promenade dans le jour qui tombe. Un peu d'exercice et de fraîcheur lui donneront de l'appétit, car le bain de soleil en barque lui a plutôt retourné l'estomac, en plus de lui infliger un mal de tête.

Tout le parc se trouve dans l'ombre de la montagne, ce ternissement des couleurs qui est le prélude de la pénombre. Seule la cime des peupliers accroche encore un peu de soleil, touffes jaunes au sommet de longs pinceaux.

Ce camp d'été le tourmente. Comment fera-t-il pour observer toutes les filles qui y séjournent? La villa des Lunes en est séparée par quelques propriétés et beaucoup d'arbres. Tout le réseau d'observation est orienté en fonction de Clifton Lodge. En installer un nouveau exigerait du temps et un déploiement de ruses invraisemblable s'il fallait agir en pleine saison des vacances. C'est exclu, carrément. Alors, les jumelles et les buissons, comme un voyeur possédé par le démon du midi?

Une onde glacée transperce Karilian: là, un corps étendu dans le ruisseau!

— NICOLAS!

Tout habillé, à plat ventre dans le lit du ruisseau. Pas submergé, mais le visage dans l'eau.

—NICOLAS !

Karilian galope comme il ne l'a pas fait depuis un quart de siècle.

Mais le garçon n'est pas noyé : il soulève la tête, brièvement, puis la replonge.

—Nicolas !

Cette fois il l'a entendu, malgré le clapotis. Il se soulève à demi et tourne la tête.

Éclaboussements : Karilian patauge, manque de glisser sur les pierres moussues, saisit Nicolas et le porte sur le gazon.

—Petit homme, qu'est-ce qui t'arrive ? !

Nicolas le serre presque convulsivement ; Karilian l'étreint en retour. Il le sent frissonner bien que l'heure soit chaude. Il le berce, lui parle à l'oreille.

—Qu'est-ce que tu faisais là, petit homme ? Qu'est-ce qui t'a pris ?

Ils restent longtemps ainsi, pietà vivante d'un siècle barbare, et dans l'imagination de Karilian se bousculent toutes les cruautés qu'on a pu lui faire subir dans cet institut de l'autre côté de la haie.

Mais, à la longue, le garçon reprend son souffle, se maîtrise assez pour composer des phrases. Il parvient à faire sortir les images de souffrance qui se collaient à lui et dont il cherchait à se laver dans le ruisseau.

Il y a eu un accident aux grilles de la Fondation, un atroce accident d'automobile – Karilian a un sursaut de répulsion pour ces machines, comme devant un appareil de torture encore englué de viscères. La victime était l'amie de son ami Claude, et il a vu Claude en crise. Il a été si chaviré, Nicolas, si mal dans son corps qui semblait vouloir se retourner comme un gant en un immense vomissement, qu'il a senti le besoin de se jeter à l'eau, d'apaiser la douleur tordant chaque fibre de son être.

— Et tout ce temps je pensais à…

— Je sais, je sais…

Lui aussi revoit l'accident d'il y a sept ans, mieux même que le môme ne l'avait vu. Enfin, « mieux »…

Mais Nicolas tient à en parler, ça semble le soulager, et Karilian le serre plus fort, cet enfant dont il avait entendu, dans sa tête même, le hurlement de détresse et de terreur. Il l'embrasse sur la tempe, sur ses cheveux qui sont bruns et aplatis à cause de l'eau, et il sent ses propres yeux se mouiller, lui, Karilian, venu sur Terre pour tuer une enfant.

◆

Le soleil couché, la température n'est plus torride ; mais elle est assez chaude pour que Nicolas puisse sécher sans frissonner.

Ils ont trouvé un banc et Karilian a repris ses distances.

Nicolas parle, il parle comme il n'a jamais parlé, comme si avec ces mots il pouvait évacuer des souvenirs qui le tourmentent depuis longtemps.

Il parle de la mort d'Agnès et de la façon étrange dont elle l'a marqué, cette hantise des symboles de la mort. Il parle même du portrait à l'huile dans la chambre d'Agnès, et comment ce portrait a remplacé pour lui celui de sa vraie mère, de sorte qu'il considère ses vrais parents avec le même détachement qu'on regarde la photo de grands-parents inconnus.

— Tu ne les as pas connus, tes vrais parents ?

— Mon père est mort bien avant ma naissance. Ma mère… elle était un peu vieille pour avoir un enfant. Ça s'est mal passé et elle est morte le lendemain de l'accouchement.

Du pouce il désigne derrière son épaule la direction du Pavillon :

— Ils ont longtemps habité ici.

Il ne voit pas que, à côté de lui, « Carl » s'est figé subitement.

Il ne remarque pas le délai anormalement long avant que l'homme ne rouvre la bouche. Il note à peine le ton pas tout à fait naturel de sa voix :

— Et… qu'est-ce qu'il était, ton père ?

— Diplomate. Enfin, au début. Ensuite il a été sous-ministre des Affaires extérieures, pendant quinze ans, je crois.

— Et il s'appelait… ?

— Gravel. Simon Gravel

C'était inutile de le lui demander. Le visage, le visage seul, aurait dû lui en parler depuis longtemps. Cheveux un peu moins blonds que ceux de Corinne, yeux un peu plus gris, visage un peu plus mince. Mais autrement un air de parenté qui peut-être même avait frôlé le subconscient de Karilian. Toutefois, Corinne était si loin, dix-sept ans en arrière, et Karilian n'a jamais eu de photo d'elle : son image peu à peu avait dérivé dans sa mémoire.

Corinne est morte.

Alors qu'en revenant sur Terre à la fin du printemps, Karilian s'est demandé ce qu'elle devenait, envisageant même de se renseigner, Corinne était morte depuis seize ans. Seize ans il a vécu en se demandant de temps à autre (surtout les premières années) ce que Corinne faisait. Elle pourrissait.

Dans sa mémoire, un souvenir vivant; sous l'humus de la Terre, un squelette.

Des plumes dans le vent, des flocons de duvet. Transportés par les brises du Temps, bousculés, rapprochés, éloignés, tout à fait arbitrairement. Sans aucun poids, aucun. Insignifiants.

Il n'y a que la mort et l'oubli pour rappeler combien, dans cet univers, tout est gratuit.

Bien qu'ému, Karilian garde l'œil sec. Corinne, c'est si loin déjà, ça ne parvient pas à l'atteindre au plus profond. C'est une tristesse… intellectuelle, oui, cérébrale plutôt que viscérale. Il l'a aimée, pourtant : aucun doute là-dessus. Et il en souffrait, car il savait devoir faire du tort à son époux, qu'elle aimait comme un vieil ami. Le plus ironique de l'histoire est qu'il ne l'avait pas fréquentée pour les fins de sa mission : l'opération était déjà au point et n'impliquait nullement scandale et chantage pour faire pression sur l'organisateur du sommet.

Il se rappelle sa dernière image de Corinne lorsque, avec d'autres agents, il quittait les Lunes à l'aurore. Ils étaient passés devant la grille de la propriété voisine au moment où Corinne, dans la limousine gouvernementale, partait pour la capitale. La longue voiture noire arrêtait devant les grilles, le portier achevait de les ouvrir. Par le pare-brise, Karilian avait aperçu le visage de Corinne; elle ne l'avait pas vu. Grave, son visage, mais non défait : dans l'épreuve elle se durcissait. En quelques jours, elle avait perdu un amant dont elle était passionnée et un mari qu'elle aimait encore.

Karilian ne doutait pas qu'elle reprendrait le dessus. Mais il avait quand même éprouvé un double remords. Ç'avait été une de ses dernières missions sur la Terre; peu après, à sa demande, les

Opérations le libéraient et il rentrait pour de bon sur Érymède.

Entre-temps, la Terre dans sa translation revenait chaque année au même point relatif de l'Espace, année après année. Nicolas est revenu vivre dans ce Pavillon où son père l'avait conçu avec Corinne, entre deux missions à l'étranger ou deux semaines surchargées à Ottawa. Peut-être même est-il mort sans savoir que sa femme portait son fils.

C'est moi qui ai causé sa mort. J'ai tué le père de Nicolas, et c'est en moi qu'il recherche un père.

La première bouffée d'émotion apaisée, Karilian retrouve un peu d'aplomb. Entre deux doigts, il prend une mèche des cheveux de Nicolas, les trouve humides mais non plus trempés.

J'ai tué son père et j'ai baisé sa mère.

Cette phrase lui revient sans cesse, tournant dans sa tête tel un manège. Penser que le petit Nicolas, encore embryon, était là dans cet utérus que Karilian frôlait de son gland à chaque poussée, à chaque accouplement, et qu'à quelques reprises il a envoyé un contingent de spermatozoïdes reconnaître ce territoire déjà occupé.

Elle n'était pas heureuse, elle cherchait le bonheur hors de son union. Si elle avait su ces jours-là qu'elle portait un fils, que sa vie allait être changée… Un nouveau bonheur, sûrement, pour elle qui avait longtemps souhaité un enfant mais y avait presque renoncé. Sa vie allait être changée… Plutôt, oui : par une interruption.

J'ai tué son père et…

— Bon, jeune homme, il se fait tard.

Karilian s'est levé. L'adolescent en fait autant.

— Tu crois que ça ira, maintenant ?

— Ça va mieux, oui.

Karilian lui ébouriffe les cheveux.

— Allez, va te reposer.

Le garçon s'en va, pieds nus dans l'herbe, ses chaussures à la main. Karilian va s'éloigner, lui aussi, lorsque Nicolas se retourne et lance, en marchant un instant à reculons :

— Merci, Carl.

J'ai tué son père et j'ai baisé sa mère.

CHAPITRE 28

Le cycle est complet

Que Claude Rogel et le directeur Dérec aient été soucieux ces dernières semaines, c'est compréhensible à la lumière des événements d'hier. Même Carl semble avoir ses préoccupations – il n'a jamais paru être d'une nature enjouée, du reste. Cependant, Nicolas ne comprend pas pourquoi même Diane semble préoccupée. Elle n'a jamais été une amie de Claude, elle n'a pas été témoin de son effondrement ni de l'accident de Manon, et ce n'est sûrement pas non plus le décès du docteur Dillon qui l'affecte.

Pourtant aujourd'hui elle est pensive, elle parle à peine. Nicolas s'est enquis de ce qui n'allait pas, elle lui a répliqué que rien n'allait pas. Il lui a demandé si la journée d'hier en compagnie de Kate n'avait pas été agréable, elle a répondu que cela n'avait rien à voir.

— Il paraît que Manon s'en tirera malgré tout ; mon père a eu des nouvelles de l'hôpital.

— Qui est Manon ? demande distraitement Diane.

— La blonde de Rogel !

— Ah bon.

— Mais elle va rester handicapée pour la vie.

Manifestement, Diane s'en soucie peu.

— Mon père n'a pas pu parler à Claude, il n'est pas hospitalisé au même endroit, poursuit Nicolas. C'est Taillon qui a eu des nouvelles : on lui a donné des calmants.

— Rogel était dans l'accident ?

— Mais non !

Elle ne le suit pas du tout. Lui continue pourtant, faisant le point sur des aspects du drame qui ne l'ont pas frappé sur le coup, parce qu'il y avait bien plus grave. Ainsi, Rogel a été emmené à l'hôpital militaire de la capitale, comme Dillon, d'après ce qu'a appris Charles Dérec ; c'est la même ambulance militaire qui est venue les chercher tous deux. Pourquoi un hôpital militaire ? Pourquoi, d'ailleurs, a-t-on tenu à hospitaliser Claude ? Il y a à la Fondation une petite infirmerie : on aurait pu y coucher Rogel après lui avoir administré un sédatif. Lorsqu'il se serait réveillé dimanche, il aurait appris que Manon était vivante.

Toutefois, il y a quelque chose au sujet de cet accident... Une conductrice aurait-elle omis de clignoter avant de tourner, alors qu'un gros camion la suivait de près ?

Autre chose, encore ; mais quoi ? Nicolas force sa mémoire, il ne revoit que la carcasse métallique, la silhouette ensanglantée qui s'agite, et son esprit éloigne l'image avec horreur. Ce camion, aperçu du coin de l'œil... Oui, un camion militaire !

— Et puis après ? demande distraitement Diane. Ça leur arrive d'aller camper dans la forêt au bout de la route.

— Je trouve qu'il y a beaucoup de militaires dans cette affaire.

Il n'a pas eu l'occasion de lui rapporter les disputes et l'intimidation qui ont entouré la mort de Dillon.

D'ailleurs Diane ne paraît pas intéressée outre mesure et finit par lui laisser entendre qu'elle veut passer l'après-midi seule.

Elle lui rend son baiser de façon plutôt détachée, et il se retrouve dans le couloir, sans trop savoir où aller par cette journée lourde et blafarde. Dans le hall de l'immeuble, il s'entend interpeller par Gervais, le garde, celui avec lequel il s'était montré insolent quelques semaines plus tôt.

—Dérec. Le capitaine Lessard veut te voir.

—Moi pas.

—Veux-tu qu'il t'envoie chercher par deux gardes?

—C'est un camp de concentration, ici?

Mais le garde n'a pas à soutenir la discussion: Lessard surgit de la section Sécurité, exactement comme s'il avait été prévenu.

—Viens donc à mon bureau un moment, Nicolas.

Le ton affable de l'officier lui inspire méfiance plus que n'importe quoi. Nicolas se rappelle surtout les pensées sadiques qu'il a perçues en lui l'autre fois. Mais il suppose que Lessard a autre chose à faire ces temps-ci que de le tripoter.

Il accompagne l'officier vers son bureau, espérant que Lessard ne poussera pas l'affabilité jusqu'à lui mettre une main sur l'épaule. Néanmoins, l'autre se contente de s'enquérir:

—Ton père s'inquiétait de toi, hier soir, après l'accident: il t'a cherché partout.

Ils n'ont pas songé au domaine voisin, heureusement. À son père il a raconté qu'il était allé se promener dans le bois de l'autre côté de la route, pour se changer les idées ; il y a là-bas des sentiers d'équitation, le terrain est sans danger.

À la question déguisée de Lessard, il ne répond pas, bien sûr. Il entre dans le bureau et l'homme referme la porte derrière eux. Taillon est là, le directeur de la Fondation. Un homme courtois, suave même, qui traite avec gentillesse tous les membres du personnel et tous les pensionnaires. Nicolas a la conviction qu'il ferait des sourires même aux rats blancs s'il croyait que ça pouvait influencer leur rendement en laboratoire.

On invite le garçon à s'asseoir, on fait quelques considérations attristées sur les incidents qui ébranlent la Fondation ces jours-ci.

— Vous ne m'avez pas fait venir pour me parler de ça ? interrompt-il, las de leur hypocrisie.

— Non, bien sûr, répond Taillon. Voilà : avant de mourir, le docteur Dillon a confié à Claude Rogel des microfiches, mais Rogel prétend qu'il ne les a plus.

Nicolas fronce les sourcils, ferme à demi un œil : le mensonge est si gros ! Mais il se rappelle qu'il n'est rien censé savoir, entre autres l'affirmation de Claude que Dillon ne lui a jamais rien confié. De toute évidence, on croit qu'il a menti.

— Nous pensons qu'il a pu te les confier. Il était assez surmené ces derniers jours, plutôt dépressif, et il entretenait des idées de… persécution, oui. Il aura cru que les microfiches seraient plus en sécurité chez toi.

— C'est ridicule, réplique Nicolas, fâché de ce qu'on invente à propos de son ami.

Idées de persécution ! Si Claude s'est fait des illusions, c'est sur la modération de ces militaires !

— Vous étiez amis, non ? Il ne t'a pas confié une enveloppe, peut-être grande comme ceci ?

— Il ne m'a rien donné.

— Il te prêtait bien sa moto, intervient Lessard.

— Ça n'a rien à voir. Il ne m'a rien donné.

Taillon reprend l'initiative :

— C'est que, vois-tu, il ne faudrait pas que ces microfiches tombent en de mauvaises mains.

— Vous voulez dire en d'autres mauvaises mains que les vôtres ?

Le directeur est pris de court : il serait bouche bée qu'il n'aurait pas l'air plus interloqué. Il imagine sûrement que Nicolas ignore les objectifs du *Mindvoice*. Quelques secondes passent, et il ne trouve toujours pas quoi répliquer. Puis il se rappelle :

— Ah oui, c'est vrai. Ton petit accès de révolte. Ça passera.

Tu parles ! Avec ce que j'ai vu ces derniers jours ?

— Alors, dis-moi : tu n'as vu personne agir de façon suspecte, récemment, à la Fondation ?

— Vous voulez dire : à part vous deux et ce général ?

— Eh, ça va faire ! jette Lessard, qui n'est plus de bonne humeur.

En fait, Nicolas a vu quelqu'un d'autre agir de façon suspecte : Kate, hier soir, après qu'il eut quitté Carl. Ou plutôt il l'a surtout entendue. Elle était près de la haie, côté Fondation, à quelque distance de la brèche par où Nicolas a coutume de traverser. Elle ignorait évidemment qu'il passait derrière à cet instant, et elle conversait. Il a eu l'impression qu'elle parlait dans un quelconque appareil, car il n'entendait pas de réponse.

Elle parlait délibérément à voix basse, et dans une langue étrangère. Or Kate est d'origine européenne : scandinave ou germanique. Et ce pouvait être une langue de ces groupes, bien qu'il y eût de nettes similitudes de prononciation avec l'anglais et l'américain. Toutefois, Nicolas comprend un peu l'allemand et croit pouvoir identifier aux sonorités certaines de ces langues – il reconnaîtrait même le néerlandais, pense-t-il – et ce n'en était pas.

Lorsque Nicolas a franchi la haie, sans bruit, il a aperçu Kate s'éloignant dans la nuit.

Il s'est rappelé ce que son père avait dit dans la journée à Rogel : « Craig et Lessard parlent déjà d'espionnage, d'agents étrangers… »

Kate, une espionne ? Ridicule ! Nicolas refuse de se laisser contaminer par la paranoïa qui possède ces jours-ci les dirigeants de la Fondation. Et pourtant, que sait-il d'elle ? Ce n'est quand même pas une amie d'enfance. Elle œuvrait à la Fondation depuis peu lorsqu'il a accepté d'y travailler. Avant cela ? Tout ce qu'elle a raconté de sa vie antérieure peut avoir été inventé.

Cependant, Nicolas ne parlera sûrement pas d'elle à Lessard.

Taillon prend congé, prétextant qu'il a à faire. Mais Nicolas a surpris le signe que Lessard lui a fait : « Laissez-le-moi, je m'en occupe. »

Le garçon se retrouve seul dans le bureau avec Lessard derrière lui, qui a accompagné son patron à la porte.

Une vague nausée gagne Nicolas. Une *sensation* de nausée, exclusivement nerveuse, pour ainsi dire mentale ; son estomac va très bien.

Empathie. L'invasion des pensées d'autrui, comme un fluide huileux et pénétrant, qui le couvre et s'infiltre dans sa tête.

De derrière son fauteuil, Lessard lui plaque les mains sur les épaules, un geste de camaraderie un peu brusque, une agression en même temps, car il lui donne à comprendre qu'il pourrait lui faire mal.

Nicolas se voit nu – *Lessard* le voit nu, ligoté sur un vieux sofa de cuir qui doit se trouver dans une pièce voisine. Il a la main sur son sexe, il peut aussi bien lui offrir le plaisir que lui faire mal, très mal, si Nicolas ne se soumet pas.

Le garçon se crispe.

— Bon, je ne niaiserai pas avec toi. Si Rogel t'a confié ces microfiches, je veux savoir où elles sont. Et je *vais* le savoir. Tu aimerais que j'aille fouiller ta chambre ?

— Rogel ne m'a rien confié.

— Hein, tu aimerais que j'aille fouiller ? Je n'irais pas doucement, peut-être que je casserais pas mal de choses.

Ses maquettes ! Des centaines d'heures de travail !

— Ou peut-être que je m'arrangerais pour trouver des choses. Des photos porno, par exemple, des photos d'hommes. Qu'est-ce que dirait ton père ?

— Je m'en fous. Et lui aussi.

— C'est vrai, tu es un enfant trouvé. Et si je découvrais de la drogue dans ta chambre, de l'héroïne ? Ou des ampoules qui auraient disparu de l'armoire d'un de nos labos ? Est-ce que Dérec s'en foutrait ? La GRC, en tout cas, ne s'en foutrait pas, et ton père ne pourrait rien pour toi. La prison, la correctionnelle…

La nausée persiste. Images de viol dans une cellule de prison. Nicolas frémit de répulsion.

— Et s'il arrivait malheur à la belle Diane, hmm ? Un accident qui la défigurerait ?

Cette fois, Nicolas bondit. Chassant les mains qui le maintenaient assis, il se lève et fait face :

— Alors c'est ça, hein ? L'accident de Manon, hier, c'était délibéré ! Vous avez fait les mêmes menaces à Rogel, et comme il n'avait rien à vous donner, vous vous en êtes pris à elle !

— Tu es trop futé, mon garçon, trop futé. De toute façon, il y avait trois officiers à bord du camion, et deux dans la guérite à l'entrée de la Fondation. Les cinq seront unanimes : la bonne femme n'a pas clignoté avant de tourner.

Il fait une pause, puis ajoute, narquois :

— À moins que tu connaisses d'autres témoins ?

Les narines de Nicolas palpitent. Tant de cynisme ! Il en croit à peine ses oreilles, et la moitié de sa colère est contre lui-même, d'avoir été si aveugle jusqu'à ce jour.

— Et à l'hôpital militaire, qu'est-ce que vous lui faites, à Rogel ? Sérum de vérité ?

— Pour commencer.

Il joue avec Nicolas, maintenant : c'est trop évident. Il s'amuse aux dépens de sa naïveté d'adolescent.

Le garçon se calme, refusant d'embarquer. Il fait mine de sortir, certain toutefois que ce ne sera pas si facile. Un instant, il lui vient à l'esprit que Lessard pourrait effectivement le violer et s'en tirer avec rien de plus que l'hostilité de Charles Dérec, qui lui est déjà en partie acquise.

Lessard s'interpose entre la porte et lui :

— Rogel va parler. Aujourd'hui, demain ou après-demain, mais il va parler. En attendant, mon blond, on t'a à l'œil.

Nicolas veut sortir, mais Lessard n'a pas fini :

— Il y a quelque chose que je vais te faire passer, mon gars, c'est ton air fendant. Ta face à claques, tu vas la baisser, tu vas cesser de te prendre pour un autre.

C'est vrai que Nicolas a tendance à être arrogant avec les militaires de la Fondation. Il n'avait pas imaginé qu'ils pourraient un jour tenir une occasion de le lui faire regretter.

La nausée augmente, devient presque réelle. Lessard voudrait l'empoigner par les cheveux, l'agenouiller devant lui, le forcer à ouvrir la bouche et lui enfoncer son sexe jusqu'aux amygdales.

Nicolas ferme les yeux, tente par un effort mental de secouer ces pensées qui l'englobent tel un pseudopode gluant.

—Je vais te dire une chose, tu seras peut-être moins fier. Ta maman, la vraie, la belle épouse de diplomate, eh bien c'était une pute. L'été où ton père est mort, j'étais chargé de sa protection. Mais discrètement, parce qu'elle était trop indépendante pour accepter un garde du corps. Eh bien, pendant que Gravel se dévouait pour le monde libre, elle se faisait sauter par un autre type.

Nicolas bondit, mais Lessard le repousse aisément, puis lui saisit les bras pour lui parler en pleine face :

—Tous les soirs j'ai été là, pendant un mois, et Gravel ne l'a pas baisée une fois pendant ce temps. La plupart du temps il couchait à Ottawa ou, quand il venait au Pavillon, il dormait dans une autre chambre, parce qu'il apportait du travail et se couchait très tard.

—Vous ne pouvez pas savoir ! proteste Nicolas.

—Oui je peux : la maison était sur écoute, le ministre de la Défense se méfiait de Gravel et le faisait espionner.

Nicolas s'affale intérieurement, incapable de formuler même mentalement son dégoût. Il lui vient à l'esprit que lui, Nicolas, a été conçu sous le regard de ce voyeur, de ce vicieux.

—Et je peux te le dire, mon blond : ton vrai père
est un aventurier, une sorte de rastaquouère qui est
reparti à l'étranger après avoir engrossé ta mère.

Il le lâche et s'efface pour le laisser sortir.

Le garçon ne bouge pas, cherchant à se composer une attitude qui tempérerait la victoire de
Lessard. Mais il ne trouve pas. Au contraire, il se
rend compte qu'il avait accordé à ses vrais parents,
à leur prestige, plus d'importance qu'il ne se
l'avouait. Son père, l'éminence grise de la diplomatie nationale durant la guerre froide ; et Nicolas
faisait l'important.

Oui, Lessard a visé juste, sa jeune victime a
peine à feindre l'indifférence.

Et la nausée ne le quitte pas, la glu intangible des
pensées intruses ; il se voit maintenant en jeans mais
torse nu, et les mains de Lessard, une dizaine de
mains à la fois, lui passent entre les jambes, sur les
cuisses, les fesses, sur sa braguette démesurément
gonflée par le fantasme.

Alors Nicolas se détend, ou paraît se détendre,
tel un acteur qui se concentrait puis qui entre dans
le rôle d'un personnage décontracté. Il gagne la
porte, l'ouvre, puis se retourne posément et, avec
un sourire narquois qui à lui seul est un triomphe
de maîtrise, il demande :

—Et quand tu regardais ma mère se faire baiser,
tu te masturbais ?

◆

L'attitude est bonne, Nicolas ne la lâche pas :
décontraction, détachement. Alors, sa mère a eu
une liaison avec un play-boy international ?
Romantique. Tout ça va ensemble ; diplomatie,

espionnage et intrigue, plus une liaison adultère. Que lui importe, à Nicolas, que la moitié de ses gènes viennent d'un inconnu ? Simon Gravel était aussi un inconnu pour lui. Corinne pareillement, d'ailleurs. Nicolas est Nicolas, indépendamment du sperme qui l'a conçu et de l'utérus qui l'a porté.

À la sortie de l'immeuble, le garçon est de nouveau saisi par la chaleur étouffante de l'air. Le ciel est maintenant gris, un gris très pâle et lumineux.

Nicolas décide d'aller voir son ami Carl. Non pour se faire repêcher dans le ruisseau, cette fois ; c'était ridicule, il a presque honte, maintenant.

En route vers le Pavillon, Nicolas a l'impression d'être observé. Il se retourne : un garde le suit, sans se cacher. « En attendant, on t'a à l'œil », l'a prévenu Lessard. Très bien, on verra qui est le plus fin. Mais Nicolas ne doit pas être vu traversant la haie : cette bande de paranoïaques pourrait se mettre en tête, qui sait, que Carl est un agent étranger à qui il va offrir les fameuses microfiches. Ils pourraient en tout cas empoisonner sa vie, et Nicolas ne voudrait pas être la cause de cela.

Toutefois, le garde s'arrête à la porte du grillage qui entoure le terrain de l'immeuble. Approcher davantage du Pavillon, ce serait risquer les foudres de Charles Dérec, qui est quand même l'un des directeurs et ne tolérera pas pareille atteinte à la confiance qui lui est due.

La ruse est simple, alors : entrer par la porte de devant et ressortir derrière le Pavillon. Non sans s'être assuré qu'un autre guetteur ne peut le voir. Mais les deux ailes en accent circonflexe du Pavillon fournissent un bon abri, il y a pas mal d'arbres et de buissons. Nicolas est invisible de la guérite, invisible des caméras qui surveillent le périmètre, et la masse du Pavillon le dissimule jusqu'à la brèche dans la haie. Un dernier regard, attentif, avant de traverser, puis le garçon se retrouve dans le parc de la villa des Lunes.

Il n'a qu'à errer dans le parc, il sait qu'il trouvera Carl ou que Carl finira par l'y rejoindre. C'est presque immanquable. Ou bien il passe son temps dehors, ou bien il a un sixième sens qui l'avertit lorsqu'on lui rend visite dans son ermitage.

Et, de fait, voici Carl, montant lentement la longue pente du jardin. Qu'il paraît usé, cet homme, surtout depuis quelques jours. Non tant usé que *sans ressort*, comme si quelque souci écrasant lui enlevait tout entrain. Peut-être est-il malade ? C'est cela, il est incurable, il est venu passer son dernier été aux Lunes ; ça expliquerait pourquoi il paraît si attiré vers Nicolas, la jeunesse, la vie.

Cela semble si évident, maintenant. Pourquoi ne l'a-t-il pas deviné plus tôt ? Et, au serrement de cœur qu'il éprouve, il se rend compte combien déjà il est attaché à cet homme. Comme à un… Non : trois pères, ça suffit ! Mais peut-être comme à un grand-père, ou à un oncle qui vous parle de ses voyages à chaque visite, bien que Carl parle très peu.

— Ça va mieux aujourd'hui, Nicolas ?

— Ça va.

Inutile de lui dire quels criminels il s'est découvert comme voisins aujourd'hui.

— Et vous, Carl ? Comment vous sentez-vous ?

L'homme le regarde d'un air perplexe, presque méfiant, comme quand Nicolas captait par hasard les images échappées de son cerveau.

— Très franchement, ça pourrait aller mieux. Mais je ne vais pas t'embêter avec mes tracas.

Il lui passe le bras derrière l'épaule et, comme c'est maintenant leur habitude, ils se promènent entre les massifs fleuris, les ruisseaux et les rocailles.

Avec beaucoup de délicatesse, Carl lui demande s'il a des nouvelles de l'accidentée d'hier. Nicolas lui répond qu'elle est sauve mais qu'elle risque de rester paraplégique. Il se garde bien de parler du reste de l'affaire.

L'homme reste longtemps silencieux, puis à la fin c'est Nicolas qui reprend la parole.

— Vous savez, ce que je vous disais hier à propos de mes véritables parents ?

— Oui ? hésite Carl.

— Eh bien, ce n'était même pas vrai.

— Comment ça ?

Nicolas lui raconte, sur un ton presque léger :

— Le chef de la Sécurité à la Fondation, qui me déteste cordialement et qui voudrait me sauter… Il m'a raconté aujourd'hui une histoire du temps où il était simple agent…

◆

Et Karilian a écouté l'histoire. Il a trouvé, dans les pratiques de *self-control* développées à l'Institut, le moyen de ne pas montrer ses réactions, pas trop, espère-t-il. Il a saisi le premier prétexte pour retirer son bras, afin qu'aucun frémissement ne le trahisse.

À la fin, il n'a demandé qu'une chose, la date de naissance de Nicolas. Et, bien sûr, cela concordait : exactement neuf mois. Il n'a pas cherché à discuter la possibilité que Simon Gravel ait quand même fait l'amour à Corinne les jours en question : ici encore, son subconscient avait fait un bout de déductions secrètes, surtout depuis hier, et la surprise est courte. Du reste, si en quinze ans le couple Gravel n'était pas parvenu à faire un enfant, c'est probablement que le mari était stérile.

Maintenant, le cycle est complet. Hier, il lui manquait encore un segment pour l'être. Clifton, Corinne, Karilian, Nicolas… Nicolas est le prénom d'emprunt que portait Karilian dix-sept ans plus tôt, et c'est ce qui l'a fait tiquer lorsque l'adolescent s'est nommé à leur première rencontre. Ainsi, *elle* ne doutait pas que l'enfant était de son amant. La preuve est là, la meilleure preuve : Corinne était la mieux placée pour savoir qui était le père. Et aussi, mais très vaguement, il y a quelque chose dans la figure et la stature du garçon : pas très grand, la couleur de ses cheveux à mi-chemin entre ceux de Corinne et ceux de Karilian, de même pour la couleur des yeux. Puis, la forme du visage : l'Éryméen trouverait la même s'il exhumait ses portraits d'adolescence. Et, encore, les facultés métapsychiques : l'Institut a depuis longtemps déterminé que leur *extériorisation* – car elles sont latentes chez tous – est souvent héréditaire.

Mais tout cela, toutes ces ressemblances, on ne les reconnaît qu'après coup.

Un fils. Et un de qui être fier : beau, doué, sensible. Toutefois, Karilian n'est pas *fier*. Il aime Nicolas pour ce qu'il est, non pour sa filiation. Il voudrait le serrer contre lui, mais de la même façon qu'il le désirait hier ou avant-hier, et sentir sous ses lèvres la soie de ses cheveux blonds.

La seule chose changée est que, maintenant, il n'est plus question de laisser le garçon sur cette planète. Plus de demi-manœuvres subtiles pour influencer les décisions du Recrutement. Karilian va vérifier où en sont les choses et, si elles ne sont pas assez avancées, il donnera le coup de pouce qu'il faut. N'est-il pas Karilian, le directeur de l'Institut ?

— Dis-moi, tu aimerais quitter la Fondation ?

— Ça oui ! Mais… pourquoi vous me demandez ça ?

Idiot ! Laisse ça au Recrutement, quand même ! Tu as une mission.

— Oh, pour rien. Tu n'as pas l'air de t'y plaire.

Il le revoit hier, trempé, misérable. Puis il revoit le môme d'il y a sept ans : celui-là aussi était son fils, qui avait failli mourir sous ses yeux en même temps que cette femme qu'il n'a jamais reconnue pour la sœur de Corinne. Penser qu'il aurait pu être tué là sans que Karilian ait jamais su qui il était… Penser que, comme Corinne, il pourrait être mort depuis des années, dans n'importe quel accident, sans que Karilian ait même jamais su qu'il avait un fils.

— Bon, moi je rentre, annonce le garçon. Les gens de la Sécurité s'inquiètent facilement ces jours-ci.

Il fait deux pas, mais Karilian le rappelle. Il le prend aux épaules, il le contemple dans la lumière sans relief de ce jour gris. Et ses yeux sont gris, comme parfois ils sont bleus. Il ne trouve rien à dire sauf, à mi-voix, en faisant glisser une mèche blonde entre son pouce et son index :

— Tu es beau.

Nicolas soutient son regard – et le sien est franc, ouvert.

— Toi, souffle-t-il (et sa voix a un frémissement comme s'il hésitait à tutoyer Carl), toi, tu es bon, je crois.

Et il s'échappe, leste, il est de nouveau le gamin qui grimpe aux arbres et saute dans les tas de feuilles mortes.

Je suis bon, songe Karilian et pour poignarder cette émotion à laquelle il s'est trop complaisamment abandonné, il ajoute *mais il me reste encore cette fillette à descendre*.

CHAPITRE 29

Son âme sur ce plancher

Nicolas a retraversé la haie avec autant de prudence que tout à l'heure, et il est rentré chez lui par la porte de derrière. Par une fenêtre il a vérifié : le garde est toujours là-bas, tourné vers le Pavillon.

— Tu as vu ça ? lance-t-il à son père qui vient de se laver les mains pour le souper. Ils nous ont collé une sentinelle, maintenant !

Le bol à salade est déjà sur la table de la salle à manger ; Dérec donne congé à la bonne puis, seulement quand la porte de service est fermée, il répond à son fils :

— Oui, ils sont un peu nerveux ces jours-ci.

Mais lui-même semble troublé par la proximité de ce garde.

— « Nerveux » ? Ils sont totalement paranoïaques ! Lessard m'a accusé tantôt de cacher une enveloppe de microfiches que Rogel m'aurait confiée.

Dérec dévisage son fils, incrédule, abasourdi.

— Mais ils sont fous ! éclate-t-il en haussant presque le ton. Je vais parler à Taillon : il y a quand même des limites.

Nicolas le regarde : il paraît sincère. Cela adoucit un peu le garçon.

Cependant, Dérec n'ajoute rien. À quoi pense-t-il maintenant ? À l'interrogatoire que subit ou que va subir Rogel ? Il est au moins au courant de cela, le garçon en est persuadé.

Peut-être n'est-il pas d'accord avec ces méthodes ? C'est le mieux que Nicolas puisse espérer.

Un bon quart d'heure passe, à manger la salade, avant que Charles Dérec ne reparle :

— Tu te rappelles que c'est demain matin, l'expérience du docteur Audran.

— Tu te rappelles que je ne participe plus à rien : je te l'ai dit clairement, me semble.

— Allons, sois raisonnable. Un programme interrompu, c'est déjà assez. Taillon ne tolérera pas de retard dans les autres, il exige même que nous travaillions plus intensivement.

— La Défense nationale réclame des résultats ? ironise Nicolas. Et comment les expériences d'Audran peuvent-elles leur servir ?

— D'aucune façon : c'est pour ça que tu devrais accepter au moins de ce côté. C'est une expérience hors programme, que j'ai autorisée pour répondre à ta petite révolte, tu te rappelles ?

Nicolas ne sait trop comment interpréter ce sarcasme. Son père préférait qu'il soit plus docile, c'est certain, mais il y a autre chose derrière. Peut-être l'idée du docteur Audran lui tient-elle à cœur, parce qu'elle est l'un des rares projets de la Fondation qui n'ait pas un potentiel militaire ? Mais cela ne suffit pas au garçon : il n'a, pour maintenir son refus, qu'à penser à Claude, peut-être lié sur un fauteuil en cet instant même, hagard sous l'éclat des projecteurs, dodelinant sous l'effet du penthotal.

— Il *faut* que tu reviennes à la Fondation. Tu es notre meilleur sujet : ils ne toléreront pas que je te laisse faire à ta tête. Ils connaissent tes réticences : ils m'ont chargé de te ramener.

— Tu ne réussiras pas. Qu'est-ce que tu vas faire, démissionner ?

Drôle d'affrontement, songe l'adolescent. Ils sont tous deux posés, presque calmes, Dérec suppliant en s'efforçant de ne pas en avoir l'air, Nicolas inflexible en essayant de ne pas agir en gamin buté. Le père n'est pas habitué à de pareilles discussions : jusqu'à ces derniers mois, il n'avait jamais eu de difficulté avec la collaboration du garçon aux recherches, et du côté de sa vie privée, il le laissait faire ce qu'il voulait.

Il se lève et passe à la cuisine pour chercher le dessert dans le réfrigérateur. Pour se chercher une contenance aussi, peut-être : lorsqu'il revient, il semble avoir atteint une certaine maîtrise.

— Je ne peux pas démissionner, répond-il à la question de son fils. Je ne trouverais plus d'emploi.

— Pas à la Défense nationale. Peut-être pas au gouvernement non plus.

Bien que ce soit sans doute s'illusionner beaucoup sur l'influence du ministre de la Défense sur ses collègues du Cabinet, et de l'influence des ministres sur leurs ministères au complet, de croire qu'une consigne de boycott serait respectée dans tous les organismes de l'État, face à un homme aussi compétent que Dérec.

— Nulle part, Nicolas : ils détruiraient ma réputation.

— Il y a quand même des limites à ce que…

— Ils me tiennent par le chantage, l'interrompt Dérec, et sa voix a tremblé imperceptiblement sur le dernier mot.

Nicolas le regarde, pas sûr d'avoir compris : est-ce qu'il réitère son affirmation précédente ou est-ce qu'il annonce qu'il y a plus ?

Dérec évite son regard et explique laconiquement :

— Une affaire de détournement de fonds, du temps où j'étais au CNRS. C'était... une somme assez importante.

Nicolas s'étonne : aimait-il cet homme, au point d'être troublé par cette révélation ? Car il est troublé, il tente de réprimer une sympathie naissante pour Dérec, soudain devenu plus humain à ses yeux.

— Le dossier est entre les mains de la GRC, on n'avait pas porté d'accusation à l'époque. Mais s'il le faut, ils ressortiront l'affaire, Craig a un allié au plus haut niveau de la GRC.

Laquelle s'intéresse beaucoup au *Mindvoice*, Nicolas n'en doute pas. Tous ces gens se tiennent – et les proies qu'ils tiennent, ils ne les lâchent pas.

Dérec a levé les yeux, il regarde de nouveau son fils en face. Pas directement dans les yeux, toute-fois ; peut-être se rappelle-t-il le regard à la fois si lointain et si envahissant que Nicolas a posé sur lui à l'aube, avant-hier.

— C'est bon, soupire le garçon. En attendant que l'affaire des microfiches soit réglée. Mais commence tout de suite à me chercher un remplaçant : je ne resterai pas une semaine de plus.

◆

Et ensuite ? Où se trouve la liberté de Nicolas ? Il est trop tard pour s'inscrire au cégep, le semestre d'automne commence dans quelques semaines. Il lui faudrait entre-temps continuer de suivre des cours privés à la Fondation. Mais on ne le lui permettra point : on ne lui fera pas de faveurs s'il démissionne comme sujet.

Peut-être même le forcerait-on à continuer de se soumettre aux expériences ? Les moyens de pression qu'a évoqués Lessard peuvent aussi bien servir pour cela.

Et s'ils ne s'en prennent pas à Nicolas, ils s'en prendront à son père. Congédiement, déménagement dans un modeste appartement, assurance-chômage. Oh, ce ne serait pas la misère, Dérec finirait bien par se trouver du travail. Mais Nicolas aime bien le Pavillon, il a toujours vécu à l'aise ; le changement ne serait pas facile.

Si ce n'était que ça. Avec ce qui est arrivé à Dillon (même si sa mort n'était pas voulue), à Rogel, à Manon (même si, peut-être, on ne souhaitait pas un accident si grave, juste une mise en garde), Nicolas a peur pour sa vie. Son imagination trouve toute sorte de choses qu'on pourrait lui faire subir. Le rendre infirme, par exemple, paralysé à la suite d'un accident, pour qu'il perde toute autonomie et n'ait plus autre chose à faire que de soumettre son cerveau aux programmes de recherche. Ou encore l'enfermer dans un camp secret de l'armée, quelque part dans le nord, une sorte de Fondation Peers sous régime concentrationnaire.

Alors quoi ? Fuir, pour vrai ? Prendre la moto de Claude, dont il a un double des clés, rafler tout l'argent qu'il pourrait trouver dans la maison, et aller se réfugier... où ? À Hull, chez ses anciens amis ? Au mieux, s'ils n'ont pas déménagé et si on veut bien l'héberger, ce ne serait que pour quelques jours. À Montréal ? Il n'y connaît personne. Loger au YMCA, laver la vaisselle dans un restaurant : au début ce serait cela, au mieux. Au pire, la prostitution, et il ne sait même pas où l'on drague.

Et Fleur de Lune? Il pourrait difficilement l'emmener, il se ferait regarder pour le moins bizarrement.

Elle dort, présentement, et la petite veilleuse bleue fait ressortir la pâleur ivoirine de son visage. Ainsi, elle ressemble à sa mère : Nicolas se rappelle qu'il entrait parfois dans la chambre de ses parents, la nuit, pour regarder dormir Agnès et vérifier qu'elle n'était pas morte dans son sommeil.

V blanc, spectral.

Visage. Masque. Mortuaire.

Il ne s'inquiétait jamais ainsi pour Charles Dérec. Mais Agnès, il craignait de la perdre, comme ça, subitement, sans présage. Peut-être parce qu'on lui avait dit dans quelles circonstances était morte sa vraie mère et que, même des mois après la naissance de sa petite sœur, il redoutait la même chose pour Agnès.

Il n'avait pas envisagé l'accident d'auto.

Vulnérabilité. Éphémère. Mort.

Nicolas se concentre pour chasser ces pensées.

Demain. Demain, l'expérience du docteur Audran. La première fois, Diane et Nicolas ont eu la grisante sensation d'une chute libre sans vertige (car il n'y avait ni bas ni haut), dans un vide sombre où les étoiles étaient perceptibles comme radiosources plutôt que comme points lumineux. Grisante sensation pour Nicolas, en tout cas, car Diane, elle, n'avait pas tellement aimé.

Est-ce cela, la solution? Continuer de travailler à la Fondation comme si de rien n'était, en attendant… quoi? En attendant que la routine et la résignation fassent de lui un complice des militaires?

◆

Nicolas a les mains liées derrière le dossier ; les menottes lui scient les poignets comme des lames. Ses épaules sont deux nids de douleur, comme si l'articulation de chaque bras subissait cent kilos de traction.

Cependant, la pire souffrance est extérieure : sa petite sœur gît sur le plancher de béton, jambes entravées, poings liés derrière le dos. Dans ses yeux, la terreur ; mais c'est Nicolas qu'elle regarde, comme si elle espérait que la fin de son tourment vienne de lui. Sur une chaise près d'elle, Lessard s'allume une cigarette.

Debout, mains derrière le dos, Craig insiste sur le ton égal d'un homme habitué à mener des inter-rogatoires :

— Allons, Rogel a *avoué* qu'il avait détenu les microfiches.

— Mais pourquoi me les aurait-il données à moi ? !

— À qui, alors ?

— Est-ce que je sais, moi ? !

À Kate, voilà ce que pense Nicolas. Mais il ne peut le prononcer, il lancerait sur elle la hargne de Lessard.

— Tu connaissais bien Rogel. Qui étaient ses amis, à la Fondation ? Kate Hagen ?

— Je vous dis que je ne sais rien !

— Christ ! s'exclame Lessard, moins patient que son comparse.

Un geste d'exaspération, trop vif, que Nicolas comprend trop tard : il écrase sa cigarette allumée sur la cuisse de la fillette. Son frère entend le grésillement de la peau, dans la fraction de seconde où elle et lui cherchent leur souffle pour hurler.

Le cri de Nicolas a couvert celui de sa sœur, mais celui de la petite se prolonge, vrillant son cerveau telle une mèche chauffée à blanc.

La colère de Lessard n'est pas calmée : il rallume la même cigarette au-dessus de la fillette, qui s'est retournée sur le ventre et gémit. Il fulmine :

— Tu commences tout de suite à répondre sérieusement, ou je la lui écrase dans la face !

Nicolas a l'impression que c'est son âme qui gît sur ce plancher rude et qui se traîne misérablement en geignant.

Il a repris son souffle, il rugit un flot presque tangible d'injures et de menaces, tendu vers Lessard, les yeux exorbités comme si c'étaient des lames capables de le lacérer, et sa bouche, un lance-flammes pour le calciner.

Une des insultes que Lessard a pu saisir, bien que presque inarticulées, semble l'avoir cinglé : il empoigne Fleur de Lune par les cheveux et, d'une saccade, la force à tourner la tête vers lui. Avec sa cigarette, il vise délibérément l'œil, brûle la paupière inférieure.

La pièce n'est plus qu'un enfer de hurlements où deux visages se convulsent.

Et Nicolas s'éveille en sursaut, dans l'obscurité de sa chambre. Son corps est trempé de sueur, bien qu'il ait dormi découvert ; le drap est moite.

Un frisson secoue le garçon, un frisson de terreur, il cherche drap et couvre-lit pour se pelotonner dans le noir...

CHAPITRE 30

Vers notre passé et vers notre avenir

Sans le réveil, réglé pour sonner plus tôt que de coutume, Nicolas aurait dormi bien plus longtemps. Il a connu quelques heures d'insomnie, cette nuit, après son cauchemar. Malgré l'expérience qu'il a de cet exercice, il a mis du temps à chasser l'image qui le tourmentait, comme parfois le tourmente ce fameux V lumineux.

Il sentait se resserrer le filet dans lequel Craig et Lessard tiennent la Fondation. Et si Rogel avait vraiment détenu un double des microfiches, et s'il les avait effectivement remis à un tiers ? *S'ils se mettent en tête que j'ai quelque chose à voir dans cette affaire ? !*

Rien ne pourrait les arrêter s'ils avaient cette conviction. Déjà ils exercent des pressions, ils le harcèlent, le persécutent, simplement parce qu'il s'est montré hostile. Qu'ils aient seulement un soupçon, et ils chercheront à l'écraser, à le briser. Telles des machines puissantes, subitement animées d'une volonté propre et s'acharnant aveuglément. Implacables, inhumains : il ne leur vient pas à l'esprit que Nicolas puisse légitimement vouloir se dissocier d'eux.

En sortant, Nicolas remarque qu'il y a encore un garde à quelque distance du Pavillon et un autre à la grille. Dès qu'il voit le garçon se diriger vers l'immeuble, le premier s'éloigne.

Le filet. Le filet se resserre.

L'humidité de dimanche s'est résolue en une averse nocturne et le matin est limpide, quoique pas tellement moins chaud.

Kate, peut-être attirée par le bleu tout neuf du ciel, est sortie après le petit déjeuner. Nicolas croise son chemin en se rendant à l'immeuble de la Fondation.

— Marche pieds nus dans l'herbe, lui propose-t-elle. C'est frais, c'est comme une caresse.

Elle-même a ses chaussures à la main, chaussettes en boule enfoncées dedans, jambes de pantalon roulées au mollet. C'est Kate : toute fantaisie lorsqu'elle n'est pas au travail. Le garçon se rend à sa suggestion, sans enthousiasme : il n'a pas l'humeur la plus insouciante, malgré le matin lumineux, le soleil encore bas qui allume des diamants dans l'herbe d'un vert surnaturel.

Nicolas grogne en sentant sous ses plantes cette fraîcheur de pluie et de rosée. Il roule le bas de son jeans : le plaisir de traîner ses pieds nus sur l'herbe douce allège un peu son humeur. Alors il observe que Kate aussi paraît soucieuse.

— Ils t'ont questionnée aussi ?

— Oui, tu penses bien. Si Rogel a remis les microfiches à quelqu'un, je suis la suspecte toute désignée, avec le nom que je porte. Ils ont insinué que nous étions amants et que bien sûr Claude n'avait pas de secrets pour moi.

— Mais ils ne s'arrêteront jamais ?!

Kate l'apaise :

— Rassure-toi, je suis capable d'en prendre. Ne te mets pas en rogne pour eux, il faut que tu sois bien disposé pour l'expérience de ce matin.

C'est seulement la curiosité qui incite Nicolas à s'y prêter. Ce serait dommage d'y renoncer, après qu'on a eu tant de peine à convaincre Diane de s'y soumettre à nouveau.

Grâce aux longues conversations avec Audran, qui est psychologue (il appelait cela des séances de préparation), elle semble avoir surmonté le traumatisme que lui a causé la première expérience, surmonté les peurs qu'elle entretenait : perte d'identité, viol de son intimité. Audran lui a fait valoir que, à ce niveau superficiel (le seul qu'on puisse réaliser à ce stade des expériences), ses secrets étaient bien gardés.

Il est habile, Audran, et surtout excellent pédagogue. Diane devrait être aussi motivée qu'elle pourra jamais l'être. Si encore cette fois ça ne va pas, il faudra chercher une autre partenaire. Ce qui serait regrettable, car Diane et Nicolas sont habitués à travailler ensemble, télépathiquement, depuis plus d'un an. Pareil rapprochement ne s'improvise pas.

— Ce midi, il n'y aura presque personne à la Fondation, annonce Kate. Les funérailles de Dillon : tous les chercheurs y seront, plusieurs cadres et techniciens.

Nicolas fronce les sourcils, regarde Kate qui ajoute :

— Nous serons tranquilles. Il faut que nous ayons une longue conversation.

Le garçon revoit Kate parlant à mi-voix dans quelque walkie-talkie, à la tombée du soir. Un agent *infiltré* dans le personnel de la Fondation ?

Kate, croyant elle aussi les microfiches en la pos-
session de Nicolas et voulant lui offrir quelque
chose en échange ?

Est-ce une hypothèse si absurde, après tout ? Il
demande d'une voix neutre :

— Et de quoi veux-tu me parler ?

— Diane ne t'a rien dit de notre conversation de
samedi ?

— Non.

Maintenant, il se rappelle son attitude de dimanche après-midi.

— Mais elle avait l'air préoccupée, hier. Elle
n'était pas très causante.

— Eh bien nous causerons, tous les trois.

◆

Le laboratoire, comme celui où était testé le
Mindvoice, se compose d'une salle centrale de
contrôle et de sept chambres d'isolement disposées
autour, en couronne. Diane et Nicolas ont été mis
dans deux chambres les plus éloignées l'une de
l'autre, pour voir si l'union peut aussi se faire à
distance ; lors de la première expérience, on avait
mis les deux sujets dans la même pièce, presque
tête contre tête.

L'ordinateur servira d'interface entre les deux
Trancers, modulant les fréquences de façon à les
mettre parfaitement en phase. Dérec, Audran et
Kate Hagen se trouvent dans la salle de contrôle,
ainsi qu'une assistante du psychologue.

Diane a accepté de participer à l'expérience,
mais seulement parce qu'Audran l'a persuadée que
ses pensées ne seraient pas mises à nu. Car elle a
des pensées, Diane, qu'elle ne veut pas voir mises
au jour. Les transes « à vide » qu'elle a tentées à

l'instigation de Nicolas, certaines nuits, les rêves qu'elle a faits sous le *Trancer*, elle y repense constamment. Elle se voyait prisonnière, menée le long de corridors étouffants, vers quelque interrogatoire public. Elle se voyait accusée, détestée, elle se voyait telle qu'ils l'ont faite à la Fondation (ou du moins est-ce commode de le leur reprocher): calculatrice, dissimulatrice, opportuniste. *C'est ce qu'ils ont fait de moi*. Le cynisme de son père, de toute sa famille, le cynisme du général Craig qui est son oncle, le cynisme de Taillon. Ils l'ont voulue ambitieuse, au-dessus de vains sentimentalismes, et c'est ce qu'elle est devenue.

J'aurais pu être autrement. Elle aurait pu être comme Nicolas, qu'elle aime et qu'elle méprise à la fois, pour son ingénuité. Qu'elle aime, surtout, car dans le secret d'elle-même elle s'autorise encore un peu de candeur. Et c'est tout cela qu'elle ne veut pas qu'il voie.

« S'il y a des choses que tu tiens à tout prix à garder pour toi, le blocage sera si fort qu'il se maintiendra sans effort conscient. Personne ne pourrait le traverser, à ce stade d'union que nous expérimentons. »

À ce stade, peut-être pas, mais au cours des expériences suivantes? Car le but ultime n'est-il pas l'union intégrale comme moyen de scruter un esprit et d'y lire malgré lui? Bien plus efficace que les méthodes actuelles d'interrogatoire, car on n'aurait pas à savoir *quelles* questions poser, on verrait tout.

— Diane, on essaie de se détendre?

La voix de Kate.

Se relaxer. Faire le vide. Elle en a l'habitude, maintenant.

Le bourdonnement commence doucement, pulsation métallique, comme si quelque énorme abeille électronique passait et repassait près de son oreille.

Dans la cavité géodésique de la lampe, la lumière vient vers ses yeux et s'éloigne, vient vers ses yeux et repart, un peu plus brillante chaque fois.

Détente. Neutralité.

Dans l'autre chambre d'isolement, Nicolas entre déjà en transe. Il faut une transe profonde pour cette expérience, presque un état de demi-sommeil, les paupières maintenues ouvertes par la seule force de la lumière, et la pulsation sonore pour toute conscience.

Nicolas se laisse traverser par les ondes. *Je suis la lumière, je suis le son, je suis le rythme. Je ne suis qu'une antenne, je ne suis qu'une fréquence.*

Je suis un phare mental, mon crâne n'est plus, mon cerveau est à nu et rayonne directement vers l'univers. Je suis une fréquence.

Je ne suis même plus ma fréquence. Je suis modulé par l'interface, je suis emmené graduellement vers un point où l'autre fréquence me rejoindra, se superposera à la mienne. La fréquence Diane. En phase avec Diane.

Je la devine, je la sens, un autre phare mental, de plus en plus proche. Nous sommes en expansion, nous sommes des sphères en forme de cerveaux, en expansion. Nos cerveaux franchissent les limites de leur boîte crânienne, nos esprits franchissent les limites de leur cerveau. Plus d'obstacle, nous sommes sans frontière.

Nous sommes en expansion, nous allons nous toucher…

—En phase, murmure Kate dans la salle de contrôle.

Deux gouttes qui se rejoignent sur une vitre et fusionnent.

Expansion, décuplement. Nous sommes le double de nos énergies mentales. Non, nous en sommes le carré. Et le carré du carré, si nous voulions, si tu voulais.

[Attention, Nic : ne pas s'emballer comme l'autre fois. Contrôler.]

Je te sens en moi, je me sens en toi, c'est au-delà de l'amour, Je suis **avec** *toi dedans toi.*

[Moi aussi, Nic, si tu n'essaies pas d'être moi.]

Je ne voudrais pas être toi, ça semble si serré, un espace peuplé de filets concentriques, tendus par ce qu'ils retiennent. Un muscle, un muscle intangible, tendu et crispé à la fois.

[Regarde dehors, pas dedans.]

Dehors : nous sommes en expansion. Nous sommes déjà plus grands que l'immeuble de la Fondation, les gens sont comme des graines incrustées en nous, fermées.

L'herbe de la pelouse, maintenant, la vie sous la terre, les arbres : une vibration de vie, en sourdine, un bruissement à peine audible.

Expansion.

[Mais doucement : la première fois, nous avons jailli vers l'espace et j'ai cru ne jamais revenir. Contrôler notre potentiel, le maîtriser, ne pas le laisser nous emporter. Dominer. Rester nous. Nous sommes nous.]

Expansion : nous sommes en résonance, chaque vague d'expansion gonfle la précédente, mais nous restons au contrôle.

Notre sphère est l'eau du lac et l'air et la route. Et le parc : les Lunes. La vie y est si riche et vibrante, il me semble reconnaître chaque massif fleural.

[Une autre sphère ! Là, une autre conscience !]

Un autre phare, mais si puissant, éblouissant, en expansion avec l'énergie d'une nova. **Carl !**

Les deux esprits sont unis, une même sphère à deux enveloppes. Diffuses, lâchement imbriquées comme le seraient les atomes de deux gaz, mais distinctes, prêtes à se dissocier, l'une qui se rétracterait et laisserait l'autre se disperser faute d'appui.

[Proximité. Qui est-ce ?]

Un ami.

[Un ami pour toi, je ne le connais pas. Ingérence, menace.]

Ne refuse pas le contact. Nous serions trois : expansion au cube, sans limite !

[Dilution ! Je disparaîtrais dans l'univers. Je ne veux pas être l'univers, je veux être un noyau : moi.]

QUI ?

C'est moi, Nicolas. Avec Diane. Nous voulons…

*[**Ne m'impose rien !** Je ne serai pas dominée, je ne serai pas absorbée, je peux me suffire à moi-même.]*

Mais tu resteras toi-même, Diane. Ton corps est encore là, ton esprit y reviendra entier, intact.

[Intrusion ! Agression ! Il fouille, il manipule ! Il nous étire vers notre passé et vers notre avenir !]

Diane, ne recule pas tout de suite ! Il faut décider ça ensemble, nous sommes en phase !

[Je décide pour m…]

Di…

◆

Comme tous les jours depuis qu'il séjourne aux Lunes, Karilian a pris sa dose de propsychine et s'est mis en transe. Les chimistes de Psyché sont parvenus à raffiner la drogue, ses effets secondaires semblent maintenant moins graves. De sa dernière visite à Argus, il a rapporté les ampoules.

Toutefois, c'est trop tard pour Karilian : avec presque deux mois d'usage quotidien, il a ruiné son cerveau. Le symptôme le plus sensible est une migraine quasi perpétuelle, que les médicaments soulagent de moins en moins. Les dommages réels se situent dans les centres psi, où s'est concentré un résidu toxique : à raison d'une dose quotidienne, l'organisme n'arrive pas à éliminer complètement certaines composantes de la propsychine.

C'était cela, sans doute, l'ombre qui planait sur le futur de Karilian, la brume après la courbe de la voie ferrée : il ne pourra plus voir le futur, il ne pourra plus voir à distance, il ne pourra plus recevoir ou émettre des pensées ; aveugle, sourd et muet, en quelque sorte. Le reste de son cerveau sera à peu près intact – à peu près. Son intelligence sera un peu émoussée, sa mémoire un peu relâchée, la fatigue intellectuelle viendra plus vite et le besoin de sommeil sera plus grand. Un handicapé.

Karilian a vite compris cette conséquence, quand il a vu que la rencontre tardait. Mais il était descendu sur Terre *pour* cette rencontre, il ne pouvait se soustraire à la nécessité de sonder chaque jour afin de trouver la personne. C'était son devoir. Une tâche qu'il s'était imposée librement, sur Érymède déjà, en décidant de parler de sa prémonition au Conseil d'Argus. Avec la résignation de ceux qui voient le futur, il s'y est mis lucidement, il s'est injecté tous les jours la drogue qui laissait une quantité infime de poison dans le tissu cérébral. Il y avait deux planètes en jeu, deux populations menacées de guerre et d'extermination. Les Éryméens à sauver. Les Terriens à sauver. Cela valait le sacrifice.

Mais ce n'était pas de l'héroïsme, ou alors un héroïsme pas tout à fait volontaire : il savait qu'il séjournerait cet été aux Lunes, il savait qu'il ferait la rencontre. La décision était prise.

Aujourd'hui, comme tous les jours à des heures variées, il s'est assis en lotus à la tête de son lit, omoplates appuyées au mur. Les expérimentateurs de Psyché n'ont pas besoin de longs préparatifs, ni de l'équivalent électronique du pendule de l'hypnotiseur. Ils ont perfectionné une technique mentale, que des maîtres comme Karilian ou Ilfor exercent en moins d'une minute.

Karilian est devenu une antenne, à la fois pour recevoir et pour chercher, il est devenu sondeur et, dans le continuum psi, Diane/Nicolas l'ont vu comme un phare.

Ils se sont touchés, plus longtemps et de plus près que la première fois. Et Karilian l'a reconnue, la personne schizoïde, l'être à double identité, l'une féminine et l'autre masculine, l'une dominatrice, agressive et apeurée, l'autre plus douce, calme et raisonnée, ils portaient avec eux leur passé et leur avenir : Diane, fille des militaires, porteuse de guerre interplanétaire, Nicolas, perturbateur du temps, l'un des instruments de l'extermination.

Heureusement pour eux, Diane se rétractait déjà du contact et Nicolas suivait en hâte, sans quoi leur esprit aurait grillé comme un circuit sans fusible lorsque Karilian a hurlé son refus.

Ils seraient peut-être morts là, ou tout comme, et c'eût été mieux ainsi.

Maintenant, Karilian va devoir les tuer, la fille nommée Diane et le garçon nommé Nicolas, son fils, son aimé.

CHAPITRE 31

Juste un petit vertige

— Bon, vous devez avoir faim, dit Charles Dérec. Nous aurons une discussion plus approfondie demain matin, quand vous serez reposés. Nicolas, ça va ?

Le garçon fait signe que oui. Le retour a été assez brutal. Ce genre de transe ne doit pas être rompue brusquement, unilatéralement. Il a eu une période de confusion, comme lorsque durant une maladie on s'éveille d'un sommeil fiévreux, ne sachant ni quel jour ni à quel endroit l'on est. En plus, le hurlement de Karilian l'a frôlé, sans qu'il le sente pour tel, une explosion d'énergie mentale qui l'aurait rendu pareil à un légume si elle l'avait enveloppé.

Les stylets de l'électroencéphalographe se sont affolés, ont tracé pendant quelques minutes le tableau d'un esprit en tumulte. Durant ce moment, Audran et Dérec ont vu avec effroi combien ils étaient encore peu préparés à toutes les éventualités dans ce genre d'expérience.

Puis, l'adolescent a graduellement retrouvé ses esprits – et c'était sûrement, pluriel mis à part, l'expression la plus proche de la réalité. Diane, elle, avait récupéré plus rapidement.

—Tu es sûr que tu ne veux pas aller à l'infirmerie ? insiste Charles Dérec.

—Non non, ça va.

Il n'a qu'un mal de tête, qui finira par passer.

—N'oubliez pas de noter toutes vos impressions, leur lance Audran lorsque Diane et Nicolas sortent du laboratoire.

—On vous a tout dit, répond la fille.

—S'il vous en vient d'autres…

Mais déjà les jeunes s'éloignent dans le corridor. Parvenus à l'aire de repos de l'étage, Diane prend son ami et s'excuse de nouveau. Sa sincérité émeut le garçon, qui ne parvient pas à lui en vouloir. Ce qu'il a senti brièvement en elle, ce nœud de refoulement et de remords, cette puissante crainte pour l'intégrité de son identité… il comprend qu'elle ait réagi si violemment.

—Ça va, la rassure-t-il, personne n'a eu de mal.

Face à face, ils se tiennent par les bras. Elle soutient son regard. Tant de candeur… Mais ce n'est pas de l'innocence mignonne, c'est simplement de la franchise, lucide, éveillée. Comme souvent, cela lui donne un accès d'affection : elle l'attire et l'embrasse, avec une passion retenue. Que n'a-t-elle voulu s'ouvrir à lui durant la transe, s'unir pour vrai…

Elle se détache. Un peu brusquement, mais il ne le remarque pas.

—Il n'y avait rien à craindre de lui, dit-il à mi-voix. C'est un ami, Carl.

—Un télépathe lui aussi ? Mais il n'est pas de la Fondation.

—Non. Je ne savais même pas qu'il était télépathe.

Il l'amène à la grande baie vitrée, remplacée depuis le suicide de Norma, et lui montre la villa des Lunes. On devine la maison de poupée parmi les arbres, lorsque, se penchant tout contre la vitre, on regarde de côté.

—C'est là qu'il habite. Il faut que je te présente. Tu verras, il est très gentil.

—Non. Je…

—Si ! Il n'est pas intimidant, tu verras. Nous irons ce soir.

Elle veut encore protester, mais des pas dans le corridor l'interrompent : Audran et Dérec qui sortent du laboratoire. Bien qu'il soit un peu tôt pour le repas du midi, ils se hâtent d'aller prendre un sandwich avant de se mettre en route vers Hull, où les funérailles de Dillon ont lieu à treize heures.

Les techniciennes suivent, moins pressées. Kate s'approche et, laissant s'éloigner l'autre, elle demande à mi-voix :

—On va causer au bord du lac ?

◆

Ils ont pris des fruits à la cafétéria, du fromage, du lait, et se sont improvisé un déjeuner sur l'herbe, loin des oreilles indiscrètes. Ils ont choisi l'ombre d'un arbre : la journée est en train de devenir aussi chaude que les précédentes, le ciel n'est plus limpide. Nicolas a enlevé son t-shirt, s'est mis pieds nus et s'est étendu à portée de la main de Diane, espérant se faire jouer dans les cheveux. Mais son amie semble trop soucieuse pour y songer. Lui-même n'est pas exactement détendu. Il a beau lutter contre la paranoïa qui galope ici, il ne peut s'empêcher de craindre ce que Kate va lui dire : ne leur fera-t-elle pas une offre au nom d'une puissance étrangère, ne va-t-elle pas demander à Nicolas les fameuses microfiches que Rogel n'a peut-être jámais possédées ?

Kate en vient enfin à son propos, s'adressant au garçon :

—Je vais te poser une question que j'ai posée hier à Diane : si on t'en offrait l'occasion, aimerais-tu changer de vie ? Je veux dire complètement ; aller ailleurs.

—Oh oui, répond-il sans réserve, et ce sont Norma, Dillon, Claude, qui ont répondu pour lui.

Ensuite seulement, il se rappelle que Carl lui a posé la même question hier.

—Eh bien, dit Kate en riant, c'est spontané ! Diane, elle, a passé une journée à délibérer.

Cela n'étonne Nicolas qu'à demi. Elle est prudente, même pour une interrogation hypothétique comme celle-là. Mais lui aussi aurait plusieurs questions à poser sur la question de Kate.

—Je vais plutôt vous raconter une histoire, réplique-t-elle, et on croirait une monitrice dans une garderie, son visage épanoui et un peu rond. Imaginez que nous sommes au XVIIe siècle…

Et, d'hypothèses en suppositions, elle bâtit son tableau. Dans son XVIIe siècle où l'on voit déjà poindre la révolution industrielle, elle rassemble les grands esprits, des lumières avant le Siècle des Lumières, et les enlève à l'Histoire avant qu'ils ne deviennent célèbres. Des humanistes, des philosophes, des savants, choisis parmi les plus éclairés et les plus libres de superstitions. Mais elle ne les recrute pas qu'en Europe : des Arabes érudits, des sages du Bénin, d'ingénieux Chinois, des penseurs hindous, des maîtres toltèques sur leurs hauts plateaux. Elle les réunit par une langue artificielle, en une cité secrète qui est la Cité dont ont rêvé tous les utopistes depuis la Grèce, une synthèse, et mieux encore.

En Sibérie, loin de tous les royaumes, inconnue même des tribus nomades, Érym se bâtit au fil des décennies, au fil des siècles, elle devient une société harmonieuse, une civilisation en avance sur son temps. La science et la technologie y prennent un essor comme celui que connaîtra le XXe siècle, mais dans la Cité cela se passe au XIXe.

Ses idéaux ultimes sont encore en voie de définition, cependant déjà elle en applique un : limiter la crise qu'auguraient les premières fumées de la révolution industrielle. La course technologique crée des inégalités monstrueuses. Il faut ralentir l'écart en soustrayant des cerveaux à l'Occident : combien ont rejoint la Cité, qui autrement auraient hâté les Terriens vers leur perte ?

Un autre idéal prend forme, un défi gigantesque : lorsque la planète sera près du chaos, les possédants prêts à étrangler les peuples et à étouffer la planète, les nations disposées à s'annihiler (et le jour viendra), il faudra des arbitres. Des arbitres qui aient la force pour faire prévaloir la raison, pour protéger la planète. Mais d'abord, et aussi longtemps que possible, des arbitres secrets, cachés, qui mouilleront les poudres et pinceront les mèches, afin de prévenir les guerres, du moins les plus terribles. Des arbitres qui truqueront poignards et dagues pour que les rivaux, au dernier moment, soient forcés de négocier. Les agents d'Érym se font la main, à l'ère des nationalismes. Combien de guerres ont été évitées, ou retardées, sans qu'on n'ait jamais su grâce à qui ?

Pour cela, un impératif, le secret. Et lorsque la naissance de l'aviation menacera la Cité d'être découverte même dans sa steppe lointaine, il faudra songer à partir.

La Première Guerre mondiale les a surpris durant ce colossal déménagement, et ils n'ont pu que la retarder d'une année ou deux. La Seconde Guerre mondiale les a pris au lendemain d'un déménagement encore plus colossal, ils se sont trouvés débordés pour la première fois. Leur avance technologique, sur Terre, n'était plus si écrasante ; les Terriens avaient resserré l'écart. Les arbitres se sont jugés incapables d'intervenir assez efficacement, de façon assez décisive, pour interrompre rapidement les hostilités, surtout après l'échec de leur participation à un attentat contre le führer. Tout de même, ils ont su dérober au Troisième Reich le feu nucléaire que des physiciens méconnus s'apprêtaient, en guise d'essai, à embraser dans le désert libyen. Le conflit aura été pour Érym l'occasion de préciser pour de bon son mandat : ne pas intervenir directement dans les conflits limités, ne pas ambitionner d'empêcher toute guerre, sans quoi il faudrait intervenir dans les guerres civiles, les guérillas, jusqu'à la violence politique au niveau local, ce qui reviendrait à s'ériger en gouvernement mondial, sans être assez nombreux pour l'exercer avec efficacité et justice. Ils garderont donc leur existence secrète, et ce sera plus efficace de la révéler par un déploiement de toute leur puissance d'intervention dans un conflit majeur : guerre nucléaire, recours massif aux armes chimiques ou recours aux armes bactériologiques. Ce jour-là, les Terriens connaîtront leurs arbitres.

C'est une « histoire » dont Kate avait déjà dit quelques mots, Diane s'en souvient, lors d'une conversation sur les ovnis. Mais aujourd'hui, Kate semble s'attendre à ce qu'on la croie.

Nicolas, lui, les connaît déjà, ces arbitres. Il a vu les cités qu'ils ont érigées sous des cratères, les parcs immenses protégés par des dômes transparents, les prodigieux réseaux souterrains. Il a vu une cité lunaire, des bases sur des planètes, de gigantesques stations dans l'espace, des vaisseaux de la taille de destroyers. Il a vu leur technologie, des salles obscures émaillées d'écrans témoins.

Il connaît l'un d'entre eux, Carl, et il connaîtra Thaïs.

Dans la tête de Nicolas, tout se met en place, sans heurt, comme un château de cartes dont on aurait filmé la chute pour la montrer à reculons. Les rêves sous *Trancer* n'étaient pas des rêves, c'étaient des prémonitions. Son « hallucination » était un phénomène de voyance. Les images échappées de la tête de Carl ne venaient pas de l'imagination d'un écrivain ou d'un cinéaste, c'étaient des souvenirs réels.

Toutes les expériences qu'a vécues Nicolas ces derniers mois convergeaient vers cela, vers cette illumination qu'avant-hier il a senti approcher lorsqu'il a déployé ses facultés sans l'aide du *Trancer*. Une illumination sans secousse et sans éclair, sans extase, juste un petit vertige devant cet univers déployé à ses yeux.

Une grande sérénité l'envahit, comme après l'amour, un sentiment de plénitude : il a une place, il a un avenir, il flotte déjà au-dessus de la Fondation et de ses avanies.

— Et pourquoi venez-vous nous chercher ? demande-t-il en employant le pluriel, car il associe Carl à Kate.

Elle le regarde, étonnée qu'il ait accepté si vite la véracité de son « histoire », et elle ne relève pas le pluriel.

Elle lui explique qu'Érym a toujours tenu à un apport de sang neuf, tant au sens génétique que sur les plans social, culturel et scientifique.

—Nous recrutons quelques savants, mais c'est délicat de faire disparaître des sommités mondiales ; aussi nous cherchons plutôt des sujets prometteurs dans les universités, des jeunes qui n'ont pas encore trop d'attaches sur Terre, et qui gardent l'esprit ouvert.

—Mais nous ?

—Une bonne part de notre recrutement porte sur les « psi ». Nous étudions beaucoup le domaine métapsychique ; un de nos principaux instituts de recherche s'y consacre exclusivement. Et puis, ce sont autant d'armes que nous enlevons aux Terriens. Car c'est cela que vous êtes : des armes, ou des instruments.

Cela, il le sait, et s'il ne l'avait encore compris, les événements de ces derniers jours auraient suffi à le lui démontrer.

—Et vous, vous avez des buts plus nobles ? demande-t-il, mais il en est déjà convaincu.

—Nos spécialistes croient que ces facultés sont innées, latentes en chaque individu, et qu'un jour l'homme pourra les exercer aussi spontanément qu'aujourd'hui nos sens ordinaires.

Le garçon songe à Carl, dont il a ce matin frôlé l'esprit : un télépathe, manifestement, et dont l'éclat faisait pâlir ceux de Diane et Nicolas conjugués.

C'est vers cela, peut-être, qu'a tendu la vie de Nicolas : une occasion, un lieu où se réaliser. Toutes ces années où il ne comprenait pas ce qui l'habitait, toutes ces années encore où, l'ayant compris, il l'acceptait mal, se sentant repoussé par ses camarades ; et ces mois récents où, devant de nouvelles manifestations, il en était venu à douter de son propre équilibre.

Le soleil brille à son zénith, le temps même semble ralentir, accablé. Seule une brise tiède apporte quelque clémence, animant le lac de timides ondulations, donnant un semblant de vie à l'herbe. Nicolas paraît distrait, mais son cerveau travaille à assimiler tout cela, tout un monde soudain déployé devant lui.

— Et où est-ce ? finit-il par demander.

— La Cité, la deuxième, s'appelle Argus, sur la face cachée de la Lune. Mais notre monde est désormais Érymède, un astéroïde de la frange intérieure : c'est là que nous vivons pour la plupart.

Nicolas hoche la tête : tout correspond.

— Nous vous offrons de vous intégrer à la société éryméenne. Je sais bien que ça ne sera pas une décision facile pour vous. Vous apprendriez notre langue ; ce serait rapide grâce à l'hypnagogie. Vous poursuivriez vos études dans un domaine de votre choix ; vous vous y retrouveriez avec des gens de votre âge ou un peu plus jeunes, et vous ne devriez pas avoir de problèmes d'adaptation insurmontables. L'Institut de métapsychique et de bionique vous renseignerait sur ses recherches et ses projets, vous inviterait à y participer.

— Tu nous laisses le temps d'y réfléchir ?

Mais, avant que Kate n'ait le temps de répondre, Diane éclate :

— Tu ne vas pas me dire que tu la *crois* ? !

Ils la regardent tous deux, Kate qui s'y attendait puisqu'elle a appris à la connaître, Nicolas qui comprend un peu tard que ce peut être difficile à croire sans les « révélations » qu'il a eues préalablement.

—Et si elle te montrait des preuves ? propose candidement le garçon.

—Si elle *me* montrait des preuves ? Et toi, tu n'en as pas besoin ?

Ce serait un peu long à expliquer. Il va pourtant s'y résoudre, mais elle le coupe :

—Je refuse d'entrer dans son jeu : elle se moque de nous, c'est évident !

Kate semble peinée. Depuis des mois, presque des années, qu'elles se connaissent, Kate pouvait croire que Diane avait quelque amitié pour elle. Elle s'attendait à des réticences, mais pas à cette agressivité.

Que croit-elle ? Car on sent qu'il y a quelque chose, juste derrière ses lèvres serrées, une accusation qu'elle n'ose pas lancer. Que c'est une ruse de la part de Kate, qu'elle tente de les amadouer pour le compte d'une puissance étrangère ? Le doute que Nicolas refusait d'entretenir, un peu plus tôt, Diane est capable d'y ajouter foi. Ce n'est pas une question d'hérédité, c'est une question d'entourage : on n'est pas fille d'un général de l'OTAN sans que cela déteigne. Et c'est bien pour cela qu'elle a discuté une journée sur la simple question « voudrais-tu changer de vie ? », essayant sans se compromettre d'en faire dire plus long à Kate. C'est bien pour cela aussi qu'elle était si préoccupée dimanche, se demandant si son amie (car, oui, elle avait de l'amitié pour Kate) n'était pas à la solde des puissances rivales.

Elle se lève, et Nicolas ne comprend qu'imparfaitement dans quel dilemme elle est prise.

—Pour le moment, dit-elle avec un peu de calme retrouvé, pour le moment je vais faire comme si je n'avais rien entendu de cette… histoire.

Elle s'éloigne vers l'immeuble de la Fondation, vers la chambre qui est le refuge de sa solitude.

Après un instant d'hésitation, Nicolas prend ses chaussures et son chandail, court à sa poursuite.

—Je reviens, lance-t-il à Kate. Il faut qu'on se parle encore.

Il rattrape Diane. Kate le voit en train d'accompagner la jeune femme en sautillant à cloche-pied, essayant de se chausser sans se laisser distancer, argumentant à travers son chandail qu'il met à l'envers, enlève et remet.

Mais c'est encore la foi empressée du garçon qui l'étonne le plus.

◆

Le salon. Une vaste pièce ouverte jusqu'au toit en pente, surplombée par le palier de l'étage avec sa rampe de bois aux balustres ajourées. Un âtre froid, nettoyé de tout tison. Les fenêtres sont fermées, pour garder la fraîcheur que procure l'ombre des épinettes à ce côté de la maison. Des baies vitrées, l'une donnant sur le lac et son îlot, l'autre sur la haie qui borde la propriété. Le silence est complet.

Karilian gît affalé sur un sofa dont il n'occupe qu'un bout, nuque sur le dossier, jambes presque allongées devant lui. Il fait face à la seconde baie vitrée, mais son regard ne semble se rendre nulle part, atone, sans éclat. Des images lui viennent, des bribes : le salon des officiers à bord du *Sleipnir*, à l'autre bout de la jonction qui lui avait fait voir cet instant, ici, à la villa des Lunes.

Pense-t-il ? Qu'y a-t-il à penser ? Le dilemme est clair, et résolu depuis le début. Il ne peut tuer Nicolas, il ne tuera pas Nicolas. Quel que soit le rôle futur du garçon, quelle qu'en soit la gravité, Karilian ne peut se résoudre à le supprimer, ne peut même permettre qu'on le fasse à sa place (aussi n'a-t-il pas rapporté sa découverte).

Et dire que c'est lui, Karilian, qui aura contribué à introduire Nicolas dans la société éryméenne, pour des motifs personnels. Car il a pris contact avec le Recrutement, hier soir, et on lui a confirmé que l'agent Hagen entendait approcher les deux, le garçon et la fille, ces jours-ci.

Tuer la fille seulement suffirait-il à déjouer le futur? Ou leurs rôles sont-ils tout à fait distincts? Karilian n'en sait rien, c'est le flou absolu. Il avait l'occasion de sonder, l'occasion attendue depuis des mois, mais lorsqu'il a reconnu Nicolas, il a fui, un refus plus fort que la raison et le devoir, bien plus fort que les prétentions de Karilian à l'impassibilité. Maintenant, il est trop tard pour savoir: son cerveau saturé de toxines ne supporterait pas une seconde dose de propsychine à si bref intervalle.

Que fera-t-il, alors, que dira-t-il au Conseil d'Argus? Après avoir tant insisté sur la nécessité de supprimer « la » personne, comment soutenir qu'on puisse essayer de *contrôler* la personne, la surveiller à vie pour l'empêcher de nuire? On ne peut le faire sans *connaître* son rôle futur, lequel peut être tout à fait indirect et même fortuit. Et puis, peut-on changer le futur? La question éternelle, fondamentale, si simple à formuler. Psyché n'a pu y répondre jusqu'à ce jour: le cas ne s'est pas encore présenté où, grâce à une prémonition, on aurait agi sur les événements de façon à ce que n'arrive pas ce qui avait été vu. La théorie des futurs alternatifs, la raison d'être des recherches en prémonition, somme toute, reste encore à prouver.

C'était la mission de Karilian, de vérifier cette théorie.

Fera-t-il plutôt la preuve du contraire, que le futur est accompli et ne peut être modifié ? Le doute, le doute qui le rongeait depuis le début, même depuis avant la mission, ce doute est maintenant en train de lui dévorer la face.

Cela, et le sentiment d'échec. Non pas l'échec devant les autres, devant ceux qui lui donnaient tort ; il n'a pas cet orgueil et, si l'humiliation devait être le seul prix à payer pour solutionner ce dilemme, il le paierait au décuple. Ni même l'échec personnel : il ne tenait pas tant que ça à avoir raison, à avoir vu juste. Non, c'est l'échec face à son devoir : parce qu'il a échoué, des malheurs viendront, la guerre, l'extermination, et il se sent trop faible pour accomplir ce qu'il a à faire pour l'empêcher. Échec aggravé par le fait qu'il a obtenu le contraire de ce qu'il visait en *introduisant* Nicolas dans l'histoire d'Érymède. Le contraire de ce que Karilian voulait. Mais peut-être a-t-il fait ce qu'il devait faire, ce qui *devait* être fait. Peut-être n'avait-il rien à dire, rien à décider, peut-être n'était-il qu'un rouage dans le mécanisme du temps ?

Ne serait-ce pas la réponse la plus apaisante ? *Cela devait arriver, j'ai joué le rôle que je devais jouer, j'ai eu tort de prétendre y avoir quelque influence délibérée.*

Mais n'est-il pas en train de s'égarer ? Les futurs alternatifs, le futur déterminé... Ce qu'il a senti, c'était le *potentiel* historique de Diane et Nicolas ; il n'en a rien vu. Ce qu'il avait *vu*, c'était le pistolet, le sang dans le vestibule, comme il avait eu la prémonition du moment actuel, la pelouse ensoleillée et la haie, au-delà d'une baie vitrée, et l'éclat du soleil à son déclin à travers les branches d'épinettes.

Karilian *peut* encore prévenir ce futur cataclysmique. Il en a le pouvoir : le pistolet devant lui, sur la table à café. Il en a le devoir, il est venu ici pour ça.

Dans la salle souterraine, toute une équipe est venue cet été pour observer un événement crucial, afin d'agir ensuite. Ils avaient prise sur cet événement : par vidéo et par scopie, par les caméras les plus perfectionnées et les micros les plus sensibles, par les cellules, par les marqueurs incrustés à même la chair des Terriens et par tout un appareil de repérage, ils avaient prise sur l'événement. L'événement était captif des circuits et des écrans, du métal et du verre, du silice et du cristal, l'événement était captif d'Argus.

Argus… Les satellites et les puissants relais, les bases régionales, les flottilles de navops, les croiseurs, les intercepteurs prêts à bondir de leur aire, OCArgus et le central aux milliers d'yeux… Argus *est* le contrôle.

Et Érymède… Ses cités, incrustations de métal et de plastique à même le roc d'un planétoïde, ses réseaux tels des filets de nerfs électroniques et d'artères trépidantes, ses dômes cristallins durcis contre le vide hostile, ses jardins suspendus défiant l'histoire, ses vaisseaux cinglant entre Uranus et Pluton, vibrant d'espoir aux rivages du système solaire… Érymède *est* la maîtrise.

Et Karilian est Érymède, il est une part d'Érymède.

Érymède laisserait-elle le futur glisser entre ses doigts ? Érymède aurait-elle une faiblesse dans la main, une trémulation ?

Tu n'es rien, Karilian, tu es l'arme. L'arme n'a point de sentiment. Elle est dure comme le roc d'Érymède, dure comme le plastal de ses vaisseaux, elle est Érymède. Le jeune Dérec n'est qu'un événement, sur lequel il faut agir.

Dans le salon, le téléviseur s'allume tout seul, subitement. Dick doit être couché, à cette heure, il est de garde la nuit; c'est l'ordinateur qui sonne discrètement une alerte d'intrusion. Une des caméras du périmètre montre la haie qui entoure le parc, la brèche devenue le chemin habituel de Nicolas. Sauf qu'aujourd'hui Nicolas n'est pas seul. La fille qui l'accompagne doit être Diane, comprend Karilian: le personnage à deux identités de sa prémonition, il est là, en personnes.

Une fois dans le parc, ils s'arrêtent. La fille discute avec Nicolas, semble réticente à aller plus loin. Le garçon gesticule, fort excité, avec la pétulance d'un enfant.

Pas un enfant. Seize ans. Un adulte, sur certains plans. Et chargé d'un potentiel cataclysmique.

Il fait même mine de prendre Diane par le bras, mais elle évite sa main d'un geste irrité. Elle consent à le suivre.

Le timbre de Sécurimaître se fait de nouveau entendre, insistant. Karilian répond à voix haute:

—Reçu. Aucune intervention.

Nicolas Dérec est ton tort, Karilian. Tu étais en mission, tu t'es lié avec une Terrienne: tu n'en avais pas le droit. Nicolas est le résultat. Est-ce que tu feras défaut une deuxième fois?

Le garçon cherche Karilian dans le parc; il ne semble pas vouloir attendre le hasard d'une rencontre.

Ferme, Karilian. Dur.

La substance même de son corps durcit, et dans cette constriction battent les artères. Celles du cou, surtout, semblant lutter pour laisser s'échapper quelque chose.

Ou pour marquer les secondes, qui se perdent en minutes dans l'étirement douloureux du temps.

Nicolas se rend compte que « Carl » ne se trouve pas dans le parc. Les caméras, commandées par Sécurimaître, les ont suivis, lui et Diane, le long des sentiers familiers.

Karilian se raidit contre les images qui affluent, le ruisseau d'où il a repêché Nicolas, le banc, le pont de bois ; la tête blonde du garçon est partout dans le jardin.

Nicolas semble avoir résolu de descendre jusqu'à la maison, ce qu'il n'avait jamais fait pour respecter le vœu d'intimité de Carl. Qu'est-ce qui le travaille tant, pour l'inciter à relancer Carl chez lui ? Le timbre de l'alerte-intrusion signale que le périmètre immédiat est violé.

—Aucune intervention sur l'événement en cours.

La tension de Karilian est devenue un véritable mal, comme si quelque toxine épaississait son sang, donnant la nausée à tous ses tissus. Les battements de ses artères ont perdu de la netteté, ce n'est plus qu'une pulsation floue et puissante, un gonflement arythmique qui veut faire éclater sa tête et chuinte dans ses oreilles.

Il se lève, prend le pistolet sur la table, se tourne vers le vestibule, son esprit traversé d'images fragmentaires à bord du *Sleipnir* : Pier Winden dans un fauteuil, les étoiles derrière la baie de transplastal.

Il ne voit pas, sur l'écran du téléviseur, Diane s'arrêter à l'orée de la vaste pelouse qui entoure la maison. C'est comme une frontière, le parc avec ses bosquets et ses arbustes s'arrête là, il n'y a plus que quelques arbres. La réticence de la fille est devenue refus : elle n'ira pas plus loin. Après une brève discussion, Nicolas continue seul, enjoignant à son amie de ne pas repartir.

Le vestibule. Comme dans la vision : clair-obscur, fenêtres étroites et hautes où le rideau translucide est blanc du jour qu'il retient. Murs blancs, plinthes et chambranles en bois sombre, comme la porte. Sur le mur en face de Karilian, une grande glace où il ne se voit pas encore à cause de l'angle.

Karilian ne s'est pas senti marcher jusqu'ici. Tournant dans le vestibule, il a distingué par l'étroite fenêtre le mouvement de quelqu'un qui vient vers la maison.

La courbe de la voie ferrée est atteinte, et Karilian, lié sur le devant de la locomotive, voit enfin au-delà du tournant. Ce n'est pas de la brume, la brume d'un cerveau épuisé, plus capable de transes prémonitoires. Non, c'est le gouffre, la non-couleur du néant.

Le sang sur le mur blanc, bientôt, dans un instant.

Le pressentiment est là, il n'est plus pressentiment, il est instant, et maintenant il peut être nommé. Il aurait pu être nommé depuis longtemps, en fait, depuis le début, mais peut-être Karilian a-t-il eu peur. Ou peut-être a-t-il espéré que sa lucidité soit trompée. Depuis qu'il séjourne aux Lunes, il agit comme s'il n'avait plus rien à perdre, plus d'avenir à protéger : ainsi les libertés qu'il a prises avec la sécurité, en laissant Nicolas s'introduire dans le périmètre.

Des images lui reviennent, flashs du bar de Clifton Lodge et des forêts enneigées où il refusait de nommer son pressentiment, images du futur, un futur qui n'est pas pour lui, celui du Carnaval inconnu qu'il a souvent entrevu, un monde oisif et cruel, ricanant de sa propre vanité, un monde pour Nicolas et Barry ou leurs enfants, du moins ceux qui resteront.

Car Nicolas vivra, après tout. Au dernier moment, Karilian s'efface devant lui, parce qu'il ne peut, il ne peut tout simplement lui loger une balle dans le front.

Sa main se lève, se tourne, sa bouche s'ouvre. Le coup de feu éclate, sec, étouffé. La jambe droite de l'homme cède sous lui, il tombe de côté et vers l'arrière à la fois. Son regard se fixe sur le miroir, par le miroir il voit le mur derrière lui, éclaboussé de son propre sang, et il meurt avant de comprendre que sa vision était exacte jusqu'à la fin.

CHAPITRE 32

Ces nefs que tu as rêvées

Ils ont perquisitionné. Pendant l'expérience de ce matin ou pendant que Charles Dérec assistait aux funérailles et Nicolas conversait sur la pelouse avec Kate.

Avec arrogance, sûrs de leur impunité, ils ont fouillé. Ses notes de cours, ses livres, remis sans ordre sur les étagères. Les tiroirs de son bureau et de sa commode, certains replacés de guingois. Dans sa garde-robe, quelques chemises tombées de leur cintre ; de la tablette on a descendu la boîte de pièces où il puise pour compléter ses maquettes.

La révolte l'a gagné tandis qu'il songeait à ces mains détestables qui fouillaient ses affaires, sa chambre, son domaine privé, touchant ce qu'il possède de plus personnel.

Et là ! L'outrage, la gifle arrogante, d'une méchanceté gratuite : le vaisseau presque achevé sur lequel il travaillait depuis des semaines, brisé sur sa table de travail, non pas laissé tomber accidentellement mais pris à pleine main et fracassé sur l'arête de l'établi.

Charles Dérec apparaît dans l'encadrement de la porte, tragique dans son humilation et sa colère

retenue : on est entré dans sa maison à lui, un des
directeurs de la Fondation, comme s'il n'était rien.

— Ils ne m'ont pas prévenu. Ils sont venus pendant que j'étais à Hull, ils ont donné congé à
madame Morris.

Il cherche le regard de son fils et le fuit à la fois.

— Tu me crois ? Je ne leur aurais jamais permis…

Nicolas hoche la tête, plus ému qu'il ne se
l'avoue. Oui, il le croit.

◆

L'adolescent prend son repas du soir sans appétit.
C'est son père qui l'a préparé, un macaroni gratiné
au four, et les pâtes sont trop cuites, le fromage
presque brûlé. L'ambiance est pénible. Dérec, ful-
minant, affirme que dès ce soir il ira chez Taillon
pour dénoncer la perquisition et exiger le retrait
des deux gardes qui surveillent le Pavillon.

Mais Nicolas est absorbé dans ses pensées. Il a
de nouveau conversé avec Kate avant d'aller aux
Lunes avec Diane. Il a réclamé des détails sur
l'utopie à laquelle on lui demandait de croire.

Une société égalitaire, démocratique, a dit Kate,
sans système monétaire. Puis elle en a résumé le
fonctionnement. Elle a parlé du Conseil supérieur
d'Érymède, dont les membres sont élus et dont les
délibérations sont publiques. Régulièrement, les
citoyens sont appelés à se prononcer sur diverses
questions, par une forme de référendum électronique. Tous les biens et services sont gratuits, on
compte sur le bon sens des gens pour ne pas en
abuser ; du reste, il n'y a pas cette mentalité ma-
térialiste qui donne aux Terriens une insatiable soif

de posséder. Chaque Éryméen a droit à la gratuité parce que chacun travaille – le sens civique élimine l'oisiveté délibérée. Il se fait beaucoup de cadeaux et de troc pour les biens non utilitaires, toutes les formes d'art et d'artisanat appliquées à la décoration, à l'ornement, à l'habillement ou au divertissement, chaque citoyen ayant au moins un violon d'Ingres. Voilà du moins le tableau qu'a tracé Kate.

Tout cela est bien beau en théorie, songe Nicolas, mais la pratique ne peut être parfaite. *Rien* n'est parfait là où les humains sont en cause. Et les Éryméens ont beau vivre selon les préceptes d'une philosophie très éclairée dont Kate lui a exposé les grandes lignes, on ne lui fera pas croire que cette société n'a aucun *desiderata*.

« Les rapports sociaux y sont fondés sur la tolérance et l'ouverture d'esprit », a-t-elle affirmé. Nicolas veut bien. Il est même prêt à croire que l'éducation y est si bien menée qu'on fait de chaque jeune un citoyen modèle, imbu de sens civique. Mais *aucune* tension ? *Aucune* injustice ? Dans l'attribution des postes, par exemple ? Même dans des cités automatisées, il reste des emplois moins valorisants, s'il n'y en a plus de carrément rebutants. Et il n'y a pas sur Érymède – du moins ce n'est pas généralisé – un système de rotation par lequel chacun serait tenu d'occuper pour une certaine période un emploi fastidieux. Kate a avoué que, la rémunération n'existant pas, il se fait une valorisation implicite des fonctions les plus prestigieuses, malgré les beaux principes égalitaires. « Inévitable », a-t-elle commenté, et Nicolas ne peut qu'être d'accord. Sauf que ce n'est déjà plus la parfaite utopie.

Et il n'y a pas que la qualité interne de cette société. Les rapports d'Érymède avec la Terre sont basés sur la dissimulation. Depuis les mensonges – la manipulation ? – que subissent les auxiliaires terriens ignorant qu'ils travaillent pour Argus, jusqu'à cette injustice qui consiste à priver les Terriens des bénéfices d'une science plus avancée. « Tu as vu ce qu'ils font de la science qu'ils possèdent ! » a rétorqué Kate, non sans justesse. Mais n'y a-t-il pas de la condescendance à dire que les Terriens n'ont pas la sagesse qu'il faut pour faire bon usage de la science, alors que les Éryméens, eux, auraient cette sagesse ? Nicolas lui-même n'est pas loin de l'opinion des Éryméens sur cette question, mais n'ont-ils pas l'assurance trop tranquille de détenir la position juste ? C'est comme pour la guerre : leurs motifs de ne pas intervenir dans les conflits dits « mineurs » sont-ils sincères ? Les Éryméens n'auraient-ils pas le pouvoir de faire régner la paix totale et de lutter contre les injustices comme la famine ? Mais Nicolas exagère, il s'en rend compte même en formulant cette pensée ; l'inégale répartition des richesses sur Terre est un problème qui dépasse les capacités d'Érymède, avec sa faible population, son nombre restreint d'usines et d'établissements agricoles. Toutefois, empêcher les guerres serait possible, lui semble-t-il, si les Éryméens regardaient de moins haut les problèmes de leurs cousins terriens.

Et puis, peut-être qu'il a complètement tort de juger sur la base du peu qu'il a appris. Ne connaissant pas toutes les données, peut-il savoir comment il agirait à leur place ?

Ce n'est pas seulement la notion d'utopie qui influence sa décision. Il la considère d'un œil critique et ne se laissera pas éblouir par les facettes de cette utopie qu'on lui fait miroiter.

L'attrait vient aussi de ce que Kate a raconté de leur culture. Elle en a parlé durant des heures, lui donnant une idée du climat social d'Érymède, du comportement des Éryméens et de leur façon de vivre. Des anecdotes, des détails, des facettes qu'il ne se rappelle pas toutes mais qui ont créé une impression globale. Et le tableau était si cohérent, le propos de Kate si spontané et sincère, que Nicolas n'a pas de raison d'en mettre en doute l'authenticité.

Après souper, l'adolescent monte à sa chambre. Tous ces objets qui lui sont chers, sa guitare, ses maquettes de vaisseaux, celle inachevée maintenant détruite. Bâtisseur d'imaginaire, elles ne voleront jamais, ces nefs que tu as rêvées.

Il ne pourra rien apporter, probablement, le départ devra être discret : la Sécurité, dans l'état de nervosité où se trouvent Lessard et Craig, le fera suivre si on a connaissance de son départ.

Les choses, Nicolas pourra s'en séparer, mais les gens ? Au souper, il a songé qu'il voyait peut-être Charles Dérec pour la dernière fois et – il ne l'aurait jamais cru – cela lui a fait quelque chose. Pas tant pour lui-même que pour les ennuis que sa disparition causerait à Dérec. Le directeur va la lui reprocher, sûrement, et Dérec aura à trouver de nouveaux sujets pour le *Trancer* aussi bien que nouveaux chercheurs pour le *Mindvoice*. Peut-être même (mais Nicolas écarte cette pensée avec laquelle il n'est pas à l'aise), peut-être même son père adoptif aura-t-il du chagrin et de l'inquiétude, peut-être aime-t-il Nicolas, quelque part derrière l'attitude neutre qu'il a toujours eue en face du garçon.

De Dérec il pourra se séparer, mais non de sa petite sœur. La laisser dans ce monde trop dur pour elle ? Elle est porcelaine, on la briserait ; elle est pétale, elle flétrirait. Et puis ce serait trahir Agnès que d'abandonner sa fille, le trésor qu'elle a laissé avant de partir.

V blanc, spectral.

Voie. Passage. Mort.

Non, il l'emmènera. On ne la refusera pas : elle est jeune, elle s'adaptera aisément, elle est intelligente, elle ne se sentira pas dépassée.

Vol. Envol. Mort.

Et Diane ? Cet après-midi, il lui a expliqué en détail ses rêves prémonitoires, les images qu'il a reçues de Carl, enfin tout ce qui l'a convaincu, lui, de l'existence d'Érymède. Mais est-il parvenu à la persuader, elle ? Une conversation avec Carl, espérait-il, la convaincrait : il accepterait peut-être un contact télépathique et elle verrait bien l'authenticité des souvenirs de Carl, l'authenticité du monde d'où il vient. Elle a accepté, avec beaucoup de réticence, mais l'homme était absent.

Alors Nicolas lui a dit de réclamer des preuves à Kate. « Elle trouvera bien quelque chose à te montrer », a-t-il dit. « Un signal lumineux, tiens, en provenance d'un de leurs croiseurs sur orbite. Exige ça ; après, tu ne pourras quand même plus douter. »

Maintenant, devant sa fenêtre, Nicolas se ronge les sangs. Il a prié Diane de venir, vers vingt et une heures, aux alentours du Pavillon, en faisant mine de se promener. C'était son idée à lui, éviter autant que possible de paraître conspirer à trois, Kate, Diane et lui, de façon à ne pas éveiller les soupçons paranoïaques de la Sécurité. Plus tard, Nicolas est censé retrouver Kate au bord du lac, lui aussi au hasard d'une promenade vespérale.

Mais il fait noir, maintenant, vingt et une heures sont depuis longtemps passées, et il n'aperçoit toujours pas Diane sous la lune.

N'y tenant plus, il se décide enfin à sortir, par la porte de la cuisine pour ne pas être vu de son père. Il n'a pas eu tort : Diane est là-bas, sur le chemin qui mène de la Résidence au Pavillon et à la route. Elle marche aussi lentement que la vieille madame Gladstone, la belle-mère du directeur, que l'on voit parfois faire sa promenade à la brunante, humant les ombelles sans parfum de la haie. Mais pour Diane, ce n'est pas l'âge, c'est l'indécision. Nicolas le voit bien lorsqu'il la rejoint.

Il la prend par la taille, comme tant d'autres soirs.

— Alors, elle t'a convaincue ?

Diane hésite, comme s'il y avait dans les parages quelqu'un pour rire de sa naïveté. Elle répond par une question :

— Est-ce que tu regardais le ciel vers le nord, tout à l'heure ? demande la jeune femme.

— Quand ?

— Il y a une heure environ.

Probablement. Il était à sa fenêtre, et elle fait face au nord-ouest.

— As-tu vu… une lumière ? s'enquiert Diane.

— Dans le ciel ?

Il lui semble… Du coin de l'œil, un scintillement, mais lorsqu'il a bien regardé c'était fini, et il n'y a pas porté attention.

— C'était un signal de leur vaisseau.

— Ah, Kate a accepté de te fournir une preuve ? demande Nicolas, jubilant. Ça t'a convaincue ?

Mais Diane ne partage pas son enthousiasme. De leur existence, oui, Kate l'a convaincue. Mais ni de l'ampleur ni de l'avance prodigieuse de leur organisation : à la rigueur, ils ont peut-être un petit vaisseau comme cette navette que les Américains doivent mettre sur orbite dans quelques années. Mais pour le reste elle n'a que la parole de Kate et les visions de Nicolas, elle refuse presque viscéralement quelque chose d'aussi totalement étranger à ses connaissances. Elle refuse tout en comprenant qu'elle a tort, que son opinion n'y change rien. Elle s'exclut elle-même plutôt que d'exclure ce qu'on lui présente.

Tout cela, Nicolas le déduit du peu qu'elle lui confie, presque honteuse, comme si elle était consciente de ce que son attitude a d'étroit. Elle n'est tout simplement pas prête, elle a encore besoin de la sécurité de ses certitudes.

—Ça veut dire que tu n'iras pas, c'est ça ?

Il ne peut réprimer une certaine colère. Quoi, elle laisserait passer une occasion pareille, et choisirait de rester sur cette Terre sordide, parmi les militaires et les savants sans conscience de leur entourage actuel ?

—Et toi ? Dis-moi que tu ne te laisseras pas embarquer non plus.

—*Quoi ?* éclate-t-il. Bien sûr, que j'irai ! Tu ne crois pas que je vais laisser échapper une occasion comme celle-là ?

Et il s'écarte un peu d'elle, comme s'il avait senti quelque bras intangible essayant de le retenir.

Il s'est déjà fait à l'idée : inutile d'insister, si après deux jours de réflexion elle refuse toujours. Seul le temps parviendra peut-être à vaincre sa crainte du changement. Il la connaît : elle cédera d'autant moins maintenant qu'il a montré de l'agressivité. Elle se butera, comme lui s'est buté

sans songer à quel point ses visions lui ont facilité
sa décision.

Mais il s'est trompé, l'attitude de Diane n'est pas
du tout celle-là. Elle l'arrête par le bras et le regarde
bien en face :

— Ne les laisse pas t'emmener. Qu'est-ce qu'on
sait de leurs vraies intentions ?

Elle paraît sincèrement inquiète. Son ton est de
sollicitude plutôt que larmoyant. Comme si Nicolas
était une proie sans défense, et elle chargée de le
mettre en garde.

— Mais tu es folle ! réplique-t-il, et la tendresse
a chassé toute colère de sa voix. Ce sont eux qui
t'ont rendue comme ça !

« Eux », les militaires, la Fondation qu'il a
désignée du menton. Diane a vraiment peur pour
lui, il le comprend soudainement et sent ses propres
yeux se mouiller.

Il doit s'éclaircir la gorge pour parler. Il essaie
de la rassurer, à voix basse :

— Allons, ne crains rien, ces gens-là sont honnêtes, je le sens. Je le *sais*.

Elle hoche la tête, négativement.

— Je… voudrais, murmure-t-elle en choisissant
bien le temps du verbe, je voudrais que tu refuses.

Lui voudrait qu'elle ne lui demande pas ça, pas
à cet instant. Peut-être le sent-elle vulnérable, prêt
à faiblir. Il n'avait pas envisagé qu'elle refuserait
de partir, au bout du compte. Maintenant cela lui
pèse, soudainement, et en même temps la conscience aiguë de tout ce qu'il laisserait derrière.

Leurs mains se sont retrouvées, instinctivement,
et s'étreignent avec plus de chaleur que d'habitude, comme si elles sentaient qu'ils veulent se
quitter, Nicolas et Diane, et qu'elles protestaient en

leur propre nom contre cette séparation. Déjà il sent sa détermination faiblir ; il aurait dû mettre ses mains dans ses poches.

— Ne l'exige pas, Diane.

Même s'il cédait ce soir, ce serait mentir, il se ressaisirait le lendemain, le surlendemain.

Elle le prend dans ses bras, il niche son visage au creux de son cou et la serre, très fort.

Diane… C'est toi que je devrais emmener, vaincre ta peur de l'inconnu. Ensemble nous irions vers les planètes. C'est un rêve que j'ai, je voudrais que tu puisses le lire en moi, le sentir et le partager. Et peut-être qu'il pourrait rejoindre, dans l'intimité de son esprit, la part de Diane qui redoute le neuf, l'inexploré, l'incertain, cette part qui tient à la sécurité des choses connues. Doucement, il la persuaderait de s'ouvrir au changement.

Ne sent-elle pas, comme lui, que le futur se trouve là-bas, *leur* futur, leur destinée en quelque sorte ? Ou est-il le seul à avoir eu ce pressentiment, la nuit où pour la première fois il a fait usage, délibérément et sans aide, de sa faculté télépathique ? Il se rappelle l'heure grise de l'aube, le sentiment d'un grand potentiel, la vision de portes ouvertes sur la lumière du jour. Est-il le seul ?

Diane l'étreint. Cependant, par-dessus son épaule, d'autres yeux regardent Nicolas, ceux de Thaïs, encore loin dans le temps et dans l'espace, mais à portée de décision.

Nicolas se détache doucement.

« Alors ? » demandent le visage, le regard de Diane.

Le garçon hoche la tête négativement :

— Moi, je pars.

Il retire ses mains, il ne la touche plus, ils ne sont accrochés que par le regard. Il a l'impression d'un tourbillon d'émotions derrière ces yeux, mais elle n'en laisse rien échapper. Comprend-elle au moins ? Ce n'est pas *elle* qu'il quitte, qu'il fuit, c'est ce monde.

Il a l'impression d'avoir une parfaite inconnue devant lui, elle avec qui pourtant il a uni son esprit ce matin, elle dont il a reçu les pensées des centaines de fois depuis plus d'un an. Elle est peut-être désespérée de leur rupture, ou peut-être insultée qu'il l'abandonne, ou encore alarmée de ce qu'elle considère comme un enlèvement, et il n'en sait rien, strictement rien. Il a connu l'une et l'autre Diane, qui pourraient avoir n'importe laquelle de ces réactions, même toutes à la fois, tant elle est un nœud inextricable.

— On se reparle, dit-il, et il s'éloigne lâchement, laissant croire qu'ils se reverront avant son départ, mais espérant que non.

◆

Kate semble s'être résignée à dormir là, au bord du lac. Nicolas craignait qu'elle n'y fût plus, à cette heure, et qu'il doive aller la chercher à sa chambre, au risque d'être remarqué par Lessard.

Elle est adossée à un arbre, tête un peu renversée, yeux clos, visage tourné vers le Clifton Lodge dont les lumières se reflètent dans l'eau noire.

— Kate, appelle l'adolescent à mi-voix.

— Personne aux alentours ? demande-t-elle sans ouvrir les yeux.

Elle l'a entendu approcher ; mieux, elle savait qu'il était seul.

— Diane a refusé notre offre, fait-elle.

Puis elle ouvre les yeux et tourne la tête vers lui :

— Et toi ?

Il soutient son regard, tentant d'y trouver quelque éclat particulier, la lumière d'Érymède, peut-être. Elle est simplement belle, son visage lisse sous la lune, ses longs cheveux défaits.

— Il est entendu que tu quitterais la Terre pour de bon si tu décidais de partir.

— Vous m'empêcheriez d'y revenir ?

— Non, mais tous les problèmes seraient pour toi. Ou bien prendre une nouvelle identité, ce qui dans votre monde est de plus en plus difficile ; ou bien revenir sous ton vrai nom, et alors comment expliquerais-tu ta disparition ?

— Évidemment, on ne me croirait pas si je racontais…

— Tu n'aurais rien à raconter, l'interrompt-elle, nous effacerions de ta mémoire tout souvenir relatif à Érymède. Ou alors, si ton séjour avait été trop long pour que cet effacement soit total, il ne t'en resterait aucune connaissance précise, que des images ou des impressions floues.

Elle remarque sa réaction, devance ses objections :

— Cette mesure est indispensable pour que notre existence reste secrète. Du reste, le traitement est indolore et assez rapide ; il s'agit d'une drogue sans effet secondaire.

— Et Diane… devine Nicolas.

— … subira le traitement cette nuit. Il n'y a que deux jours à effacer : une dose légère, une suggestion hypnotique enregistrée, répétée durant son sommeil. Je ne peux pas me fier à sa discrétion. Tu lui ferais confiance, toi ?

En toute honnêteté, non. Il se demande si elle n'ira pas spontanément, dès demain, dénoncer Kate comme agent hostile. C'est pitoyable, mais il ne parvient pas à s'illusionner sur son compte. Toutefois, il ne peut s'empêcher d'associer cette technique au lavage de cerveau et il voit Rogel sanglé sur une chaise sous les projecteurs, les veines irriguées de penthotal, la tête dodelinant d'épuisement. Claude... un autre qu'il va abandonner. Mais que peut-il pour lui ?

— Et pour moi, comment on s'arrange ?

— Avec la crise actuelle à la Fondation, je devrai de toute façon partir. Mais je voudrais quand même éviter de lier trop évidemment ta disparition à mon départ.

— Alors je pars seul ?

— Demain matin si tu peux, à l'aube.

— Avec la moto de Claude.

— C'est ce que j'ai pensé. Tu te rendras à Montréal et tu feras quelques manœuvres pour t'assurer que tu n'es pas suivi. Connais-tu assez la ville pour te débrouiller ?

— On y a passé deux semaines l'été dernier, pour les Jeux olympiques. Et à peu près une fin de semaine par mois depuis des années : on loge chez une sœur de mon père, qui habite au centre-ville.

Kate hoche la tête, rassurée. Elle poursuit :

— En ville, tu pourras manger, te reposer deux ou trois heures. Puis tu partiras vers Sherbrooke, mêmes manœuvres. Le rendez-vous sera devant la cathédrale Saint-Michel ; elle n'est pas difficile à repérer.

— À quelle heure ?

— À dix-sept heures au plus tard, une voiture se sera approchée de toi, les phares allumés, et le chauffeur t'aura dit « Érymède ».

—Ce ne sera pas toi ?

—Peut-être pas. Et peut-être que si, déguisée. Ça dépendra de la manière dont je m'en tire ici. Je partirai en milieu d'après-midi et un hélicoptère me rejoindra à Hull.

—Un hélicoptère ? Tu n'auras jamais le temps !

—Nos hélicoptères ont… quelques améliorations.

Nicolas se rappelle celui de Carl, silencieux, ultrarapide.

—Et si personne ne me contacte à Sherbrooke ? Je peux me rendre à votre base directement ?

—C'est hors de question.

—Mais imagine… imagine que les événements se précipitent, que je sois forcé de fuir pour semer les gens de Lessard, que je sème aussi les tiens.

—Ça n'arrivera pas.

—Ce n'est pas suffisant, s'impatiente Nicolas. J'ai besoin d'une assurance, je ne veux pas être à la merci d'une malchance.

Elle le scrute, comme si elle tentait de lire à même son esprit.

—Tu dois bien avoir une intention en me demandant ça.

—Celle que je t'ai dite, ment-il.

Un demi-mensonge. Mais il soutient son regard, et c'est bientôt lui qui scrute, qui perce.

—Je ne suis pas autorisée à te donner ce renseignement. Nos règles de sécurité…

Les yeux de Kate sont captifs des siens, leurs visages deux masques de marbre qui se font face.

—Fais une entorse pour moi, murmure Nicolas. Tu ne sens pas que je serai loyal ?

Elle cligne des yeux, mais c'est un mouvement automatique. Elle ne parvient pas, délibérément, à détacher son regard. Toutefois, elle ne parlera pas : son entraînement est bien plus fort qu'un jeune psi qui s'essaie à l'hypnose. Elle ne dira pas *Lac Mégantic, route 161 jusqu'après Woburn, chemin de la rivière Arnold, traverser la frontière par le domaine Clarke*.

Elle-même n'y est jamais allée par voie de terre, mais des repères visuels lui ont été donnés par hypnagogie et elle trouverait son chemin comme si elle l'avait emprunté des dizaines de fois, tant les images sont claires.

— D'accord, laisse tomber, dit Nicolas. Je serai au rendez-vous.

Et il s'éloigne, innocemment. Elle se passe une main sur le front, sur les yeux.

— Nicolas.

Il se retourne, la regarde avec le visage le plus neutre possible.

— Nicolas Dérec, je crois que ce sera mieux pour nous de t'avoir de notre côté.

Elle a un sourire entendu, un peu mal assuré, et il lui répond d'un sourire complice, un peu timide.

CHAPITRE 33

En moto dans l'espace

Nicolas n'a pu dormir, bien entendu. Il a pris dans la voiture de son père une carte routière du Québec et une autre de Montréal, il les a étudiées soigneusement, espérant que ses déambulations épisodiques dans la métropole trouveraient aujourd'hui leur utilité concrète. Lorsque enfin il a replié les cartes, il avait une idée claire du trajet qu'il suivrait jusqu'à la frontière états-unienne.

Puis il a rassemblé quelques vêtements dans un sac à dos, un petit sac de randonnée, comme s'il partait pour quelques jours seulement.

Cette nuit le V blanc est intense. Il proteste, dirait-on, contre ce grand départ imminent. Comme si Agnès considérait cela comme un abandon définitif.

Voyage. Départ. Mort.

Mais je ne t'abandonne pas.

V blanc, spectral.

Voix. Appel. Mort.

Dans un tiroir de sa propre commode, il a pris une réplique photographique du portrait ovale, celui si romantique, d'Agnès. Il y joindra le médaillon où Corinne et Simon Gravel se font face, même si ce Simon-là n'était pas vraiment son père.

Abandon ? Il restera toujours fidèle à leur mémoire. Et sa petite sœur, il ne l'abandonne pas, il l'emmènera avec lui. C'est un peu pour cela qu'il a pris à Kate les indications exactes pour se rendre de lui-même à la base régionale. Lorsqu'il frappera à leur porte avec Fleur de Lune, ils ne pourront refuser de la prendre.

V blanc, phosphorescent.

Victime. Immolation. Mort.

Le V blanc est ardent, porteur de présage. Il y a autre chose, quelque chose d'imminent. Autre chose qui a poussé Nicolas à demander le chemin exact de la base, comme si son destin passait par ce chemin-là et par aucun autre. Comme si sa destinée allait être incomplète s'il ne faisait pas ce détour.

Une heure avant l'aube, il sort du Pavillon et se dirige vers l'immeuble. La porte de la clôture grillagée n'était jamais fermée à clé ; ces temps-ci, elle l'est la nuit. Toutefois Nicolas détient la clé. La sentinelle a été retirée par ordre de Taillon, devant qui Dérec a dû faire une colère impressionnante.

Les tennis du garçon ne font aucun bruit sur l'allée asphaltée, et la lune est couchée. Il n'y a d'illuminés que le portique de l'immeuble et, là-bas, la guérite à l'entrée du terrain. Quant au gardien de nuit qui patrouille la propriété, Nicolas connaît bien l'horaire de sa ronde : en un point donné, il ne passe qu'à toutes les heures.

Ou du moins c'était ainsi au début de l'été : soudain, une lumière, et Nicolas n'a que le temps de se réfugier derrière un buisson. Le gardien vient de contourner l'angle de l'immeuble. Ou plutôt *les* gardiens, car ils sont deux, avec chacun une grosse lampe de poche.

Ils ne semblent pas avoir repéré l'adolescent.

La garde a été augmentée depuis la mort de Dillon, depuis qu'on soupçonne quelque espion de vouloir s'échapper avec les microfiches du *Mindvoice*. Cela ne suffirait pas à empêcher un professionnel bien décidé d'entrer ou de sortir. Mais Lessard, qui a toujours déploré qu'on ne prenne pas assez au sérieux la sécurité de la Fondation, a dû saisir l'occasion pour instituer ce qu'il considérait comme des mesures minimales – en espérant qu'elles resteraient toujours en vigueur.

Nicolas illumine le cadran de sa montre et calcule d'après les observations faites de la fenêtre de sa chambre : une ronde aux demi-heures, maintenant, ou plutôt même aux vingt minutes. Cela complique sérieusement sa tâche. Les gardes passent près de lui, se dirigeant vers le portillon, du côté du Pavillon.

Dès qu'ils se sont assez éloignés, et sans attendre leur retour, Nicolas se hâte vers le côté de l'immeuble où est stationnée la moto de Rogel. Claude n'avait pas l'habitude de la cadenasser, ici, à la Fondation ; personne n'y a touché depuis samedi.

Le garçon éprouve un pincement au cœur en songeant à Rogel. Vont-ils reconnaître son innocence, si cette histoire de microfiches cachées est fausse ? Et s'ils le font, le calvaire de Claude n'est pas fini : on va le contraindre de continuer à travailler au projet *Mindvoice*, sous la menace de tuer Manon, qu'on n'a pas hésité à estropier en guise d'avertissement.

Et Nicolas, lui, va tranquillement se mettre à l'abri de tout ça.

Que veux-tu que j'y fasse ? Que je demande aux Éryméens de le délivrer ? On pourrait aussi leur fournir toutes les listes d'Amnistie Internationale : ils n'en viendraient jamais à bout.

Rien ne sert d'y penser. L'important pour le moment est de pousser la moto en roue libre jusqu'au Pavillon. Les gardes, là-bas, ont atteint la porte de grillage et constaté qu'elle est verrouillée. Après quoi ils partent en direction de la Résidence pour vérifier une autre porte dans la clôture. C'est l'instant que choisit Nicolas. Le plus silencieusement possible, il relève le support. Puis il entreprend de pousser la moto en marchant à côté ; ce sera plus difficile que prévu, la machine est lourde et le terrain présente une légère côte. Après quelques minutes, Nicolas est inondé de sueur dans la nuit tiède.

Sa peur est de rompre l'équilibre de la moto lorsqu'il tourne la tête et de la faire tomber : le bruit suffirait à alerter les gardes, fussent-ils au bord du lac. Aussi Nicolas a-t-il choisi de marcher au bord du gazon.

Il parvient enfin à la porte grillagée. Il doit appuyer la moto sur son support pour se libérer les mains et déverrouiller. Un coup d'œil vers l'immeuble : la ronde suivante est déjà commencée, les deux autres gardes passent devant la façade, balayant la pelouse de leurs torches électriques. D'après l'éclat, Nicolas est convaincu que l'un des faisceaux passe sur lui ; seule la distance peut le dissimuler, cela et son chandail sombre. Le faisceau ne revient pas.

Le garçon ouvre la porte, pousse la moto, la remet sur son support. Là-bas, les deux gardes passent du côté de l'immeuble où était stationné l'engin. Remarqueront-ils sa disparition ? On remarque moins l'absence d'une chose que sa présence inopinée ; le subconscient note quelque chose mais, souvent, on ne sait pas quoi.

Nicolas ferme sans bruit la porte de grillage.

Là-bas, les deux gardes ont dépassé l'endroit sans paraître s'agiter ; peut-être bavardaient-ils, ce qui les aura rendus moins attentifs.

L'adolescent reprend son effort silencieux. Ici, la côte est plus accentuée, et il n'avance que décimètre par décimètre, vacillant à côté de la moto.

Et ce qui devait arriver arrive. Ses efforts sont de plus en plus saccadés : l'un plus maladroit déséquilibre l'engin, le fait tomber de côté, et Nicolas choit dessus en tentant de le retenir. Il n'y a pas de bruit, heureusement la moto est tombée sur les fleurs et la terre meuble d'une plate-bande. Mais Nicolas doit se mordre la lèvre pour ne pas hurler : il s'est blessé la cuisse sur quelque saillie métallique, peut-être le repose-pieds. Il serre les dents et les larmes lui viennent aux yeux tant la douleur est cuisante ; elle laisse sa jambe sans force durant un moment.

Là-bas, entre les buissons et à travers le grillage, il voit approcher les gardes ou, du moins, il distingue leurs torches électriques, étoiles jaunâtres entre ses cils mouillés. Il s'arc-boute pour relever la moto, et son effort manque de la renverser de l'autre côté. Tout juste.

De nouveau il pousse, mettant dans l'effort ses ultimes énergies. Le Pavillon est proche, et l'angle par où il le contournera pour stationner la moto à l'arrière.

Derrière lui, les gardes ont atteint la porte grillagée. Le plus grand, brandissant sa lampe plus haut que le faîte, balaie de son faisceau la pelouse du Pavillon.

Nicolas se retrouve en terrain plat, finalement. Il trotte. Quelques troncs d'arbres le dissimulent, puis il contourne l'angle, enfin sauf.

◆

Dick, l'agent des services secrets de l'ONU, dort dans sa chambre. Les auxiliaires terriens d'Argus ignorent que leurs coordonnateurs vivent sur la Lune, ils ne savent rien d'Érymède. On leur fait croire – et pour cela on a monté une fiction qui convaincrait le plus sceptique –, on leur fait croire que des hauts fonctionnaires de l'ONU, riches philanthropes, citoyens de modestes puissances, ont dans le plus grand secret établi un réseau dont le financement et le fonctionnement échappent au Conseil de Sécurité en pratique paralysé par les cinq membres permanents. Ce service secret relève directement du secrétaire·général et d'éminences grises qui l'entourent, il œuvre pour la paix mondiale, par-dessus les tiraillements incessants de l'Assemblée générale. Ses agents sont peu nombreux, leur dit-on, et chacun se sent d'autant plus indispensable ; ses opérations sont rares, minutieusement calculées, d'où l'importance capitale de chacune.

Dans les souterrains de la villa, Dick n'a accès qu'à la chambre Sécurimaître, d'où il peut entrer en contact avec la base régionale (sans savoir quel lieu fabuleux c'est). De la salle « Observation », il ne connaît que ce qu'on en voit de la porte et il ignore le code qui donne vie aux consoles.

Il a deviné ou cru deviner que Karilian restait pour une suite importante de la conférence secrète, mais il n'a jamais soupçonné que Nicolas y était lié. Karilian non plus, du reste, jusqu'au dernier jour.

Dick est réveillé à trois heures de la nuit, comme prévu. Il prendra son café à la Sécurité du périmètre, tout en vérifiant que rien d'anormal ne s'est passé ces dix dernières heures. Ce qui est superflu, car il aurait été réveillé en cas d'alerte, si Karilian ou l'ordinateur avaient cru la sécurité menacée.

Il s'habille, fait une étape aux cabinets, puis descend l'escalier. Un trajet si familier qu'il n'a pas besoin d'allumer. Il s'étonne de ne pas trouver Karilian dans les souterrains. Il n'y avait pas de lumière au rez-de-chaussée ni sous la porte de sa chambre, même pas l'occasionnelle lueur verte comme lorsqu'il se livre à ses « méditations ». C'est donc qu'il s'est couché. La vérification de routine le lui confirme : personne dans le parc, voitures et embarcations sont toutes là.

Se coucher avant que Dick ne soit levé : voilà bien l'insouciance de Karilian, qui semble exclure par principe tout imprévu. Comme si les agents des grandes puissances, s'ils avaient flairé quelque chose aux Lunes, allaient prévenir avant de faire une visite.

Dick passe son irritation en croquant quelques biscuits avec son café. Sur un terminal, il lit les informations des grandes agences ; il prend quelques notes. C'est une tâche que l'on confie aux auxiliaires, ceux qui n'ont qu'une fonction de garde : l'analyse politique. Dick a une formation en prospective, le secteur qu'on lui a dévolu est celui des relations fédérales-provinciales au Canada. Indépendantisme, au Québec et dans l'Ouest, annexionnisme, toutes choses qui ont une portée continentale. Argus a besoin de toutes les opinions éclairées qu'elle peut rassembler.

Dick s'y absorbe pendant quelques heures.

◆

Monté à sa chambre, Nicolas se jette à plat ventre sur son lit, tremblant de fatigue, trempé sous son chandail à col roulé – le seul vêtement noir qu'il ait trouvé pour l'opération.

Il risquerait de s'endormir, de simple fatigue, si sa blessure ne le faisait tant souffrir. Il se relève enfin, en grimaçant il retire son jeans pour examiner sa cuisse. Il y a là une lacération, heureusement peu profonde parce que l'étoffe protégeait la peau et que le métal n'était pas tranchant.

En slip, il se rend à la salle de bain ; il boite déjà. Il lave la plaie, sans pouvoir s'empêcher de gémir. Ça n'arrête pas de saigner ; un écoulement diffus, sans conséquence, mais il n'a pas la patience d'en attendre la fin. Il applique un antiseptique, dont le contact manque de le faire crier. Puis il trouve de la gaze, dont il se fait un pansement, enroulant tout le rouleau autour de sa cuisse. Ensuite il va se rhabiller.

Dans sa chambre à elle, petite sœur dort profondément. Il allume la veilleuse.

Il se demande comment elle fait pour respirer, le visage à demi enfoui dans l'oreiller, et couvert par l'épais satin des cheveux.

Nicolas la prend par l'épaule, la secoue doucement, doucement, jusqu'à ce que, peu à peu, elle s'éveille.

Elle ne peut le voir, mais elle reconnaît sa main, qui est chaude et enveloppante sur sa petite épaule.

« Il faut partir, Fleur de Lune. »

En pleine nuit ? s'étonne-t-elle. Et où l'emmène-t-il ?

« Sur l'astéroïde dont je t'ai parlé. »

« Celui avec des dômes transparents ? Comment ira-t-on ? »

« On part en moto. »

« En moto dans l'espace ? »

« En moto jusqu'à un endroit d'où on pourra s'envoler. Mais je te préviens, le trajet sera long. »

« Très long ? »

« Très long. Et fatigant. Mais tu seras sage et tranquille, tu ne te plaindras pas. Tu verras, ça en vaudra la peine. »

Elle est assise dans son lit, maintenant, les yeux encore mi-clos, les paupières lourdes de sommeil. Il lui brosse les cheveux, méthodiquement, jusqu'à ce qu'ils soient luisants et lissés comme du vieil or.

« Maintenant, tu vas t'habiller et me rejoindre en bas, sans bruit. »

Il sort, passe prendre son petit sac à dos et son casque de moto. Il éteint dans sa chambre, évitant de regarder les objets que, tout à l'heure, il a contemplés pour la dernière fois.

Il descend, entre sans bruit dans le salon-bureau, trouve le veston de son père sur le dossier de la chaise du pupitre. Le portefeuille est dans la poche intérieure. Nicolas prend tout le papier-monnaie, et c'est seulement dans le vestibule qu'il ose faire un peu de lumière pour compter : quelques dizaines de dollars, qui doubleront son propre avoir. De quoi payer essence et casse-croûtes. Même assez pour le retour, si tout ceci devait s'avérer n'être qu'une mystification. Mais non, ce ne peut en être une, il le sait.

Il sort avec sa petite sœur.

Elle ne lui est d'aucune aide pour pousser la moto jusqu'à la grille. De nouveau c'est le long labeur, que ne facilite pas sa blessure à la cuisse. Il y a encore un faux plat, néanmoins la distance est courte. Le souci premier du garçon, cette fois, est le gardien dans sa guérite, à l'entrée principale.

Nicolas emprunte l'autre chemin, celui qui dessert la Résidence et le Pavillon ; toutefois, il doit passer en terrain découvert sur quelques mètres. Et bien sûr, là-bas, le gardien lui fait face. Dans l'obscurité absolue, ce serait sans conséquence, mais il y a au-dessus de la guérite un puissant lampadaire. Sa lueur, même à distance, révélera mains, visage, cheveux blonds, et les chromes de la moto.

Nicolas pousse l'engin jusqu'aux derniers buissons. Et c'est de là qu'il voit, juste à temps, une sentinelle à la grille du chemin privé. Une des deux sentinelles que Charles Dérec devait enjoindre à Taillon de retirer ! Et Nicolas allait innocemment marcher vers le garde, si par chance il ne l'avait aperçu dans la lueur du lampadaire.

Est-ce Taillon qui a menti, ou Lessard qui a remis une sentinelle sans en parler ? Peu importe. Nicolas sent la colère monter en lui, vive comme un feu de papier. En plus, il reconnaît Gervais, celui qu'il déteste le plus cordialement.

Se trouver si près de la route et ne pouvoir partir. Si près d'un grand départ, et être coincé par cet imbécile, ce minable soldat ! La fureur, comme une poussée de lave, lui monte à la tête et il sent ses oreilles brûlantes. Il voudrait, par la seule force de sa volonté, faire éclater la tête de l'autre, là-bas.

Un mouvement. Le garde a fait un geste, il a porté la main à son visage, comme s'il avait mal aux sinus. Deux coulées sombres jaillissent de son nez, contournent la lèvre. Il porte l'index replié à ses narines, l'en retire poissé de sang. Médusé, Nicolas l'entend s'exclamer, un cri étouffé de surprise et d'alarme.

Le garçon cherche les deux plus proches vigiles, finit par repérer leurs torches tout à fait de l'autre côté du terrain. Longeant le mur qui borde le terrain du côté de la route, ils viennent vers la guérite, donc font face eux aussi à Nicolas.

Le saignement de nez de Gervais n'a pas cessé. Il quitte son poste, traverse la clôture grillagée par un portillon proche du mur et se dirige vers la guérite, peut-être pour demander l'autorisation de se rendre à l'infirmerie.

Nicolas ne peut plus attendre. À chaque quart d'heure qui passe, l'absence de la moto risque d'être remarquée. Et, dans trente minutes, l'aube poindra.

Alors il fixe le lampadaire, à travers le feuillage, l'éclat éblouissant du lampadaire.

C'est le point le plus incertain de son évasion, le point sur lequel il n'a pas osé trop réfléchir, de peur de se décourager et de douter.

Car la force qu'il lui faut par-dessus tout en cet instant, c'est la confiance.

La confiance, il vient de la trouver, sans même avoir eu à chercher.

Lampadaire. Éclat blanc, éblouissant, légèrement verdâtre. Brillant tranquillement dans le silence de la nuit.

Ce qu'il espère accomplir, il ne l'a jamais fait jusqu'à cette nuit. Mais l'autre nuit aussi il avait réussi quelque chose d'exceptionnel : exercer sa faculté télépathique sans l'aide du *Trancer*.

Lampadaire. Grésillant d'énergie, mais en silence. L'air autour est plein de cette énergie, électrique, enivrante pour les phalènes qui volettent autour.

Ce pouvoir que Nicolas appelle à lui, il l'a déjà démontré : une énergie, une force suffisante pour perturber tout appareillage électronique. Mais ç'avait été spontané, involontaire, une brève flambée de violence trouvant un échappement. Cette nuit, il doit chercher plus profond que la colère.

Lampadaire. La nuit n'est plus, autour de cette lampe. Il n'y a là que lumière, presque aussi tangible qu'un brouillard.

Les sentiments sont là, en Nicolas, profonds, refoulés ; il suffit de les attiser. Le chagrin, le désespoir, la révolte d'être séparé de Diane, de ne pouvoir la convaincre. Un mélange bouillonnant. Pourquoi est-elle si bornée, pourquoi s'obstine-t-elle ? ! Elle n'offre aucune prise à la persuasion, une huître à la coquille glissante, ses doigts rageurs sont impuissants à l'ouvrir. L'inévitable est là : Nicolas doit partir, et la laisser, Diane, son premier vrai amour, étreinte de vie, chaleur de l'abandon et de la joie. Rompue, perdue, sans retour, Déchirement. Impuissance.

Lampadaire. Vitre dense, solide métal. Mais en dedans, un simple tube de verre mince. Nicolas le voit, le sent, son incandescence lui brûle les rétines bien qu'il ait maintenant les yeux fermés. Et sa chaleur, sur son visage, brûlante comme celle d'un four.

Détestation, haine. Lessard, Craig, Taillon. Lessard surtout, la méchanceté stupide, la mauvaise foi bornée. Les accusations injustes, portées avec l'arrogance des sûrs d'eux-mêmes. Et Craig, le pouvoir militaire, insaisissable, implacable, délibérément aveugle, inhumain. Norma acculée au suicide, Dillon poussé à la mort, Manon mutilée de sang-froid, sa vie brisée à vingt-cinq ans. Haine, haine contre l'étau et les visages de l'étau, les gardes, les fouilles, le chantage, la brutalité. Haine contre l'étau qui a figure humaine mais qui est du métal dur et froid des fusils.

Lampadaire. Nicolas est le lampadaire, il est incandescence, il est lumière. Il sent cette imperceptible vibration, le déluge des photons qui s'échappent en frémissant, intarissables. Il est la lampe.

Colère, frustration : la flamme la plus vive, et sa mèche a les racines les plus profondes. Claude, bon, affable, droit, loyal, un ami. Claude, frappé délibérément en son plus sensible, tourmenté sous les yeux de Nicolas, brutalement enlevé, détenu et broyé par l'étau. Savoir qu'il est là-bas, dans quelque cellule blanche et glaciale, qu'on l'imbibe inexorablement d'acide, pour le rendre poreux et le vider de son identité, pour en faire un serf, un homme de somme, savoir que tout cela se passe maintenant, qu'à cet instant même, peut-être, il s'effondre, franchit sans retour le seuil de la désagrégation, et n'y pouvoir rien, ne pouvoir rien pour Claude qui était si généreux envers lui, ne rien faire que de fuir en se bouchant les oreilles.

Nicolas est la lampe, et la lampe veut éclater. Elle brille, de colère, de haine et de désespoir, elle brille et son énergie converge, une tension totale concentrée au sommet.

Respiration retenue, crispation totale, le cerveau prêt à éclater mais empêché par la boîte crânienne.

Et soudain, sans éclat, comme fond un fusible, l'énergie se dissipe, instantanément aspirée par le néant.

L'éclatement, il a lieu là-bas, une petite explosion étouffée au terme d'un bref grésillement. Le globe est intact mais le tube émietté.

Sur son visage, sur ses paupières, Nicolas a senti la lumière s'éteindre.

Sa respiration reprend, il ouvre les yeux. Là-bas, des voix, pas du tout excitées, des lampes de poche qui se braquent vers le lampadaire éteint. Une lampe qui brûle, ça doit se produire une fois par deux ou trois ans ; le globe est intact mais noirci de l'intérieur.

Nicolas reprend les guidons, reprend son effort.
Plus rien, lui semble-t-il, plus rien ne peut lui résister
en cet instant. Pousser jusqu'à la grille, jusque
après le tournant de la route, sur une côte un peu
plus accentuée, pousser, pousser, pousser jusqu'où
il pourra démarrer sans attirer trop l'attention, le dé-
marrage le plus discret dont il soit capable, frustré
de ne pouvoir célébrer sa délivrance par une péta-
rade. Mais sa délivrance, c'est le vent sur ses joues,
le vent doux d'une fuite à petite vitesse, jusqu'à la
route 148 où enfin il peut s'élancer, vrombissant
avec son engin, vers l'est où l'aube grisaille le ciel.

◆

À l'aurore, Dick quitte la chambre souterraine.
Un peu d'air et d'exercice lui feront du bien : le
gazon a besoin d'être tondu.

La première chose qu'il voit dans le vestibule,
en émergeant de l'escalier, c'est la constellation de
taches sombres, haut sur le mur, et les dégouli-
nades d'inégales longueurs, une par éclaboussure.
Au centre de certaines, un fragment d'os ou de
cervelle, mais cela il ne le remarquera que plus
tard.

Son regard découvre ensuite le corps, les yeux
fixes, la bouche ouverte, l'arme dans la main
rigide. Et le sang, le sang partout, en croûte dans la
bouche et la moustache et la barbe, en flaque coagulée autour de la tête.

Dick n'a pas le temps de gagner la toilette, con-
vulsé par la nausée.

CHAPITRE 34

Une mort ancienne

Pour la énième fois, Nicolas regarde dans ses rétroviseurs. Il lui semble être suivi, sur la 148, depuis Masson, peut-être même depuis Angers. Il n'ose rouler trop vite et, à cette allure, la plupart des autos le dépassent. Or celle-là, une grosse américaine, garde un écart constant, même lorsque Nicolas ralentit dans l'espoir de la laisser passer.

Ce pourrait être la voiture de l'adjoint de Lessard, mais elle ne lui est pas assez familière, et il ne s'y entend pas assez en automobiles pour la reconnaître à sa calandre et à ses phares.

En tout cas, on n'essaie pas de le rejoindre : à cette heure du matin, la circulation est clairsemée et il y aurait eu quelques occasions. Peut-être Craig et Lessard croient-ils que le garçon détient les microfiches et s'en va les livrer à quelque consulat de l'Est, à Montréal ? Pourtant, Ottawa et les ambassades sont bien plus proches.

Cela laisse le loisir à Nicolas de réfléchir à toutes sortes de manœuvres pour perdre son suiveur. Le mieux lui semble être de gagner l'est du centre-ville et d'emprunter des ruelles étroites ou encombrées par des autos stationnées – en espérant ne pas se fourvoyer dans une impasse.

Entre Calumet et Saint-Philippe, toutefois, son angoisse s'allège un peu : la voiture en question a disparu. Elle a peut-être bifurqué vers Hawkesbury, fait halte devant un restaurant ou une station-service, ou peut-être est-elle simplement arrivée à destination. Passé Lachute, comme elle n'a toujours pas reparu, Nicolas s'autorise à conclure qu'il s'était trompé, que cette voiture ne venait pas de la Fondation.

◆

Dick n'est pas remonté au vestibule. Après avoir appelé la base régionale, il est resté au Sécuri-maître, à attendre la venue de ses supérieurs.

Qu'a-t-il bien pu se passer ? Rien d'extérieur, en tout cas. L'ordinateur Sécurimaître ne garde mémoire d'aucun incident durant les huit heures où Dick était couché. Seul événement, tout au début de cette période, vers dix-huit heures la veille : une visite de Nicolas, ce qui n'a rien d'inhabituel, sauf que cette fois il amenait une fille, probablement son amie Diane.

Le gardien-jardinier relit pour la énième fois le compte rendu de l'événement sur l'écran :

17h58m11 : intrusion secteur 4 (deux intrus), alarme au salon.

17h58m21 : répét. alarme au salon.

17h58m23 : réponse voc. ident. Karilian « Reçu. Aucune intervention. »

18h09m04 : intrusion périmètre immédiat (un intrus), alarme au salon.

18h09m05 : réponse voc. ident. Karilian « Aucune intervention sur l'événement en cours. »

18h10m49 : un intrus frappe à la porte devant.

18h11m10 : un intrus frappe à la porte devant.

l8h11m26 : un intrus s'éloigne de la maison.

18h12m57 : un intrus quitte périmètre immédiat.

18h17m3l : deux intrus quittent périmètre, secteur 4.

Fin de l'événement.

Sur l'écran vidéo, le film de l'événement : Nicolas passant de caméra en caméra jusqu'à celle braquée sur la façade. Nicolas repartant dépité.

Karilian était vivant vers dix-huit heures dix. Il n'a pas répondu à son jeune visiteur. Peut-être parce que celui-ci avait violé leur convention tacite, comme quoi le parc lui était ouvert mais que « Carl » ne voulait pas être dérangé chez lui.

Un timbre interrompt sa réflexion : le radar annonce l'approche d'un hélicoptère de l'Organisation. Dick entre en contact avec les passagers, puis monte les accueillir.

Dans le vestibule, il essaie en vain de ne pas voir le corps. Cette fois, il n'a pas de nausée ; il faut dire qu'il a renoncé à déjeuner.

Il passe par la porte de derrière, invite les arrivantes à en faire autant. L'une s'appelle Carla Cotnam et se présente comme la coordonnatrice de la base régionale. L'autre est une femme médecin. Bien que Terrien, il ne s'étonne pas : cet été, il a eu l'occasion de constater que les femmes sont très présentes dans l'Organisation.

Carla Cotnam est presque muette, elle a le visage fermé. Lorsqu'elle voit le cadavre, elle pâlit notablement.

— Vous… vous étiez amis ? ne peut s'empêcher de demander Dick.

Il ne peut deviner que c'est l'acte même, plutôt que l'identité de la victime, qui a choqué Carla. Le suicide est extrêmement rare sur Érymède, il n'y a peut-être pas eu dix cas durant ce siècle.

Dans un silence chargé, la femme médecin s'accroupit et passe au-dessus du cadavre un petit appareil que Dick ne peut identifier ; sur un mini-écran paraissent des chiffres et des abréviations. Pour meubler le silence, l'homme déclare :

— Sécurimaître indique qu'aucune porte ni fenêtre n'a été ouverte depuis dix-sept heures hier : c'est l'heure où je suis monté me coucher. Aucune intrusion dans la maison.

Suicide authentique, donc. Main crispée sur le pistolet : il faut une opinion médicale sur cette crispation, mais elle paraît naturelle.

La femme applique une excroissance de son appareil sur la flaque de sang coagulée, puis sur le cou, puis en divers points de la poitrine et de l'abdomen, qu'elle a dénudés, et chaque fois elle laisse une petite lésion circulaire, comme si quelque prélèvement avait été fait.

— La mort, annonce-t-elle enfin, date de douze heures et demie, plus ou moins quinze minutes. Ce qui nous fait… entre dix-sept heures cinquante et dix-huit heures vingt.

— Vous êtes catégorique ? s'étonne Dick en réalisant que cette nuit il est passé sans le savoir à côté d'un cadavre déjà froid.

— Tout à fait.

— Alors c'est entre dix-huit heures dix et dix-huit heures vingt : il était vivant à dix-huit heures neuf.

Dick comprend de moins en moins. Pourquoi Karilian s'est-il suicidé juste après que Nicolas eut frappé à sa porte ?

◆

Nicolas a eu une autre crainte : une nouvelle voiture qui semblait l'accompagner depuis Lachute et qui l'a suivi sur l'autoroute des Laurentides. Mais elle l'a lâché à la sortie suivante et il s'est de nouveau trouvé libre, aucune voiture ne restant plus d'une minute dans ses rétroviseurs.

Derrière lui, petite sœur est sage, il sent à peine ses bras fragiles autour de sa taille.

C'est l'anxiété, sans doute, qui le rend susceptible. Il ne peut être si important aux yeux des services de sécurité de l'armée qu'on mette plus d'une voiture à ses trousses. À l'heure qu'il est, Claude Rogel doit avoir convaincu ses tortionnaires qu'il n'a pas reçu de Dillon une copie des microfiches ou, en tout cas, qu'il ne les a pas confiées à Nicolas. Dès lors, la fugue de l'adolescent devient une affaire personnelle, pas une affaire de sécurité.

Non, tout va bien, Nicolas n'a à se soucier que de la conduite de la moto, qui le rend déjà bien assez nerveux, d'autant plus qu'il traverse Laval et approche de Montréal en pleine heure de pointe matinale. Le mont Royal, avec le dôme de l'Oratoire et la tour de l'Université, sont à peine visibles dans la brume polluée de ce matin estival, déjà torride. Il semble au garçon que la route sera interminable jusqu'aux forêts du Maine.

◆

Nicolas est fourbu. La douleur à sa cuisse se fond dans la souffrance générale, diffuse, d'un corps tendu contre le vent durant quatre cents kilomètres, harassé par l'inconfort de six heures à califourchon. Il a eu beau faire le trajet en trois étapes, avec deux repos de trois heures, la fatigue est là, ajoutée à une nuit sans sommeil.

Maintenant, ce sont les cahots qui réveillent la douleur, la rendent insupportable. Il a quitté l'asphalte de la route 161 pour suivre le chemin de terre qui longe la rivière Arnold. Cailloux et nids de poule le contraignent à une allure modeste.

Sa seule consolation est de ne pas avoir été suivi depuis Sherbrooke. Il a fait quelques manœuvres dans la ville par acquit de conscience, mais c'était superflu.

Car poursuivants il y avait, il ne s'était pas trompé : il s'en est assuré par une suite de détours dans Montréal, détours fidèlement copiés par une voiture, différente des deux précédentes. Il a même cru qu'on allait lui tirer dessus, lorsque les poursuivants se sont trouvés bloqués par une camionnette de livraison, dans une ruelle.

Puis de nouveau sur la rive Sud : une quatrième voiture, qui l'a suivi sur l'autoroute des Cantons-de-l'Est. La GRC avait-elle mis sur cette affaire toutes ses voitures banalisées ? Mais celle-là s'est arrêtée sur l'accotement peu après la sortie pour Saint-Jean, apparemment victime d'une panne. Pour faire changement, un peu de chance en faveur de Nicolas ?

Quatre voitures, peut-être plus. Il avait sous-estimé l'acharnement du général Craig. Parce qu'inconsciemment il préférait minimiser la menace ? De la même façon qu'inconsciemment il avait « oublié » les micros ?

À la Fondation, il avait au fil des mois deviné que tous les locaux de l'immeuble étaient sur écoute clandestine, peut-être même les chambres. La preuve était la façon dont Norma Capola avait été interrompue au moment de faire une confidence, quelques semaines avant son suicide. Mais cette preuve, Nicolas l'avait inconsciemment écartée, il avait presque refusé de réfléchir à l'incident.

Lessard avait eu vent de sa révolte. Lessard connaissait très bien sa liaison avec Diane. Mais Nicolas choisissait de croire que la surveillance n'était pas *si* envahissante. Peut-être parce que s'avouer la réalité aurait été s'enfoncer dans une existence inquiète, susceptible, paranoïaque. Ne pas voir les barreaux de la cage, délibérément.

Alors, *ils* ont peut-être découvert le pouvoir télékinétique qu'il prétendait leur cacher. *Ils* lui accordaient donc plus de valeur que Nicolas ne le croyait. D'où les moyens déployés pour ne pas le laisser s'échapper. Comment savoir ?

À Sherbrooke, Nicolas ne s'est pas rendu au rendez-vous devant la cathédrale. Une volonté inexplicable l'incitait à gagner par ses propres moyens la base régionale du Maine. Était-ce vraiment pour sa petite sœur ? Il pouvait l'emmener avec lui de toute façon, on ne l'en empêcherait pas. Il devait y avoir autre chose.

Cette autre chose, Nicolas ne la voit pas encore, sur les bords boisés de la rivière Arnold, mais il la sent proche. Ou peut-être est-ce une idée qu'il se fait. Il éprouve un malaise, en tout cas : le V blanc le hante constamment, ainsi que l'idée de la mort. C'est aux États-Unis, justement dans l'état du Maine, qu'est survenu l'accident fatal. Il ne sait pas exactement où, il ignore le nom du village où résidait la cousine d'Agnès, mais ce doit être dans un rayon de cent kilomètres de la frontière.

La frontière, justement : une barrière en travers du chemin, massive, impossible à contourner même en moto, le sous-bois étant trop accidenté. Pas de douaniers, bien entendu : s'il fallait garder tous les chemins forestiers…

Le garçon fait demi-tour et revient jusqu'à un chemin de traverse qu'il a aperçu une minute plus tôt. Une piste juste assez large pour laisser passer une camionnette. Sur un arbre, un écriteau à peine visible que Nicolas n'avait pas eu le temps de lire : Domaine Clarke.

Un peu plus loin, une barrière, du genre ranch. Au-delà, une maison du même style, avec une dépendance qui est peut-être une écurie. Un homme s'approche, à cheval.

Nicolas s'est immobilisé, mais sans arrêter son moteur. Du bout des pieds, il maintient son équilibre, difficilement car il a les jambes trop courtes.

— Et où vas-tu comme ça, mon garçon ? demande l'homme avec un fort accent.

— Érymède.

L'homme ne paraît pas surpris. Il sort de sa poche un petit appareil, demande à Nicolas de quitter un instant sa moto, de faire un tour sur lui-même. Le garçon hésite, se sent ridicule lorsque enfin il obéit et exécute cette volte. Mais il comprend lorsqu'il voit l'autre pointer vers lui cet appareil qui évoque un photomètre, et le promener de haut en bas : il vérifie que Nicolas ne porte ni micro ni émetteur.

— Tu avais un rendez-vous. Pourquoi tu ne t'es pas présenté ?

— J'avais peur d'être suivi, improvise Nicolas.

— Tu ne l'étais plus.

Le garçon hoche la tête, écarte les mains. Il n'a pas de réponse, il n'est même pas là au complet, quelque chose obnubile son esprit et l'empêche de raisonner.

V blanc, lumineux.

Vortex. Abîme. Mort.

L'homme appuie sur quelque bouton de son petit appareil, et la barrière s'ouvre électriquement : sa rusticité n'est qu'un camouflage. Nicolas enfourche de nouveau sa moto.

L'homme fait un geste vers la maison :

— Nous allons attendre celui que tu devais rencontrer. Il est en route vers ici.

Nicolas roule à petite allure sur le chemin qui monte à la maison. L'homme, qui a refermé la barrière, suit au trot, dépasse la moto.

Le garçon voit que le sentier ne continue pas au-delà de la cour, mais que le terrain derrière la maison est plat, presque sans sous-bois, donc aisément praticable.

V blanc.

Voile. Deuil. Mort.

Sans réfléchir, au moment où l'homme descend de cheval, Nicolas accélère en trombe. De vagues traces de pneus et de sabots lui indiquant la direction, il fonce dans la forêt sans prêter attention aux appels derrière lui.

Il calcule que la frontière est bientôt franchie.

Vertige. Chute. Mort.

Son esprit est envahi par un sentiment – pas par celui de quelqu'un mais par celui d'un lieu. La mort imprègne arbres et terre, l'air et la lumière même de ce début de soirée estivale. Comme le souvenir d'une personne imprègne un objet longtemps porté. Et Nicolas est attiré, implacablement.

Le V spectral est tracé dans la moelle même son cerveau, avec un fer chauffé à blanc.

Voûte. Tombeau. Mort.

Sa petite sœur le serre plus fort, inquiète peut-être de sa brusque accélération, qui a failli la désarçonner. Elle sent que quelque chose ne va pas.

Derrière, le cavalier s'est lancé à sa poursuite, mais en vain.

Vierge. Sacrifice. Mort.

Un chemin naît devant la moto, d'abord vague, puis se précisant. Il est bien entretenu, Nicolas peut rouler vite : il distancera le cheval.

De chaque côté la forêt se fait plus dense, un peu de pénombre, un répit de la chaleur. Seule la cime des arbres, maintenant, est jaune-vert sous les rayons obliques du soleil.

Vin. Ivresse. Sommeil. Mort.

Les kilomètres passent sans que Nicolas ait conscience du temps. Jusqu'à ce qu'une voiture apparaisse dans son rétroviseur, une petite camionnette haute sur roues, qui le rattrape graduellement. La personne au rendez-vous manqué, qui l'a suivi à distance depuis Sherbrooke ? Mais pourquoi fuir, alors ?

Le V luit devant ses yeux, où qu'il dirige son regard. La mort est proche, une mort ancienne mais si chargée de détresse qu'elle s'est imprégnée en ces lieux. Nicolas y est sensible comme un magnétomètre est sensible au champ magnétique. C'est cela qui attire Nicolas, tel un signal, un appel.

Victorieuse. Implacable. La Mort.

Une courbe dans le chemin. Nicolas la négocie aisément, devenu expert en un jour. Il en profite pour jeter un coup d'œil derrière lui : la camionnette est proche, dix mètres à peine.

Affolé, le garçon regarde de nouveau devant lui. Une barrière en travers du chemin, une épaisse perche horizontale. Il freine : trop tard. La terre gicle sous les roues bloquées, Nicolas ne se jette pas de côté, croyant que la moto s'arrêtera à temps.

Mais il a surestimé la capacité des freins et, quand il le comprend, c'est trop tard. La roue de devant passe sous la barrière, qui heurte le guidon et fracasse le phare. Nicolas s'est dressé ; le choc le fait plonger par-dessus la barrière, il se reçoit sur les mains et culbute.

Il se retrouve assis, un peu sonné.

Prudemment, il tourne la tête à gauche puis à droite, pour vérifier l'état de ses vertèbres : pas de casse.

Mais il se fige : sur le côté du chemin se dresse un bouleau.

Deux troncs réunis par leur base, l'un gros, l'autre mince, formant un V blanc.

Sur le plus gros tronc, une meurtrissure noire, à hauteur d'un pare-chocs.

C'est lui, c'est le V blanc, la seule image qu'évoquait pour Nicolas la mort d'Agnès.

◆

Nicolas se relève machinalement, sans en avoir conscience. Il se retourne, ne porte aucune attention à la camionnette arrêtée et aux deux hommes qui en descendent, inquiets de son état. La moto est restée en équilibre, calée par la barrière. Petite sœur est morte, elle a même disparu.

Elle n'a jamais existé, du reste.

C'était une fiction, une survivance imaginaire d'Agnès, le besoin d'une affection à donner, à recevoir.

Diane l'avait bien compris, elle à qui pourtant il n'avait jamais parlé de Fleur de Lune. Ce culte morbide d'Agnès était un refus de quitter l'enfance.

Aujourd'hui elle est morte à nouveau, sept ans plus tard, au même endroit. Pour de bon, cette fois, et Nicolas comprend que, ce qu'il est venu faire ici, poussé par quelque instinct, c'est rompre sa dernière attache avec le passé, avec la Terre.

Il est maintenant libre de partir vers Érymède.

CHAPITRE 35

Des questions sans réponses

On a laissé Nicolas errer à sa guise dans les salles souterraines – avec Kate en guise d'escorte. Il est pour l'instant devant l'immense carte du périmètre. Le chalet se dresse au centre d'une croix formée par quatre chemins ; l'un d'entre eux est celui de la rivière Arnold, avec le hiatus du domaine Clarke. Un autre, menant à la même barrière, est celui qu'avait emprunté Agnès pour courir à sa mort, sept ans plus tôt. « Elle roulait très vite. Elle n'a pu éviter la barrière. » Il ne se rappelle rien de l'accident, n'en sait que ce que Charles Dérec lui en a dit des années plus tard. Pourquoi ? Pourquoi avait-elle pris ce chemin inconnu ? « Elle se croyait poursuivie. Elle semblait terrorisée. »

— Que fuyait-elle ? a demandé Nicolas.

Cotnam a paru embarrassé, comme s'il craignait de ne pas être cru :

— La Lune. Elle fuyait la Lune, croyant que c'était un ovni.

— …

Si absurde. L'eût-il entendu au sujet d'une autre personne, il aurait ri.

— Et toi ? Comment as-tu retrouvé l'endroit ? Tu étais si jeune à l'époque, et vous n'étiez pas passés par ce chemin.

Mais le garçon n'a pu répondre. Il n'a pas d'explication pour toutes ses facultés métapsychiques – si même il s'agit de cela. Plutôt un instinct, a-t-il fini par expliquer. Le saumon qui remonte vers le ruisseau où il est né comprend-il ce qui lui arrive ? Le papillon monarque qui regagne le Mexique où lui-même n'est pas né ?

— J'ai été mené. Je ne sais pas par quoi. Il fallait que je revoie l'endroit.

Cela, cette dernière phrase, il l'a inventée pour ne pas avoir à raconter comment, durant sept ans, il a bercé, bordé, raconté des histoires à une fiction de petite sœur en qui Agnès survivait, comment il a entretenu cette fiction jusqu'à la croire assise derrière lui sur la moto. Sans y croire.

Sans y croire, et en comprenant très bien l'affliction de son père lorsqu'il le voyait jouer cette comédie. Un beau cas.

Mais c'est fini.

Kate, à côté de lui, raconte comment elle s'est échappée de la Fondation, mais le garçon n'écoute que d'une oreille distraite.

Diane et elle ont été réveillées (Diane, du moins, car Kate était levée et suivait la fuite de Nicolas, observée et commentée par une navop), réveillées par un Lessard fort excité accompagné de Charles Dérec. La motocyclette de Rogel était partie, et Nicolas disparu. Diane et Kate savaient-elles quelque chose de cette fugue ? La fille n'en savait rien, sauf l'écœurement que son ami avait récemment manifesté envers la Fondation. Pour les deux derniers jours, elle n'avait comme souvenir que les suggestions enregistrées qu'un mini-écouteur lui avait susurrées toute la nuit.

Avec Kate, Lessard a insisté davantage : n'avait-elle pas conversé avec le garçon, longuement, trois fois dans la journée d'hier ? « Il parlait de partir, oui, mais je ne l'avais pas compris comme un départ imminent, à l'aurore, en cachette. »

Lessard est resté méfiant. N'ayant rien obtenu d'une Kate imperturbable, il lui a enjoint de rester à l'immeuble pour un interrogatoire ultérieur.

Dans le climat prévalant à la Fondation ces jours-ci, elle a décidé de prendre congé définitivement. Étant d'origine étrangère, elle éveillait les soupçons ; une enquête approfondie révélerait que ses références étaient fausses.

N'emportant que les quelques objets éryméens capables de la trahir (appareils miniaturisés propres à son métier d'agent, et qui tenaient dans une sacoche), elle est descendue au stationnement, a sorti sa voiture et a saboté la porte du garage pour qu'elle ne s'ouvre plus. À la grille, le gardien avait ordre de ne laisser sortir personne sans autorisation ; elle l'a neutralisé avec un pistolet à aiguille, qui lui a prodigué le sommeil et une très brève amnésie, pendant que le dard se dissolvait à la chaleur de son corps.

Sa fuite découverte, Lessard a fait appel à la police civile, en l'occurrence la Sûreté du Québec ; cependant, Kate n'a eu à neutraliser qu'une voiture de patrouille – avec le même dispositif que les intercepteurs emploieront contre les missiles et les bombardiers terriens.

Un hélicoptère envoyé de la base régionale l'a cueillie près de Gatineau.

— Tout ça à cause de moi ?

—J'avais décidé de quitter la Fondation de toute façon : le climat devenait trop malsain pour une « espionne ». Mon départ a juste été un peu… précipité.

—Et ma fuite, tu dis qu'elle a été suivie ?

—Quand tu m'as… extorqué des renseignements secrets sur l'emplacement de la base, j'ai cru bon de te faire surveiller, juste au cas où tu l'aurais fait pour le compte d'autrui.

Nicolas se sent à peine vexé : dans un cirque comme celui des derniers jours à la Fondation, en quoi *son* honnêteté était-elle au-dessus de tout doute ?

—J'ai été filé par des voitures…

—Les hommes de Lessard, oui. Puis la GRC : un détachement de Hawkesbury, un autre de Mirabel qui t'a suivi en avion.

—En avion ?!

—Sur l'autoroute des Laurentides. Puis un détachement de Montréal, avec deux voitures : la deuxième t'a retrouvé presque par chance après que tu as semé la première.

—Ils m'ont perdu pour de bon sur l'autoroute des Cantons-de-l'Est, je crois.

—C'est notre équipe qui est intervenue en causant une panne. Nous ne pouvions tolérer qu'ils aient un indice plus précis de ta destination. Avec un faux message, nous avons envoyé le reste de tes poursuivants te chercher à Saint-Jean-sur-Richelieu.

Nicolas s'émerveille. Tout ce déploiement pour lui ! Mais le pire est l'acharnement de Craig et Lessard, qui dépasse ce qu'il avait imaginé.

Une femme interpelle Kate :

—Votre recrue vient bien de la Fondation Peers ?

Kate et le garçon se retournent : c'est Carla Cotnam, qui vient d'entrer dans la grande salle de contrôle. Nicolas se sent très gêné en la voyant le dévisager, ne comprend pas sa stupeur :

— C'est lui ! laisse-t-elle échapper à mi-voix.

◆

Des questions sans réponses…

Le Conseil d'Argus s'est réuni : séance régulière, mais on a mis en tête de l'ordre du jour la mort de Karilian. Et on a convoqué Carla Cotnam, qui a enquêté aux Lunes. Il n'était que juste que Psyché soit représentée : Ghyota, arrivée d'Érymède par le premier astrobus, est venue directement de l'astroport à la salle du Conseil.

— Suicide, sans aucun doute, dit Carla Cotnam en concluant son rapport. L'auxiliaire terrien s'est prêté, presque de bonne grâce, à l'encéphalyse. Il était le seul dans la maison à avoir pu simuler un suicide – aucun motif, d'ailleurs. Il est innocent, et il n'a pas trafiqué la mémoire de l'ordinateur Sécurimaître.

Elle se tait, puis rajoute, comme pour justifier la rigueur de son enquête :

— Par acquit de conscience, simplement.

Un silence suit. Faire son rapport lui a été pénible, chacun l'a senti. Et chacun est mal à l'aise devant cet événement inexplicable ; certains même sont bouleversés, et Ghyota pas le moins, même si elle le montre peu.

La présidente donne ensuite la parole à Lali Kharezm, coordonnatrice du Recrutement.

— Je pourrais aussi bien laisser Carla continuer, dit-elle. C'est elle qui a interrogé le jeune Terrien.

— De qui s'agit-il ? lui demande-t-on.

— Nicolas Dérec, seize ans, a été recruté par Kate Hagen, notre agent à la Fondation Peers, un institut de recherche en psilogie contrôlé par l'armée canadienne. Son dossier avait été transmis à Psyché, qui a trouvé intéressantes ses facultés de réception télépathique et son potentiel télékinétique. Sa fuite a été organisée de façon un peu hâtive par Hagen, à cause d'une crise interne à la Fondation, et elle a été compliquée par un problème personnel du jeune homme.

— Pertinent à notre affaire ? demande la présidente.

— Nous ne croyons pas.

Elle résume la crise à la Fondation, telle que l'a expliquée Kate, puis l'étrange impulsion de Nicolas.

— Or la Fondation, poursuit-elle, est située tout à côté de la villa des Lunes, notre installation au lac Clifton.

Elle rend la parole à Carla Cotnam, qui rapporte ce que Dick lui a expliqué, ce que Nicolas lui a raconté, ce qu'elle-même sait du premier contact Karilian-Nicolas, sept ans plus tôt.

La tapisserie du hasard est peu à peu tissée, où l'on voit Kate et Karilian connaissant leur présence réciproque de part et d'autre de la haie mais n'ayant aucune raison de se parler. Où l'on voit Nicolas recueillant de l'esprit de « Carl » des images d'Érymède, ce qu'il a expliqué très candidement, et par sa sincérité même on constate qu'il ignorait la fonction des Lunes et la mission de Karilian. Où l'on voit un Karilian vieillissant (*dixit* Ghyota) se prendre d'affection, très imprudemment, pour le garçon dont il avait croisé la destinée sept ans plus tôt.

—Ne peut-on y voir un signe que son... équilibre était affecté ?

—D'après le rapport de l'auxiliaire terrien, dit Carla Cotnam, il a fait de sérieuses entorses aux règles de sécurité, c'est un fait.

De ce que Karilian a appris la veille de son suicide, bien sûr, nul ne saura jamais rien.

Ghyota demande la parole.

—Nous l'avions conjuré de cesser l'usage de la propsychine. Les toxines accumulées causent une fatigue mentale et, vraisemblablement, affectent le jugement.

Sing Ha intervient :

—Il s'est engagé dans cette mission avec un sentiment très sombre. L'acte même lui déplaisait. Et lui faisait horreur, je puis vous le dire, depuis qu'un indice avait orienté ses recherches vers un camp d'étudiantes en vacances.

Drax, des Opérations, précise pourquoi la cible de Karilian pouvait se trouver de ce côté.

—L'idée, conclut sombrement Sing Ha, l'idée lui sera devenue intolérable, trop lourde à porter. Surtout s'il traversait une période difficile au point de vue émotif. Je ne le connaissais pas intimement, mais je ne vois pas d'autre explication.

—Et ce garçon, qui serait venu lui rendre visite dix minutes avant son suicide ?

—Aucun lien visible, dit Cotnam. Du reste, Karilian a refusé de lui ouvrir : sa décision devait être prise, il n'a pas voulu s'en laisser détourner. Moi, je conclus à une coïncidence.

—On lui a fait subir l'encéphalyse ?

—Au gamin ? s'impatiente Cotnam. Pour lui demander quoi ? Manifestement il n'était au courant de rien, c'est d'ailleurs visible sur les vidéos fournis par les caméras de Sécurimaître. Vous auriez dû

le voir quand il a appris... Je n'ai même pas osé
parler de suicide. Hémorragie cérébrale, voilà ce
que j'ai trouvé. On aurait dit qu'il venait de perdre
son père...

◆

Trop d'impressions nouvelles se bousculent à
l'entrée, il semble à Nicolas que son esprit ne peut
tout absorber à la fois.

Ce sont les Éryméens eux-mêmes qui l'ont frappé
d'abord. Leur langue aux consonances étranges et
pourtant familières. Surtout leur apparence : ils
sont presque tous minces et ils seraient bien plus
grands si les généticiens d'Érymède ne leur avaient
fixé une taille limite, sans laquelle il faudrait
ménager des plafonds beaucoup plus hauts, un
grave inconvénient dans des cités souterraines
creusées à même le roc. Cela tient bien sûr à la
gravité sur la Lune et à celle sur Érymède, faibles
gravités qui favorisent la croissance osseuse des
jeunes mais pas nécessairement leur musculature.
Kate elle-même a dû suivre un programme intensif
de développement musculaire pour affronter la
gravité terrestre.

Plus que leur stature, c'est le teint des Éryméens
qui attire l'attention : ils semblent tendre vers une
uniformité raciale qui, quant à la couleur, se traduit
par le brun clair des Mulâtres ou des Blancs très
basanés. Nicolas a rencontré très peu de gens franchement noirs ou franchement blancs. Par contre,
les couleurs d'yeux et de cheveux sont restées très
variées, ce qui crée des types tout à fait remarquables : des yeux bleus bridés, une moustache
blonde sur un visage sombre... Il a pensé bien sûr

à Thaïs, à ses yeux d'ambre, à son visage lisse, délicat comme une estampe japonaise et pourtant brun. Il s'est surpris à dévisager les filles qu'il rencontrait. Mais Thaïs, si elle existe, doit vivre là-bas, sur Érymède.

De fréquentes unions interraciales, depuis neuf ou dix générations, ont produit ce stock génétique si particulier. Les notions terriennes de nationalité n'existent plus ici, sauf dans les patronymes. Les langues autres que l'éryméen sont apprises pour la surveillance de la Terre et pour la culture personnelle des individus.

On a fait subir à Nicolas, dès son arrivée sur Argus, une décontamination intégrale qu'il a trouvée intrusive, désagréable et plutôt gênante. On lui a aussi injecté un antibiotique à large spectre dont l'effet secondaire lui cause une fatigue qui fait concurrence à l'ivresse de la faible gravité.

— Indispensable, lui a expliqué Kate qui subissait le même traitement. Qui sait quelles horreurs tu pourrais rapporter de la Terre !

Toutefois, le médecin l'a corrigée, à l'intention de Nicolas : l'isolement n'est pas total entre Érymède et la Terre, surtout à cause d'Argus. Mais on tient quand même à garder un certain contrôle épidémiologique.

— Pendant que nous sommes à la clinique, annonce Kate, on va te poser ton identicel.

— Identicel ?

— C'est une micro-puce qu'on incruste sous la peau, la face interne du poignet. Ça permet au réseau de communication de te retrouver à tout moment et de t'acheminer des messages ou des appels par le comterm le plus proche de toi.

— Retrouver... repérer ?

—Repérer, oui. Chaque identicel est porteuse d'un code qui t'est aussi exclusif que ton nom. Le réseau ne perd jamais le contact, où que tu sois sur Érymède, et il y a des mini-réseaux similaires à bord de chaque vaisseau et dans chaque cité, chaque base ou chaque station que nous avons dans le système solaire.

—Tu veux dire que la position de chaque citoyen est connue à tout moment?

—De l'ordinateur du réseau, oui. Si je veux t'appeler, je compose ton code, comme un numéro de téléphone, et je te joins même si j'ignore où tu es.

—Bon moyen de savoir où je suis!

—Je ne le saurai que si tu me le dis: le réseau achemine l'appel sans révéler *où* est l'appelé.

—Et si je ne veux pas être dérangé?

—Si tu es en train de dormir, tu laisses au comterm de ton appartement la consigne d'enregistrer l'appel. Si tu es hors de chez toi, tu n'as qu'à désactiver le mini-récepteur que tu portes à ton poignet, où à ne pas le porter du tout. Dans ces cas-là, seul un message prioritaire urgent pourra te parvenir.

Il regarde avec méfiance la montre-bracelet numérique qu'on lui présente; apparemment, il aura beaucoup à apprendre sur ses fonctions.

—Est-ce que je ne peux pas me contenter de porter ce gadget à mon poignet sans me faire greffer une identicel? Je n'aimerais pas être suivi à la trace.

Kate paraît déconcertée:

—Mais seul l'ordinateur central connaît ta position, et il ne peut la communiquer à personne.

—Et puis, l'idée de porter un numéro…

— Tu n'as pas à le connaître, ce numéro. C'est un code binaire à l'usage du réseau de communication. Moi, j'ignore le mien ; lorsqu'on m'appelle, on se sert de mon nom. Ou plus exactement d'une forme standardisée de mon nom, un code d'appel : *hagenkate2*. Toi, ce serait *derecnico1*, il suffit de l'inscrire dans l'ordinateur.

— Mais c'est aussi l'ordinateur central de tout Érymède, non ? Quel autre rôle a-t-il ?

— C'est le registre civil, ni plus ni moins. On y consignera ta citoyenneté éryméenne, comme on l'aurait fait si tu étais né ici, et comme on consignera ta mort.

Sa citoyenneté éryméenne. Cela sonne bien. Cela sonne comme une nouvelle vie, un nouveau départ.

— Personne ne peut se servir de l'ordinateur pour surveiller un individu ?

— Personne. Des garanties ont été programmées, des consignes très strictes. Ces renseignements sont inaccessibles, leur usage est exclusivement réservé au réseau de communication. D'ailleurs, tu constateras bien vite qu'Érymède est ce qu'il y a de plus éloigné d'un État policier. Espionner des citoyens serait un acte foncièrement étranger à notre mentalité.

Confiance. Faire confiance aux gens. C'est quelque chose qui lui est difficile, après ses déconvenues sur la Terre. Il sent par contre que les Éryméens peuvent le libérer de cette méfiance, s'il y met un peu du sien.

Faire confiance à Kate, surtout : la question ne se pose même pas de savoir si elle mérite sa confiance ou non. Il ne doute pas un instant de sa sincérité.

Alors, miser sur l'avenir. Croire les Éryméens lorsqu'ils affirment ne brimer aucunement la liberté des individus. Et faire confiance à l'avenir pour que les choses restent ainsi.

C'est un pari qu'il va faire. Il va accepter cette identicel.

Pour les Éryméens elle n'a qu'une utilité pratique, mais pour Nicolas elle est lourde de menaces potentielles, lui qui hier encore avait aux trousses la police d'un pays se prétendant l'un des plus démocratiques. C'est un pari sur l'Homme, en somme. L'Homme, qu'il en était venu à détester; mais ça, c'était le Terrien. Nicolas va miser sur l'Homme tout court, pour voir s'il est capable de faire mieux, pour voir s'il est digne de confiance.

On prépare la chirurgie, une opération mineure qui ne prendra qu'un moment. Nicolas est quand même un peu anxieux; il sent le besoin de bavarder :

— Sur Érymède, je commencerai par faire un peu de tourisme. Il faut que tu me dises où sont ces fameuses cavernes dont j'ai entendu parler.

En fait, personne ne lui en a encore parlé. Mais il y a là-bas, ou il y aura au cours d'une de ses visites, la belle Thaïs aux yeux d'ambre, de qui il doit tomber amoureux.

◆

— Tu es épuisé, hein ?
— Mort.

Au début de la visite, on lui a remis une paire de semelles ultra-lourdes et une ceinture lestée, pour compenser partiellement la faible gravité, afin qu'il n'aille pas s'assommer sur les plafonds et les angles des couloirs ; malgré cela, il ne sent que la moitié de son poids. Toutefois, le contrôle qu'il doit exercer sur le moindre mouvement crée une tension nerveuse qui, à la longue, s'est avérée aussi éreintante qu'une marche de trois heures dans un hall d'exposition.

— Assoyons-nous un instant.

Ils se trouvent dans une galerie d'art. Il y a là des peintures nitescentes qui changent de motif selon le nombre de gens qui les regardent, et des sculptures qui émettent une musique accordée aux sentiments des visiteurs. Une autre est faite de lumière, un entrecroisement de rayons lasers multicolores rendus visibles par une vapeur qu'ils traversent, dans un volume imaginaire délimité par de minuscules miroirs. Il y a aussi un mobile dont les éléments sont des polyèdres sous forme de prismes réguliers : hexaédriques, heptaédriques, octaédriques. Leur matériau est une résine translucide, ajourée, qui semble très légère, telle une trame de fils d'araignée solidifiés. Dans chacun luit une lueur, rose, turquoise, vert tendre, mais sans support apparent, des feux follets captifs. Quelque chose de si délicat est à peine humain : les anges, dans leurs moments perdus, doivent fabriquer de pareilles merveilles.

Kate a enfilé une robe éryméenne, certainement plus confortable que ses vêtements terriens. Ample de manches, elle lui descend jusqu'aux chevilles. Le tissu chatoyant varie de l'outremer au bleu foncé, avec de minuscules paillettes esquissant un réseau asymétrique et donnant un reflet métallique.

En face du divan où Nicolas et son hôtesse sont assis, une baie en demi-cercle donne vue sur l'horizon fermé du cirque Tsiolkovsky. Nicolas aurait voulu voir un clair-de-Terre, mais c'est impossible

de ce côté. « Il aurait voulu » ! N'en a-t-il pas vu
assez en quelques heures ? Des astronautes terriens
se sont entraînés durant le tiers d'une vie pour une
aventure moins intense que celle-ci ! Le voilà assis
devant une baie panoramique comme dans le salon
d'une villa terrienne, sauf qu'il voit passer des
navettes spatiales au lieu d'avions de tourisme, et
que le paysage est de poussière lunaire plutôt que
de sable blanc. Derrière lui fonctionne, étage par-
dessus étage, une technologie que, dans certains
cas, les Terriens n'atteindront pas ce siècle-ci.

Et une question l'obsède depuis son arrivée :

— Tu te rappelles, un soir, en revenant du cinéma avec Diane… On avait eu une conversation sur
les extraterrestres.

— Oui.

— Tu avais dit que votre avance scientifique
vous venait… d'extraterrestres bienveillants.

— *Tu* avais dit « bienveillants ». En fait, ils sont
si fondamentalement différents de nous que des
termes comme « bienveillant » sont peut-être inadé-
quats. La bienveillance est… une interprétation
possible de leur motivation.

Une main intangible, glacée, écrase Nicolas sur
le divan.

— A… Alors, ils existent ? !

— Oui, mais ce ne sont pas les petits huma-
noïdes gris. Tu dois chasser de ton imagination
toute image corporelle.

Un moment passe avant que le garçon ne retrouve la voix :

— Ils n'ont pas de corps ? !

Un frisson l'a secoué, un véritable spasme. Une
réaction d'effroi, rien de moins.

— Ils ont encore un cerveau. Mais certains d'entre nous les considèrent comme représentant un règne supérieur.

— Un règne ?

— Au sens de règne minéral, règne végétal, règne animal. L'échelon suivant ne serait plus asservi au corps biologique.

— Des *esprits* ? !

Kate hésite, manifestement embarrassée – peut-être troublée elle-même.

— Mmm… Peut-être que certains d'entre eux ont franchi ce pas, peut-être pas. Ils ne sont pas du genre à « se confier ». Ceux avec qui nous avons été en contact, dans le passé, étaient des cerveaux vivants logés dans des androïdes perfectionnés.

— D'où viennent-ils ?

— Nous l'ignorons. On les appelle les Mentors, c'est-à-dire les Guides, les Conseillers. Ils observent l'humanité depuis des millénaires. Peut-être même l'ont-ils…

— Créée ? !

— Plutôt, ils auraient favorisé son évolution en intervenant dans la sélection naturelle ou en provoquant des mutations. Mais ce ne sont que conjectures.

— Pourquoi ne pas le leur demander ? Ils ont bien dû se manifester ?

— Lorsqu'ils ont sélectionné nos ancêtres, ils se sont montrés sous une apparence physique ; mais ce n'étaient que des corps synthétiques, en quelque sorte le support et le véhicule de leur cerveau. En procédant graduellement, sur une période de plusieurs générations, ils ont préparé nos ancêtres à leur futur rôle d'arbitres de l'humanité. Leur dernière intervention directe a été l'aménagement et le déplacement d'Érymède, comme ils avaient construit la cité souterraine en Sibérie puis Argus sur la Lune. Depuis, ils nous ont tout laissé faire.

— Vous ne les avez plus revus depuis ?

— Pas depuis un quart de siècle. Lorsqu'ils se manifestent, c'est par un contact mental direct, un genre d'illumination.

— Ça t'est déjà arrivé ?

Elle sourit gravement et hoche la tête :

— Penses-tu ! C'est le privilège des membres du Conseil supérieur qui sont délégués pour leur faire un rapport. L'intervalle des rendez-vous n'a cessé de s'allonger.

— Mais pourquoi ?

— Peut-être veulent-ils laisser le destin de l'humanité entre les mains d'humains, pour voir.

— Pour voir ?

— Nous croyons qu'ils nous observent de loin.

Nicolas a peine à respirer. Cette oppression, c'est... oui, de l'angoisse, devant une forme d'inconnu si formidable au sens premier du mot. Ces Mentors... il n'y a là rien d'humain.

Distants, détachés, si éloignés par leur avance et leur essence même, proprement inhumains. Nicolas ne peut qu'interpréter le bref exposé de Kate, mais il lui semble en effet que « bienveillants » n'est pas adéquat. Les Éryméens, qui surveillent la Terre comme on suit une partie d'échecs, sont-ils eux-mêmes des pions sur l'échiquier galactique, observés par des maîtres aux desseins impénétrables ?

CHAPITRE 36

Un autre lieu, un autre temps

Ghyota se trouve maintenant à bord de l'astrobus pour Érymède. Après le Conseil, elle a longuement conversé avec Sing Ha, Cotnam et Drax. Outre que l'Institut de métapsychique et de bionique a perdu son directeur, la conséquence la plus grave de la mort de Karilian est qu'on ignore toujours l'identité de la personne qu'il venait chercher. Personne d'autre n'a eu sa vision, son contact. Et pourtant Karilian avait bien insisté sur l'importance capitale d'éliminer cette personne. Les malheurs qu'il prévoyait, guerre, extermination, ne pourront-ils plus être prévenus ? À moins que par chance quelqu'un d'autre en ait la prémonition.

— Mais pourquoi, a demandé Sing Ha, pourquoi a-t-il été le seul à avoir cette vision ?

— Si nous savions cela, a répliqué Ghyota, nous serions en avance de dix ans sur nos recherches actuelles. Il y a effectivement des canaux privilégiés, des liaisons télépathiques qui s'établissent plus spontanément que d'autres. Entre deux jumeaux, par exemple. Ou, dans une moindre mesure, entre un parent et un enfant. Peut-être parce que certaines configurations de neurones, très spécifiques, sont déterminées génétiquement. Nous n'en savons rien, ce n'est qu'une hypothèse.

— Donc, les chances pour que quelqu'un d'autre ait la même prémonition…

— La même, peut-être pas. Une prémonition des mêmes événements… les chances existent, oui. Surtout s'ils sont de conséquence dans le cours du temps : un grand tourbillon, un grand remous. Nos sondeurs risquent plus d'y être attirés. Mais nous n'avons encore aucun contrôle là-dessus.

Drax était songeuse, ne parlait guère. Elle avait toujours exprimé de sévères réserves sur cette mission de Karilian. Mais, maintenant que cette mission avait échoué, elle se rendait compte qu'elle avait dû y croire un peu, car elle était soucieuse.

La réunion du petit groupe s'était dissoute sans que rien n'en sorte. Qu'aurait-il pu en sortir, du reste ? Ghyota repartait pour Psyché, où probablement Ilfor succéderait à Karilian, dès qu'il reviendrait de Neptune.

Ghyota remarque la présence du jeune Terrien dans la galerie d'observation. Il lui fait face, presque, mais bien sûr il ne la connaît pas.

Nicolas Dérec. Il a l'air triste, en effet. Qu'y a-t-il eu entre lui et Karilian ? Ont-ils été amants ? Drax et Cotnam paraissaient totalement confondues que leurs règles de sécurité sur Terre aient été à ce point négligées par Karilian. Pas de contact personnel avec les Terriens, c'est la prudence la plus élémentaire. Elles savent probablement de quoi elles parlent : c'est d'elles que relèvent les Opérations et si, jusqu'à ce jour, leurs gens ont si bien réussi leur travail, cela n'a pas dû se faire sans une certaine discipline. Mais ce ne doit pas être à la portée de tout le monde, de bloquer ainsi tout sentiment. Ghyota, en tout cas, ne se permet pas de juger. Les choses sont arrivées comme elles sont arrivées et, de toute façon, le garçon n'est plus du côté des Terriens.

Pourtant Ghyota ne parvient pas à chasser un certain malaise. Et ce malaise, elle l'a deviné aussi chez Sing Ha, chez toutes les personnes présentes au Conseil. Néanmoins, il n'a pas été soulevé, car il ne se formule pas clairement. C'est un réseau de coïncidences dont on ne sait comment elles s'articulent – si même elles s'articulent. Que Karilian ait aperçu ce garçon sept ans plus tôt, qu'il le retrouve au lac Clifton et le laisse s'introduire dans sa vie, durant une mission cruciale, qu'on revoie le garçon à quelques mètres et à quelques minutes du suicide de Karilian ; un recrutement réussi et une mission ratée, au même endroit… Tout ça, et pourtant il n'y a rien à dire, rien sur quoi on puisse mettre le doigt.

Mais les sondeurs de Psyché sont très sensibles aux questions de destin ou de hasard, futur déterminé ou futur aléatoire, et le malaise de Ghyota ne se dissipe point.

◆

Mars est maintenant toute proche, plus large que la Lune à son lever, et tout éclairée à l'exception d'un mince croissant. À voir apparaître graduellement sa surface légendaire, Nicolas éprouve un émoi difficile à préciser, émerveillement teinté de frayeur. Non tant à cause du spectacle lui-même – ce n'est jamais qu'une grosse lune rousse, en apparence plus lisse – mais à cause de ses implications. Nicolas est *loin*. Il voit ce qu'aucun Terrien n'a jamais vu de si près, ce que peu de Terriens vivants verront de si près, hormis ceux qui comme lui feront la grande traversée. Il voit quelque chose d'essentiellement étranger et nouveau : un autre *monde*, au sens planétaire. Et la vie y existe, lui a-t-on dit, sous la forme de micro-organismes et même de quelques espèces végétales pluricellulaires.

La planète sort du champ de vision ménagé par la baie d'observation. Et la pensée de Nicolas revient à Carl – à Karilian, puisque tel était son vrai nom. « Tu iras, un jour », avait-il dit, en parlant de la Lune et des planètes. Mais le garçon espérait y aller avec lui, que Carl les lui fasse découvrir, les lunes et les planètes, son domaine. Il est mort avant de pouvoir le faire, avant même de savoir que Nicolas irait. Le sort, parfois, est aussi cruel que la volonté de certains hommes, ceux qui font la guerre, par exemple, ou ceux qui ont décidé de briser la vie de Manon.

Désormais, c'est plutôt Kate qui lui sert de guide. Elle retourne sur Érymède par le même astrobus, pour prendre des vacances que lui a bien méritées la tension des derniers jours à la Fondation.

Peut-être est-ce ainsi que s'apaisera le chagrin de Nicolas, comme il a été suspendu pendant les heures qui ont suivi son arrivée à Argus : tant de choses à découvrir, émerveillement par-dessus émerveillement, qui lui laissent à peine le temps de reprendre son souffle. Dans la relative tranquillité du voyage en astrobus, le chagrin lui est revenu. Mais Karilian deviendra peu à peu un souvenir, triste et bon à la fois.

◆

L'orbite de Mars dépassée, la vaste baie de transplastal montre cette chétive Voie lactée locale qu'est la zone des astéroïdes. Un semis de poussières et de grains dispersés, d'où Érymède ne se détache pas encore. À cette distance, seuls les plus gros planétoïdes, comme Cérès ou Pallas, pourraient être distingués à l'œil nu.

Kate s'est absentée, de même que cette femme droite et menue, au cheveu sombre et au visage inscrutable, qui l'observe depuis le début du voyage. Nicolas se sent seul, même s'il y a quelques autres personnes dans les profonds fauteuils de la galerie.

Et soudain, cela arrive, sans que devant les yeux de Nicolas disparaisse le panorama des astéroïdes. Des impressions d'un autre état, d'un autre lieu, d'un autre temps – mais il sait maintenant que c'est une jonction avec lui-même dans le futur, à travers les méandres du temps. Il y a quelques mois, quelques semaines encore, Nicolas ignorait ce qui lui arrivait. Il était tel un papillon qui aurait soudain une étincelle d'intelligence et ne comprendrait pas cet état de conscience jamais éprouvé, qui le frôlerait fugitivement.

Mais aujourd'hui le papillon comprend.

Il se voit dans la cabine ou la salle de pilotage d'un vaisseau, comme passager sans doute, car il ne touche à rien. Les écrans suivent l'approche d'un autre vaisseau, son vecteur traduit par une large courbe. Au-delà de la baie vitrée, aucun vaisseau n'est visible dans le champ d'étoiles ; toutefois un écran offre l'image vidéo d'un patrouilleur, qui ne se présente ni à plat, ni de côté, ni vivement illuminé, preuve qu'il s'agit de la réalité et non d'un film de science-fiction. De fait, lorsque les rétropropulseurs s'éteignent, le vaisseau n'est plus visible.

Une petite tache se détache de la masse sombre, son modeste réacteur l'illuminant un instant en s'éloignant.

Une officière se lève de la console et s'adresse gravement au Nicolas du futur. Ils s'engagent tous deux dans la longue coursive déserte de ce qui semble être un long-courrier, s'arrêtent un instant devant la porte d'une cabine où Nicolas cueille deux valises et une mallette. La pièce au bout de la coursive est manifestement un sas ou une petite salle d'embarquement ; de bleuté, l'éclairage passe au blanc rosé. Par un hublot, Nicolas aperçoit des éclairs ; s'approchant, il voit les derniers jets des verniers d'une petite navette qui se présente « à reculons » et achève de ralentir pour l'arrimage.

Claquements sourds, soupirs hydrauliques ; l'éclairage redevient bleuté puis une porte aux solides allures d'écoutille se décolle et coulisse latéralement, donnant vue sur une autre porte qui en fait autant en sens inverse.

Un jeune officier, avec déférence, offre de prendre les valises de Nicolas ; celui-ci se retourne et remercie apparemment l'officière, toujours aussi sérieuse, puis passe dans la navette de transfert, juste assez spacieuse pour deux banquettes longitudinales, opposées dos à dos, et un étroit poste de pilotage. La pilote tourne la tête et salue Nicolas, respectueusement lui semble-t-il. Tout cela, les attitudes, le caractère usuel des choses ou des aménagements, fait partie de la vision, procurant au Nicolas présent une paradoxale familiarité.

Par la baie convexe à la proue de la navette, Nicolas voit approcher le patrouilleur, sa silhouette délinéée par ses verniers crachant de brefs jets pour le réorienter. En même temps, la navette décrit une courbe et « roule » sur son axe pour s'aligner avec l'aire d'appontement du grand vaisseau. Durant l'approche, Nicolas aperçoit au loin le long-courrier à bord duquel il voyageait ; ses propulseurs viennent de s'allumer et il commence à s'éloigner, sur un autre plan que celui du patrouilleur.

Dans l'aire d'appontage, une vaste salle où l'appareillage et la machinerie sont visibles à même les murs et les angles, l'éclairage passe du blanc rosé au bleuté. Un officier haut gradé – Nicolas le *sait* à la nuance foncée de son uniforme gris – vient l'accueillir en personne à la descente de la navette. Encore un qui a l'air grave ; en même temps, le Nicolas présent ressent que le Nicolas futur est lui aussi préoccupé.

Puis la scène change, le serpent du temps a ondulé et l'esprit de Nicolas frôle une autre de ses courbes, mais beaucoup plus brièvement.

Il se trouve cette fois dans une salle de réunion qui, à un bout, s'ouvre sur un boisé ou un parc… traversé de fées et de lutins ! Il ne contrôle pas les yeux par lesquels il voit, de sorte que cette vision demeure périphérique, le mouvement vif d'êtres verts ou bleutés, guère plus grands que des enfants. Toutefois la vingtaine de quinquagénaires et de sexagénaires présents ne semblent pas s'en étonner. Dans un mobilier riche et austère, sous un éclairage tamisé, tous ces hommes et ces femmes paraissent préoccupés, certains inquiets. On discute en éryméen, cette langue que Nicolas sait maintenant reconnaître, sans pouvoir la comprendre. Mieux encore, c'est lui-même qui parle, s'il faut se fier à la convergence des regards vers lui. Sa voix… c'est une voix adulte, même mûre. Cependant il la reconnaît, même si sa voix actuelle a ce timbre particulier de la mi-adolescence, à la fois clair, étouffé et un peu nasillard.

Sur quoi il discourt, il n'en a aucune idée, mais il se perçoit soucieux. Il ressent en même temps de l'aplomb, il a le verbe sûr et la voix posée.

La vision s'estompe avant qu'il n'en sache plus sur le lieu, l'époque ou sur les propos qu'il tient.

Est-ce là son futur? Une vie chargée d'événements importants, d'une ampleur historique? C'est le sentiment qui lui reste, mais il se demande s'il ne s'en fait pas accroire.

« Fie-toi à tes impressions », lui avait dit Kate un jour où il était au plus creux du doute. « Aie confiance en toi. Tu n'es pas en train de perdre le contrôle, au contraire tu es peut-être au seuil d'un niveau de conscience plus élevé. »

Érymède se trouve devant lui, une de ces miettes de planète qu'il commence à distinguer. Il ressent un peu d'exaltation, beaucoup d'appréhension. Mais pas un instant il ne songe à s'en retourner.

Fin du premier volume de la
« Suite du temps »

Les Éditions Alire
sont fières de vous proposer un extrait
du deuxième volume de la
« Suite du Temps » :

LES ARCHIPELS DU TEMPS

La Terre luisait maintenant sous Dérec, immense et tangible. Comme une première surface, incomplète, un peu au-dessus de la vraie surface terrestre, une couche nuageuse se déployait en offrant à la lumière rasante du soleil ses textures variées, de celle du cuir fin à celle de la peau eczémateuse, en passant par ces moisissures qu'on trouve sur les vieilles oranges. En transparence, par endroits, une mer luisait en dessous, couleur d'argent terni, et une côte défilait, baignant dans la pénombre violette d'un crépuscule nuageux.

Au premier plan, une tache sombre, mouvante, tel le reflet d'un soleil noir sur une mare argentée, trahissait par intermittence la présence d'un croiseur éryméen.

Ce n'était guère la première fois que Dérec avait une telle vision, en transe, mais il s'en dégageait cette fois un sentiment d'imminence qui fit battre son cœur un peu plus vite.

D'un effort délibéré, le métapse se rapprocha du croiseur, de son équipage. Plusieurs dizaines d'esprits, la plupart concentrés sur le même sujet, voilà une présence qui brillait comme un phare dans le continuum psi. Le réseau informatique du croiseur, en

revanche, n'avait pas de présence, et les prolon-
gements cybernétiques de Dérec ne lui étaient
d'aucun secours : une intelligence artificielle comme
celles qui régissaient un vaisseau échappait hélas !
aux coups de sonde d'un Psychéen.

Subitement, le croiseur devint visible. À certains
détails, le métapse reconnut l'*Alsveder* ou l'*Arvaker*,
il ne savait lequel, les croiseurs ayant été construits
par paires identiques. Quelque chose avait flanché
à bord, et pourtant Dérec ne percevait ni affolement, ni même inquiétude. Quoi, l'écran optique
et peut-être l'antiradar faisaient défaut, et les mo-
niteurs n'en donnaient aucune indication, ni sur la
passerelle ni ailleurs ? Si, peut-être le métapse
percevait-il une certaine perplexité, partagée par
quelques esprits seulement.

Mais déjà, sur la mer – sans doute la mer du
Nord : Dérec avait, en arrière-plan, interrogé l'ordinateur de Salacia et comparé les images – sur la
mer brillait une infime étincelle violacée. Déchiré
par une salve d'éruptions, l'un des propulseurs du
croiseur se désintégra, la brève pyrotechnie des
explosions laissant place à un nuage de gaz en
expansion dont le croiseur s'éloigna en tournoyant,
semant une traînée de fragments incandescents.

Sur le plan mental, Dérec perçut des cris d'horreur,
quinze ou vingt membres d'équipage emportés
dans le vide avec l'air des salles et des coursives
où ils se trouvaient. Il les sentit agoniser, quinze ou
vingt esprits ardents d'épouvante, puis s'éteignant
dans la noirceur bleutée de l'asphyxie et du froid,
tandis que la panique flambait parmi le reste de
l'équipage du croiseur.

Une nouvelle étincelle violette scintilla, au même
emplacement que l'instant d'avant mais désormais

en aval de la position du vaisseau. Cette fois la masse noire du croiseur, animée d'une vive rotation à plat, masqua un moment les geysers de plastal en fusion, et Dérec ne vit durant un instant que l'aura de gaz incandescent qui se répandait autour du vaisseau. Puis une nouvelle explosion fit virevolter le croiseur dans un plan vertical et le métapse vit sa coque supérieure ouverte sur des entrailles orthogonales, la géométrie des coursives et des cabines mise à nu dans un brouillard de gaz, de flammèches et de débris, heureusement trop confus pour que le Psychéen y distingue d'infimes silhouettes humaines tordues par l'agonie.

Comme on reconnaîtrait les voix d'un groupe d'amis au premier plan sonore d'une foule, Dérec identifia des esprits qui lui étaient familiers, dans leur ultime flambée de vie. Il avait vécu des années avec eux, traversé des moments de tension et d'inquiétude, noué des amitiés, partagé des joies et des peines. C'est l'*Alsveder* qui était détruit sous ses yeux, désintégré par deux coups bien placés d'un canon laser ultraviolet, un engin d'une puissance formidable sûrement monté en secret à bord d'un destroyer d'un pays de l'OTAN, à moins qu'il ne s'agît d'un sous-marin.

La vision durait, cruelle : l'épave du croiseur continuait de tournoyer sur les trois axes, animée de la même vitesse orbitale qu'à l'origine, mais incapable désormais de manœuvrer – si même il restait des survivants. Les aires d'appontement béaient, semant des navettes et des scaphes où sûrement personne n'avait eu le temps de se réfugier ; néanmoins, la coupole de la passerelle semblait intacte. Seuls quelques points rosés luisaient, lampes d'urgence traçant la constellation d'une carcasse éventrée, le blanc des cloisons et des plafonds évoquant les viscères longilignes de quelque étrange poisson mort. Des filaments s'étiraient en arcs ou en hélices, traces glacées de liquides et de gaz fuyant de divers conduits ou réservoirs, les fluides vitaux de l'*Alsveder* s'épanchant dans le vide.

À coup sûr, il y avait eu trahison et sabotage. Une trahison suivie, car le navire terrien avait connu, à la seconde près, l'altitude, la position et la trajectoire du vaisseau éryméen. Un sabotage élaboré, parce que l'écran optique et l'antiradar avaient fait défaut au même instant, sans qu'aucune défaillance laisse présager ce résultat, et sans que se déclenchent les maintes alarmes prévues à cet effet. Quelqu'un à bord, prêt à sacrifier sa vie ? Ou prêt à survivre, s'étant mis à l'abri dans les niveaux centraux du croiseur, déjà vêtu d'un scaphandre ? Ou, alors, quelqu'un à bord d'un autre croiseur, au-dessus du même hémisphère terrestre, en mesure de fournir les coordonnées de l'*Alsveder* et d'abaisser ses gardes à distance, en activant par télémétrie une séquence préprogrammée. Donc un traître disposant d'un complice ou plus, ou encore ayant accès aux divers croiseurs.

À SUIVRE...

LES ARCHIPELS DU TEMPS

PARUTION : SEPTEMBRE 2005